岩 波 文 庫

31-191-2

日本近代短篇小説選

明治篇 2

紅野敏郎・紅野謙介
千葉俊二・宗像和重
山田俊治
編

岩 波 書 店

目　次

倫敦塔《ロンドンとう》

夏目漱石

一八六七年(慶応三)—一九一六年(大正五)。本名は金之助。江戸の生まれ。帝国大学英文科卒。松山中学、熊本の五高で教鞭をとり、一九〇〇年(明治三三)から足掛け四年間、イギリスへ留学。帰国後、一高・東京帝大で講師を勤めるかたわら、一九〇五年(明治三八)に「吾輩は猫である」で小説家として登場し、「坊っちゃん」「草枕」などの軽妙で俳味のある作品で注目を浴びた。一九〇七年(明治四〇)に教職を辞して朝日新聞社に入り、「三四郎」「それから」「門」の三部作など、本格的な作家活動を展開。明治末には胃潰瘍で喀血して一時危篤状態に陥ったが、その後も「彼岸過迄」「行人」「こころ」などで、愛情を渇望する人間の孤独とエゴイズムを剔抉《てっけつ》し、「明暗」執筆中に数え年五〇歳で病没した。

「倫敦塔」は一九〇五年(明治三八)一月の「帝国文学」に発表。漱石がロンドンに到着して四日目、一九〇〇年(明治三三)一〇月三一日の日記に「Tower Bridge, London Bridge, Tower, Monument ヲ見ル」とあり、この一度限りの鮮烈な記憶を帰国後に小説としてくっきりと形象化した作品。底本には『漱石全集』2(岩波書店、一九九四年)を用いた。

二年の留学中ただ一度倫敦塔《ロンドン》(1)を見物した事がある。その後再び行こうと思った日もあるがやめにした。人から誘われた事もあるが断った。一度で得た記憶を二返目に打壊《うちこ》わすのは惜《お》しい、三たび目に拭《ぬぐ》い去るのは尤《もっと》も残念だ。「塔」の見物は一度に限ると思う。

行ったのは着後間もないうちの事である。その頃は方角もよく分らんし、地理などは固《もと》より知らん。まるで御殿場《ごてんば》の兎《うさぎ》が急に日本橋の真中へ抛《ほう》り出されたような心持ちであった。表へ出れば人の波にさらわれるかと思い、家に帰れば汽車が自分の部屋に衝突しはせぬかと疑い、朝夕安き心はなかった。この響きこの群集の中に二年住んでいたらわが神経の繊維も遂《つい》には鍋の中の麩海苔《ふのり》の如くべとべとになるだろうとマクス、ノルダウ(2)の退化論を今更《いまさら》の如く大真理と思う折さえあった。

しかも余は他の日本人の如く紹介状を持って世話になりに行く宛《あて》もなくまた在留の旧知とては無論ない身の上であるから恐々《こわごわ》ながら一枚の地図を案内として毎日見物のためもしくは用達《ようたし》のため出あるかねばならなかった。無論汽車へは乗らない、馬車へも乗れない、滅多な交通機関を利用しようとすると、どこへ連れて行かれるか分らない。この広い倫敦を蜘蛛手十字《くもでじゅうじ》に往来する汽車も馬車も電気鉄道も鋼条鉄道(3)も余には何らの便宜をも与える事が出来なかった。余はやむをえないから四ツ角へ出るたびに地図を披《ひら》いて通行人に押し返されながら足の向く方角を定める。地図で知れぬ時は人に聞く、人に聞いて知れぬ時は巡査を探す、巡査でゆかぬ時はまた他の人に尋ねる、何人でも合点《がてん》の行く人に出逢うまでは捕えては聞き呼び掛ては聞く。かくして漸《ようや》くわが指定の地に至るのである。

「塔」を見物したのはあたかもこの方法によらねば外出の出来ぬ時代の事と思う。来《きた》るに来所《らいしょ》なく去るに去所《きょしょ》を知らずというと禅語(4)めくが余はどの路を通って「塔」に着したかまたいかなる町を横《よこぎ》ってわが家に帰ったかいまだに判然しない。どう考えても思い出せぬ。ただ「塔」を見物しただけは慥《たし》かである。「塔」その物の光景は今でもありありと眼に浮べる事が出来る。前はと問われると困る、後はと尋ねられても返答し得ぬ。ただ前を忘れ後を失したる中間が会釈もなく明るい。あたかも闇を裂く稲妻の眉に落ると見えて消えたる心地がする。倫敦塔は宿世《すくせ》(5)の夢の焼点(6)のようだ。倫敦塔の歴史は英国の歴史を煎《せん》じ詰めたものである。過去という怪しき物を蔽《おお》える戸帳《とばり》が自《おの》ずと裂けて龕《がん》中《ちゅう》(7)の幽光を二十世紀の上に反射するものは倫敦塔である。凡《すべ》てを葬る時の流れが逆《さか》しまに戻って古代の一片が現代に漂い来れりとも見るべきは倫敦塔である。人の血、人の肉、人の罪が結晶して馬、車、汽車の中に取り残されたるは倫敦塔である。

この倫敦塔を塔橋の上からテームス河を隔てて眼の前に望んだとき、余は今の人か将《は》た古《いにし》えの人かと思うまで我を忘れて余念もなく眺め入った。冬の初めとはいいながら物静かな日である。空は灰汁《あく》桶《おけ》(8)を掻《か》き交《ま》ぜたような色をして低く塔の上に垂れ懸っている。壁土を溶《と》かし込んだように見ゆるテームスの流れは波も立てず音もせず無理矢理に動いているかと思わるる。帆懸舟《ほかけぶね》が一隻《いっせき》塔の下を行く。風なき河に帆をあやつるのだから不規則な三角形の白き翼がいつまでも同じ所に停《と》まっているようである。伝馬《てんま》(9)の大きいのが二艘《にそう》上って来る。ただ一人の船頭が艫《とも》に立って艪《ろ》を漕ぐ、これも殆《ほと》んど動かない。塔橋の欄干《らんかん》のあたりには白き影がちらちらする、大方鷗《かもめ》であろう。見渡した処凡ての物が静かである、物憂げに見える、眠っている、皆過去の感じである。そうしてその中に冷然と二十世紀を軽蔑《けいべつ》するように立っているのが倫敦塔である。汽車も走れ電車も走れ、いやしくも歴史のあらん限りは我のみはかくてあるべしといわぬばかりに立っている。その偉大なるには今更のように驚かれた。この建築を俗に塔と称《とな》えているが塔というは単に名前のみで実は幾多の櫓《やぐら》から成り立つ大きな地城《じしろ》である。並び聳《そび》ゆる櫓には丸きもの角張りたるもの色々の形状はあるが、いずれも陰気な灰色をして前世紀の記念を永劫《えいごう》に伝えんと誓える如く見える。九段の遊就館《ゆうしゅうかん》(10)を石で造って二、三十並べてそうしてそれを虫眼鏡《むしめがね》で覗《のぞ》いたら或《あるい》はこの「塔」に似たものは出来上りはしまいかと考えた。余はまだ眺めている。セピヤ色の水分を以《もっ》て飽和したる空気の中にぼんやり立って眺めている。二十世紀の倫敦がわが心の裏《うち》から次第に消え去ると同時に眼前の塔影が幻の如き過去の歴史をわが脳裏に描き出して来る。朝起きて啜《すす》る渋茶に立つ烟《けむ》りの寝足らぬ夢の尾を曳《ひ》くように感ぜらるる。暫《しばら》くすると向う岸から長い手を出して余を引張るかと怪しまれて来た。今まで佇立《ちょりつ》して身動きもしなかった余は急に川を渡って塔に行きたくなった。長い手はなおなお強く余を引く。余は忽《たちま》ち歩を移して塔橋を渡り懸けた。長い手はぐいぐい牽《ひ》く。塔橋を渡ってからは一目散に塔門まで馳《は》せ着けた。見る間に三万坪に余る過去の一大磁石は現世に浮游《ふゆう》するこの小鉄屑《しょうてつくず》を吸収しおわった。門を入って振り返ったとき

憂《うれい》の国に行かんとするものはこの門を潜《くぐ》れ。

永劫の呵責《かしゃく》に遭《あ》わんとするものはこの門をくぐれ。

迷惑の人と伍《ご》せんとするものはこの門をくぐれ。

正義は高き主を動かし、神威われを作る。
最上智、最初愛。我が前に物なしただ無窮《むきゅう》あり我は無窮に忍ぶものなり。
この門を過ぎんとするものは一切の望《のぞみ》を捨てよ(11)。

という句がどこぞに刻んではないかと思った。余はこの時既に常態を失っている。

空濠《からほり》にかけてある石橋を渡って行くと向うに一つの塔がある。これは丸形の石造で石油タンクの状をなしてあたかも巨人の門柱の如く左右に屹立《きつりつ》している。その中間を連ねている建物の下を潜って向《むこう》へ抜ける。中塔とはこの事である。少し行くと左手に鐘塔《しゅとう》が峙《そばだ》つ。真鉄《まがね》の楯《たて》、黒鉄《くろがね》の甲《かぶと》が野を蔽う秋の陽炎《かげろう》の如く見えて敵遠くより寄すると知れば塔上の鐘《かね》を鳴らす。星黒き夜、壁上を歩む哨兵《しょうへい》の隙を見て、逃《のが》れ出《い》ずる囚人の、逆しまに落す松明《たいまつ》の影より闇に消ゆるときも塔上の鐘を鳴らす。心傲《おご》れる市民の、君の政《まつりごと》非なりとて蟻《あり》の如く塔下に押し寄せて犇《ひし》めき騒ぐときもまた塔上の鐘を鳴らす。塔上の鐘は事あれば必ず鳴らす。ある時は無二に鳴らし、ある時は無三に鳴らす(12)。祖来《きた》る時は祖を殺しても鳴らし、仏《ぶつ》来る時は仏を殺しても鳴らした。霜の朝《あした》、雪の夕《ゆうべ》、雨の日、風の夜を何遍となく鳴らした鐘は今いづこへ行ったものやら、余が頭をあげて蔦《つた》に古りたる櫓を見上げたときは寂然《せきぜん》として既に百年の響《ひびき》を収めている。

また少し行くと右手に逆賊門がある。門の上には聖タマス塔が聳えている。逆賊門とは名前からが既に恐ろしい。古来から塔中に生きながら葬られたる幾千の罪人は皆舟からこの門まで護送されたのである。彼らが舟を捨てて一たびこの門を通過するや否や娑《しゃ》婆《ば》の太陽は再び彼らを照さなかった。テームスは彼らにとっての三途《さんず》の川でこの門は冥府《よみ》に通ずる入口であった。彼らは涙の浪に揺られてこの洞窟《どうくつ》の如く薄暗きアーチの下まで漕ぎ付けられる。口を開けて鰯《いわし》を吸う鯨《くじら》の待ち構えている所まで来るや否やキーと軋《きし》る音と共に厚樫《あつがし》の扉は彼らと浮世の光りとを長えに隔《とこし》てる。彼らはかくして遂に宿命の鬼の餌食《えじき》となる。明日食われるか明後日《あさって》食われるか或はまた十年の後に食われるか鬼より外《ほか》に知るものはない。この門に横付《よこづけ》につく舟の中に坐《ざ》している罪人の途中の心はどんなであったろう。櫂《かい》がしわる時、雫《しずく》が舟縁《ふなべり》に滴《した》たる時、漕ぐ人の手の動く時ごとにわが命を刻まるるように思ったであろう。白き髯《ひげ》を胸まで垂れて寛《ゆる》やかに黒の法衣《ほうえ》を纏《まと》える人がよろめきながら舟から上る。これは大僧正クランマー(13)である。青き頭巾《ずきん》を眉深《まぶか》に被《かぶ》り空色の絹の下に鎖《くさ》り帷子《かたびら》をつけた立派な男はワイアット(14)であろう。これは会釈もなく舷《ふなべり》から飛び上る。はなやかな鳥の毛を帽に挿《さ》して黄金作りの太刀の柄《え》に左の手を懸け、銀の留め金にて飾れる靴の爪先《つまさき》を、軽げに石段の上に移すのはローリー(15)か。余は暗きアーチの下を覗いて、向う側には石段を洗う波の光の見えはせぬかと首を延ばした。水はない。逆賊門とテームス河とは堤防工事の竣功《しゅんこう》以来全く縁がなくなった。幾多の罪人を呑《の》み、幾多の護送船を吐き出した逆賊門は昔しの名残《なご》りにその裾《すそ》を洗う笹波《ささなみ》の音を聞く便りを失った。ただ向う側に存する血塔の壁上に大《おお》なる鉄環が下がっているのみだ。昔しは舟の纜《ともづな》をこの環に繋《つな》いだという。

左りへ折れて血塔の門に入る。今は昔し薔薇《しょうび》の乱(16)に目に余る多くの人を幽閉したのはこの塔である。草の如く人を薙《な》ぎ、鶏《にわとり》の如く人を潰《つぶ》し、乾鮭《からさけ》の如く屍《しかばね》を積んだのはこの塔である。血塔と名をつけたのも無理はない。アーチの下に交番のような箱があって、その側《かたわ》らに甲形《かぶとがた》の帽子をつけた兵隊が銃を突いて立っている。頗《すこぶ》る真面目《まじめ》な顔をしているが、早く当番を済まして例の酒舗《しゅほ》で一杯傾けて、一件(17)にからかって遊びたいという人相である。塔の壁は不規則な石を畳み上げて厚く造ってあるから表面は決して滑《なめらか》ではない。所々に蔦がからんでいる。高い所に窓が見える。建物の大きいせいか下から見ると甚《はなは》だ小《ちい》さい。鉄の格子がはまっているようだ。番兵が石像の如く突立ちながら腹の中で情婦と巫山戯《ふざけ》ている傍《かたわ》らに、余は眉を攢《あつ》め手をかざしてこの高窓を見上げて佇《たた》ずむ。格子を洩《も》れて古代の色硝子《いろガラス》に微《かす》かなる日陰がさし込んできらきらと反射する。やがて烟の如き幕が開いて空想の舞台がありありと見える。窓の内側は厚き戸帳が垂れて昼もほの暗い。窓に対する壁は漆喰《しっくい》も塗らぬ丸裸の石で隣りの室とは世界滅却の日に至るまで動かぬ仕切りが設けられている。ただその真中の六畳ばかりの場所は冴えぬ色のタペストリ(18)で蔽われている。地は納戸《なんど》色《いろ》(19)、模様は薄き黄で、裸体の女神の像と、像の周囲に一面に染め抜いた唐草である。石壁の横には、大きな寝台《ねだい》が横《よこた》わる。厚樫の心《しん》も透れと、深く刻みつけたる葡萄《ぶどう》と、葡萄の蔓《つる》と葡萄の葉が手足の触るる場所だけ光りを射返す。この寝台の端に二人の小児(20)が見えて来た。一人は十三、四、一人は十歳位と思われる。幼なき方は床に腰をかけて、寝台の柱に半ば身を倚《も》たせ、力なき両足をぶらりと下げている。右の肱《ひじ》を、傾けたる顔と共に前に出して年嵩《としかさ》なる人の肩に懸ける。年上なるは幼なき人の膝の上に金にて飾れる大きな書物を開《ひろ》げて、そのあけてある頁《ページ》の上に右の手を置く。象牙《ぞうげ》を揉《も》んで柔かにしたる如く美しい手である。二人とも烏の翼を欺《あざむ》くほどの黒き上衣を着ているが色が極めて白いので一段と目立つ。髪の色、眼の色、さては眉根鼻付から衣装の末に至るまで両人共殆んど同じように見えるのは兄弟だからであろう。

　兄が優しく清らかな声で膝の上なる書物を読む。

「わが眼の前に、わが死ぬべき折の様を想い見る人こそ幸あれ。日ごと夜ごとに死なんと願え。やがては神の前に行くなるわれの何を恐るる……」

弟は世に憐《あわ》れなる声にて「アーメン」という。折から遠くより吹く木枯しの高き塔を撼《うご》かして一たびは壁も落つるばかりにゴーと鳴る。弟はひたと身を寄せて兄の肩に顔をすり付ける。雪の如く白い蒲団《ふとん》の一部がほかと膨《ふく》れ返る。兄はまた読み初める。

「朝ならば夜の前に死ぬと思え。夜ならば翌日ありと頼むな。覚悟をこそ尊べ。見苦しき死に様ぞ恥の極みなる。……」

弟また「アーメン」という。その声は顫《ふる》えている。兄は静かに書をふせて、かの小さき窓の方へ歩みよりて外《と》の面《も》を見ようとする。窓が高くて脊《せ》が足りぬ。床几《しょうぎ》を持って来てその上につまだつ。百里をつつむ黒霧の奥にぼんやりと冬の日が写る。屠《ほふ》れる犬の生血にて染め抜いたようである。兄は「今日もまたこうして暮れるのか」と弟を顧みる。弟はただ「寒い」と答える。「命さえ助けてくるるなら伯父様に王の位を進ぜるものを」と兄が独り言のようにつぶやく。弟は「母様に逢いたい」とのみいう。この時向うに掛っているタペストリに織り出してある女神の裸体像が風もないのに二、三度ふわりふわりと動く。

忽然《こつぜん》舞台が廻る。見ると塔門の前に一人の女[21]が黒い喪服を着て悄然《しょうぜん》として立っている。

面影《おもかげ》は青白く窶《やつ》れてはいるが、どことなく品格のよい気高い婦人である。やがて錠のきしる音がしてぎいと扉が開くと内から一人の男が出て来て恭《うやうや》しく婦人の前に礼をする。

「逢う事を許されてか」と女が問う。

「否《いな》」と気の毒そうに男が答える。「逢わせまつらんと思えど、公けの掟《おきて》なれば是非なしと諦め給え。私の情《なさけ》売るは安き間の事にてあれど」と急に口を緘《つぐ》みてあたりを見渡す。濠の内からかいつぶり(22)がひょいと浮き上る。

女は頸《うなじ》に懸けたる金の鎖を解いて男に与えて「ただ束《つか》の間《ま》を垣間《かいま》見んとの願なり。女人の頼み引き受けぬ君はつれなし」という。

男は鎖りを指の先に巻きつけて思案の体《てい》である。かいつぶりはふいと沈む。ややありていう「牢守《ろうも》りは牢の掟を破りがたし。御子《みこ》らは変る事なく、すこやかに月日を過させ給う。心安く覚して帰り給え」と金の鎖りを押戻す。女は身動きもせぬ。鎖ばかりは敷石の上に落ちて鏘然《そうぜん》と鳴る。

「いかにしても逢う事は叶《かな》わずや」と女が尋ねる。

「御気の毒なれど」と牢守がいい放つ。

「黒き塔の影、堅き塔の壁、寒き塔の人」といいながら女はさめざめと泣く。

舞台がまたかわる。

丈《たけ》の高い黒装束の影が一つ中庭の隅にあらわれる。苔寒《こけさむ》き石壁の中からスーと抜け出たように思われた。夜と霧との境に立って朦朧《もうろう》とあたりを見廻す。暫くすると同じ黒装束の影がまた一つ陰の底から湧《わ》いて出る。櫓《やぐら》の角に高くかかる星影を仰いで「日は暮れた」と脊の高いのがいう。「昼の世界に顔は出せぬ」と一人が答える。「人殺しも多くしたが今日ほど寝覚の悪い事はまたとあるまい」と高き影が低い方を向く。「タペストリの裏で二人の話しを立ち聞きした時は、いっその事やめて帰ろうかと思うた」と低いのが正直にいう。「絞める時、花のような唇がぴりぴりと顫うた」「透き通るような額に紫色の筋が出た」「あの唸《うな》った声がまだ耳に付いている」。黒い影が再び黒い夜の中に吸い込まれる時櫓の上で時計の音ががあんと鳴る。

空想は時計の音と共に破れる。石像の如く立っていた番兵は銃を肩にしてコトリコトリと敷石の上を歩いている。あるきながら一件と手を組んで散歩する時を夢みている。

血塔の下を抜けて向《むこう》へ出ると奇麗《きれい》な広場がある。その真中が少し高い、その高い所に白塔がある。白塔は塔中の尤も古きもので昔しの天主である。竪《たて》二十間、横十八間、高さ十五間、壁の厚さ一丈五尺、四方に角楼《すみやぐら》が聳《そび》えて所々にはノーマン時代(23)の銃眼(24)さえ見える。千三百九十九年国民が三十三ヶ条の非を挙げてリチャード二世[25]に譲位をせまったのはこの塔中である。僧侶、貴族、武士、法士の前に立って彼が天下に向って譲位を宣告したのはこの塔中である。爾時《そのとき》譲りを受けたるヘンリー[26]は起《た》って十字を額と胸に画していう「父と子と聖霊の名によって我れ、ヘンリーはこの大英国の王冠と御代とを、わが正しき血、恵みある神、親愛なる友の援《たすけ》を藉《か》りて襲《つ》ぎ受く」と。さて先王の運命は何人も知る者がなかった。その死骸《しがい》がポント、フラクト城[27]より移されて聖ポール寺[28]に着した時、二万の群集は彼の屍《しかばね》を繞《めぐ》ってその骨立《こつりつ》せる面影に驚かされた。或はいう、八人の刺客がリチャードを取り巻いた時彼は一人の手より斧《おの》を奪いて一人を斬《き》り二人を倒した。去《さ》れどもエクストン[29]が背後より下せる一撃のために遂に恨《うらみ》を呑んで死なれたと。或る者は天を仰いでいう「あらずあらず。リチャードは断食をして自らと、命の根をたたれたのじゃ」と。いずれにしてもありがたくない。帝王の歴史は悲惨の歴史である。

　階下の一室は昔しウォルター、ロリーが幽囚の際万国史[30]の草を記した所だといい伝えられている。彼がエリザ式の半ズボンに絹の靴下を膝頭で結んだ右足を左りの上へ乗せて鵞《が》ペンの先を紙の上へ突いたまま首を少し傾けて考えている所を想像して見た。しかしその部屋は見る事が出来なかった。

南側から入って螺旋《らせん》状の階段を上るとここに有名な武器陳列場がある。時々手を入れるものと見えて皆ぴかぴか光っている。日本におったとき歴史や小説で御目にかかるだけで一向要領を得なかったものが一々明瞭になるのは甚だ嬉しい。しかし嬉しいのは一時の事で今ではまるで忘れてしまったからやはり同じ事だ。ただなお記憶に残っているのが甲冑《かっちゅう》である。その中でも実に立派だと思ったのは慥《たし》かヘンリー六世(31)の着用したものと覚えている。全体が鋼鉄製で所々に象嵌《ぞうがん》がある。尤も驚くのはその偉大な事である。かかる甲冑を着けたものは少なくとも身の丈七尺位の大男でなくてはならぬ。余が感服してこの甲冑を眺めているとコトリコトリと足音がして余の傍《そば》へ歩いて来るものがある。振り向いて見るとビーフ、イーター(32)である。ビーフ、イーターというと始終牛《ぎゅう》でも食っている人のように思われるがそんなものではない。彼は倫敦塔の番人である。絹帽《シルクハット》を潰したような帽子を被って美術学校(33)の生徒のような服を纏うている。太い袖の先を括《くく》って腰の所を帯でしめている。服にも模様がある。模様は蝦夷《えぞ》人の着る半纏《はんてん》についているような頗る単純の直線を並べて角形に組み合わしたものに過ぎぬ。彼は時として槍をさえ携える事がある。穂《ほ》の短かい柄の先に毛の下がった三国誌(34)にでも出そうな槍をもつ。そのビーフ、イーターの一人が余の後ろに止まった。彼はあまり脊の高くない、肥《ふと》り肉《じし》の白髯《しらひげ》の多いビーフ、イーターであった。「あなたは日本人ではありませんか」と微笑しながら尋ねる。余は現今の英国人と話をしている気がしない。彼が三、四百年の昔からちょっと、顔を出したかまたは余が急に三、四百年の古えを覗いたような感じがする。余は黙して軽くうなずく。こちらへ来給えというから尾《つ》いて行く。彼は指を以て日本製の古き具足《ぐそく》を指して、見たかといわぬばかりの眼付をする。余はまただまってうなずく。これは蒙古《もうこ》よりチャーレス二世(35)に献上になったものだとビーフ、イーターが説明をしてくれる。余は三たびうなずく。

白塔を出てボーシャン塔(36)に行く。途中に分捕《ぶんどり》の大砲が並べてある。その前の所が少しばかり鉄柵《てっさく》で囲い込んで鎖の一部に札が下がっている。見ると仕置場の跡とある。二年も三年も長いのは十年も日の通わぬ地下の暗室に押し込められたものが或る日突然地上に引き出さるるかと思うと地下よりもなお恐しきこの場所へただ据えらるるためであった。久しぶりに青天を見てやれ嬉しやと思う間もなく、目がくらんで物の色さえ定かには眸中《ぼうちゅう》に写らぬ先に白き斧の刃がひらりと三尺の空を切る。流れる血は生きているうちから既に冷《つ》めたかったであろう。烏《からす》が一疋《いっぴき》下りている。翼をすくめて黒い嘴《くちばし》をとがらせて人を見る。百年碧血《へきけつ》の恨が凝《こ》って化鳥《けちょう》の姿となって長くこの不吉な地を守るような心地がする。吹く風に楡《にれ》の木がざわざわと動く。見ると枝の上にも烏がいる。暫くするとまた一羽飛んでくる。どこから来たか分らぬ。傍に七つばかりの男の子を連れた若い女が立って烏を眺めている。希臘《ギリシア》風の鼻と、珠《たま》を溶いたようにうるわしい目と、真白な頸《くび》筋《すじ》を形づくる曲線のうねりとが少からず余の心を動かした。小供は女を見上げて「鴉《からす》が、鴉が」と珍らしそうにいう。それから「鴉が寒《さ》むそうだから、麺麭《パン》をやりたい」とねだる。女は静かに「あの鴉は何にもたべたがっていやしません」という。小供は「なぜ」と聞く。女は長い睫《まつげ》の奥に漾《ただよ》うているような眼で鴉を見詰めながら「あの鴉は五羽います」といったぎり小供の問には答えない。何か独《ひと》りで考えているかと思わるる位済《すま》している。余はこの女とこの鴉の間に何か不思議の因縁でもありはせぬかと疑った。彼は鴉の気分をわが事の如くにいい、三羽しか見えぬ鴉を五羽いると断言する。あやしき女を見捨てて余は独りボーシャン塔に入る。

倫敦塔の歴史はボーシャン塔の歴史であって、ボーシャン塔の歴史は悲酸《ひさん》の歴史である。十四世紀の後半にエドワード三世(37)の建立《こんりゅう》にかかるこの三層塔の一階室に入るものはその入るの瞬間において、百代の遺恨を結晶したる無数の紀念を周囲の壁上に認むるであろう。凡《すべ》ての怨《うらみ》、凡ての憤《いきどおり》、凡ての憂《うれい》と悲みとはこの怨、この憤、この憂と悲の極端より生ずる慰藉《いしゃ》と共に九十一種の題辞(38)となって今になお観る者の心を寒からしめている。冷《ひや》やかなる鉄筆に無情の壁を彫ってわが不運と定業《じょうごう》とを天地の間に刻み付けたる人は、過去という底なし穴に葬られて、空しき文字のみいつまでも娑婆の光りを見る。彼らは強いて自らを愚弄《ぐろう》するにあらずやと怪しまれる。世に反語というがある。白というて黒を意味し、小と唱えて大を思わしむ。凡ての反語のうち自ら知らずして後世に残す反語ほど猛烈なるはまたとあるまい。墓碣《ぼけつ》といい、紀念碑といい、賞牌《しょうはい》といい、綬章《じゅしょう》といいこれらが存在する限りは、空しき物質に、ありし世を忍ばしむるの具となるに過ぎない。われは去る、われを伝うるものは残ると思うは、去るわれを傷《いた》ましむる媒介物の残る意にて、われその物の残る意にあらざるを忘れたる人の言葉と思う。未来の世まで反語を伝えて泡沫《ほうまつ》の身を嘲《あざけ》る人のなす事と思う。余は死ぬ時に辞世も作るまい。死んだ後は墓碑も建ててもらうまい。肉は焼き骨は粉にして西風の強く吹く日大空に向って撒《ま》き散らしてもらおうなどと入《い》らざる取越苦労をする。

題辞の書体は固より一様でない。あるものは閑《ひま》に任せて叮嚀《ていねい》な楷書《かいしょ》を用い、あるものは心急ぎてか口惜《くや》し紛れかがりがりと壁を掻いて擲《なぐ》り書きに彫り付けてある。またあるものは自家の紋章を刻み込んでその中に古雅な文字をとどめ、或は楯の形を描いてその内部に読みがたき句を残している。書体の異なるように言語もまた決して一様でない。英語は勿論《もちろん》の事、以太利《イタリー》語も羅甸《ラテン》語もある。左り側に「我が望は基督《キリスト》にあり」と刻されたのはパスリュ(39)という坊様の句だ。このパスリュは千五百三十七年に首を斬られた。その傍にJOHAN DECKERという署名がある。デッカーとは何者だか分らない。階段を上って行くと戸の入口にT. C. というのがある。これも頭文字だけで誰やら見当がつかぬ。それから少し離れて大変綿密なのがある。先《ま》ず右の端に十字架を描いて心臓を飾り付けその脇に骸骨《がいこつ》と紋章を彫り込んである。少し行くと楯の中に下のような句をかき入れたのが目につく。「運命は空しく我をして心なき風に訴えしむ。時も摧《くだ》けよ。わが星は悲かれ、われにつれなかれ」。次には「凡ての人を尊べ。衆生《しゅじょう》をいつくしめ。神を恐れよ。王を敬え」とある。

こんなものを書く人の心の中はどのようであったろうと想像して見る。およそ世の中に何が苦しいといって所在のないほどの苦しみはない。意識の内容に変化のないほどの苦しみはない。使える身体は目に見えぬ縄で縛られて動きのとれぬほどの苦しみはない。生きるというは活動しているという事であるに、生きながらこの活動を抑えらるるのは生という意味を奪われたると同じ事で、その奪われたを自覚するだけが死よりも一層の苦痛である。この壁の周囲をかくまでに塗抹《とまつ》した人々は皆この死よりも辛い苦痛を嘗《な》めたのである。忍ばるる限り堪えらるる限りはこの苦痛と戦った末、いても起ってもたまらなくなった時始めて釘の折や鋭どき爪を利用して無事の内に仕事を求め、太平の裏《うち》に不平を洩《もら》し、平地の上に波瀾《はらん》を画《えが》いたものであろう。彼らが題せる一字一画は、号泣、涕涙《ているい》、その他凡て自然の許す限りの排悶的《はいもんてき》手段を尽したる後なお飽く事を知らざる本能の要求に余儀なくせられたる結果であろう。

また想像して見る。生れて来た以上は生きねばならぬ。敢《あえ》て死を怖るるとはいわずただ生きねばならぬ。生きねばならぬというは耶蘇《ヤソ》孔子以前の道で、また耶蘇孔子以後の道である。何の理窟も入《い》らぬ、ただ生きたいから生きねばならぬのである。凡ての人は生きねばならぬ。この獄に繋がれたる人もまたこの大道に従って生きねばならなかった。同時に彼らは死ぬべき運命を眼前に控えておった。いかにせば生き延びらるるだろうかとは時々刻々彼らの胸裏に起る疑問であった。一たびこの室に入るものは必ず死ぬ。生きて天日《てんじつ》を再び見たものは千人に一人しかない。彼らは遅かれ早かれ死なねばならぬ。去れど古今にわたる大真理は彼らに誨《おし》えて生きよという、あくまでも生きよという。彼らはやむをえず彼らの爪を磨《と》いだ。尖《と》がれる爪の先を以て堅き壁の上に一と書いた。一をかける後も真理は古えの如く生きよと呟《ささや》く、あくまでも生きよと呟く。彼らは剝《は》がれたる爪の癒《い》ゆるを待って再び二とかいた。斧の刃に肉飛び骨摧《くだ》ける明日を予期した彼らは冷やかなる壁の上にただ一となり二となり線となり字となって生きんと願った。壁の上に残る横縦の疵《きず》は生を欲する執着の魂魄《こんぱく》である。余が想像の糸をここまでたぐって来た時、室内の冷気が一度に脊の毛穴から身の内に吹き込むような感じがして覚えずぞっとした。そう思って見ると何だか壁が湿っぽい。指先で撫《な》でて見るとぬらりと露にすべる。指先を見ると真赤だ。壁の隅からぽたりぽたりと露の珠が垂れる。床の上を見るとその滴《したた》りの痕《あと》が鮮やかな紅《くれな》いの紋を不規則に連ねる。十六世紀の血がにじみ出したと思う。壁の奥の方から唸り声さえ聞える。唸り声が段々と近くなるとそれが夜を洩る凄《すご》い歌と変化する。ここは地面の下に通ずる穴倉でその内には人が二人いる。鬼の国から吹き上げる風が石の壁の破れ目を通って小《ささ》やかなカンテラを煽《あお》るからただささえ暗い室の天井も四隅も煤色《すすいろ》の油煙で渦巻いて動いているように見える。幽《かす》かに聞えた歌の音は窖《こう》中《ちゅう》にいる一人の声に相違ない。歌の主は腕を高くまくって、大きな斧を轆轤《ろくろ》の砥石《といし》にかけて一生懸命に磨いでいる。その傍には一挺《いっちょう》の斧が抛《な》げ出してあるが、風の具合でその白い刃がぴかりぴかりと光る事がある。他の一人は腕組をしたまま立って砥の転《まわ》るのを見ている。髯の中から顔が出ていてその半面をカンテラが照す。照された部分が泥だらけの仁参《にんじん》のような色に見える。「こう毎日のように舟から送って来ては、首斬り役も繁昌《はんじょう》だのう」と髯がいう。「そうさ、斧を磨ぐだけでも骨が折れるわ」と歌の主が答える。これは脊の低い眼の凹《くぼ》んだ煤色の男である。「昨日は美しいのをやったなあ」と髯が惜しそうにいう。「いや顔は美しいが頸《くび》の骨は馬鹿に堅い女だった。御蔭でこの通り刃が一分《いちぶ》ばかりかけた」とやけに轆轤を転ばす。シュシュシュと鳴る間から火花がピチピチと出る。磨ぎ手は声を張り揚げて歌い出す。

切れぬはずだよ女の頸は恋の恨みで刃が折れる。

シュシュシュと鳴る音の外には聴えるものもない。カンテラの光りが風に煽られて磨ぎ手の右の頰を射る。煤の上に朱を流したようだ。「あすは誰の番かな」とややありて髯が質問する。「あすは例の婆様の番さ」と平気に答える。

生える白髪《しらが》を浮気が染める、首を斬られりゃ血が染める。

と高調子に歌う。シュシュシュ轆轤が転ばる、ピチピチと火花が出る。「アハハハもう善《よ》かろう」と斧を振り翳《かざ》して灯影《ほかげ》に刃を見る。「婆様ぎりか、外に誰もいないか」と髯がまた問をかける。「それから例のがやられる」「気の毒な、もうやるか、可愛相にのう」といえば「気の毒じゃが仕方がないわ」と真黒な天井を見て嘯《うそぶ》く。

忽ち窖《あな》も首斬りもカンテラも一度に消えて余はボーシャン塔の真中に茫然《ぼうぜん》と佇んでいる。ふと気が付いて見ると傍に先刻《さっき》鴉に麺麭《パン》をやりたいといった男の子が立っている。例の怪しい女ももとの如くついている。男の子が壁を見て「あすこに犬がかいてある」と驚いたようにいう。女は例の如く過去の権化というべきほどのきっとした口調で「犬ではありません。左りが熊、右が獅子《しし》で是はダッドレー家(40)の紋章です」と答える。実の所余も犬か豚だと思っていたのであるから、今この女の説明を聞いて益《ますます》不思議な女だと思う。そういえば今ダッドレーといったときその言葉の内に何となく力が籠《こも》ってあたかも己れの家名でも名乗った如くに感ぜらるる。余は息を凝らして両人を注視する。女はなお説明をつづける。「この紋章を刻んだ人はジョン、ダッドレーです」あたかもジョンは自分の兄弟の如き語調である。「ジョンには四人の兄弟(41)があって、その兄弟が、熊と獅子の周囲に刻み付けられてある草花でちゃんと分ります」見るとなるほど四通りの花だか葉だかが油絵の枠のように熊と獅子を取り巻いて彫ってある。「ここにあるのは Acorns(42) でこれは Ambrose の事です。こちらにあるのが Rose で Robert を代表するのです。下の方に忍冬《にんどう》(43)が描いてありましょう。忍冬は Honeysuckle だから Henry に当るのです。左りの上に塊《かたま》っているのがGeranium(44)でこれはG……」といったぎり黙っている。見ると珊瑚《さんご》のような唇が電気でも懸《かけ》たかと思われるまでにぶるぶる顫《ふる》えている。蝮《まむし》が鼠《ねずみ》に向ったときの舌の先の如くだ。しばらくすると女はこの紋章の下に書き付けてある題辞を朗《ほが》らかに誦《じゅ》した。

　Yow that these beasts do wel behold and se,
　May deme with ease wherefore here made they be,
　Withe borders eke wherein
4 brothers' names who list to serche the grovnd.(45)

女はこの句を生れてから今日まで毎日日課として諳誦《あんしょう》したように一種の口調を以て誦しおわった。実をいうと壁にある字は甚だ見悪《みにく》い。余の如きものは首を捻《ひね》っても一字も読そうにない。余は益この女を怪しく思う。

　気味が悪くなったから通り過ぎて先へ抜ける。銃眼のある角を出ると滅茶苦茶に書き綴られた、模様だか文字だか分らない中に、正しき画で、小く「ジェーン」と書いてある。余は覚えずその前に立留まった。英国の歴史を読んだものでジェーン、グレー(46)の名を知らぬ者はあるまい。またその薄命と無残の最後に同情の涙を濺《そそ》がぬ者はあるまい。

ジェーンは義父と所天《おっと》の野心のために十八年の春秋を罪なくして惜気もなく刑場に売った。揉《も》み躙《にじ》られたる薔薇《ばら》の蕊《しべ》より消えがたき香《か》の遠く立ちて、今に至るまで史を繙《ひもと》く者をゆかしがらせる。希臘語を解しプレートー(47)を読んで一代の碩学《せきがく》アスカム(48)をして舌を捲《ま》かしめたる逸事は、この詩趣ある人物を想見するの好材料として何人の脳裏にも保存せらるるであろう。余はジェーンの名の前に立留ったぎり動かない。動かないというよりむしろ動けない。空想の幕は既にあいている。

始《はじめ》は両方の眼が霞《かす》んで物が見えなくなる。やがて暗い中の一点にパッと火が点ぜられる。その火が次第次第に大きくなって内に人が動いているような心持ちがする。次にそれが漸々《だんだん》明るくなって丁度双眼鏡の度を合せるように判然と眼に映じて来る。次にその景色が段々大きくなって遠方から近づいて来る。気がついて見ると真中に若い女が座っている、右の端には男が立っているようだ。両方共どこかで見たようだなと考えるうち、瞬《また》たく間にズッと近づいて余から五、六間先で果《はた》と停る。男は前に穴倉の裏《うち》で歌をうたっていた、眼の凹んだ煤色をした、脊の低い奴だ。磨ぎすました斧を左手に突いて腰に八寸ほどの短刀をぶら下げて見構《みがま》えて立っている。余は覚えずギョットする。女は白き手巾《ハンケチ》で目隠しをして両の手で首を載せる台を探すような風情《ふぜい》に見える。首を載せる台は日本の槙割台《まきわりだい》位の大きさで前に鉄の環が着いている。台の前部に藁《わら》が散らしてあるのは流れる血を防ぐ要慎《ようじん》と見えた。背後の壁にもたれて二、三人の女が泣き崩れている、侍女でもあろうか。白い毛裏を折り返した法衣を裾長く引く坊さんが、うつ向いて女の手を台の方角へ導いてやる。女は雪の如く白い服を着けて、肩にあまる金色の髪を時々雲のように揺らす。ふとその顔を見ると驚いた。眼こそ見えね、眉の形、細き面《おもて》、なよやかなる頸の辺りに至《いた》るまで、先刻見た女そのままである。思わず馳《か》け寄ろうとしたが足が縮んで一歩も前へ出る事が出来ぬ。女は漸く首斬り台を探り当てて両の手をかける。唇がむつむつと動く。最前男の子にダッドレーの紋章を説明した時と寸分違《たが》わぬ。やがて首を少し傾けて「わが夫ギルドフォード、ダッドレーは既に神の国に行ってか」と聞く。肩を揺り越した一握りの髪が軽くうねりを打つ。坊さんは「知り申さぬ」と答えて「まだ真《まこ》との道に入り玉う心はなきか」と問う。女きっとして「まこととはわれとわが夫の信ずる道をこそ言え。御身たちの道は迷いの道、誤りの道よ」と返す。坊さんは何にも言わずにいる。女はやや落ち付いた調子で「わが夫が先なら追付《おいつ》こう、後ならば誘うて行こう。正しき神の国に、正しき道を踏んで行こう」といい終って落つるが如く首を台の上に投げかける。眼の凹んだ、煤色の、脊の低い首斬り役が重た気《げ》に斧をエイと取り直す。余の洋袴《ズボン》の膝に二、三点の血が迸《ほとば》しると思ったら、凡ての光景が忽然と消え失せた。

あたりを見廻わすと男の子を連れた女はどこへ行ったか影さえ見えない。狐《きつね》に化かされたような顔をして茫然と塔を出る。帰り道にまた鐘塔の下を通ったら高い窓からガイ、フォークス(49)が稲妻のような顔をちょっと出した。「今一時間早かったら……。この三本のマッチが役に立たなかったのは実に残念である」という声さえ聞えた。自分ながら少々気が変だと思ってそこそこに塔を出る。塔橋を渡って後ろを顧みたら、北の国の例かこの日もいつの間にやら雨となっていた。糠粒《ぬかつぶ》を針の目からこぼすような細かいのが満都の紅塵《こうじん》と煤煙《ばいえん》を溶かして濛々《もうもう》と天地を鎖《とざ》す裏《うち》に地獄の影のようにぬっと見上げられたのは倫敦塔であった。

無我夢中に宿に着いて、主人に今日は塔を見物して来たと話したら、主人が鴉が五羽いたでしょうという。おやこの主人もあの女の親類かなと内心大《おおい》に驚ろくと主人は笑いながら「あれは奉納の鴉です。昔しからあすこに飼っているので、一羽でも数が不足すると、すぐあとをこしらえます、それだからあの鴉はいつでも五羽に限っています」と手もなく説明するので、余の空想の一半は倫敦塔を見たその日のうちに打ち壊《こ》わされてしまった。余はまた主人に壁の題辞の事を話すと、主人は無造作に「ええあの落書《らくがき》ですか、詰《つま》らない事をしたもんで、切角《せっかく》奇麗な所を大なしにしてしまいましたねえ、なに罪人の落書だなんて当になったもんじゃありません、贋《にせ》も大分ありますさあね」と済ましたものである。余は最後に美しい婦人に逢った事とその婦人が我々の知らない事や到底《とうてい》読めない字句をすらすら読んだ事などを不思議そうに話し出すと、主人は大に軽蔑した口調で「そりぁ当り前でさあ、皆んなあすこへ行く時にゃ案内記を読んで出掛るんでさあ、その位の事を知ってたって何も驚くにゃあたらないでしょう、何頗《すこぶ》る別嬪《べっぴん》だって、倫敦にゃ大分別嬪がいますよ、少し気を付けないと険呑《けんのん》(50)ですぜ」と飛んだ所へ火の手が揚《あが》る。これで余の空想の後半がまた打ち壊わされる。主人は二十世紀の倫敦人である。

それからは人と倫敦塔の話しをしない事に極《き》めた。また再び見物に行かない事に極めた。

この篇は事実らしく書き流してあるが、実の所過半想像的の文字であるから、見る人はその心で読まれん事を希望する、塔の歴史に関して時々戯曲的に面白そうな事柄を撰《えら》んで綴り込んで見たが、甘《うま》く行かんので所々不自然の痕迹《こんせき》が見えるのはやむをえない。その中《うち》エリザベス（エドワード四世の妃）が幽閉中の二王子に逢いに来る場と、二王子を殺した刺客の述懐の場は沙翁《さおう》(51)の歴史劇リチャード三世のうちにもある。沙翁はクラレンス公爵(52)の塔中で殺さるる場を写すには正筆(53)を用い、王子を絞殺する模様をあらわすには仄筆《そくひつ》(54)を使って、刺客の語を藉《か》り裏面からその様子を描出している。かつてこの劇を読んだとき、そこを大に面白く感じた事があるから、今その趣向をそのまま用いて見た。しかし対話の内容周囲の光景等は無論余の空想から捏出《ねつしゅつ》したもので沙翁とは何らの関係もない。それから断頭吏の歌をうたって斧を磨ぐ所について一言して置くが、この趣向は全く「エーンズウォース」(55)の倫敦塔という小説から来たもので、余はこれに対して些少《さしょう》の創意をも要求する権利はない。「エーンズウォース」には斧の刃のこぼれたのをソルスベリ伯爵夫人(56)を斬る時の出来事のように叙してある。余がこの書を読んだとき断頭場に用うる斧の刃のこぼれたのを首斬り役が磨いでいる景色などは僅《わずか》に一、二頁に足らぬ所ではあるが非常に面白いと感じた。しかのみならず磨ぎながら乱暴な歌を平気でうたっているという事が、同じく十五、六分の所作ではあるが、全篇を活動せしむるに足るほどの戯曲的出来事だと深く興味を覚えたので今その趣向そのままを蹈襲《とうしゅう》したのである。但《ただ》し歌の意味も文句も、二吏の対話も、暗窖《あんこう》の光景も一切趣向以外の事は余の空想から成ったものである。ついでだからエーンズウォースが獄門役に歌わせた歌を紹介して置こう。

The axe was sharp, and heavy as lead,
As it touched the neck, off went the head!
Whir-whir-whir-whir!
Queen Anne laid her white throat upon the block,
Quietly waiting the fatal shock;
The axe it severed it right in twain,
And so quick—so true—that she felt no pain!
Whir-whir-whir-whir!
Salisbury's countess, she would not die
As a proud dame should—decorously.
Lifting my axe, I split her skull,
And the edge since then has been notched and dull.
Whir-whir-whir-whir!
Queen Catherine Howard gave me a fee—
A chain of gold—to die easily;

And her costly present she did not rue,
For I touched her head and away it flew!
Whir-whir-whir-whir!(57)

この全章を訳そうと思ったが到底思うように行かないし、かつ余り長過ぎる恐れがあるからやめにした。

二王子幽閉の場と、ジェーン所刑の場については有名なるドラロッシ(58)の絵画が尠《すくな》からず余の想像を助けている事を一言して聊《いささ》か感謝の意を表する。

舟より上る囚人のうちワイアットとあるは有名なる詩人の子にてジェーンのため兵を挙げたる人、父子同名なる故《ゆえ》紛れやすいから記して置く。

塔中四辺の風致景物を今少し精細に写す方が読者に塔その物を紹介してその地を踏ましむる思いを自然に引き起させる上において必要な条件とは気が付いているが、何分《なにぶん》かかる文を草する目的で遊覧した訳ではないし、かつ年月が経過しているから判然たる景色がどうしても眼の前にあらわれ悪《にく》い。従ってややともすると主観的の句が重複して、ある時は読者に不愉快な感じを与えはせぬかと思う所もあるが右の次第だから仕方がない。

団《どん》栗《ぐり》

寺田寅彦

一八七八年(明治一一)—一九三五年(昭和一〇)。物理学者・随筆家。吉村冬彦・藪柑子《やぶこうじ》などの筆名・俳号もある。東京生まれ。東京帝大物理学科卒。熊本の五高在校中に夏目漱石から英語や俳句を学び、その推薦で「ホトトギス」などに散文や俳句を発表。大学卒業後は大学院に進んで理学博士となり、一九〇九年(明治四二)東大助教授、二年間ドイツ・イギリスに留学し、帰国後の一九一六年(大正五)東大教授となった。一九一九年(大正八)胃潰瘍のため入院し、退院後の静養中に書いた随筆類を『冬彦集』として刊行。以後、科学者の冷静な観察眼と芸術家の繊細な感受性をあわせもつ卓越した文章家としても知られた。漱石「吾輩は猫である」の水島寒月、「三四郎」の野々宮宗八のモデルともいわれている。

「団栗」は一九〇五年(明治三八)四月の「ホトトギス」に発表。若くして結婚しながら、事情があって別居を強いられていた少女妻夏子とのつかのまの新婚生活と夏子の肺結核の発病、そして一九〇二年(明治三五)の死という痛切きわまりない実体験を、一篇の小説として昇華させた作品。底本には『寺田寅彦全集』1(岩波書店、一九九六年)を用いた。

もう何年前になるか思い出せぬが日は覚えている。暮もおし詰った二十六日の晩、妻は下女を連れて下谷摩利支天《したやまりしてん》(1)の縁日へ出掛けた。十時過ぎに帰って来て、袂《たもと》からおみやげの金鍔《きんつば》と焼栗《やきぐり》を出して余のノートを読んでいる机の隅へそっとのせて、便所へはいったがやがて出て来て蒼《あお》い顔をして机の側へ坐《すわ》ると同時に急に咳《せき》をして血を吐いた。驚いたのは当人ばかりではない、その時余の顔に全く血の気《け》がなくなったのを見て、いっそう気を落したとこれはあとで話した。

翌る日《あくるひ》下女が薬取りから帰ると急に暇をくれといい出した。この辺は物騒《ぶっそう》で、御使いに出るときっといやな悪戯《いたずら》をされますので、どうも恐ろしくて不気味で勤まりませぬと妙な事をいう。しかし見る通りの病人をかかえて今急におまえに帰られては途方にくれる。せめて代りの人のあるまで辛抱してくれと、よしやまだ一介の書生にしろ、とにかく一家の主人が泣かぬばかりに頼んだので、その日はどうやら思い止まったらしかったが、翌日は国許《くにもと》の親が大病とかいう訳でとうとう帰ってしまう。掛取《かけと》りに来た車屋の婆さんに頼んで、何でもよいからと桂庵《けいあん》(2)から連れて来てもらったのが美代という女であった。仕合《しあわ》せとこれが気立てのやさしい正直もので、尤《もっと》も少しぼんやりしていて、狸《たぬき》は人に化けるものだというような事を信じていたが、とにかく忠実に病人の看護もし、叱られても腹も立てず、そして時にしくじりもやった。手水鉢《ちょうずばち》を座敷の真中で取落して洪水を起したり、火燵《こたつ》のお下《さが》りを入れて寝て蒲団《ふとん》から畳まで径一尺ほどの焼穴をこしらえた事もあった。それにもかかわらず余は今に到るまでこの美代に対する感謝の念は薄らがぬ。

病人の容体は善《よ》いとも悪いともつかぬうちに歳は容捨《ようしゃ》なく暮れてしまう。新年を迎える用意もしなければならぬが、何を買ってどうするものやらわからぬ。それでも美代が病人の指図を聞いてそれに自分の意見を交ぜて一日忙しそうに働いていた。大晦日《おおみそか》の夜の十二時過ぎ、障子のあんまりひどく破れているのに気が付いて、外套《がいとう》の頭巾《ずきん》をひっかぶり、皿一枚をさげて森川町(3)へ五厘《りん》の糊《のり》を買いに行ったりした。美代はこの夜三時過ぎまで結び蒟蒻《こんにゃく》をこしらえていた。

世間は目出度《めでた》いお正月になって、暖い天気が続く。病人も少しずつよくなる。風のない日は縁側の日向《ひなた》へ出て来て、紙の折鶴をいくつとなくこしらえてみたり、秘蔵の人形の着物を縫うてやったり、曇《くも》った寒い日は床《とこ》の中で「黒髪」(4)を弾くくらいになった。そして時々心細い愚痴《ぐち》っぽい事をいっては余と美代を困らせる。妻はその頃もう身重になっていたので、この五月には初産《ういざん》という女の大難をひかえている。おまけに十九の大厄《たいやく》だという。美代が宿入りの夜など、木枯《こがら》しの音にまじる隣室の淋《さび》しい寝息を聞きながら机の前に坐って、ランプを見つめたまま、長い息をすることもあった。妻は医者の間に合いの気休めをすっかり信じて、全く一時的な気管の出血であったと思っていたらしい。そうでないと信じたくなかったのであろう。それでもどこにか不安な念が潜《ひそ》んでいると見えて、時々「ほんとうの肺病だって、なおらないと極《きま》った事はないのでしょうね」とこんな事をきいた事もある。またある時は「あなた、かくしているでしょう、きっとそうだ、あなたそうでしょう」とうるさく聞きながら、余の顔色を読もうとする、その祈るような気遣《きづか》わしげな眼づかいを見るのが苦しいから「馬鹿な、そんな事はないといったらない」と邪慳《じゃけん》な返事で打消してやる。それでも一時は満足する事が出来たようであった。

病気は少しずつよい。二月の初めには風呂にも入る、髪も結うようになった。車屋の婆さんなどは「もうスッカリ御全快だそうで」と、独りできめてしまって、そっと懐《ふところ》から勘定書を出して「どうも大変に、お早く御全快で」という。医者の所へ行って聞くと、善いとも悪いともいわず、「なにしろちょうど御妊娠中ですからね、この五月がよほど御大事ですよ」と心細い事をいう。

それにもかかわらず少しずつよい。月の十何日、風のない暖かい日、医者の許可を得たから植物園(5)へ連れて行ってやるというと大変に喜んだ。出掛けるとなって庭へ下りると、髪があんまりひどいからちょっと撫《な》で付けるまで待って頂戴《ちょうだい》という。懐手《ふところで》をして縁へ腰掛けて淋しい小庭を見廻《みま》わす。去年の枯菊が引かれたままで、あわれに朽ちている、それに千代紙の切れか何かが引掛って風のないのに、寒そうに顫《ふる》えている。手水鉢の向いの梅の枝に二輪ばかり満開したのがある。近付いてよく見ると作り花がくっつけてあった。おおかた病人のいたずらしい。茶の間の障子のガラス越しに覗《のぞ》いてみると、妻は鏡台の前へ坐って解かした髪を握ってばらりと下げ、櫛《くし》をつかっている。ちょっと撫でつけるのかと思ったら自分で新たに巻き直すと見える。よせばよいのに、早くしないかと急《せ》き立てておいて、座敷の方へ戻って、横になって今朝見た新聞をのぞく。早くしないかと大声で促す。そんなに急き立てると、なお出来やしないわという。黙って台所の横をまわって門へ出てみた。往来の人がじろじろ見て通るから仕方なしに歩き出す。

半町ばかりぶらぶら歩いて振り返ってもまだ出て来ぬから、また引返してもと来た通り台所の横から縁側へまわって覗いてみると、妻が年甲斐《としがい》もなく泣き伏しているのを美代がなだめている。あんまりだという。一人でどこへでもいらっしゃいという。まあともかくもと美代がすかしなだめて、やっと出掛ける事になる。実に好《い》い天気だ。「人間の心が蒸発して霞になりそうな日だね」といったら、一間《けん》ばかり後を雪駄《せった》(6)を引きずりながら、大儀そうについて来た妻は、エエと気のない返事をして無理に笑顔をこしらえる。この時始めて気が付いたが、なるほど腹の帯の所が人並よりだいぶ大きい。あるき方がよほど変だ。それでも当人は平気でくっついて来る。美代と二人でよこせばよかったと思いながら、無言で歩調を早める。植物園の門をはいって真直《まっす》ぐに広いたらたら坂を上って左に折れる。穏やかな日光が広い園に一杯になって、花も緑もない地盤はさながら眠ったようである。温室の白塗りがキラキラするようでその前に二、三人懐手をして窓から中を覗く人影が見えるばかり、噴水も出ていぬ。睡蓮《すいれん》もまだつめたい泥の底に真夏の雲の影を待っている。温室の中からガタガタと下駄の音を立てて、田舎の婆さんたちが四、五人、狐《きつね》につままれたような顔をして出て来る。余らはこれと入れちがってはいる。活力の充ちた、しめっぽい熱帯の空気が鼻の孔《あな》から脳を襲う。椰子《やし》の樹や琉球《りゅうきゅう》の芭《ば》蕉《しょう》などが、今少し延びたら、この屋根をどうするつもりだろうといつも思うのであるが、今日もそう思う。瓜哇《ジャワ》(7)という国には肺病が皆無だと誰れかのいった事を思い出す。妻は濃緑に朱の斑点の入った草の葉をいじっているから「オイよせ、毒かも知れない」といったら、慌《あわ》てて放して、いやな顔をして指先を見つめてちょっと嗅《か》いでみる。左右の廻《かい》廊《ろう》にはところどころ赤い花が咲いて、その中からのんきそうな人の顔もあちこちに見える。妻はなんだか気分が悪くなったという。顔色はたいして悪くもない。急に生温かい処へはいったためだろう。早く外へ出た方がよい、おれはも少し見て行くからといったら、ちょっとためらったが、おとなしく出て行った。紅《あか》い花だけ見てすぐ出るつもりでいたら、人と人との間へはさまって、ちょっと出損なって、やっと出てみると妻はそこにはいぬ。どこへ行ったかと見廻わすと、遥《はる》か向うの東屋《あずまや》のベンチへ力なさそうに凭《もた》れたまま、こっちを見て笑っていた。

園の静けさは前に変らぬ。日光の目に見えぬ力で地上のすべての活動をそっと抑え付けてあるように見える。気分はすっかりよくなったというから、もうそろそろ帰ろうかというと、少し驚いたように余の顔を見つめていたが、せっかく来たから、もう少し、池の方へでも行ってみましょうという。それもそうだとそっちへ向く。

崖を下りかかると下から大学生が二、三人、黄色い声(8)でアリストートル(9)がどうしたとかいうような事を議論しながら上って来る。池の小島の東屋に、三十くらいの眼鏡《めがね》をかけた品の好い細君が、海軍服(10)の男の児と小さい女の児を遊ばせている。海軍服は小石を拾っては氷の上をすべらせて快い音を立てている。ベンチの上には皺《しわ》くちゃの半紙が拡げられて、その上にカステラの大きな片《きれ》がのっている。「あんな女の児が欲しいわねえ」と妻がいつにない事をいう。

出口の方へと崖の下をあるく。何の見るものもない。後ろで妻が「おや、団栗が」と不意に大きな声をして、道脇の落葉の中へはいって行く。なるほど、落葉に交じって無数の団栗が、凍《い》てた崖下の土にころがっている。妻はそこへしゃがんで熱心に拾いはじめる。見る間に左の掌《てのひら》に一杯になる。余も一つ二つ拾って向うの便所の屋根へ投げると、カラカラと転がって向側へ落ちる。妻は帯の間からハンケチを取出して膝の上へ拡げ、熱心に拾い集める。「もう大概にしないか、馬鹿だな」といってみたが、なかなかやめそうもないから便所へ入る。出てみるとまだ拾っている。「一体そんなに拾って、どうしようというのだ」と聞くと、面白そうに笑いながら、「だって拾うのが面白いじゃありませんか」という。ハンケチに一杯拾って包んで大事そうに縛っているから、もうよすかと思うと、今度は「あなたのハンケチも貸して頂戴」という。とうとう余のハンケチにも何合《ごう》かの団栗を充たして「もうよしてよ、帰りましょう」とどこまでもいい気な事をいう。

団栗を拾って喜んだ妻も今はない。御墓の土には苔《こけ》の花が何遍か咲いた。山には団栗も落ちれば、鵯《ひよどり》の啼《な》く音に落葉が降る。今年の二月、あけて六つになる忘れ形身のみつ坊をつれて、この植物園へ遊びに来て、昔ながらの団栗を拾わせた。こんな些細《ささい》な事にまで、遺伝というようなものがあるものだか、みつ坊は非常に面白がった。五つ六つ拾うごとに、息をはずませて余の側へ飛んで来て、余の帽子の中へひろげたハンケチへ投げ込む。だんだん得物《えもの》の増して行くのをのぞき込んで、頰を赤くして嬉しそうな溶けそうな顔をする。争われぬ母の面影がこの無邪気な顔のどこかの隅からチラリとのぞいて、うすれかかった昔の記憶を呼び返す。「おとうさん、大きな団栗、こいもこいもこいもこいもこいもみんな大きな団栗」と小さい泥だらけの指先で帽子の中に累々とした団栗の頭を一つ一つ突っつく。「大きい団栗、ちいちゃい団栗、みいんな利口な団栗ちゃん」と出たらめの唱歌のようなものを歌って飛び飛びしながらまた拾い始める。余はその罪のない横顔をじっと見入って、亡妻のあらゆる短所と長所、団栗のすきな事も折鶴の上手な事も、なんにも遺伝して差支《さしつか》えはないが、始めと終りの悲惨であった母の運命だけは、この児に繰返させたくないものだと、しみじみそう思ったのである。

上　下

大塚楠緒子《くすおこ》

一八七五年(明治八)―一九一〇年(明治四三)。本名は久寿雄《くすお》。東京生まれ。東京女子高等師範学校附属女学校卒。法曹界の重鎮大塚正男の長女で、東京帝大の美学教授となる大塚保治を婿養子に迎えて結婚。少女時代から佐佐木弘綱・信綱の短歌結社竹柏園に学んで短歌や美文に筆を染め、また擬古文体の小説を発表して、樋口一葉に続く女性作家として注目された。日露戦争中の一九〇五年(明治三八)には、夫の無事を祈る妻の心情をうたった長詩「お百度詣《もうで》」を発表。以後、小説では大塚保治の親友だった夏目漱石の影響を受け、またその人と作品が漱石の初期文学にも大きな刺戟を与えた。代表作に驕慢な名流夫人を主人公にした長篇「空薫《そらだき》」、「そら炷《だき》」後篇などがあり、一九一〇年に数え年三六歳の若さで早世した。

「上下」は一九〇六年(明治三九)八月、「東亜の光」に発表。夏の日盛りに重い荷車を引き、松の木蔭に束の間の涼をとる貧しい夫婦者と、彼らが見上げる西洋館の華美な一室で反目する若い男爵夫婦。その対比を息の長い言文一致の文体で切り取り、人生の幸福の所在を問う。

底本には東亜協会文芸部編の合著『暁靄集』(弘道館、一九〇八年)を用いた。

土手に大きな松の樹がある、焼くように照り付ける三伏《さんぷく》(1)の夏の日を支えてあたかも恵みの手を拡げているかの如く、出来るだけ枝を四方に延ばして、風をも呼んで涼しい蔭を作りていると、風鈴屋が休んで往く小僧が昼寝をして往く、屑屋《くずや》と羅宇屋《らうや》(2)が屑の値と羅宇竹すげ替えの利益との比較をして往くこともある、今しも酒屋の御用聴が、いくつもの白鳥(3)をひとまとめに提げて、どっこいしょと立ち上って往ってしまった跡へ、火のように熱そうな苦しそうな息を吐いて、空の荷車をひいて来た夫婦の者が休んだ、後押をして来た女房の方はぐったりと寝こけている嬰児《あかご》を背負っている、荷車の中には砂利《じゃり》が積んであったか土が盛ってあったか或所《ある》から或所へ運んで往った若干の賃銀は、今日の糧を充すべく貧しい懐《ふところ》へ入ったか知らず、富者の庫の塵《ちり》ほどの値もすまいその賃銀を得んがためには、夫婦はどの位労力を費さねばならなかったろう、重い荷を引いて骨節は砕けるようになりはしなかったろうか、張り切った筋は緩んで利かぬようになりはしなかったろうか、生存力は汗になって流れ去って倒れてしまいはせぬかと思わなかったろうか、しかし夫婦はさり気もない。

「はッはッ熱いな、」

と車を傍へ置いて、焼けた銅のような顔をして、どっかと土手の草の上へ腰を下して足を投げ出した若い男は、いつどこで貰《もら》った仕着せの印半纏《しるしばんてん》(4)か、つぎの大分あたった襟元《えりもと》を緩めて木綿の網じゃつ(5)を開いて、汗染みた手拭《てぬぐい》で、顔から咽《のど》、咽から胸をぐいぐいと拭く、

「あついねえ、」

と女房は背の児をひと揺《ゆす》り、生れようによったらば二十一、二の花の身を、華美な浴衣《ゆかた》の模様好み、瓜でも剝《む》かせて枕籠(6)の昼寝時、読んだ小説の夢でも見ようというものを、その日稼ぎの亭主の手伝い、汚れくさった惨《みじめ》な筒袖(7)に、むさい汗の香があるより外《ほか》に色があろうか香があろうか、粧《つく》ったらば随分人目も惹こうと思われる目鼻立を、労働の汗と埃《ほこり》に思うさま台無《だいなし》にしてしかも惜しそうでない。

「どこかに水があるだろう、どれ手拭をお出し絞って来てあげよう、」

疲れ切っている身をも厭《いと》わず、甲斐甲斐《かいがい》しく夫の手拭を受取ると、

「嬰児を下して遣ろうか、」

と男も手を出しそうにすると、

「いいよ、また泣き出すと煩《うる》さいから、」

言い捨てて、さっさと水を求めに往ったが、暫時《しばらく》すると、わああと泣き立てる背の児を賺《すか》し賺し馳《か》け戻って来た、

「じきそこに堀井戸があったよ、冷たい好《い》い水さ、手拭は絞って来たが何ならお前さん、いっぱい飲んで来るといい、」

自分も顔を拭いて髪も掻上《かきあ》げて来たのであろう、棕櫚《しゅろ》(8)のようにそそけていた櫛巻(9)の鬢《びん》が、生得の麗《うる》わしい黒い濡色《ぬれいろ》を見せている、つめたそうにさっぱりと絞った手拭を差出すと、男はありがたそうに受取って、ちょいと顔をひと拭きする。

「よう、お前さん、それは好い水なんだから一杯飲んでお出でなさいよ、」

「いいよ、もうこれで沢山《たくさん》、ああ御蔭で少し涼しくなった、おお、坊や、どうしたどうした、手前だって熱かろうよなあ、さあ爺《とっ》ちゃんが下して遣るぞ、」

と立ち上って濡手拭を肩に引っ掛けて、負い紐を解いている女房の後に廻って抱き下す、母の背と児の胸とは湯のような汁に浸っている、児は無性に泣き立てる。

「お腹がすいたろう、さあさあ、おっぱいを上げようね、」

急いで乳房を含めながら、女房も夫と幷《なら》んで土手に腰を下して始めて休んだ、さっと濃《こま》かな松の葉を鳴して風が吹いて来る、この炎天の空気を通して吹いて来るとは思われぬほどここには涼しい、ところどころに斑《まだら》に日光を洩《も》して大きな松の枝の影が動く。

身が休まる気が休まる、こればかりの休養もこの女のためには極楽なのである、眼の辺をちょっと払ったは、涙を拭いたのではない、こぼれる鬢の毛を掻き上げたので、彼女は世の中を決して悲観なんぞしてはいない、卑怯な煩悶《はんもん》なんぞしてはいない、健気な勇しい活気に満ちているので、賤《いや》しい労働はしていても自分のためには頼《たより》になる夫がある可愛い児がある、何の不足がこの世にあろうと真から思い極めているので、素直な地蔵眉(10)の下に情深い眼が優しく、口元にはゆったりと、いつも楽天の微笑を湛《たた》えている、張っている乳がひびくのを、小さい息に飲み兼ねている膝の児を、満足そうに見詰めていると、その乳をのんでいる児と、飲ませている母親とを熟《じっ》と見ている男の顔には、いささか不安の念が蟠《わだか》まったらしい、血気に満ちた若い逞《たくま》しいその容貌骨格には、多大な希望と野心が満ちているので、女房ほど安心はしていないのである、いよいよ満足らしく乳を飲んでいる児と飲ませている母親とを、見入っていたが、

「草臥《くたび》れたろう、何しろ本所までだからなあ、」

女房は顔を上げた、

「帰途《かえり》は空車だけれど、日盛じゃあるし、それに今日のは重かったからねえ、往きに全然草臥れちまって……」

「それでも馴れた故《せい》か、よっぽどお前もこの節は力が出て来たよ、お蔭で助からあ、」

「そうかねえ、それは好い塩梅《あんばい》だけれど、お前さん脚気《かっけ》(11)の具合はどうだえ、今日なんか随分障《さわ》ったろうと案じるよ、」

「なあに、そっちは好いが、こうしてちっとの間でも骨身が休まっている時にゃあ考えらあ、お前に気の毒だと思ってよ、己《おい》らなんぞと同棲《いっしょ》になったばっかりに、名代のお駒ちゃんが形無《かたな》しになっちゃった、」

「厭《いや》だよ、またお前さんはそんな事を言ってさ、これほど親切にしてもらっていてさ何が不足だろうそれにこんな可愛い坊やまでも出来ているじゃないか、家の隣のお金ちゃん所を御覧な、工面は好いそうだが毎日喧嘩《けんか》ばかりしているじゃないか、私らゃ近所で羨ましがられているんだよ、仲が好いってさ、」

と莞爾《にっこり》と笑って顔を見ると、男も莞爾と熔《と》けるように笑った。

彼れはこの優しい妻の辞《ことば》を涙のこぼれるほど嬉しく思うので、ああ、自分はまだこの上のどれほど強い労働をしても構わぬ、この可憐《かれん》な最愛の女房にこんな惨な姿をさせて置きたくないと、つくづくと思い入って黙っていたが、不意と往来を隔てた真正面の邸宅を見た。

見上げた正面には立派な邸宅がある、囲った石の塀に添うて蠟燭形《ろうそくがた》に奇麗《きれい》に手が入れてある檜葉《ひば》が緑色の列を作っている側には松がある桜がある、奥には堅固な土蔵に幷んで西洋館が見える、往来へ向いた方に窓が二つ、涼しそうなレースの窓掛に枝を差出して百日紅《さるすべり》が燃え立つような色に咲いている。

「見ろよ、前の家の立派だこと、」

女房は右と左に児を抱き直して、同じく見上げて、

「立派だねえ、何という人の家だろう、」

「己らも一生に一日でいい、お前をあんな家に入れて見てえ、」

「オホホホ、お前さんが……お前さんと言う人は慾《よく》が深いねえ、私ゃそんな事は思てやしないよ、万一お前さんがあんな家へお入りのようにおなりだとして御覧な、第一奥様が私のような者ではつりあわなくなって来る、浮気でもおしじゃその時私がつまらないよ、オホホホ、」

「ばか言ってらあ、」

と呟《つぶや》くように言って見たが、いかにも優しい女房の気立の嬉しさに何がなしに情愛が胸一ぱいにせまって、男の癖に眼が湿《うる》んで来てならぬので、それに付けても骨身も掻きむしりたいように自分の腑甲斐《ふがい》なさが悔まれる、どうかして日傭《ひやとい》稼ぎからちっとでも出世がしたいと西洋館を熟《じっ》と見詰めている。

外からこそ窺《うかが》われぬ、西洋館の十二畳、その十二畳の一室にも若い夫婦がさし対《むか》っているのである、貴族院議員であった亡き父男爵の跡を継いで、某省に職を奉じてある当主男爵はまだ若い、三十を一つか二つも越えているであろう、背の高い顔の長い色の白い、いかにも貴族的の相を備えている、口を結んで眼を卓に置いてある蒔絵《まきえ》の煙草入《たばこいれ》に見据えているので、額《がく》がある鏡がある花瓶がある、値高い物品が数限りもなく配置してある、室の飾り付けの美しさといったらない、通風器が置いてあって絶えず風は通っている、卓を挟んで緞子《どんす》(12)張の椅子に腰をかけて手を重ねて対《む》き合うているのは令夫人で、さも貴夫人の品位を落すまいと高ぶっているような様子をして、夫男爵にこう言った。

「そんなに私がお気に入らなければ、私は生家へ帰して頂きましょう、」

男爵は睨《にら》むように視線をちょっと夫人の顔に閃《ひら》めかしたが、直《すぐ》と打俯《うつむ》いてしまった、

「気に入るの入らんのという事はないが、お前も少しは考えてくれんければ不可《いか》ん、交際も好い加減にしてくれなければ、今のようでは金と時間が余り費《つい》え過ぎる、」
夫人はその権高《けんだか》な眼を見張った、
「金と時間が費え過ぎますって、それは仕かたが御座いますまいじゃないか、貴君《あなた》は始めっから交際に重きを置くという御主義じゃなかったので御座いますか、それだからこそ私も嫁《まい》りましたようなわけで……」
「結婚した時の考《かんがえ》はそうだったろう、充分社交的にお前にも立ち廻ってもらうつもりであったのだが、とかくに理屈と交際とは合わんもので、善いと思う事でも実際が許さぬ事は世間に多い、この頃のように交際費が嵩《かさ》んでは少し己《お》れの家には分不相応かとも思う、御母様もそう仰しゃるし……」
「御母様も……まあ……貴君は御母様の入智恵でそう仰しゃるので御座いましょう、何でも御母様の仰しゃる事をお聴きになっては、私をお責めになるのは貴君の常です、」
「それは、よん処《どころ》ない、御母様はお年寄の事ではあるし、それに己れのためには義理がある、」
夫人は上目で男爵の顔を見る、

「それは始めっから承知しておりますさ、けれども余りで御座いますもの、御母様の御機嫌さえ取っていらっしゃれば宜しいんでしょう、貴君は全然この家の全権を御母様に握られていらっしゃるのですもの、余り意久地《いくじ》がなさすぎるじゃ御座いませんか、」

冷笑した語気で言うと男爵は眼を怒らした、

「意久地があろうがなかろうが己れの勝手だ、今日は御母様にお前は口返事(13)をなしたというじゃないか、」

「口返事じゃ御座いませんけれど、あんまり分らない事を仰しゃいますから、理屈をお聴かせ申したので御座います、」

「さ、それが悪い、」

「悪いので御座いましょうとも、それで御座いますから生家へ帰して頂くと申しております、御母様は始終私の事を生意気だの出過者だのと女中共にまで仰しゃるので御座いますもの、終《しまい》には女中だちにまで私は愚にされます、是非私は生家へ帰ります、」

涙を拭きながら夫人は口惜しそうに言い張る、男爵の面にはいよいよ不快の色が漲《みなぎ》る。

土手際ではそんなことのあろうとも知らぬ西洋館を、うらやましそうにいつまでも男は見上げている、女房は、腹一ぱい呑《の》んで今乳をはなした嬰児《あかご》の、にこにこと笑うのを

可愛そうに指さして、

「ちょいと御覧なさいよ、笑ってますよ、嬉ちいかい、おや、手々を出して、爺《とっ》ちゃんの方へ這《は》い這いして往くの、」

男は忽《たちま》ちたわいなく児にまぎれてしまう、

「おお、抱こしてやろう、来い来い、」

膝に抱きあげてあやすと、にこにこと笑う。

その間に女房は立ち上って車の隅に置いてある風呂敷包みを解いたが空の弁当箱の側から紙袋を持って来た、

「お前さん、パンでも、おあがりな煙草が嫌いだからこんな時には不可《いけ》ないね、」

と袋から餡《あん》パン二個三個出して渡そうとすると、児が先《ま》ず手を出す、

「あらお前じゃないよ、いけないよ、これ、」

「坊やには食べさせちゃ悪かろうか、」

「ああ、不可ませんよ、まだ歯が二本しきゃ生えていないんですから、さ、お前はこっちへお出で、さんざおっぱいを飲んだのに、いじが汚ないね、」

また抱き取って今度は草の上へ這わして置くと、自由に手を振り足を動かして、土手

の草をむしり始める、子には新らしい浴衣が着せてあるので付紐(14)の緋《ひ》金巾《かなきん》(15)が美しく目につく。

「お前は直にそう言っては困らせるけれども、子供のあることも考えてくれんでは困る、」

と西洋館では男爵の声、

「彼児《あのこ》は貴君、ああして乳母によく馴《な》深《じ》んでおりますもの、私がおりませんだって構いは致しません、それに御母様の御気に入りのお浦もおります、お浦は貴君もたしか御気に入りのはずで御座います、私のおらん方が丁度《ちょうど》よいかも知れません、」

何を意味して言ったのか、何を意味して聴いたのか、

「何を言う、ばかなッ、」

と男爵は罵《ののし》った、夫人は嘲《あざけ》りの微笑を浮べたので、

「何に致せ、私は今日から生家へ遣って頂きます、」

血の気のない顔をして黙っている男爵と、自暴《やけ》に団扇《うちわ》の総《ふさ》を引っ張て涙ぐんでいる若い奥方とが、さし対っているその一室へ、この時ばたばたと足元覚束《おぼつか》なげに馳け込んで来たは、誕生を過ぎた男の子で、

「母ちゃま、うまうま、たいたい、」

と手を振り廻わすを乳母は後から制しながら、

「うまうまと仰しゃいますが、何か差上て宜しゅう御座いますか、」

と奥方の顔を見ると、

「うるさいよ、あっちへ連れて往って何でも遣っておくれ、」

と夫人は知らぬ顔をするこの場の不思議さを、乳母は何と見たか、あばれる子を抱き上げて急いで往ってしまうとしたが、また戸口から顔を出して、

「お茶でも入れて参りましょうか、」

と言って見たが奥方はいよいよ不興気な顔をして、

「いいよ、そんなものは要らない、」

乳母は怖れて出て往った、夫人は立上って、つと窓際へ寄って下を見おろすと、松の蔭からも上を見あげた、男爵夫人と日傭稼ぎの女房とは何心なく顔を見合わせたのである。

「ちったあ涼しくなって来た、さあまたこれから家まで一里だ、しっかり頼むぜ、」

「ああ、いいともね、帰途は空車だもの、さあ出かけよう、そうして晩には一杯つけ

ようねえ、」

猶予もせず二人は立上って、面白そうに草をむしっている児を男は抱き上げて、身《み》繕《づくろ》いをする妻の背へ負ぶせて遣る、自分もしっかりと衣紋《えもん》を合せて、手拭で鉢巻をして、それで空になっている車を軽々と引き出すと女房は後から押して往く、夫婦の面には、たとえそれは小さいものにしろ、果敢《はか》ないものにしろ、満足と希望と活気とが満ちている、見る内にずんずん遠くへ去ってしまった、松の樹の上の方で蝉《せみ》が鳴き始める、風が吹く、影が揺れる。

西洋館では奥方が、とんとんと音をさせて梯子《はしご》を下りてしまう、男爵は腕組をして何をか考え込んだ、聴えたのは深い重い苦しそうな溜息で、夏の真昼、十二畳の一室は荒涼《すさま》じく森《しん》としてしまったのである。

塵《じん》埃《あい》

正宗白鳥

一八七九年(明治一二)—一九六二年(昭和三七)。本名は忠夫。剣菱などの別号がある。岡山県生まれ。弟に画家の得三郎、国文学者の敦夫がいる。東京専門学校(現、早稲田大学)文学科卒。在学中、内村鑑三・植村正久の強い影響で受洗したが、やがてキリスト教からは遠ざかる。一九〇一年(明治三四)の卒業後は、読売新聞記者として文芸時評などの筆を執るかたわら、「塵埃」「玉突屋」「何処へ」などの作品で、幻滅と悲哀に満ちた人生の諸相を描き、自然主義の新進作家として注目を浴びた。次いで、自身の結婚生活を題材にした「泥人形」や、生家に取材した「入江のほとり」など、虚無的な醒めた目で人間の営みを観察し続けた。また、文壇人物評や『自然主義盛衰史』などの文芸批評でも新生面を開拓した。

「塵埃」は一九〇七年(明治四〇)二月の「趣味」に発表。舞台は、喧騒と塵埃がたちこめる新聞の編集室。「石地蔵」のごとく長年校正係に甘んじている小野が見せる鮨屋での酔態は、ドストエフスキー『罪と罰』や島崎藤村『破戒』の居酒屋の場面をも髣髴《ほうふつ》とさせて、人生の哀れを際立たせる。底本には『正宗白鳥全集』1(福武書店、一九八三年)を用いた。

「原稿出切《でききり》」と二面の編輯者《へんしゅうしゃ》は叫んで、両手を伸し息を吐き、やがてゆらりゆらりと、ストーブの側《そば》へ寄った。炎々たる火焔《かえん》の悪どく暑くるしいストーブを煙で取捲《とりまい》て、破れ椅子に坐《ざ》しているもの、外套《がいとう》のままで立っているもの、議会の問題や情夫殺しの消息、明日の雑報の註釈説明批評で賑《にぎわ》っている。

「築島《つきしま》君、その女は美人かね。」編輯の岸上が一座の中へ割り込んで問を発した。

「実際いい女ですよ、青ざめて沈んでる所は可憐《かれん》です。僕はあんな女になら殺されても遺憾《いかん》なしですね、裁判官たるもの宜しく刑一等を減ずべしだ。」三面の外勤築島は、煤《すす》けた顔に愛嬌《あいきょう》笑いをして表情的にいう。

「そんなのろい男は、殺されたくても、女の方で御免蒙《こう》むるさ。」

「先《ま》ず何であろうと、僕は天命を保って、充分に面白い日を送りたい。いくら色男になっても、出刃庖丁《でばぼうちょう》でずばりとやられちゃ駄目だからね。」硬派の大沢が立ちかかった。

「安心し玉え、見渡したところ、一座中そんな心配のありそうな人はないから。まあお互いに銀座のほこりを毎日吸って、ほこりの中の黴菌《ばいきん》に生血が吸われっちまうまで生きてるんさ。つまり天寿を保つ者は済《な》し崩しに枯れて行くんだよ。しかしね、稚《わか》い木が風に折られてるのを見ると、多少風情《ふぜい》があるが、虫に喰われた枯木を見ると浅間《あさま》しくなる。世間にはこんな枯木的人間が到る処にあるじゃないか。」

「岸上流の哲学か。」と大沢は時計を見て、縁の剝《は》げた山高《やまたか》(1)を被《かぶ》り、「どりゃ枯木伯大枝の駄法螺《だぼら》を聞きに行こうか。」と、戸口へ行った。

「枯木でも風が当りゃ鳴るんだ、大枝なんか、つまり悲鳴を揚げてるんさ。」

一座はそれぞれ自分の席へ帰って、編輯局は暫《しば》らく静《しず》かになった。予は北側の机で、窓硝子《ガラス》の壊れから吹き込む鋭い風に、脊筋《せすじ》を揉《も》まれながら、小野道吉君と差向いで、校正に従事して、局外から編輯の光景を窺《うかが》っている。南米遠征の企て(2)の破れてより、何か有望の事業に取りかかるまでの糊口《ここう》のためにと、或人《あるひと》の周旋でこの社の校正掛となったのだが、いつの間にやら、もう三ケ月になった。こんな下らない仕事を男子が勤めていて溜《たま》るものかと思いながら、詮方《せんかた》なさの一日逃れで、撼天動地《かんてんどうち》(3)の抱負を胸裏に潜《ひそ》め、鉄唖《あ》鈴《れい》で鍛えた手に禿筆《ちびふで》を握って、死灰の文字をほじくっているのだ。校正刷の堆積《やま》が一先ず片付くと、予は机に肱《ひじ》を突いて、外《よそ》ながら外交記者の壮語沢山《たくさん》の太平楽に耳を傾け、あの人たちは、毎日内閣や議会に出入し、天下の名士と席を同《おなじ》うして語り、酒汲《くみ》かわして懇談する身でありながら、なぜ立身栄達の道を開かず、ストーブで炙《あぶ》った食パンを喰って、鬢髪《びんぱつ》徒《いたず》らに白線を加うるに至ったのであろう。明けて二十六となるべき予は、社中最も年少の組であって、今こそ破れ布子《ぬのこ》で髪蓬々《ほうほう》としているが、明年を思い明後年を考えれば、想像の糸は己れを中心に、幾百の豊かなる絵画や小説を織り出す、艶麗《えんれい》な景も浮べば、勇壮な潮も湧《わ》く。今二、三日で四十歳になる、五十歳になるといいながら、腰弁(4)の身を哀れとも感ぜず、無駄話しに笑い興じているあの人々の気が知れぬ。予はもしも四十幾歳まで、この籐椅子《とういす》の網が尻ですり切れるまで、この渦巻く編輯局の塵埃《ほこり》を吸わねばならぬと、天命の定っているとすれば、未練はない。今日ここで舌を噛《か》んで死んで見せる。食パンの味《あじわ》いは一度で沢山だ、三百六十五日昼の弁当にして味う必要はあるまい。自分の一生が食パンだとすれば、二、三年経験すれば足っている、何も五十までも六十までも食パン生涯を続けるにも及ぶまい。

かく思いながら小野君を見ると、小野君は雁首《がんくび》のへこんだ真鍮《しんちゅう》の煙管《きせる》で臭い煙草《たばこ》を吸いながら、社内の騒ぎの耳に入らぬように、ぼんやり窓を眺めている。まだ染々《しみじみ》話もせぬが、頭が胡麻塩《ごましお》(5)になるまで三十幾年この社に勤労しているので、この社創立以来社で育ち社で老いた三人の一人であるそうだ。

「どうです、小野さん、今夜はかねての約束を実行して、どこかで、一杯やろうじゃありませんか。」と、予は小声でいった。今日は月給日なれば、どうせ一杯やらずにはいられぬので、一人よりは二人の方が興が多いから、仲間に引込もうとした。小野君はにやりにやり笑って、暫らく考えていたが、「そうですねえ、一度だけお突合《つきあい》しましょうか、どこか安直な所で。」と、ようやく同意らしい返事をする。

やがて編輯員は一人減り二人減り、六時になると、夜勤の津崎が懐手《ふところで》で、のそりのそりと入って来て、肥満な呑気《のんき》な顔を電気の光にさらし、けたたましく嚔《くさめ》をして、「畜生、風を引きそうだぞ。」といいながら、袂《たもと》から瓶詰を出して、「今夜は一人で忘年会だ、給仕、鯣《するめ》でも買って来てくれ。」

「また電報を間違えて睨《にら》まれんようにし玉え。」と、岸上は帰支度《かえりじたく》で二版の大刷《おおずり》を見ながらいった。

「なあに、勤める所はきっと勤めるさ。これでもね、雪が降ろうが、風が吹こうが、子《ね》の刻(6)までは関所を預かって、勤労無二の僕だからこそ、忝《かたじ》けなくも年末賞与大枚十円を頂戴したんじゃないか、なすべき者は忠義だね。」と笑いながらいったが、急に悄気《しょげ》て、「しかしね、岸上君、今年は僕もつくづく歳晩《さいばん》の感を起したよ。」

「そうか、君の感慨なら、先ず冷酒の飲むべからざる所以《ゆえん》か、前借の慎むべき所以ぐらいだろう。」

「いや、僕は真面目に感じたのだ。もう夜勤も二年だが、得た所は、体量が一貫目ばかり衰えて近眼が数度を加えた位だ。実は今日昼寝から起きて考えたね、十両の恩賜(7)は有難いが、今歳《ことし》になって、風邪に罹《かか》ること七度、下痢をすること三度だよ、何のことはない、肉を殺《そ》ぎ血を絞った結果だと思えば、あの僅《わず》かな金に恨《うらみ》がある。」

「でも君は肥《ふと》ってるから、自分で自分の身を食っても食い出がすらあ、ははは。」岸上は靴の音高く階子段《はしごだん》を駈《か》け下った。津崎は今日は珍らしく、不平を並べたい風で、校正の席へ来て、皺《しわ》くちゃの大刷をのばし、目を顰《しか》めて点検せる小野君の側に立ち、

「小野さん、もう四、五日しかありませんね。」

「そうですね、また一つ歳を取りますよ。」

「小野さんは月日を超脱してるから羨《うらや》ましい、僕も去年までは自分の歳を忘れていたんだが、この暮は妙に気になる。」

津崎という男、常に給仕を相手に、シャツ一枚になって相撲《すもう》を取り、或《あるい》は冷酒を呷《あお》っ

て都々一《どどいつ》(8)を唄ったりするので、社中第一の気楽者と思っていたのに、今夜は魔がさしたように哀れっぽいことをいうのを、予は不思議がっていた。

「なあに、歳を取るのが気になる間《うち》が結構でさあ。」

小野君は気のない調子であったが、役目を済ますと、予を促して、早速社を退《ひ》いて銀座の賑《にぎや》かな通りへ出た。星は氷のように燦《きらめ》いて、風はなくとも、皮膚の隙間に触れる空気は針のようだが、街上は暮の忙しさを集めて活気に満ちている。で、小野君が垢染《あかじ》みた襟巻《えりまき》に首を埋《うず》めて、元気なくしょんぼりと立っているのは、いかにも見すぼらしく、場所違いの気味がする。予は福神漬を買って、「どこへ行こう。」と聞いたが、小野君は頻《しき》りに「安直の所。」を繰返すのみである。予は京橋附近で飲食《のみくい》したことはないので、牛屋《ぎゅうや》へでもちょっと気臆《きおく》れがして入りかねる。いっそお馴染《なじみ》の本郷にしようと、電車に乗った。予は菊坂の豆腐屋の二階を借りて自炊して、電車で通っているが、小野君は小石川諏訪《すわ》町から徒歩で京橋へ行くので、嵐か大雪でもなければ、かつてこの文明の恩沢に浴したことはないのである。

本郷三丁目の停留場から一丁ばかりして、色の褪《あ》せた紺暖簾《のれん》に「蛇《じゃ》の目鮨《めずし》」と白く染め出した家がある。狭くはあり、奇麗《きれい》でもないが、予が自炊の面倒な時に駆け込む、筋向いの縄暖簾に比べれば、畳に座るだけでも勝っている。殊《こと》にここのみは、滅多に学生の犯さないのが有難い。本郷一面西洋料理といい、ビヤホールといい、大学や高等学校の学生が、月末に郵便局から引出した金で、贅《ぜい》をやる所のみだが、ここは暖簾の汚れてるお蔭か、お客は大抵《たいてい》予らと同類で、塵埃《ほこり》の中から捜出《さがしだ》した金を使うのだ。

予は火鉢を真中に、小野君と差向いで座って、独断で、かき卵、ヌタ、甘煮《うまに》などを命じた。小野君は乾《ひ》からびた手の甲を火鉢の上でこすっているが、食パン生涯の結果か、顔に汁気がなく、目はどんよりして、どこを見ているのか分らない。

「僕にはまだ分りませんが、新聞の仕事も思ったほどいいものでもありませんね。」と、予は黙っているのも気が詰まるから、強いて話の緒《いとぐち》を開いた。

「そうですとも、何をやってもねえ。」と、小野君も言訳だけの返事をして、気乗りがしない。また二人は黙っている。外は俥《くるま》の掛け声、下駄の音、威勢よく叫ぶ声、非常の騒ぎであるが、小野君は社にいると同じく、四面《あたり》の騒ぎは耳に入らぬようで、煙草すら吸わない。神経はなくなったのであろうか、感覚は消滅したのであろうか。これではパンとビフテキ(9)と、酒と茶との区別もないんであろう、二十年も座らされたきり、一つ所にじっとしているのも無理はない。生れて以来《このかた》、蓆《むしろ》は厭《いや》だ、絹蒲団《きぬぶとん》に座りたいと、仮初《かりそめ》にも思ったことはないと見える。

「でも貴下はよく長く社に辛抱していますね。」

「へへへへへ、まあ仕方がありませんのさ。」

女中が霜脹《しもぶく》れの手で、膳を突き付けるように並べて、銚子からは湯気が立っている。予が満々《なみなみ》とついだのを、小野君は一口に呑み干したが、さすがにこれにまで無神経ではないと見え、急に人相が変って来る。二杯三杯と、予もいい気持になったが、小野君は木彫の像に魂の入ったように筋肉がゆるやかに動き出した。

「貴下は随分いけるようですね。」

「まあ好きな方ですよ、やっぱり酒という奴あ味《うま》いもんだ。」と、余瀝《よれき》を舐《な》めて、畳の上に置いた杯を眺め、背を丸くしてぐったりしている。

「そりゃ結構だ、私なぞは酒がそんなに味いっていう訳じゃないんだが、独《ひと》り身で、外に楽《たのし》みもないから、仕方なしに呑むんです。」

「しかし仕方なしにでも呑める方が、呑みたくても呑めんよりは結構でさあ、ははは、いや全く貴下が羨ましい」

「僕が羨ましいっていうんですか。」

「私は悪い癖があってね、酒を呑むと、若い人が羨ましくなったり、自分の身が哀れっぽくなって仕様がないんですよ。平生《ふだん》は何の気なしに聞いたり見たりしたことが、急にむらむらと思い出されるんでしてな。」

「そうですか、じゃ一つその思い出した所を承りたいもんだ。」

予はこの木像が何を思っているかと、一方《ひとかた》ならず面白くなって、矢鱈《やたら》にお酌をした。

「なあに私たちの思っていることはね、皆《みん》な下らないことでさあ。よく原稿にある文句だが、碌々《ろくろく》として老いるっていうのは先ず私たちの事でしょう。一体碌々という文字は、先生方はどんな意味で遣ってるんか知りませんがね、私は「碌々」の中にはいろんなつらい思いが打込まれてるんだと独り定《ぎ》めにしてるんです。碌々として老いるって、決して呑気にぼんやりして老いるんじゃない。」と、ぐったりと垂れてる首を振ったが、急に反身《そりみ》になって、「はははははは、まあ人間は若い間若い間《うち》、さ、差上げましょう。」と、声も艶《つや》を持って、今までの小野君の喉《のど》から出たとは思えない。

「貴下は馬鹿に長くお勤めなすったんだから、新聞生活はよく御存じでしょう、これで精勤すれば有望なものですかね。」

「さあ、それですよ、全体世の中に職務を忠実に尽してりゃ、それで自然に立身するっていうことはあるんですかね。」

「無論あるでしょう、またそうなくちゃならん訳だ。僕はまだ世間の経験に乏しいけれど、よく雑誌なんかの成功談に出てるじゃありませんか。」

「ははは、雑誌や新聞に虚言《うそ》がないものならばねえ、いや活字の誤植よりや、書く人が腹の中の誤植を正す方がいいんさ。」

「何しろ校正係は張合のない仕事だ、僕も早くどうかしなくちゃ。」

「さ、私も昔はたびたびそう思いましたがね、思ってる間《うち》に、ずんずん月日は立ってしまう。しかしまだどうかしようと思ってる間は頼もしいが、私たちはどうかなるだろうで日を送るんですよ。」

「だが、その方が気楽でいいかも知れん。」

「まあね、初めの間は波の中でばちゃばちゃやってまさあ、それが次第に大きな波が幾度も幾度も押《おっ》かぶせて来りゃ、どうせ叶《かな》わないから勝手にしろと、流され放題に目を瞑《つぶ》るようになります。社でも、随分波が立ったんですが、私たちのように抜手《ぬきて》の切れない者は、そのたびごとにぎょっとして、手足が萎《いじ》けてしまう。萎けた揚句《あげく》が碌々として老いるんですよ。」

窪《くぼ》んだ目縁《まぶち》がほんのりと紅くなって、眠っていた目も燦《かがや》く。

それから暫らくは無言で、肴《さかな》をつつき杯を干していた。紺暖簾が寒い風にゆらめいては、隙間から人影が絶えずちらつく。室内《うち》には自分らの外《ほか》に、片隅に外套を着て鳥打帽(10)を被ったまま、風呂敷包を側に置いて、忙しそうに飯を食ってる男があったが、箸《はし》を置くと、直《す》ぐに勘定を済ませて、目をぎょろつかせ、あたふたと出て行った。

予は勢《いきおい》のよい血汐《ちしお》が全身に漲《みな》ぎって圧《おさ》え切れぬようで、所もかまわず、「王郎酒酣《たけなわにして》(11)」を歌う。小野君はくずれかかった膝に両手をくの字なりについて、謡曲《うたい》を低い声で謡う。節まわしが玄人《くろうと》ぶってる。

「貴下は謡曲を稽古《けいこ》したんですか。」と、予は驚いた。

「四、五年前にちょっとやったことがありますよ。」

「綽々《しゃくしゃく》として余裕ありですね、貴下にそんな風流の嗜《たしな》みがあろうとは予想外だ。」

「なあに風流だなんて、そんな気楽な量見で始めたんじゃないんですよ。私にやね、津崎君のように、大びらで不平を言う元気はなし、そうかって、外の人のいやなことは自分にもいやだし、どうかして鬱憤《うっぷん》を晴らして、苦労を忘れようと思ってね、会計の竹山君の後へ喰付《くっつ》いて、素人謡曲の組へ入ったんですよ、長屋で謡曲なんて、佐野常世《つねよ》(12)のなれの果《はて》か、ちょっと洒落《しゃれ》てまさあね。ははははは。」

「じゃあお能も見にお出ででしょうね。」

「どう致して、お能拝見どころの騒《さわぎ》ですか、まあ聞いて下さい。」と、小野君は居住《いずま》いを直して、「素人組の連中は、今月は梅若、来月は宝生《ほうしょう》(13)と、見て廻って色んな批評があります。私はそんな真似《まね》は出来ないから、まあ『能楽』っていう雑誌を社から貰《もら》って、それを読むのがせめてもの慰めだったんでさあ。ところがその雑誌さえ社に没収されることになって、私の手には落ちぬようになったんです。それが社の規則だから仕方がない、社の方じゃ屑屋《くずや》へ売っても、一銭や二銭だろうが、私に取っちゃ、大変な楽みで、月々心待にしたんですがね。朝《あした》に一城を奪われ、夕《ゆうべ》に一国を奪わる、拙《まず》い譬《たとえ》だが、弱い者はますます権力を剝《は》がれてしまうんだ。そこで私ぁ、すっかり断念しました、謡曲もやめて、夕食でも済むと茶でも呑んで、ころりと横になって、天井の蜘蛛《くも》の巣でも見てるんです。」

平生表情の欠けてる小野君の顔も、憂色を帯びて来る。

「だって雑誌一冊位、訳をいえばくれんこともないでしょう。」

「いや、それを主張するだけの元気があればいいんですがね。いつかも、物価は高くなる、小供は殖《ふ》える、困り切った揚句、五重の塔から飛下りる気になって増給を願い出たんです。すると、今ので不服ならおやめになっても差支《さしつか》えはないと厳命が下るんです、まるで雷に打たれた気でさあ。つまり私のような無能な者は、社でも必要でなければ、世間にだって不用な者だ。生きてられるだけが有難いお慈悲だと思い返してるんですよ。」

へへへへへと凄く笑って、「や、こうしちゃいられない。小供に春着の一枚も造ってやらないで、親爺《おやじ》が酒なんか飲んでもいられまい、さ、帰りましょう。」と、よろよろと立かかった。

予は勘定を引受けて、外へ出た。小野君は「済みませんなあ。」と数十度もいって、予に分れてとぼとぼと小石川の方へ行く。予は暫らくその後姿を見送ったが、小野君は荷車にぶつかって、頻りに詫《わび》をしていた。

その翌日、出社すると、小野君は元の石地蔵で、どこを風が吹いてるかと、冷然としている。築島や大沢は相変らず、パンを噛《かじ》って気焔《きえん》を吐いている。予もまた一日を校正に過さねばならぬ。己れには将来があると、心で慰めながら。

一兵卒

田山花袋《かたい》

一八七一年(明治四)―一九三〇年(昭和五)。本名は録弥。上州館林(現在は群馬県)生まれ。一八九一年(明治二四)に尾崎紅葉を介して江見水蔭《えみすいいん》の門下となり、文壇的第一作「瓜畑」を発表。初期には紀行文家・詩人として活動し、一八九九年(明治三二)博文館に入社。ゾラ、モーパッサンなどの西洋文学を通して新しい文学に目覚め、小説「重右衛門の最後」や日露戦争の従軍記録『第二軍従征日記』などを経て、一九〇七年(明治四〇)に女弟子への自身の恋情を赤裸々に綴った「蒲団」を発表。前年の島崎藤村『破戒』とともに、自然主義文学の確立に貢献し、以後、平面描写の手法で、「生」「妻」「縁」の自伝的三部作や実地踏査による『田舎教師』、時の流れと人間の営みをみつめた『時は過ぎゆく』などを残した。

「一兵卒」は一九〇八年(明治四一)一月の「早稲田文学」に発表。博文館の写真班を率いて日露戦争に従軍し、戦地での入院生活の体験も踏まえた作品で、旧満州の広大な広野を一匹の虫のようにさまよい、遼陽攻撃の戦闘を目前にして何の救いもなく死んでいく一兵卒の姿を凝視している。底本には『定本　花袋全集』1(臨川書店、一九九三年)を用いた。

かれは歩き出した。

銃が重い、背嚢《はいのう》が重い、脚が重い、アルミニューム製の金椀《かなわん》が腰の剣に当ってカタカタと鳴る。その音が興奮した神経を夥《おびただ》しく刺戟《しげき》するので、幾度かそれを直して見たが、どうしても鳴る。カタカタと鳴る。もう厭《いや》になってしまった。

病気は本当に治ったのでないから、息が非常に切れる。全身には悪熱悪寒《あくねつおかん》が絶えず往来する。頭脳が火のように熱して、顳顬《こめかみ》が烈《はげ》しい脈を打つ。なぜ、病院を出た？ 軍医が後が大切だと言ってあれほど留めたのに、なぜ病院を出た？ こう思ったが、かれはそれを悔いはしなかった。敵の捨てて遁《に》げた汚ない洋館の板敷、八畳位の室《へや》に、病兵、負傷兵が十五人、衰頽《おとろえ》と不潔と叫喚《うめき》と重苦しい空気と、それに凄《すさま》じい蝿の群集、よく二十日も辛抱していた。麦飯の粥《かゆ》に少《すこし》ばかりの食塩、よくあれでも飢餓《うえ》を凌《しの》いだ。かれは病院の背後の便所を思出してゾッとした。急造の穴の掘りようが浅いので、臭気が鼻と眼とを烈しく撲《う》つ。蝿がワンと飛ぶ。石炭の灰色に汚れたのが胸をむかむかさせる。

あれよりは……あそこに居るよりは、この濶々《ひろびろ》とした野の方が好《い》い。どれほど好いかしれぬ。満洲(1)の野は荒漠として何もない。畑にはもう熟し懸けた高粱《コーリャン》が連っているばかりだ。けれど新鮮な空気がある、日の光がある、雲がある、山がある、――凄じい声が急に耳に入ったので、立留ってかれはその方を見た。さっきの汽車がまだあそこにいる。釜のない煙筒《えんとつ》のない長い汽車を、支那苦力《クリー》(2)が幾百人となく寄ってたかって、丁度蟻《ちょうどあり》が大きな獲物を運んで行くように、えっさらおっさら押して行く。

夕日が画《え》のように斜にさし渡った。

さっきの下士(3)があそこに乗っている。あの一段高い米の叺《かます》(4)の積荷の上に突立っているのが彼奴《きゃつ》だ。苦しくってとても歩けんから、鞍山站《あんざんてん》(5)まで乗せて行ってくれと頼んだ。すると彼奴め、兵を乗せる車ではない、歩兵が車に乗るという法があるかと呶鳴《どな》った。病気だ、御覧の通りの病気で、脚気《かっけ》(6)をわずらっている。鞍山站の先まで行けば隊がいるに相違ない。武士は相見互《あいみたがい》ということがある、どうか乗せてくれッて、たって頼んでも、言うことを聞いてくれなかった。兵、兵といって、筋が少いと馬鹿にしやがる。金州でも、得利寺《とくりじ》でも兵のお蔭で戦争に勝ったのだ。馬鹿奴《め》、悪魔奴！

蟻だ、蟻だ、本当に蟻だ。まだあそこにいやがる。汽車もああなってはおしまいだ。

ふと汽車——豊橋を発《た》って来た時の汽車が眼の前を通り過ぎる。停車場は国旗で埋められている。万歳の声が長く長く続く。と忽然《こつぜん》最愛の妻の顔が眼に浮ぶ。それは門出の時の泣顔ではなく、どうした場合であったか忘れたが、心から可愛いと思った時の美しい笑顔だ。母親がお前もうお起きよ、学校が遅くなるよと揺起《ゆりおこ》す。かれの頭はいつか子供の時代に飛返っている。裏の入江の船の船頭が禿頭《はげあたま》を夕日にてかてかと光らせながら子供の一群に向って呶鳴っている。その子供の群の中にかれもいた。

過去の面影と現在の苦痛不安とが、はっきりと区劃《くかく》を立てておりながら、しかもそれがすれすれに摺寄《すりよ》った。銃が重い、背嚢が重い、脚が重い。腰から下は他人のようで、自分で歩いているのかいないのか、それすらはっきりとは解らぬ。

褐色の道路——砲車の轍《わだち》や靴の跡や草鞋《わらじ》の跡が深く印したままに石のように乾いて固くなった路《みち》が前に長く通じている。こういう満洲の道路にはかれは殆《ほとん》ど愛想をつかしてしまった。どこまで行ったらこの路はなくなるのか。どこまで行ったらこんな路は歩かなくってもよくなるのか。故郷のいさご路、雨上りの湿った海岸の砂路、あの滑《なめら》かな心地の好い路が懐かしい。広い大きい道ではあるが、一《ひとつ》として滑かな平《たいら》かな処がない。これが雨が一日降ると、壁土のように柔かくなって、靴どころか、長い脛《すね》もその半《なかば》を没してしまうのだ。大石橋《だいせっきょう》の戦争(8)の前の晩、暗い闇の泥濘《でいねい》を三里もこね廻した。脊《せ》の上から頭の髪まではねが上った。あの時は砲車の援護が任務だった。砲車が泥濘の中に陥って少しも動かぬのを押して押して押し通した。第三聯隊《れんたい》の砲車が先に出て陣地を占領してしまわなければ明日の戦《たたかい》は出来なかったのだ。そして終夜働いて、翌日はあの戦争。敵の砲弾、味方の砲弾がぐんぐんと厭な音を立てて頭の上を鳴って通った。九十度(9)近い暑い日が脳天からじりじりと照り附けた。四時過に、敵味方の歩兵は共に接近した。小銃の音が豆を煎《い》るように聞える。時々シュッシュッと耳の傍《そば》を掠《かす》めて行く。列の中であっと言ったものがある。はッと思って見ると、血がだらだらと暑い夕日に彩られて、その兵士はガックリ前に踣《のめ》った。胸に弾丸が中《あた》ったのだ。その兵士は善《よ》い男だった。快活で、洒脱《しゃだつ》で、何事にも気が置けなかった。新城町《しんしろまち》のもので、若い嚊《かかア》があったはずだ。上陸当座は一緒によく徴発に行ったたっけ。豚を逐《お》い廻したッけ。けれどあの男は最早《もはや》この世の中にいないのだ。いないとはどうしても思えん。思えんがいないのだ。

　褐色の道路を、糧餉《りょうしょう》を満載した車がぞろぞろ行く。騾車《らしゃ》、驢車《ろしゃ》(10)、支那人の爺《じじ》のウオウオウイウイ(11)が聞える。長い鞭《むち》が夕日に光って、一種の音を空気に伝える。路の凸凹が烈しいので、車は波を打つようにしてガタガタ動いて行く。苦しい、息が苦しい。こう苦しくっては為方《しかた》がない。頼んで乗せてもらおうと思ってかれは駆出した。

金椀がカタカタ鳴る。烈しく鳴る。背嚢の中の雑品や弾丸袋の弾丸が気《け》たたましく躍《おど》り上る。銃の台が時々脛を打って飛び上るほど痛い。

「オーい、オーい。」

声が立たない。

「オーい、オーい。」

全身の力を絞って呼んだ。聞えたに相違ないが振向いても見ない。どうせ碌《ろく》なことではないと知っているだろう。一時思止まったが、また駆出した。そして今度はその最後の一輛《いちりょう》に漸《ようや》く追着いた。

米の叺が山のように積んである。支那人の爺が振向いた。丸顔の厭な顔だ。有無をいわせずその車に飛乗った。そして叺と叺との間に身を横《よこた》えた。支那人は為方がないという風でウオーウオーと馬を進めた。ガタガタと車は行く。

頭脳がぐらぐらして天地が廻転するようだ。胸が苦しい。頭が痛い。脚の腓《ふくらはぎ》の処が押附けられるようで、不愉快で、不愉快で為方がない。ややともすると胸がむかつきそうになる。不安の念が凄じい力で全身を襲った。と同時に、恐ろしい動揺がまた始まって、耳からも頭からも、種々の声が囁《ささや》いて来る。この前にもこうした不安はあったが、これほどではなかった。天にも地にも身の置き処がないような気がする。

野から村に入ったらしい。鬱蒼《こんもり》とした楊《やなぎ》の緑がかれの上に靡《なび》いた。楊樹《やなぎ》にさし入った夕日の光が細《こまか》な葉を一葉一葉明らかに見せている。不恰好《ぶかっこう》な低い屋根が地震でもあるかのように動揺しながら過ぎて行く。ふと気がつくと、車は止っていた。かれは首を挙げて見た。

楊樹の蔭をなしている処だ。車輛《くるま》が五台ほど続いているのを見た。

突然肩を捉えるものがある。

日本人だ、わが同胞だ、下士だ。

「貴様は何だ?」

かれは苦しい身を起した。

「どうしてこの車に乗った?」

理由を説明するのがつらかった。いや口を聞くのも厭なのだ。

「この車に乗っちゃいかん。そうでなくってさえ、荷が重過ぎるんだ。お前は十八聯隊(12)だナ。豊橋だナ。」

点頭《うなず》いて見せる。

「どうかしたのか。」

「病気で、昨日まで大石橋の病院にいたものですから。」

「病気がもう治ったのか。」

無意味に点頭いた。

「病気でつらいだろうが、下りてくれ。急いで行かんけりゃならんのだから。遼陽《りょうよう》(13)が始まったでナ。」

「遼陽！」

この一語はかれの神経を十分に刺戟した。

「もう始ったですか。」

「聞えんかあの砲が……。」

さっきから、天末《てんまつ》に一種のとどろきが始ったそうなとは思ったが、まだ遼陽ではないと思っていた。

「鞍山站は落ちたですか。」

「一昨日《おととい》落ちた。敵は遼陽の手前で一防禦《ひとふせぎ》遣るらしい。今日の六時から始ったという噂だ！」

一種の遠い微《かす》かなる轟《とどろき》、仔細に聞けばなるほど砲声だ。例の厭な音が頭上を飛ぶのだ。歩兵隊がその間を縫って進撃するのだ。血汐《ちしお》が流れるのだ。こう思ったかれは一種の恐怖と憧憬とを覚えた。戦友は戦っている。日本帝国のために血汐を流している。

修羅の巷《ちまた》が想像される。炸弾《さくだん》の壮観も眼前に浮ぶ。けれど七、八里を隔てたこの満洲の野は、さびしい秋風が夕日を吹いているばかり、大軍の潮の如く過ぎ去った村の平和はいつもに異《ことな》らぬ。

「今度の戦争は大きいだろう。」

「そうさ。」

「一日では勝敗がつくまい。」

「無論だ。」

今の下士は夥伴《なかま》の兵士と砲声を耳にしつつ頻《しき》りに語合っている。糧餉を満載した車五輛、支那苦力の爺連も圏《わ》をなして何事をか饒舌《しゃべ》り立てている。驢馬《ろば》の長い耳に日がさして、おりおりけたたましい啼声《なきごえ》が耳を劈《つんざ》く。楊樹の彼方に白い壁の支那民家が五、六軒続いて、庭の中に槐《えんじゅ》の樹が高く見える。井戸がある。納屋がある。足の小さい年老いた女が覚束《おぼつか》なく歩いて行く。楊樹を透して向うに、広い荒漠たる野が見える。褐色した丘陵の連続が指される。その向うには紫色がかった高い山が蜿蜒《えんえん》としている。砲声はそこから来る。

五輛の車は行ってしまった。

かれはまた一人取残された。海城から東煙台、甘泉堡《かんせんほ》、この次の兵站部《へいたんぶ》(14)所在地は新台子《しんたい し》と言って、まだ一里位ある。そこまで行かなければ宿るべき家もない。

行くことにして歩き出した。

疲れ切っているから難儀だが、車よりはかえって好い。胸は依然として苦しいが、どうも致し方がない。

また同じ褐色の路、同じ高粱《コーリャン》の畑、同じ夕日の光、レールには例の汽車がまた通った。今度は下り坂で、速力が非常に早い。釜の附いた汽車よりも早い位に目まぐろしく谷を越えて駛《はし》った。最後の車輛に翻《ひるがえ》った国旗が高粱畑の絶間絶間に見えたり隠れたりして、遂《つい》にそれが見えなくなっても、その車輛の轟は聞える。その轟と交って、砲声が間断《しっきり》なしに響く。

街道には久しく村落がないが、西方には楊樹のやや暗い繁茂が到る処にかたまって、その間からちらちら白色褐色の民家が見える。人の影はあたりを見廻してもないが、青い細い炊煙は糸のように淋《さび》しく立颺《たちあが》る。

夕日は物の影を総《すべ》て長く曳《ひ》くようになった。高粱の高い影は二間幅の広い路を蔽《おお》って、更《さら》に向う側の高粱の上に蔽い重った。路傍の小さな草の影も夥しく長く、東方の丘陵は浮出すようにはっきりと見える。さびしい悲しい夕暮は譬《たと》えにくい一種の影の力を以《もっ》て迫って来た。

高粱の絶えた処に来た。忽然、かれはその前に驚くべき長大なる自分の影を見た。肩の銃の影は遠い野の草の上にあった。かれは急に深い悲哀に打たれた。

草叢《くさむら》には虫の声がする。故郷の野で聞く虫の声とは似もつかぬ。この似つかぬことと広い野原とが何となくその胸を痛めた。一時途絶えた追懐の情が流るるように漲《みなぎ》って来た。

母の顔、若い妻の顔、弟の顔、女の顔が走馬灯のごとく旋回する。欅《けやき》の樹で囲まれた村の旧家、団欒《だんらん》せる平和な家庭、続いてその身が東京に修業に行った折の若々しさが憶《おも》い出される。神楽坂《かぐらざか》の夜の賑《にぎわ》いが眼に見える。美しい草花、雑誌店、新刊の書、角を曲ると賑《にぎ》やかな寄席《よせ》、待合《まちあい》、三味線の音、仇《あだ》めいた女の声、あの頃は楽しかった。恋した女が仲町《なかちょう》にいて、よく遊びに行った。丸顔の可愛い娘で、今でも恋しい。この身は田舎の豪家の若旦那で、金には不自由を感じなかったから、随分面白いことをした。それにあの頃の友人は皆世に出ている。この間も蓋平《がいへい》で第六師団の大尉(15)になって威張っている奴に邂逅《でくわ》した。

軍隊生活の束縛ほど残酷な者はないと突然思った。と、今日は不思議にも平生のように反抗とか犠牲とかいう念は起らずに、恐怖の念が盛《さかん》に燃えた。出発の時、この身は国に捧げ君に捧げて遺憾がないと誓った。再びは帰って来る気はないと、村の学校で雄々しい演説をした。当時は元気旺盛、身体壮健であった。で、そう言っても勿論《もちろん》死ぬ気はなかった。心の底には花々しい凱旋《がいせん》を夢みていた。であるのに今忽然起ったのは死に対する不安である。自分はとても生きて還ることは覚束ないという気が烈しく胸を衝《つ》いた。この病、この脚気、たといこの病は治ったにしても戦場は大なる牢獄である。いかに藻《も》搔《が》いても焦《あせ》ってもこの大なる牢獄から脱することは出来ぬ。得利寺で戦死した兵士がその以前かれに向って、

「どうせ遁《のが》れられぬ穴だ。思い切りよく死ぬサ。」と言ったことを思出した。

かれは疲労と病気と恐怖とに襲われて、いかにしてこの恐ろしい災厄を遁るべきかを考えた。脱走？　それも好い、けれど捕えられた暁《あかつき》には、この上もない汚名を被った上に同じく死！　さればとて前進すれば必ず戦争の巷の人とならなければならぬ。戦争の巷に入れば死を覚悟しなければならぬ。かれは今始めて、病院を退院したことの愚をひしと胸に思当った。病院から後送されるようにすればよかった……と思った。

もう駄目だ、万事休す、遁れるに路がない。消極的の悲観が恐ろしい力でその胸を襲った。と、歩く勇気も何もなくなってしまった。止度《とめど》なく涙が流れた。神がこの世にいますなら、どうか救《たす》けて下さい、どうか遁路《にげみち》を教えて下さい。これからはどんな難儀もする！　どんな善事もする！　どんなことにも背《そむ》かぬ。

かれはおいおい声を挙げて泣出した。

胸が間断なしに込み上げて来る。涙は小児《こども》でもあるように頰を流れる。自分の体がこの世の中になくなるということが痛切に悲しいのだ。かれの胸にはこれまで幾度も祖国を思うの念が燃えた。海上の甲板で、軍歌を歌った時には悲壮の念が全身に充ち渡った。敵の軍艦が突然出て来て、一砲弾のために沈められて、海底の藻屑《もくず》となっても遺憾がないと思った。金州の戦場では機関銃の死の叫びのただ中を地に伏しつつ、勇ましく進んだ。戦友の血に塗《まみ》れた姿に胸を撲ったこともないではないが、これも国のためだ、名誉だと思った。けれど人の血の流れたのは自分の血の流れたのではない。死と相面《あいめん》しては、いかなる勇者も戦慄《せんりつ》する。

脚が重い、気怠《けだ》るい、胸がむかつく。大石橋から十里、二日の路、夜露、悪寒、確かに持病の脚気が昂進したのだ。流行腸胃熱は治ったが、急性の脚気が襲って来たのだ。脚気衝心《しょうしん》(16)の恐しいことを自覚してかれは戦慄した。どうしても免れることが出来ぬのかと思った。と、いても立ってもいられなくなって、体がしびれて脚がすくんだ。――おいおい泣きながら歩く。

野は平和である。赤い大きい日は地平線上に落ちんとして、空は半ば金色《こんじき》半ば暗碧色《あんぺきしょく》になっている。金色の鳥の翼のような雲が一片動いて行く。高粱の影は影と蔽い重って、荒涼とした秋風が渡った。遼陽方面の砲声も今まで盛に聞えていたが、いつか全く途絶えてしまった。

二人連《づれ》の上等兵(17)が追い越した。

すれ違って、五、六間先に出たが、ひとりが戻って来た。

「おい、君、どうした?」

かれは気が附いた。声を挙げて泣いて歩いていたのが気恥かしかった。

「おい、君？」

再び声は懸った。

「脚気なもんですから。」

「脚気？」

「はア。」

「それは困るだろう。よほど悪いのか。」

「苦しいです。」

「それア困ったナ、脚気では衝心でもすると大変だ。どこまで行くんだ。」

「隊が鞍山站の向うにいるだろうと思うんです。」

「だって、今日そこまで行けはせん。」

「はア。」

「まア、新台子まで行くさ。そこに兵站部があるから行って医師に見てもらうさ。」

「まだ遠いですか？」

「もうすぐそこだ。それ向うに丘が見えるだろう。丘の手前に鉄道線路があるだろう。

そこに国旗が立っている、あれが新台子の兵站部だ。」

「そこに医師がいるでしょうか。」

「軍医が一人いる。」

蘇生《そせい》したような気がする。

で、二人に跟《つ》いて歩いた。二人は気の毒がって、銃と背嚢とを持ってくれた。

二人は前に立って話しながら行く。遼陽の今日の戦争の話である。

「様子は解らんかナ。」

「まだ遣ってるんだろう。煙台で聞いたが、敵は遼陽の一里手前で一支《ひとささ》えしているそうだ。何でも首山堡《しゅさんぽ》とか言った。」

「後備が沢山《たくさん》行くナ。」

「兵が足りんのだ。敵の防禦《ぼうぎょ》陣地はすばらしいものだそうだ。」

「大きな戦争になりそうだナ。」

「一日砲声がしたからナ。」

「勝てるかしらん。」

「負けちゃ大変だ。」

「第一軍(18)も出たんだろうナ。」

「勿論さ。」

「一つ旨《うま》く背後を断って遣りたい。」

「今度はきっと旨く遣るよ。」

と言って耳を傾けた。砲声がまた盛んに聞え出した。

新台子の兵站部は今雑沓《ざっとう》を極めていた。後備旅団(19)の一箇聯隊が着いたので、レイルの上、家屋の蔭、糧餉《りょうしょう》の傍などに軍帽と銃剣とがみちみちていた。レイルを挟んで敵の鉄道援護の営舎が五棟ほど立っているが、国旗の翻った兵站本部は、雑沓を重ねて、兵士が黒山のように集って、長い剣を下げた士官が幾人となく出たり入ったりしている。兵站部の三個の大釜には火が盛に燃えて、烟《けむり》が薄暮の空に濃く靡《なび》いていた。一箇の釜は飯が既に炊《た》けたので、炊事軍曹が大きな声を挙げて、部下を叱咤《しった》して、集る兵士に頻りに飯の分配を遣っている。けれどこの三箇の釜は到底この多数の兵士に夕飯を分配することが出来ぬので、その大部分は白米を飯盒《はんごう》に貰《もら》って、各自に飯を作るべく野に散った。やがて野の処々に高粱の火が幾つとなく燃《もや》された。

家屋の彼方では、徹夜して戦場に送るべき弾薬弾丸の箱を汽車の貨車に積込んでいる。兵士、輸卒の群が一生懸命に奔走しているさまが薄暮の微かな光に絶え絶えに見える。一人の下士が貨車の荷物の上に高く立って、頻りにその指揮をしていた。

日が暮れても戦争はやまぬ。鞍山站の馬鞍《ばあん》のような山が暗くなって、その向うから砲声が断続する。

かれはここに来て軍医をもとめた。けれど軍医どころの騒ぎではなかった。一兵卒が死のうが生きようがそんなことを問う場合ではなかった。かれは二人の兵士の尽力の下に、わずかに一盒《ごう》の飯を得たばかりであった。為方《しかた》がない、少し待て。この聯隊の兵が前進してしまったら、軍医をさがして、伴《つ》れて行って遣るから、先《ま》ず落着いておれ。ここから真直《まっすぐ》に三、四町行くと一棟の洋館がある。その洋館の入口には、酒保《しゅほ》(20)が今朝から店を開いているからすぐ解る。その奥に入って、寝ておれとのことだ。

かれはもう歩く勇気はなかった。銃と背嚢とを二人から受取ったが、それを脊負うと危なく倒れそうになった。眼がぐらぐらする。胸がむかつく。脚が気怠《けだる》い。頭脳は烈しく旋回する。

けれどここに倒れるわけには行かない。死ぬにも隠家を求めなければならぬ。そうだ、隠家……。どんな処でも好い。静かな処に入って寝たい、休息したい。

闇の路が長く続く。ところどころに兵士が群をなしている。ふと豊橋の兵営を憶い出した。酒保に行って隠れてよく酒を飲んだ。酒を飲んで、軍曹をなぐって、重営倉(21)に処せられたことがあった。路がいかにも遠い。行っても行っても洋館らしいものが見えぬ。三、四町と言った。三、四町どころか、もう十町も来た。間違ったのかと思って振返る――兵站部は灯火《ともしび》の光、篝火《かがりび》の光、闇の中を行違う兵士の黒い群、弾薬箱を運ぶ懸声が夜の空気を劈《つんざ》いて響く。

ここらはもう静かだ。あたりに人の影も見えない。俄《にわ》かに苦しく胸が迫って来た。隠れ家がなければ、ここで死ぬのだと思って、がっくり倒れた。けれども不思議にも前のように悲しくもない、思い出もない。空の星の閃《ひら》めきが眼に入った。首を挙げてそれとなくあたりを眴《みまわ》した。

今まで見えなかった一棟の洋館がすぐその前にあるのに驚いた。家の中には灯火が見える。丸い赤い提灯《ちょうちん》が見える。人の声が耳に入る。

銃を力に辛うじて立上った。

なるほど、その家屋の入口に酒保らしい者がある。暗いからわからぬが、何か釜らしいものが戸外の一隅にあって、薪《まき》の余燼《もえさし》が赤く見えた。薄い煙が提灯を掠《かす》めて淡く靡いている。提灯に、しるこ一杯五銭と書いてあるのが、胸が苦しくって苦しくって為方がないにもかかわらずはっきりと眼に映じた。

「しるこはもうお終《しま》いか。」

と言ったのは、その前に立っている一人の兵士であった。

「もうお終いです。」

という声が戸内から聞える。

内を覗《のぞ》くと、明かな光、西洋蠟燭《ろうそく》が二本裸で点《とも》っていて、罎詰《びんづめ》や小間物などの山のように積まれてある中央の一段高い処に、肥《ふと》った、口髭《くちひげ》の濃い、莞爾《にこにこ》した三十男が坐《すわ》っていた。店では一人の兵士がタオルを展《ひろ》げて見ていた。

傍を見ると、暗いながら、低い石階《きざはし》が眼に入った。ここだなとかれは思った。とにかく休息することが出来ると思うと、言うに言われぬ満足を先ず心に感じた。静かにぬき足してその石階を登った。中は暗い。よく判らぬが廊下になっているらしい。最初の戸と覚しき処を押して見たが開かない。二歩三歩進んで次の戸を押したがやはり開かない。左の戸を押しても駄目だ。

なお奥へ進む。

廊下は突当ってしまった。右にも左にも道がない。困って右を押すと、突然、闇が破れて扉が明いた。室内が見えるというほどではないが、そことなく星明りがして、前に硝子《ガラス》窓があるのが解る。

銃を置き、背嚢を下し、いきなりかれは横に倒れた。そして重苦しい息をついた。まアこれで安息所を得たと思った。

満足と共に新しい不安が頭を擡《もた》げて来た。倦怠《けんたい》、疲労、絶望に近い感情が鉛のごとく重苦しく全身を圧した。思い出が皆な片々《きれぎれ》で、電光のように早いかと思うと牛の喘歩《あえぎ》のように遅い。間断なしに胸が騒ぐ。

重い、気怠い脚が一種の圧迫を受けて疼痛《とうつう》を感じて来たのは、かれ自からにも好く解った。腓《ふくらはぎ》のところどころがずきずきと痛む。普通の疼痛《いたみ》ではなく、丁度こむらが反《かえ》った時のようである。

自然と身体を藻掻かずにはいられなくなった。綿のように疲れ果てた身でも、この圧迫には敵はない。

無意識に輾転反側《てんてんはんそく》(22)した。

故郷のことを思わぬではない、母や妻のことを悲まぬではない。この身がこうして死なければならぬかと嘆かぬではない。けれど悲嘆や、追憶や、空想や、そんなものはどうでも好い。疼痛、疼痛、その絶大な力と戦わねばならぬ。

潮《うしお》のように押寄せる。暴風《あらし》のように荒れわたる。脚を固い板の上に立てて倒して、体を右に左に踠《もが》いた。「苦しい……」と思わず叫んだ。

けれど実際はまたそう苦しいとは感じていなかった。苦しいには違いないが、更に大きな苦痛に耐えなければならぬと思う努力が少くともその苦痛を軽くした。一種の力は波のように全身に漲った。

死ぬのは悲しいという念よりもこの苦痛に打克《うちか》とうという念の方が強烈であった。一方には極めて消極的な涙脆《なみだもろ》い意気地《いくじ》ない絶望が漲ると共に、一方には人間の生存に対する権利というような積極的の力が強く横わった。

疼痛は波のように押寄せては引き、引いては押寄せる。押寄せるたびに脣《くちびる》を噛《か》み、歯をくいしばり、脚を両手でつかんだ。

五官の他にある別種の官能の力が加わったかと思った。暗かった室《へや》がそれとはっきり見える。暗色の壁に添うて高い卓《テーブル》が置いてある。上に白いのは確かに紙だ。硝子窓の半分が破れていて、星がきらきらと大空をきらめいているのが認められた。右の一隅には、何かごたごた置かれてあった。

時間の経って行くのなどはもうかれには解らなくなった。軍医が来てくれれば好いと思ったが、それを続けて考える暇はなかった。新しい苦痛が増した。

床近く蟋蟀《こおろぎ》が鳴いていた。苦痛に悶《もだ》えながら、「あ、蟋蟀が鳴いている……」とかれは思った。その哀切な虫の調《しらべ》が何だか全身に沁《し》み入るように覚えた。

疼痛、疼痛、かれは更に輾転反側した。

「苦しい！　苦しい！　苦しい！」

続けざまにけたたましく叫んだ。

「苦しい、誰か……誰かおらんか。」

と暫《しばら》くしてまた叫んだ。

強烈なる生存の力ももうよほど衰えてしまった。意識的に救助を求めると言うよりは、今は殆ど夢中である。自然力に襲われた木の葉のそよぎ、浪の叫び、人間の悲鳴！

「苦しい！　苦しい！」

その声がしんとした室に凄じく漂い渡る。この室には一月前まで露国の鉄道援護の士官が起臥《きが》していた。日本兵が始めて入った時、壁には黒く煤《すす》けた基督《キリスト》の像が懸けてあった。昨年の冬は、満洲の野に降頻《ふりしき》る風雪をこの硝子窓から眺めて、その士官はウオッカを飲んだ。毛皮の防寒服を着て、戸外に兵士が立っていた。日本兵のなすに足らざるを言って、虹のごとき気焔《きえん》を吐いた。その室に、今、垂死《すいし》の兵士の叫喚《うめき》が響き渡る。

「苦しい、苦しい、苦しい！」

寂《せき》としている。蟋蟀は同じやさしいさびしい調子で鳴いている。満洲の広漠《こうばく》たる野には、遅い月が昇ったと見えて、あたりが明るくなって、硝子窓の外は既にその光を受けていた。

叫喚、悲鳴、絶望、かれは室の中をのたうち廻った。軍服の釦鈕《ボタン》は外れ、胸の辺《あたり》は掻むしられ、軍帽は頷紐《あごひも》をかけたまま押潰され、顔から頬に懸けては、嘔吐《おうと》した汚物が一面に附着した。

突然明らかな光線が室に射したと思うと、扉の処に、西洋蠟燭を持った一人の男の姿が浮彫のように顕《あら》われた。その顔だ。肥った口髭のある酒保の顔だ。けれどもその顔には莞爾《にこにこ》したさっきの愛嬌はなく、真面目《まじめ》な蒼《あお》い暗い色が上っていた。黙って室の中に入って来たが、そこに唸《うな》って転がっている病兵を蠟燭で照らした。病兵の顔は蒼褪《あおざ》めて、死人のように見えた。嘔吐した汚物がそこに散らばっていた。

「どうした？　病気か。」

「ああ苦しい、苦しい……」

と烈しく叫んで輾転した。

酒保の男は手を附け兼ねてしばし立って見ていたが、そのまま、蠟燭の蠟を垂らして、卓《テーブル》の上にそれを立てて、そそくさと扉の外へ出て行った。蠟燭の光で室は昼のように明るくなった。隅に置いた自分の背嚢と銃とがかれの眼に入った。

蠟燭の火がちらちらする。蠟が涙のようにだらだら流れる。

暫くして先の酒保の男は一人の兵士を伴って入って来た。この向うの家屋に寝ていた行軍中の兵士を起して来たのだ。兵士は病兵の顔と四方《あたり》のさまとを見廻したが、今度は肩章を仔細に検した。

二人の対話が明かに病兵の耳に入る。

「十八聯隊の兵だナ。」

「そうですか。」

「いつからここに来てるんだ?」

「少しも知らんかったです。いつから来たんですか。私は十時頃ぐっすり寝込んだんですが、ふと目を覚ますと、唸声がする。苦しい苦しいという声がする。どうしたんだろう、奥には誰もいぬはずだがと思って、不審にして暫く聞いていたです。すると、その叫声はいよいよ高くなりますし、誰か来てくれ! と言う声が聞えますから、来て見たんです。脚気ですナ。脚気衝心ですナ。」

「衝心?」

「とても助からんですナ。」

「それア、気の毒だ。兵站部に軍医がいるだろう?」

「いますがナ……こんな遅く、来てくれやしませんよ。」

「何時だ。」

自から時計を出して見て、「道理《もっとも》だ」という顔をして、そのまま隠袋《ポケット》に収めた。

「何時です?」

「二時十五分。」

二人は黙って立っている。

苦痛がまた押寄せて来た。唸声、叫声が堪えがたい悲鳴に続く。

「気の毒だナ。」

「本当に可哀相です。どこの者でしょう。」

兵士がかれの隠袋を探った。軍隊手帖を引出すのが解る。かれの眼にはその兵士の黒く逞《たくま》しい顔と軍隊手帖を読むために卓上の蠟燭に近く歩み寄ったさまが映った。三河国渥美郡《あつみごおり》福江村加藤平作……と読む声が続いて聞えた。故郷のさまが今一度その眼前に浮ぶ。母の顔、妻の顔、欅で囲んだ大きな家屋、裏から続いた滑かな磯、碧《あお》い海、馴染《なじみ》の漁夫の顔……。

二人は黙って立っている。その顔は蒼く暗い。おりおりその身に対する同情の言葉が交される。彼は既に死を明かに自覚していた。けれどそれが別段苦しくも悲しくも感じない。二人の問題にしているのはかれ自身のことではなくて、他に物体があるように思われる。ただ、この苦痛、堪えがたいこの苦痛から脱れたいと思った。

蠟燭がちらちらする。蟋蟀が同じくさびしく鳴いている。

黎明《あけがた》に兵站部の軍医が来た。けれどその一時間前に、かれは既に死んでいた。一番の汽車が開路開路の懸声と共に、鞍山站に向って発車した頃は、その残月が薄く白けて淋しく空に懸っていた。

暫くして砲声が盛に聞え出した。九月一日の遼陽攻撃[23]は始まった。

二老婆

徳田秋声

一八七二年(旧暦明治四)―一九四三年(昭和一八)。本名は末雄。石川県生まれ。第四高等中学校中退。新聞記者などを経て尾崎紅葉の門下に入り、その「四天王」の一人とも目されたが、むしろ一九〇三年(明治三六)の紅葉の死後、作家としての本領を発揮し、「新世帯《あらじょたい》」などが好評を博して、「生れたる自然派」と評された。次いで、妻の前歴に取材した「足迹」、彼女との結婚生活を描いた「黴《かび》」などを発表して自然主義文壇に地位を確立。一九二六年(大正一五)の妻の死後、関係を結んだ女弟子山田順子との愛欲を描いた「順子もの」から、昭和初期の思想的激動期を経て、「町の踊り場」や「仮装人物」によって再び高い評価を得た。戦時下の「縮図」は、時局への迎合を拒んでみずから中断し、作家的反骨を貫いた。

「二老婆」は、一九〇八年(明治四一)四月の「中央公論」に発表。感傷性を排した曇りのない眼で、庶民の女性の半生を浮き彫りにした秋声の作風を凝縮したような作品。「お栄婆さん」と「お幾婆さん」の対照的な生き方と閲歴を通して、やりきれない現実の暗部が照らし出される。底本には『徳田秋聲全集』7(八木書店、一九九八年)を用いた。

一

「アア厭《いや》だ厭だ、こんなことして生きてる位なら早く死んだ方がいい。」

という下品な、速弁《はやくち》の、甲走《かんばし》った声が聞えると思うと、ザアッと盥《たらい》の水をあける音がする。自分は刷毛《はけ》の手を休めて、腰硝子《こしガラス》(1)からふと下を見下した。果して裏のお幾婆さんが井戸側《ばた》へ洗濯に来ている。

二月末の、可恐《おそろ》しい寒い日で、朝から日の目を見ず、どんよりと重苦しい雲の蔽被《おっかぶ》さった空、水気《すいき》を含んだ冷い風は、生物という生物を、チリチリ戦《わなな》かせているようである。こんな天気には、運動に出るのも不愉快、人を訪問しても話が逸《はず》まぬ。自分は行火《あんか》に火を入れて、顔を顰《しか》めて寝ていたが、ふと描かけていた、「冬の雑木林」の写生画にこの感じを写そうと思ったので、私《そッ》とカンバスを引寄せて、窓から見える、四下《あたり》の梢《こずえ》の、縮かまッている状《さま》など見ながら、野末《のずえ》の枯木立を想像していた。その頃は学校の出たてで、画《え》も揣《まず》かったし、金もなかったし、国から迎えた妻《つま》と二人《ふたり》で、新花町《しんはなちょう》(2)の「杉山えい」という婆さんの二階の六畳一間を仮りて、そこで画も描けば、客をも通し、起臥《おきふし》もしていた。古い家《うち》で、梁《はり》は、傾《かしが》り、剝《は》げた壁には新聞の附録の画など貼ってあった。部屋代は確か月三円であったと記憶する。

それでもお栄婆さんは好《い》い人であった。否《いや》、好い悪いの詮索よりか、むしろ変な婆さんであった。

初めてこの婆さんの家を訪ねたのは、妻《さい》が田舎から来た当時、一昨年の夏であった。貸室《かしま》の札を見当《みあて》に路次を入ると、その突当《つきあたり》に、横に台所口の附いた格子戸の二階家がある。何だか陰気な家だと思ったが、とにかく戸を開けて案内を乞うたが、二、三度声をかけて見ても、誰も出て来ない。留守かと思って障子を細目に開けて奥を覗込《のぞきこ》むと、五十余の婆さんが、暗い茶の室《ま》の椽側《えんがわ》へ出てお化粧をしている。自分は適切聾《てっきり》だと思った。漸《やっ》と気がついて、こっちを向いた顔を見ると、平顔《ひらがお》の、目のショボショボした、口の大《おおき》な婆さんで、かなり大きな丸髷《まるまげ》(3)の髪はツヤツヤしているが、入毛《いれげ》があると見えて、耳のあたりの鬢《びん》は薄く、眉も何だか塗ってあるようである。が、一体に柔和の相で、物腰も嫺《しとや》かである。自分は暗い台所の入口の横に附いている段梯子《ばしご》を上って、二階を一見してから、階下《した》へ降りると、婆さんは、大な土瓶《どびん》から番茶を汲んでくれる。煙草《たばこ》盆も出してくれる。お世辞もなければ、口数も利《き》かぬが、人間は正直らしく、家賃が六円五十銭であることから、去年の暮、裁判所の小使《こづかい》をしていた連合《つれあい》の爺《じい》さんに死《しな》れてから、独《ひとり》で細々暮しているということまで話して、ジロジロと自分と家内の顔ばかり見ていた。

とにかく借りることに決めて外へ出ると、妻は可厭《いや》な顔をして、

「何だか厭味な婆さんね。それに家が薄汚くて、私はお茶を飲むのも気味が悪い位でしたよ。」と不平を言っていた。

この婆さんと昵《なじ》むにつれて、身の上が段々判って来た。宇都宮の産《うまれ》で、兄は今でもその町で有福《ゆうふく》な呉服屋であるということも知れた。お栄婆さんは若い時分、死《なくな》ったその爺さんと、少《すこし》ばかりの金を浚《さら》って、東京へ駈落《かけおち》して来たのだということも判った。湯島で暫《しばら》く下宿屋をしていたが、婆さんが一向大様《おおよう》なので、段々と食込み、十五、六年前にとうとうここへ逐込《おいこ》められてしまったのだということも想像し得られた。婆さんの生活状態を見ていると、毎日ただモゾクサモゾクサしているばかりである。釜を磨くのと、火鉢の掃除をするのと、それからお化粧をするのと、それがキチンキチンと決まった一日の仕事で、どうかすると、肉厚の大皺《おおじわ》の寄った顔に白粉《おしろい》を塗って、厚い唇に紅まで差している。耳が不自由なからでもあろうが、人が何を言ってもハキハキ返辞《へんじ》をしない方で、

碌々金《ろくろく》の勘定も出来なければ、どんな困ったことがあっても、口へ出して零《こぼ》すだけの技倆《はたらき》すらない。

その当時は、貧しいながらに煤《すす》けた簞笥《たんす》も据えてあった。茶簞笥もあった。着替も一、二枚持っていたようである。が、この婆さんの収入といっては、自分が月々払う三円の部屋代だけなので、一年半ばかりいるうちに、身の周《まわり》の道具を一つ売り二つ売りして、今では鏡台と、ブリキ落し(4)の火鉢と、ランプが一つに、化粧道具の入った菓子の空箱、手桶と赤土釜《あかがま》と膳椀《ぜんわん》が残っているばかり、台所も部屋もガランとして、そこら中ツルツル雑巾光《ぞうきんびかり》のしている暗い部屋の真中に、お栄婆さんは相変らず、テラテラ蜻蛉《とんぼ》のように光る大な首を据え、薄い目を睜《みは》って、一日モンゾリともせず坐《すわ》っている。

或日《ある》の午後、自分が二階で画を描いていると、階下《した》で誰やらシャ嗄《が》れた声で、婆さんに何か談じつけている、その尖《とん》がった調子が耳についてならぬ。何の事とも解らぬが、借金取であるとだけは推察される。その男は三十分ばかりで、ガラリと格子を締めて出て行った。後で階下へ降りて行って見ると、婆さんは火鉢の炭団《たどん》を掘《ほじ》くりながら、去年の夏妻が着古しをくれてやった、薩摩絣《さつまがすり》(5)の単衣《ひとえ》に裏をつけて綿を入れた、褪《は》げ褪げの着物に、縞目《しまめ》の計《わか》らぬ赤い双子《ふたこ》(6)の羽織を着て、心配そうにツクネンと坐っている。周には昼お粥《かゆ》を煮た赤土釜に板を敷いたのと、化粧道具が一ト箱、雁首《がんくび》の凹んだ煙管《きせる》に莨入《たばこいれ》、それと貧乏くさい下宿使いの茶盆があるばかりだ。今のは何だと訊くと、据えた首をこっちへ振顧《ふりむ》けて、目眩《まぶし》そうに目を挙げ、

「他《あれ》は貴方大屋《あんたおおや》ですよ。」と鈍《のろ》い口の利き方をして、敷いていた薄汚い布団《ふとん》を尻から引張出し、

「屋賃《やちん》が滞っているものですからね。」と淋《さび》しそうに笑う。

「幾月溜《いくつきたま》っているので?」

「何でも先月で六月分だとか言いましたがね、人の好い大屋さんで、爺さんの時分から、私たちの堅いことを承知しているもんですから、つい一度だって小言を言ったことはないんですけれど、この頃余り滞るもんだから、一先立退《ひとまずたちの》いてくれといって来たんですがね……ここを出れば、私の体は行く処がありませんもの。」とウソウソ四下《あたり》を見廻《みまわ》し、「もう売るものといっても、何にもなくなってしまったし、私ももう手も足も出なくなって……。」と頭髪《あたま》から歪《ゆが》みなりの簪《かんざし》を抜いて煙管の雁首を掘りはじめる。

自分は悃《あき》れもしなかった。婆さんのこの頃の食料と言っては、三円の間代《まだい》きりで、それで細々とお粥を啜《すす》っていることも能《よ》く解っている。自分たちが立退いたら、明日から

口の干上《ひあが》ることも知っていた。婆さんは、二、三日油を買う金がなくて、日が暮れると、直《じき》に戸締をして、土竜《もぐら》のように布団へ潜《もぐ》り込んでしまうことも、妻から聞いて知っている。

「いつまでそんなことしている心算《つもり》です。宇都宮のその実家とかへ相談してやったら、どうかしてくれんこともないでしょう。」

「宮ですかねえ……、」

「現に兄さんがいられるという位だから。」

「でも二、三十年以来《このかた》音信不通ですからね。先方《さき》も一切介意《かま》わぬ、私も決して世話になるまいと言ってやった位ですから、それにもう代が替っているという話だし……。」とこんな切迫《せっぱ》つまった場合でも、婆さんはノロクサしたもので、相変らずシホシホした目色《めつき》をして、厭味なような笑顔を見せている。

「しかしそう言ってるうちには、段々首が廻らなくなって来るだろうから、今のうち何とかしなけりゃならん。第一病気の時どうする心算です。」

「そうですよ。」婆さんは格別気にもかけぬらしく、「生身のことですからね。」と同じようなことを言う。

「それかと言って、目が悪いから何一つ仕事は出来ませんしね、為方《しかた》がないから、少し知った人に、どこか留守番でもさせてくれる処があったらばと、その事を頼んでありますけれど、それがね、やっぱり捗々《はかばか》しく好い口も見つからないものと見えまして……。」

と莨の粉を掬《すく》って、少しずつ吸っている。

自分は溜息を吐《つ》いて、二階へ上ってしまった。

二

それから見ると、お幾婆さんは大した技倆《はたらき》ものである。

井戸は宿の横手の杉垣の、直《す》ぐその際《きわ》にあるので、お幾婆さんの壊れかかった低い裏木戸がその側《そば》に着いている。今ではあちこち水道が引けたので、この井戸の水を使う家といっては、お幾婆さんと宿の婆さんとの外《ほか》に二軒しかない。中で一番用のあるのがお幾婆さんで、年が年中盥《たらい》と洗濯板とを持出して、シャツや股引《ももひき》、半纏《はんてん》に腹掛《はらがけ》、木綿の釈物《ときもの》や単衣ものの汚れたのをザブザブ洗っている。指頭《ゆびさき》の千《ち》断《ぎ》れるような、こんな寒い日でも、目暈《めまい》がしそうな炎天でも、それをしなければ、三度三度の飯が食って行けぬので、怨言《こごと》ダラダラ、嘔吐《へど》の出るほど水を汲んだり明けたりしている。

お幾婆さんは、お栄婆さんから見ると、年が二つ三つ上である。顔のちんちくりんな、髪の色の悪い婆さんで、兎《うさぎ》のような赤い目をしている。性来《うまれつき》尫弱《ひよわ》い質《たち》であるのに、営養《えいよう》不足の所為《せい》か、色光沢《いろつや》の悪い皮膚が風に焦《や》けて、土工をやっている女に善《よ》く見る、あれのもっと希薄な色をしている。看《み》るから貧相な、チョコマカした女で、早口に弁《しゃべ》る愚痴《ぐち》が、人の胸に半分も応えぬ。毛が擦切《すりき》れて、荒い地の見え透いている、黒い縞の毛布《ケット》に紐《ひも》をつけて、それを腰の周に結《ゆわ》えつけている。この縞毛布を見ると、自分がここへ引移って来た頃、亡《なくな》った連合《つれあい》の爺さんの事を思出さずにはいられぬ。

爺さんは、死ぬ五、六年前まで、車の梶棒《かじぼう》に摘《つか》まっていた。車が挽《ひ》けなくなってからは、人の使行《つかいある》きや、引越の手伝、配物の持運びなどしていたのだが、小柄の、肉のブヨブヨした丸顔で、凸凹の頭がツルリと禿《は》げていた。その禿頭の皮が、所々薄汚い白癜《しろなぎ》に斑点《まだら》つけられて、腫物《できもの》の痕《あと》といったような風である。

この爺さんが、夏の夕方、椽先《えんさき》へ出て、手拭地《てぬぐいじ》か何かで縫ったチャンチャン児《こ》(7)一枚で、太い不合好《ぶかっこう》な腕や、皺だらけの腹を露出《むきだ》しに、おりおり酒を飲んでいるのを、自分は善く二階から見ていた。朝顔の世話などもしていた。道具箱を持出して、羽目や木戸の破壊《こわれ》を直していた事もある。その時分は、婆さんも、今よりは多少《いくらか》元気があったようである。爺さんの酒のお相《あい》などもしていた。髯《ひげ》など剃《す》ってやっていたこともある。椽先には、草双子《くさぞうし》(8)などの画《え》に見るような秋草が深々と蔓って、垣根を這《は》って、廂《ひさし》まで上った蔓《つる》から、糸瓜《へちま》が夕風にブラついていた。芙蓉《ふよう》を心《しん》に、娼妓草《おいらんそう》や孔雀草《くじゃくそう》が咲乱れていて、そこへ行水盥《ぎょうずいたらい》を据え込んで、二人で睦《むつま》じそうに、行水を使っているのも、希《めず》らしくなかった。爺さんは晩方になると、渋団扇《しぶうちわ》(9)を持ちながら、燻《えぶ》る蚊遣《かやり》で苦労をしていたものだ。

「あれでも、昔は何かだったんでしょうね。」と妻がいつでも笑っていた。

その時分から、お幾婆さんの体は、車鼠《くるまねずみ》のようにクルクル廻っていた。口もかなり煩《うるさ》い方で、朝から晩まで爺さんの世話を焼いていた。子供が一人あったが、今は十四、五にもなったろう、爺さんの死ぬ少し前から、神田の指物屋《さしものや》へ年期小僧に住込《すみこま》したという話である。お栄婆さんの口で利くと、婆さんは十三、四年ほど前に、子供を一人に、風呂敷包を一つ抱えて、爺さんの処へ転げ込んだ、「あれは乞食です」と言うのであるが、強《あなが》ちそうでないとも言えぬ。

その爺さんが、夏の半過《なかばすぎ》から滅切《めっきり》体が弱って、所好《すき》な酒も余り飲まず、始終浮かぬ顔をしていたが、それでも婆さんが口喧《くちやかま》しいので、時々は半纏腹掛で、何かしら仕事に出て行く。水も汲んでやっていた。

するうち、まだ残暑の酷《きび》しい九月の末の或夕方、爺さんは不意にコロリと死んでしまった。その死方がまた酷《ひど》く無造作《むぞうさ》である。

もうそこらの碧桐《あおぎり》の葉が、所々赭《あか》くなって破けていた。爺さんは常時《いつも》の如く、秋草の繁った垣根の側で、お幾婆さんに背《せなか》を流してもらっていたが、旋《やが》て好い心持で、蚊遣の側で膳に向い、莨を一服喫《ふか》して、猪口《ちょこ》を手に取あげると、妙に手が顫《ふる》え出して、そのまま仰《のけ》ざまに顛覆《ひっくりかえ》ってしまった。

お幾婆さんは、変だと思って、

「爺さんどうかしたの。え、どうかしたのかよ。」と側へ寄ると、もう目を白黒さして、ウンウン唸《うな》っている。

婆さんは金切声を振絞って、杉山の婆さんを呼んだ。不断《ふだん》は悪口《あっこう》を吐《つき》あっている間《なか》であったが、他に来てもらうような人と言っては、近所に一人もない。丸い瓦斯《ガス》灯の出ている「原」という新建《しんだち》の宅《うち》は、自用車まで抱込《かかえこ》んだ某《なにがし》銀行の頭取で、その時綺麗《きれい》な塀の奥から、冴えた琴の音《ね》が洩《も》れていたし、その向《むこう》の「三谷」という格子戸造は、下谷《したや》辺《へん》の或紳士の妾《めかけ》の宅で、これまでに遂《つい》口を利いた事もない人たちであった。

かれこれして、医者の来る時分には、爺さんはもう呼吸《いき》を引取って、不断飲古した、茶こびれの着いた湯呑《ゆのみ》から、婆さんが死水《しにみず》を啣《ふく》んでやらなければならなかった。夕間暮《ゆうまぐれ》の出来事で、陰気な鈴《りん》(10)の鳴る時分まで、爺さんの汗を流した盥の水は、浮垢《きら》を浮せたまま、星明《ほしあかり》に黝《くろ》く光っていた。草の中には虫が鳴いて、何だか秋風らしい芙蓉の葉擦《はずれ》の音がザワザワと、森《しん》とした幽暗《ほのぐら》い晩であった。

お幾婆さんは、その晩から真実《まったく》の独法師《ひとりぼっち》になってしまった。

お通夜に行くと、それでも爺さんの知合が三、四人集っていた。お幾婆さんは、十幾年前、爺さんと連添ってからの歴史を、切々《きれぎれ》に話して、何だか速《しきり》に爺さんの人の好かったことを吹聴していた。この頃体の工合《ぐあい》の悪かったことから、打斃《ぶったお》れた前後の事を、人の顔を見るたんびに、赤い目を擦《こす》り擦り、繰返し繰返し説明していた。自分がどんなに爺さんを、大切にしていたかという事も、醇《くど》いほど聞された。

「何だか笑談《じょうだん》のようでね。」と杉山の婆さんは、爺さんの死を、身に染《し》みても考えぬらしく、

「私も死ぬなら、あんな風に死にたい。誠に手数がかからなくてね。」と言出す。

「だけど、何だか夢のようでね。」と言い言い、お幾婆さんは煩いほど、樒《しきみ》(11)に水をくれ

たり、線香を立てたり、鈴を鳴したり、始終手を動かしづめでいた。

「私が先へ死《しの》う死うと思っていたら、とうとう爺《じじい》に先を越されてしまいましたよ。お医者さまの薬一服飲まず、背一つ擦《さす》る間もなく、目を瞑《つぶ》ったもんだからね、何だか飽気《あっけ》ないようで……でもマア、あんな気楽な死《しに》ようをしたかと思や、私ゃ爺さんが可羨《うらやま》しくて可羨しくて、しようがございませんよ。何でも、後に取遺《とりのこ》されたものは、割が悪ございますよ。明日から、またせッせと稼がなきゃ、御飯が頂けないんですからね。……アア可厭《いや》だ可厭だ。爺さんに死《しな》れようとは思わなかった。年中ヤレ腰が痛いの、ヤレ頭痛がするのと、生きてるか死んでるか、解らないような私が後へ後《のこ》るなんて、こんな間違ったことがあるもんじゃございませんよ。」とペラペラ舌ったるいような調子で弁《しゃべ》る。

それから四、五日の間は、「何だか笑談のようだ」と家内と杉山の婆さんとが、その時のことを想出しては、爺さんの死方とお幾婆さんの周章《あわ》てようが可笑《おかし》かったと言って、腹を抱えて笑っていたが、お幾婆さんは、その秋からガッカリ力落《ちからおち》がしてしまった。

お幾婆さんは、真実生効《まったくいきがい》のない生活をしている。素《もと》より手頭《てさき》で仕事の出来るような器用な腕は持たぬから、洗濯と水汲みをして、それでどうかこうか食って行く。お栄婆さんが、暗い部屋のなかに坐込んで、マシリマシリと目を据えて衿元《えりもと》ばかり気にしている隙《ひま》に、お幾婆さんの貧弱な体は、根の続く限り外でクルクル動いている。一日休めば一日食わずにいなければならぬので、始終死たい死たいと言いながら、今に一ト筋の釣瓶《つるべ》縄《なわ》に噛《かじ》りついて、ヤクザな生命《いのち》だけを繋《つな》ごうとしている。辛い労働に苦使《こきつか》うだけの生命を、何のために繋いでいなければならぬのか、それは自分にも判らぬ。どうかすると体が持切れなくなり、持病の寸白《すばく》(12)が起って、二日も三日《か》も寝て見ることもあるが、寝れば直ぐ口が干上るので、しょうことなしまた起きて働く。ビショビショ雨の降る日は、二町《ちょう》も三町もある処まで、人の宅の水を汲みに行って、細い腕にバケツを提げ、破けた桐《とう》油《ゆう》を冠って、そっちこっちの台所口へ水を持込ましてもらって、それでいくらかずつ恵まれて来る。天気の好い日は、せっせと洗濯をして、洗物を竿《さお》にかけ、干揚《ほしあ》げた奴を霧《ある》を吹くやら熨《の》すやらして、それを晩方風呂敷で脊負出《せおいだ》し、方々のお得意先を配って行く。お幾婆さんは、お栄婆さんのことを「食わず貧楽《ひんらく》」と言って、非《くさ》しているが、お栄婆さんは、「あんなにまでして、私ゃ生きていようとは思いませんわね。」と言ってお幾婆さんを蔭で嗤《わら》っている。

「どっちにしても、今一歩蹈外《ひとあしふみはず》せば、乞食の境涯に落ちようとする、危《あぶな》い縁に辛うじて蹈止まっているのです。」と言って、自分の妻は笑っていた。

三

見ていると、お幾婆さんは燥《はしゃ》ぎ切った盥《たらい》に水を幾杯も汲入れる。盥の底からは粒々の白い泡が浮いている。婆さんはバケツに一杯持出して来た汚れ物を半分ばかり水に浸けて、赭《あか》い細い手に抑えていたが、旋《やが》てその中《うち》から、青い棒縞の股引を一つ引張出して、シャボンを着けて、ゴシゴシ板で擦《こす》りはじめる。脂気《あぶらけ》の乏しい、頸《えり》の赭い毟《そそ》け髪が、粟《あわ》立《だ》ったような首のあたりで、一つ一つ風に戦《わなな》いている。婆さんはガチガチ顫えているようである。

どこの女中か、見馴れぬ二十二、三の束髪《そくはつ》(13)の山出《やまだし》(14)が、「お早う。」と言って、提げて来たバケツを二つ、ガチャリとそこに置くと、「このお寒いのに、お婆さん能《よ》く精が出ますのね。」とお愛相《あいそ》を言う。

婆さんは手に着いたシャボンの泡を拭いて、腕で鼻を擦りながら、「いいえ、精も根《こん》もありゃしませんよ。これをやらなけりゃ、その日が過せませんからね。」とまたゴシゴシ行《や》る。「このまた二、三日の寒さはどうでしょう。私は腰が冷えて冷えて、どうにもこうにも動けないものですから、昨日は一日位、食べなくても好いからと思って、楽をして見ましたがね、やッぱり食べずにゃいられませんから、しょうことなしこうして働いておりますよ。」

「真実《ほんとう》ですね。」

「アア莫迦莫迦《ばかばか》しい……。今日はまた可恐《おそろ》しい寒い……。でもね、何のかんのと言っても、今月一ト月ですよ。三月になれば、そろそろ桜が芽ぐんで来ますからね、マアそれまでの辛抱ですよ。そう思って、目を瞑《つぶ》って働いていますがね、何分にもこの体の弱いのにゃ克《か》てませんよ。こんなことしてジボジボ生きてるよりか、速く死んだ方が優《まし》だと、熟々《つくづく》そう思いますよ。」

下女は、「ハハハ」と高調子な空笑《そらわらい》をして、水を汲みはじめる。婆さんは尚《また》何か御託《ごたく》を並べ立てているようであったが、水を空《あ》ける音に消されて、能くは聞取れなかった。

耳に染《しみ》つくようなその声の聞える間は、画《え》を描く気もしないので、自分はまた行火《あんか》に潜り込んで、何を考えるともなく恍乎《うっとり》としていた。

するうち婆さんは木戸を締切って、内へ引込んで行く。ドン(15)の鳴る頃まで、狭い庭で干物《ほしもの》で苦労をしているようであったが、旋《やが》て宅へ上ると、障子を締めて多時《しばらく》は何のこともない。股引やシャツからは、トクトク雫《しずく》が滴《したた》って、今にも雪の降りそうな空模様である。婆さんは、腰に行火を当がいながら、襤褸《ぼろ》切《きれ》や破けた足袋《たび》など取出して、これを綴《つづり》はじめているのであろう。

四時頃、学校から帰って来た家内と一緒に——家内はその時分一ツ橋の職業学校へ通わしていたので——晩飯の膳に向っていると、宿の婆さんの所へ、女の客が一人来ていた。その声は、どうやら髪結のお六という女らしかったが、少時《しばらく》話しているうち、婆さんが二階の上口《あがりぐち》へ、綺麗に撫《なで》つけた、大きな頭髪《あたま》を現して、些《ちょッ》と出かけるから……といって、何やら落着かぬ目色《めいろ》でモゾリモゾリしている。

「お内儀《かみ》さんどちらへ」と妻が訊くと、婆さんはニヤニヤして、身の周《まわり》を見廻し、

「私もね、長くはここにもいられませんから、どこぞ少時口を托《あず》けようかと思いましてね、お六さんが、実はその事でね、色々心配してくれますもんですからね……。」

「へエ、じゃその口があったんですか。」と訊くと、

「いいえ、まだ決った訳じゃありませんがね、これから些と行って見ようかと思いましてね。」

「どんな口ですの。」

婆さんは、障子際《きわ》に立てある、自分の画に薄い目を見据えて、気の脱けたような顔をしていたが、

「もう年が年だもんですからね、骨の折《おれ》る処じゃ、とても勤まりませんから……」と少時《しばらく》何か考えるようであったが、「宅は妻恋《つまごい》(16)の下のあの、大きな酒屋ですがね、あすこのお爺さんが、今茲《ことし》何でも六十三だとか言うんですがね、別に不足のある体じゃなし、奥の離房《はなれ》へ引込んで、気楽に暮しているんですけれど、何ですか、脚が少し悪くて、起《たち》居《い》に不自由だというのでね、心寂しいから、誰か茶呑《ちゃのみ》友達のような、介抱人のような老婆《としより》が一人欲しいとかいうのだそうですよ。お六さんが、やッぱりあすこがお得意先なものですから、行って見てはどうかと勧めてくれますので、大して難しい爺さんでもないようなら、私も行って見ようかと思うんですけれど。」

「大変好いじゃありませんか。」

「何ですか……。」

婆さんは、モゾモゾしながら引込んで行った。

婆さんが出て行くと、間もなく、お幾婆さんが、家内から頼まれた洗濯物を持ってやって来た。洗賃を少し余分にくれてやると、婆さんは叮嚀《ていねい》にお叩頭《じぎ》をしていたが、例の

体の弱いという話から、年々物価が高くなって、陽気までが、一と昔から見ると、よほど寒くなったようだという事、それから例によってお栄婆さんの噂が出て、自分がこうして、手の皮の擦剝《すりむ》けるまで洗濯をして、それで漸《ようよ》うこの口だけ埋めて行けるのに、あの婆さんは、能くも今日まで日干《ひぼし》にならなかったものだ、今にお菰《こも》(17)にまでなり下っても、あの婆さんのことなら、苦にもしないだろう。貴方《あなた》方がいるから、尚《まだ》しも助かっているのです、と散々非難《こきおろ》す。

「いつかの夏でしたよ。階下《した》にも階上《うえ》にも、同居人を三組も入れて、自分は台所に布団を布《し》いて寝ていましたっけがね、あの婆さんは、そんなにしても、体に楽がさせたいのだそうですよ。」

家内が揶揄《からかい》半分に、お栄婆さんの先刻《さっき》のことを少し大業《おおぎょう》に話して、「何でも、大想《たいそう》お金のある宅だそうですよ。」

「ヘッ」と笑《い》って、婆さんは、赤い小い《ちいさ》目を円くしたが、

「ア、あの爺さんでしょう。他《あれ》は奥様の前でございますけど、名代《なだい》の女好きですよ。じゃ丁度《ちょうど》好いかも知れません。」と汚い乱杭歯《らんぐいば》を出して笑う。

「でも、運の好い婆さんじゃないか。押《お》ッ堪《こた》えていただけの事はあるわね。」

婆さんの顔色は急に変って、挨拶も匆々《そこそこ》、梯子を降りて行った。どうかすると、不断からお天気屋の婆アで通った女で、こうしたむかッ肚《ぱら》も立てる。

四

風呂敷に化粧道具を一と箱、それに襤褸《ぼろ》を一ト行李《こうり》提げて、お栄婆さんが妻恋の酒屋へ引取られてから、二、三日は何の事もなかった。

お幾婆さんは、その後余り姿を見せぬ。たまに外で行逢っても、妙に憤々《ぷりぷり》して、見て見ぬ振《ふり》をして行過ぎてしまう。が、お栄婆さんに対する悪口は一層激しくなった。近所界隈をアクザモクザ言って、布令《ふれ》て行《ある》いていた事だけは確かである。誰か顔出する者があるかと見ると、風評《うわさ》は必然《きっと》妻恋の酒屋の風評で、終《しまい》には聴かされる方が聴飽きて、誰も相手にする者がなくなってしまった。

或日髪結のお六が、家内の髪を結って帰りがけに、婆さんの処を覗《のぞ》くと、婆さんは相変らず庭で干物を取片着《とりかたづ》けていたが、お六の顔を見ると遂いその話が出て、一つ二つ厭味を言っているうち、到統大喧嘩《とうとうおおげんか》(18)が始まった。婆さんは青筋を立てて、お六に喰ってかかったが、相手が気象《きしょう》ものの、可恐《おそろ》しい痰火《たんか》の切れる江戸っ児肌なので、とても敵《かな》わず、

「このよいよい婆アの死損いめ！」だの「冬瓜《とうがん》の川流れ(19)」だの「どこの馬の骨だか知れもしない癖に、利いた風な口を利くんじゃないよ」だのと、散々毒口を浴せられて、終には可悔《くやし》がって泣出してしまった。

自分はその日午後から、家を捜しに出ていったが、晩方帰って来ると丁度その話で、お幾婆さんの宅《うち》を覗くと、なるほど婆さんは酷《ひど》く沮《しょ》げ込んでいる様子である。窓から自分たちの顔が見えると、ピシャッと障子を締切ってしまう。

その日宅が漸《ようや》く見つかったので、明日早々ここを引払う心算《つもり》で、晩飯が済むと、妻と二人で多くもあらぬ道具の始末をしていた。外は可恐しい風が吹荒《ふきすさ》んでいた。

荷物が一ト片着き片着いたところで、自分は火鉢の火を起して、莨《たばこ》を吹しながら、明日から空家になる、この家の事や、十五、六年住古《すみふる》したという、老《とし》夫《より》婦の事や、お栄婆さんやお幾婆さんの将来など想っていた。お幾婆さんの爺さんが死んだ夏の夕《ゆうべ》の模様も、目に浮んで来るようである。お栄婆さんが、死《なく》な《な》った連合《つれあい》の爺さんと、宇都宮を出奔して、東京で彷徨《まごつ》いた、ずっと昔の事なども、想像に上って来る。比較的裕《ゆた》かな生活をしている人々の中に挟まって、人生の底に哀れな残年《ざんねん》を、漸く蠢《うごめ》いているような、二人の老婆の生活の果敢《はか》なさをも考えていた。これが何の意味か、自分には格別暗示される処もないようであるが、画題は左《と》に右《かく》二つ三つ出来た。

と見ると、妻はポット上気したような顔をして、黙って、コマコマした小《ちいさ》いものの始末をしていた。初めから陰気だといって、嫌っていたこの家も、もう今夜限《ぎり》で立退くかと思うと、何となく気が引立っているのであろう。

するうち、まだ宵の口だと思っていると、もう八時を四十分も過ぎている。自分は僵《くたぶ》れていたので、好い加減に段落をつけ、床《とこ》を展《の》べさせようとしていると、ふと格子戸の鈴《りん》が鳴るようである。

大分経ってから、お栄婆さんが、ノソノソと上って来た。妻がいよいよ明日立退きますから……と、これまでの挨拶などする。婆さんは、袂《たもと》から貰ったのを収《しま》っておいたのだとか言って、紙に裹《くる》んだ菓子を取出したが、立退くと聞くと、急に落胆《がっかり》した顔をして、口も利かず鬱《ふさ》いでいる。が、一体がハキハキしない質《たち》なので、自分たちは気にも留めずにいた。妻はまた、お幾婆さんとお六との、今日の喧嘩の話をして、婆さんの身の上の気楽な事を悦《よろこ》んでやり、茶を淹《い》れて、愛相をしていたが、婆さんは、一向浮かぬ顔色で、何か言いそうにしては、言そそくれ、取片着いた部屋中を、可懐《なつかし》そうに見廻していた。

自分は、住馴れたこの家が、明日から知らぬ他人の住居《すまい》となるので、様々の古い記憶が、

婆さんの弱い胸に浮ぶのであろうと、その事を言出すと、婆さんは、一層目をショボショボさせて、

「私も長い間、この家の厄介になりましたよ。余所へ出て見ますと、やっぱり住馴れた家が恋しいもんでね……それに、爺《じじい》もここで目を瞑《ねむ》ったたし、私も、何はなくとも、この軒下で引取られようと思いましたがね……。」ともう声を曇らしている。

「もうこの歳になるてえと、どこへ行っても好い事はないものでね……。」

話が妙に滅入って来たので、自分たちは黙ってしまった。婆さんは、今夜妻恋に少し取込があるので、一ト晩だけここに泊めてもらいたい、もう今夜限だから……と、言って、九時少し過に、小いランプと、自分たちが預っていた布団を持って、悄々《すごすご》と下へ降りて行った。

「酒屋の方も、余り面白くないんでしょうよ。」と妻は、送出してから呟《つぶや》いていた。

自分は間もなく、床へ入ってしまった。

一時間ばかりウトウトしたと思うと、ふと窓の外で、何やらザブリという音がした。釣瓶の音かと思うと、それよりは少し強いようである。自分は現心《うつつごころ》に、何の事とも思いつかずにいると、ガサガサ風に鳴る樋《ひ》の音と共に、「助けてくれ！」という声が二タ声

ばかり、聞える。確《たしか》に井戸の中からで、お幾婆さんの声であるという事も、明かである。

妻と一緒に、台所口から飛出して、井戸端へ行った時分には、中ではもうガタガタ顫《ふる》えているらしく、「万望《どうぞ》お早くお早く、後生でございます……。」と速《しきり》に気を焦《あせ》っていた。

まだ十時少し過ぎた頃の事で、原でも三谷でも、明《あかり》がカンカン点いている。華やかな女の話声が聞える。風は少し静ったようである。暗い晩で、空には星一つ姿を見せず、どうやらポツポツ雨が落ちそうであった。

自分は表の武蔵屋という車宿[20]へ家内を走らせて、若い衆を一人応援に頼んでやると、ドレドレと言って、ゾロゾロ三、四人もやって来た。中には細引《ほそびき》[21]に看板[22]を振翳《ふりかざ》して、一杯機嫌の、可恐《おそろ》しい元気の好い男もいた。で、婆さんは何の苦もなく、引揚られる。

水も少し飲んだであろう、顔にも所々の擦過傷《すりきず》があって、腰でも打ったのか、碌々《ろくろく》足も立たぬ。髪も振乱して、体中ビショビショ水が垂れる。皆は気毒なうちにも、噴出したくなって、「どうしたんだどうしたんだ。」と看板を差《さし》つけた。婆さんは真蒼《まっさお》な顔を気味の悪いほど顰《しか》めていたが、跛《びっこ》を曳《ひ》きながら、口一つ利かず、解けかかった帯を引摺《ひきず》って、口を開いたまま、喘《あえ》ぎ喘ぎ木戸口から入って行く。

医者が来る時分には、寄って集《たか》って着物を脱《ぬが》し、そこに有合《ありあ》う袷《あわせ》の裏やら抜綿《ぬきわた》やら、手当次第に掻集めて体を包《くる》み、静かに布団の中に寝かされていた。医者は水を吐かして、人口呼吸を試みた。水を吐く時、口から多量《たくさん》に出たのは、まだ消化《こな》れ切らぬ食物であった。意地汚く貪《むさぼ》ったと見える。天麩羅《てんぷら》が水の中にフワフワしている。若い医者はただ眉を顰めて見ていた。

三十分も経つと、お幾婆さんは、多少《いくらか》顔色が出て来た。口も利けるようになった。無論死ぬ心算であったので、竿に縋《すが》って、ヅルヅルと一間《けん》ばかり下りたまでは覚えているが、後は一切夢中であったといって、面目なげに枕に突く伏して泣いている。

自分らは、間もなくこの家を引揚げた。

この騒ぎに、お栄婆さんが、顔を出さぬのも不思議と、自分は帰りがけに、その寝所《ねどこ》を覗いてみた。婆さんは、枕頭《まくらもと》に豆ランプを点けたまま、マジマジ目を開いていた。自分はお幾婆さんの助かった次第を、手短に報告して、笑いながら梯子を上った。

翌朝は豁如《からり》とした天気である。自分らはいつにない早起であった。妻が元気よく台所へ出たと思うと、自分は不意に消魂《けたたま》しい声に駭《おどか》された。

急いで階下《した》へ降りて見ると、お栄婆さんは、天窓《あまど》の縄に垂下《ぶらさが》って死んでいた。寒そうな旭影《あさひかげ》が、蒼白いその死相を、上から照している。

＊　＊　＊　＊　＊

お栄婆さんは、耳が遠くて目が悪いので、その晩酒屋から暇《いとま》を出されたのだという事実が、後で漸く解った。

世間師(1)

小栗風葉

一八七五年(明治八)―一九二六年(大正一五)。本名は磯夫。愛知県生まれ。錦城中学校中退。早くから文学をこころざし、尾崎紅葉に入門を許されて、尾崎家の玄関番として直接指導を受ける。日清戦争後の一八九六年(明治二九)、「世話女房」「寐《ね》白粉《おしろい》」「亀甲鶴」などの問題作を次々と発表して、文壇に地位を築いた。その後、次第に硯友社的な作風からの脱却をはかり、とくに一九〇五年(明治三八)から「読売新聞」に連載した長篇小説「青春」は、文科大学生と女学生の多感な恋愛を描いて人気を博し、代表作となった。自然主義時代には、色彩豊かで艶麗な文体から平淡な写実への転換を試み、「恋ざめ」など中年の恋を主題とする作品に取り組んだが、通俗長篇小説に流れ、郷里に帰って文壇からは遠ざかった。

「世間師」は一九〇八年(明治四一)一〇月の「中央公論」に発表され、翌年の春陽堂刊『南北』に収録。漂泊の商売で世間を渡り歩く「世間師」たちの生態は、一九歳の頃、紅葉の用事で九州に赴いた帰途、暴風雨にあって下関の木賃宿で何日かを過ごした見聞にもとづくという。底本には初出本文による『明治文学全集』65(筑摩書房、一九六八年)を用いた。

一

それは私《わたくし》がまだ二十《はたち》前の時であった。若気《わかげ》の無分別から気紛《きまぐ》れに家《うち》を飛出して、旅から旅へと当《あて》もなく放浪した事がある。秋ももう深《ふ》けて、木葉《このは》もメッキリ黄ばんだ十月の末、二日路《ふつかじ》の山越えをして、そこの国外れ(2)の海に臨んだ古い港町に入った時には、私は少しばかりの旅費も悉皆《すっかり》払《はた》き尽してしまった。町へ着くには着いても、今夜からもう宿を取るべき宿銭もない。いや、午飯《ひるめし》を食う事すら出来ないのだ。昨夜《ゆうべ》は夜通し歩いて、今朝町の入口で蒸芋《ふかしいも》を一銭が所《とこ》求めて、それで左《と》に右《か》く朝は凌《しの》いだ。握飯でもいい、午《ひる》は米粒にあり付きたいのだが、蝦蟇口《がまぐち》にはもう二銭銅貨一枚しか残っていない。

私はそこの海岸通りへ出た。海から細く入江になっていて、伝馬《てんま》(3)や艀《はしけ》が犇々《ひしひし》と舳《へさき》を並べた。小《こ》揚人足《あげにんそく》が賑《にぎや》かな節《ふし》を合せて、船から米俵のような物を河岸倉《かしぐら》へ運込んでいる。晴れ切って明るくはあるが、どこか影の薄いような秋の日に甲羅を干しながら、仄《ぼん》やり河岸縁に蹲《しゃが》んでいる労働者もある。私と同じように大方午の糧《かて》に屈托しているのだろう。

船虫が石垣の間を出たり入ったりしている。

河岸倉の庇《ひさし》の下に屋台店が出ている。竹輪《ちくわ》に浅蜊貝《あさりがい》といったような物を種にして、大坂風の切鮨《きりずし》(4)を売っている。一銭に四片《よきれ》というのを、私は六片《むきれ》食って、何の足しにという事はなしに二銭銅貨で五厘《りん》の剰銭《つり》を取った。そんな物の五片《いつきれ》や六片で、今朝からの空腹《すきはら》の満たされようもないが、それでもいくらか元気付いて、さてこの先どうしたものかと考えた。

ここから故郷へは二百里近くもある。帰るに旅費はなし、留《と》まるには宿もない。やむなくんば道々乞食をして帰るのだが、こうなっても有繫《さすが》にまだ私は、人の門《かど》に立って三厘五厘の合力《ごうりょく》(5)を仰ぐまでの決心は出来なかった。見えか何か知らぬがやっぱり恥《はずか》しい。そこで屋台店の亭主から、この町で最も忙しい商店の名を聞いて、それへ行って小僧でも下男でもいいから使ってくれと頼んだ。先方《さき》は無論断った。色々窮状を談《はな》して執念《しゅうね》く頼んで見たが、旅の者ではあり、仍更《なおさら》身元の引受人がなくてはときっぱり断られて、手代や小僧がジロジロ訝《いぶか》しそうに見送る冷たい衆目の中を、私は赤い顔をして出た。もう一軒頼んで見たが、やはり同じ事であった。一体この土地は昔からの船着場で、他国から流れ渡りの者が絶えず入《い》り込む。私のような事を言って救いを乞いに廻る者も希《めずら》しくない所から、また例のぐらいで土地の者は対手《あいて》にしないのだ。

私は途方に晦《く》れながら、それでもブラブラと当もなしに町を歩いた。町外れの海に臨んだ突端《とっぱ》しに、名高い八幡宮がある。そこの高い石段を登って、有名なここの眺望にも対して見た。切立《きった》った崖の下から直《す》ぐ海峡を隔てて、青々とした向うの国を望んだ眺めは有繫に悪くはなかった。が、私はそれよりも、沖に碇泊《ていはく》した内国通いの郵船が気立《けたたま》しい汽笛を鳴らして、淡い煙を残しながら段々遠ざかって行くのを見遣って、ああ、自分もあの船に乗ったら、明後日あたりはもう故郷の土を踏んでいるのだと意《おも》うと、意気地《いくじ》なく涙が零《こぼ》れた。海から吹き揚げる風が肌寒い。

こうなると、人間というものは妙に引け身になるもので、いつまでも一所《ひとところ》にいると、何だか人に怪まれそうで気が尤《とが》める。で、私は見たくもない寺や社《やしろ》や、名ある建物などあちこち見て廻ったが、その中《うち》に足は疲れる。それに大坂船六片で漸《やっ》と空腹を凌いでいるような訳で、今度何か食おうにも持合せはもう五厘しかない。妄《むや》みに歩き廻って腹ばかり虚《す》かせるのも考えものだ。そこで、私は町の中部のかなり賑かな通へ出て、どこか人にも怪まれずに、蹶《しゃが》むか腰掛けかする所をと探すと、丁度《ちょうど》取引会所が目に付いた。盛んに米や雑穀の相場が立っている。広い会所の中《なか》は揉合《もみあ》うばかりの群衆《ぐんじゅ》で、相場の呼声ごとに場内は色めき立つ。中にはまた首でも縊《くく》りそうな顔をして、冷たい壁に悄《しょんぼ》り靠《もた》れている者もある。私もそういう人々と並んで、差当り今夜の寝る所を考えた。場内の熱狂した群衆は、私の姿など目にも留めない。

その中に閉場の時刻が来た。ガランガランという振鈴《ふりりん》の音を合図に、さしも熱し切っていた群衆もゾロゾロ引挙げる。と、小使らしい半纏着《はんてんき》の男が二人、如露《じょうろ》と箒《ほうき》とで片端《かたっぱし》から掃除を始める。私の傍《そば》の青い顔の男もいつの間にかいなくなった。ガランとした広い会所の窓ガラスには、赤い夕日がキラキラ輝いたが、その光の届かぬ所はもう薄暗い。

私はまた当もなくそこを出た。する中に、ボツボツ店明《みせあかり》が点《つ》き出す。腹も段々空いて来る。例の如く当もなく彷徨《ほッつき》歩いていると、いつの間にか町外れへ出た。家並も小さく疎《まばら》になって、どこの門《かど》ももう戸が閉っている。ドーと遠くから響いて来る音、始めは気にも留めなかったが、旋《やが》て海の音と分った。私は町を放《はな》れて、暗い道を独《ひと》り浦辺の方へ辿《たど》っているのであった。この困憊《こんぱい》した体を海際《うみきわ》まで持って行って、どうした機《はずみ》でフラフラと死ぬ気にならないものでもないと思うと、急に怖しくなって足が竦《すく》んだ。

私は暗い路傍《みちばた》に悄り佇《たたず》んで、独り涙含《なみだぐ》んでいたが、偶《ふ》と人通りの途絶えた向うから車の轍《わだち》が聞えて、提灯《ちょうちん》の火が見えた。こちらへ近《ちか》づいて来るのを見ると、年の寄った一人のか。」

車夫が空俥《からぐるま》を挽《ひ》いている。私は人懐しさに行成声《いきなり》を懸《か》けた。

先方《さき》は驚いて立留った。

「些《ちょ》っと伺いますが、ここは一体何という所でしょう、やっぱり何町の内なんですか。」

「なあにお前さん、ここはもう何々村って、村でさ。」

「何々村――何々村には何でしょうか、どこかその……泊めてもらうような所はないでしょうか。」私は偶と口に出たままを聞いて見る。

「泊めてもらうって――宿屋かね。」と車夫は提灯の火影《ほかげ》に私の風体を見て、「木賃《きちん》(6)なら衝《つ》いそこにあるが……私が今曲って来たあの横町をね、曲って些っと行くと、山本屋てえのと三州屋てえのと二軒あるよ。こっちから行くと先のが山本屋で、山本屋の方が客種《きゃくだね》が好《い》いって話だから、その方へお行《い》でなせい。」

言遺《いいお》いて、そのまま車夫は行ってしまう。私は凝《じっ》とそれを見送っていたが、その提灯の影も見えなくなり、その車の音も聞えなくなってしまうと、急に耐《たま》らなく寂しくなった。そこで駈出《かけだ》すようにして、車夫に教わったその横丁へ入ると、なるほど山本屋という軒行灯《のきあんどう》が目に入った。

貝殻を敷いた細い穢《きたな》い横町で、貧民窟とでもいいそうな家並だ。山本屋の門《かど》には火屋《ほや》(7)なしのカンテラを点《とぼ》して、三十五、六の棒手振《ぼてふり》(8)らしい男が、荷籠を下ろして、売れ残りの野菜物に水を与《く》れていた。私は泊り客かと思ったら、後でこの家《や》の亭主と知れた。

「泊めてもらいたいんですが……」と私は門口から言った。するとし、三十近くの痩繊《やせぎす》の、目の鋭い無愛相《ぶあいそう》な上《かみ》さんが框際《かまちぎわ》へ立って来て、先《ま》ず私の姿をジロジロ眺めたものだ。そうして懐手《ふところで》をしたまま、

「お上り。」と一言言って、頤《あご》を杓《しゃく》った。

頤で杓った所には、猿階子《さるはしご》(9)が掛っていて、上《あが》り框から(というよりは、むしろ土間から)直ぐ二階へ上がるようになっている。私は古草鞋《わらじ》や古下駄の踏返された土間に迷々《まごまご》していると、上さんがまた、

「お上り。」

「は。」と答えた機《はずみ》で、私は衝《つ》と下駄を脱捨てて猿階子に取着こうとすると、

「ああ穿物《はきもの》は持って上ってお下《く》れ。そこへ脱いどいて、失《うしな》えても家《うち》じゃ知らんからね。」

私は言われるままに、土の附いた日和《ひより》下駄(10)を片手に下げながら、グラグラする猿階子

を縋《すが》るようにして登った。

二

二階は六畳敷ばかりの二間《ふたま》で、仕切を取払った真中の柱に、油壺のブリキで出来た五分心《ぶしん》のランプが一つ、火屋の燻《くすぶ》ったまま仄《ぼん》やり点《とぼ》っている。窓は閉めて、空気の通う所といっては階子の上り口のみであるから、ランプの油煙や、人の匂や、変に生暖い悪臭《わるくさ》い蒸《いき》れた気がムーッと来る。薄暗い二間には、襤褸布団《ぼろふとん》に裹《くるま》って十人近くも寝ているようだ。まだ睡付《ねつ》かぬ者は、頭を挙げて新入の私を訝しそうに眺めた。私は勝手が分らぬので、仄やり上り口に突立っていると、直ぐ足元に寝ていた男に、

「おいおい、人の頭の上で泥下駄を垂下《ぶらさ》げてる奴があるかい。あっちの壁際が空いてら。そら、駱駝《らくだ》の脊中《せなか》見たいなあの向う、あそこへ行きねえ。」と険突《けんつく》を食わされた。

駱駝の脊中と言ったのは壁際の寝床で、夫婦者と見えて、一枚の布団の中から薄禿《うすはげ》の頭と櫛巻《くしまき》(11)の頭とが出ている。私はその横へ行って、そこでもまた仄やり立っていると、櫛巻の頭がムクムク動いて、

「お前さん、布団ならあそこの上り口に一、二枚あったよ。」と教えてくれた。

で、私はまた上り口へ行って、そこに畳み寄せてあった薄い莚《むしろ》のような襤褸布団を持って来て、それでも敷《しき》と被《かけ》と二枚延べて、そうして帯も解かずにそのまま横になった。枕は脂染《あぶらじ》みた木枕で、気味も悪く頭も痛い。私は持合せの手拭《てぬぐい》を巻いて支《か》った。布団は垢《あか》で湿々《じめじめ》して、何とも言えない臭《におい》がする。が、それはまだ我慢も出来るとして、どうにもこうにも我慢の出来ないのは、少し寝床の中が暖《ぬく》まると共に、蚤《のみ》だか虱《しらみ》だか、ザワザワザワザワと体中を刺し廻るのだ。私が体ばかり踠々《もがもが》させているのを見て、隣の櫛巻がまた教えてくれた。

「お前さん、こんな所で寝るのに着物を着て寝る者があるもんですか。褌《ふんどし》一筋だって、肌に着けてちゃ、螫《せせ》られて睡《ね》られやしない、素裸《すっぱだか》でなくっちゃ……」

なるほど、そう言われて気を付けて見ると、誰も誰も皆裸で布団に裹まって、木枕の間から素肌が見えている。私も帯を解いて着物を脱いだ。よほど痒《かゆ》みも少なくて凌好《しのぎい》い。その代り秋末の肌寒さに、手足を蝦《えび》のように縮めて寝た。

周囲《まわり》は鼾《いびき》や歯軋《はぎしり》の音ばかりで、いずれも昼の疲れに寝汚《いぎたな》く睡込んでいる。町を放れた場末の夜は密《ひっそ》りとして、車一つ通らぬ。ただ海の鳴る音が宵《よい》に聞いたよりも物凄《ものすご》く聞える。私は体の休まると共に、万感胸に迫って、涙は意気地なく頬を湿《ぬ》らした。そういう中《うち》にも、私の胸を突いたのは今夜の旅籠《はたご》代である。私も実は前後の考えなしにここへ飛込んだものの、明朝《あすのあさ》になれば早速払いに困らねばならぬ。この地へ着くまでに身辺《みのまわり》の者は悉皆《すっかり》売尽して、今はもう袷《あわせ》とシャツと兵児帯《へこおび》(12)と、真の着のみ着のまま。そうして懐《ふところ》に残っているのは五厘銅貨ただ一つだ。明朝になって旅籠代がないと聞いた時の、あの無愛相な上さんの顔が思遣られる。

その中に、階下《した》の八角時計が九時を打った。それから三十分も経ったと思う頃、外から誰やら帰って来た気勢《けはい》で、

「もう商売して来たの、今夜は早いじゃないか。」と上さんの声がする。

すると、何やらそれに答えながら、猿階子を元気好く上って来た男がある。私は寝床の中から見ると薄暗くて顔は分らぬが、若い脊の高い男で、裾《すそ》の短い着物を着て、白い兵児帯を幅広に緊《し》めているのが目に立つ。手に塗柄《ぬりえ》の附いた馬乗提灯《ばじょう》(13)を下げて、その提灯に何やら書いてあるらしいが、火を消しているので分らなかった。その男は暫《しばら》くそこらを見廻していたが、旋《やが》て舌打をして、

「阿母《おっかあ》、俺の着て寝る布団がねえぜ。」と上り口から呶鳴《どな》った。

「ああそう、忘れていた、今夜は一人殖《ふ》えたんだから。」と言う上さんの声がして、間

もなく布団を抱えて上って来た。

男はその布団を受取って、寝床と寝床と押並んだ間を無遠慮に押分けて、手敏《てばしこ》く帯を解いて着物を脱いで、腹巻一つになってスポリと自分の寝床に潜《も》ぐり込んだ。そうして寝床の中で腹巻の銭をチャラチャラいわせていたが、

「阿母、おい、ここへ置くよ。今夜のを。」と枕元へ銅貨の音をさせた。

私は悸《どきッ》とした。

すると、案の如く、上さんはそれを受取ると、今度は薄暗いランプの火影で透しながら、私の枕元へ来た。

「お前さんにはまだ屋根代が貰《もら》ってなかったね。屋根代が六銭。それから宿帳を記《つ》けてお下《く》れな。」と肩先を揺《ゆす》る。

私は睡った振《ふり》もしていられぬので、余義なく返事をして顔を挙げた。そうして上さんの差出す宿帳と矢立《やたて》とを取って、先ずそれを記してから、

「その……宿代だが、明朝じゃいかんでしょうか。」

「明朝――今夜持合せがないのかね。」

「明朝になれば出来るんだが……」と私は当座遁《のが》れを言う。

「明日だって、どうせ外へ出て出来《でか》すんだろうがね、それじゃ私の方で困らあね。今夜何か品物でも預かっとこう。」

「品物といって——何しろ着のみ着のままで……」

「さっきお前さんが持って上った日和下駄、あれは桐だね。鼻緒は皮か何だね。」

「皮でしょう。」

「お見せ。」

寝床の裾の方の壁際に置いてあったのを出して見せると、上さんはその鼻緒を触って見て、

「じゃ、これでも預かっとこう。お前さんが明朝出掛ける時には、何か家の穿物《はきもの》を貸して上げるから。」

上さんはそのまま下駄を持って階下《した》へ降りて行った。高が屋根代の六銭にしても、まさか穿懸けの日和下駄が用立とうとは思いも懸けなかったが、私はそれでホッと安心して直《じ》き睡付いた。

三

翌朝私が目を覚した時には、周囲《まわり》の者はいずれももう出払っていたが、私の外《ほか》に今一人、向うの部屋で襤褸布団に裹《くる》まっている者があった。それは昨夜《ゆうべ》遅く帰った白い兵児帯の男だ。私は昨日からの餒《ひも》じさが、目を覚ますと共に堪えがたく感じて来て、起き上る力もない。密《そっ》と仰向きに寝たまま、何を考える精もなく、ただ目ばかりパックリ動かしていた。

見るともなく見ると、昨夜想像したよりも一層辺《あたり》は穢《きた》ない。天井も張らぬ露出《むきだ》しの屋根裏は真黒に燻《くす》ぶって、煤《すす》だか虫蔓《むしづる》だか、今にも落ちそうになって垂下《ぶらさが》っている。四方の壁は古新聞で貼って、それが煤けて茶色になった。日光の射すのは往来に向いた格子附の南窓だけで、外の窓はいずれも雨戸が釘着けにしてある。畳はどんなか知らぬが、部屋一面に摩切《すりき》れた縁《へり》なしの薄縁《うすべり》を敷いて、所々布片《ぬのきれ》で、破目が綴《つづ》くってある。そうして襤褸《ぼろ》夜具と木枕とが上り口の片隅に積重ねてあって、昼間見ると到底《とて》も体に触れられたものではない。私は急に自分の着ている布団の穢さが気になって、努《つと》めて起き出た。

私もそこにしてある通り、自分の布団と木枕とを上り口の横に積重ねて、それから顔でも洗おうと思って、手拭を持って階子《はしご》の口へ行くと、階下から暖い旨《うま》そうな味噌汁の匂がプンと鼻へ来た。私はその匂を嗅《か》ぐと、一層空腹《すきはら》が耐《たま》らなくなって、牽々《ぐらぐら》と目が眩《まわ》るように覚えた。外はクワッと目映《まぶ》しいほど好い天気だが、日蔭になった町の向うの庇《ひさし》には、霜が薄《うっす》りと白く置いて、身が引緊《ひきしま》るような秋の朝だ。

私が階子の踏子《ふみこ》に一足降懸けた時、丁度下から焚落《たきおと》し(14)の入った十能(15)を持って女が上って来た。二十七、八の色の青い小作りの中年増で、髪を櫛巻にしている。昨夜私の隣に寐《ね》ていた夫婦者の女房だ。私の顔を見ると、「お早う。」と愛相《あいそう》好く挨拶しながら、上り口で些《ちょ》っと隣の部屋の寝床を覗《のぞ》いて、「まだ寝てるよ。銭占屋《ぜにうらや》の兄さん、もう九時だよ。」

「九時でも十時でも、俺《おら》あ時間に借りはねえ。」と寝床の中で言った。

すると、女は首を竦《すく》めて、ペロリと舌を出して私の顔を見た。何の意味か私には分らなかった。擦違《すりちが》うと、干鰯《ほしするめ》のような匂のする女だ。

階下へ降りて見ると、門《かど》を開放った往来から見通しのその一間で、岩畳《がんじょう》に出来た大きな餉台《ちゃぶだい》のような物を囲んで、三、四人飯を食っていた。各々《めいめい》に小さな飯鉢を控えて、味噌汁は一杯ずつ上さんに盛ってもらっている。上さんは裾を高々と端折揚《はしょりあ》げて、土間の竈《へッつい》の前で立働いていた。手拭を下げて私の降りて来たのを見ると、直ぐ、

「井戸は外だよ。」と言って、自分の足元にあった古下駄を貸してくれた。口数が少な

くテキパキしたものだ。

宿の横の、土管焼《どかんやき》の井筒が半分往来へ跨《また》がった井戸傍で、私はそこに投《ほう》り出したブリキの金盥《かなだらい》へ竿釣瓶《さおつるべ》の水を汲込んで、さて顔を洗いながら朝飯の当《あて》を考えた。この空腹で午《ひる》まで通そうものなら、私は倒れて動けなくなるだろう。上さんに泣付いて、釜の底の洗落しでもいい、恵んでもらおうかとも思うが、やっぱりどうも恥しくて出来ない。食を乞うという事は能《よ》く能く愁《つら》いものだ。

「さあ君、金盥が明いたら貸してくんな。」と言われて振返ると、いつの間にか銭占屋の兄さんが私の背後《うしろ》に立っていた。

例の白い金巾《かなきん》(16)の兵児帯を幅広に巻着けて、手拭を肩に、歯磨粉の赤い唾《つば》をペッと吐いて、

「君はどこから来たんだね。」と聞く。

私はこれこれだと答えて、次手《ついで》に今の窮境を匂わせると、その男は頷《うなず》いて、

「君はそれじゃ、今日出たってどこへ行く当もねんだろう。」

「え、全くはそうなんです。この辺に知った者なんか一人もないんですから、どこでどうする当も些《ちっ》ともないんです。」

「そいつあ困ったね。」と太い眉を寄せて、私の顔を見戍《みまも》っていたが、「じゃ、当分まあ私《わし》の物でも食ってたらどうだね。その中に何とかまた、国へ帰るような工夫でもするさ。」と言ってくれた。

地獄で仏だ。私は思わず涙を浮べて感謝した。こんな縁故で、私はそれから一月余りもこの男の世話になって、この木賃宿で暮らした。私が礼を言うたび、

「なあに君、旅へ出りゃお互いさ。ここの宿の奴らあ食詰者《くいつめもの》ばかりでお話にゃならねえが、私《わっし》ども世間師仲間じゃ当前《あたりまえ》の事だ。お互いに困りゃ助け合う、旅から旅へ渡り歩く者のそれが人情さ。」と毎《いつ》も口癖にそう言った。

四

同宿の者はいずれも名前を呼ばない。万年筆を売るから万年屋、布哇行《ハワイゆき》を口にするから布哇、といったように皆渾名《あだな》を呼合っている。私は誰が呼ぶともなく書生さんと呼び慣らされた。それから、私を貢いでくれるその男は銭占屋というのだ。銭占判断といって、六文銭で吉凶禍福を占うその次第書《しだいがき》を、駿河半紙(17)二切《ふたつぎ》り六枚綴の小本《こほん》に刷って、それを町の盛場で一冊三銭に売るのだ。人寄せの口上さえ旨ければ相応に売れるものだぞ

うで、毎晩夕方から例の塗柄《ぬりえ》の馬乗提灯を点けて出掛けて、十時頃には少なくとも五、六十銭、多い時には一円近くも握って帰って来る。

で、同宿の外の徒《てあい》のように、土方だとか車力《しゃりき》だとかいうような力業でなく、骨も折れずに好い金を取って、年の若いのに一番稼人だと言われている。同宿の者はこの男一人を目の敵《かたき》のようにして、何ぞというと銭を使わせようと巧《たく》む。が、銭占屋も年こそ若いけれど、世間を渡り歩いている男だ、容易にはその手に乗らない。けれど、この男の弱点は博打《ばくち》の好《すき》な事で、外の事では乗らないが、博打で誘うときっと乗る。乗っては毎も負ける。私は見るに見かねて、

「勝負事も好いけれど、あの連中は腹を合わせて何をするかも知れやしないから、ここで遣るのは不利益ですよ。」と諫《いさ》めて見るが、

「なあに、もう遣りゃしねえから。」と苦笑いをして、「馬鹿馬鹿しいね。あいつらに奪《と》られる銭で、君に小使《こづかい》でも上げた方がいい。もう何てって勧めやがっても手を出すめえ。」とその場では言っても、明日になるとやっぱり勧められて遣る、遣れば決って奪られる。

勝てばこそ勝負事も歇《や》められないのだが、そうして奪られてばかりいて、何が面白い

だろう。私は訝《いぶか》しくてならなかった。しかし銭占屋自身の言草では、

「博打がただ面白いんで、負勝なんかどうだって二の次さ。」というのだ。

それから、同宿の夫婦者の事を嘲《あざけ》って、

「あいつらだってやっぱり世間師なんだが、博打一つ打つじゃなし、仲間付合すら怖がって逃げて、ああして隅角《すみっこ》でコツコツ暇なしに遣ってるんだが、あれでやっぱり残りゃしねえ。あの通り頭ももう禿懸《はげかか》って、あの年まで木賃宿が浮ばれねえじゃ、あいつも一生まあ旅で果てねえじゃならねえように出来てるのさ。ね、どうせ旅で果てるものなら、面白可笑《おか》しく渡る方が徳じゃねえか。同じ広い旅に出てながら、この気随《きずい》気ままな世間師の味が分らねえかと思うと可哀そうだ。」

その夫婦者は万年筆を造って売り歩くのだ。万年筆といってもその実小児瞞《こどもだま》しの玩具《おもちゃ》に過ぎぬ。銅《あか》の薄く延ばしたのを長さ二寸ぐらいの管《くだ》にして、先を細く窄《すぼ》めて、元口《もとぐち》へ木の栓《せん》をする。その栓から糸のような黄銅《しんちゅう》の針線《はりがね》が管の突先《とっさき》まで差込んであって、管へ墨汁《すみしる》を入れて字なり何なり書くと、その針線の工合で墨が細く切れずに出る、というだけの物だ。頭の天辺《てっぺん》の薄くなった亭主が、銅の延片《のべぎれ》を型へ入れて巻いている。すると、櫛巻の女房が小さい焼鏝《やきごて》を焼いて、管の合せ目へジューとハンダを流す。小さい台を真

中に夫婦差向いで、午前《ひるまえ》半日精々《せっせ》と為揚《しあ》げて置いて、午後《ひるから》二人でそれを売りに出る。

「どうだね、万年屋さん、儲《もう》かりますかい。」

と同宿の者が辞《ことば》を懸けると、

「どうしまして。いや、もう、貧乏閑《ひま》なしでげすよ、へへへ。」と卑しい笑様《わらいざま》をする。

「巧く言ってるぜ。付合いは嫌いだし、酒は飲まず、女には上《かみ》さんで不自由しねえし、それで溜らなかったらどうかしてらあ。」と銭占屋は皮肉を言う。

「笑《じょう》、笑談《じょうだん》言って。私《わし》なんざ年ばかしいい年して、全《か》らもう意気地がねえもんだから、いくら稼いでも、漸《やっ》と二人が口を糊《ぬら》して行くだけでげさ、へへへへ。そこへ行っちゃ兄さんなんか素曠《すば》しいもんだ、些《ちょ》いと夕方から二、三時間廻って来りゃ、腹巻にザクザクいうほど握って来るんだから――なあ嬶《かかあ》、羨しい腕じゃねえか。おい、そんなにハンダを使っちゃしょうがねえ、もっと薄く、薄く……」と口小言を言いながら、為事《しごと》の方に向いてしまう。

すると、或日《ある》の事だった。ハンダの下地に塗る塩酸がなくなったから、町の薬屋へそれを買いに行った万年屋は、ものの三十分ばかりも経つと、真蒼《まっさお》になって帰って来た。

「薬は?」と女房が聞くと、

「それ所じゃねえ、大変な事が出来た。」と言って、何やら女房とボソボソ囁《ささや》いていた。それから、女房に草鞋を買って来させて、早午飯《はやひる》を食って、身軽に支度をしてどこへか万年屋は出て行った。

その時は丁度銭占屋も遊びに出ていたし、外の同宿はいずれも昼稼ぎの者で、万年屋夫婦の外には、二階に私一人だった。私は毎日銭占屋の為事を手伝ってやっている、この時も板木へ彫ったその判断書を駿河半紙へ刷っていたが、万年屋の出懸けた後で、女房は独り沈み込んでしまって、何か考えては溜息を吐《つ》いていた。

「書生さん。」と不意に私を呼懸けて、「お前さんは、銀行の事を知ってなさるかね。」

藪《やぶ》から棒に、附かぬ事を聞かれて、私も些っと返事に迷付《まごつ》いた。

「銀行の事って——どういう事です。」

「支払停止とかすると、金を預けた者はどうなるんだね。」

「さあ……能く私も知らないが、整理が付くまでは、預金《あずけきん》を払還《はらいもど》してくれない訳なんでしょう。」

「支払停止といや、その銀行はまあ潰れたも同じ事なんかね。」

「そんな事はない。支払停止というのは幾日間と日を切って、その間に整理が付きゃ、元の通りまた営業するんだから――知った銀行でも支払停止をしたんですか。」

「え、私共の方の銀行が支払停止をしたって、さっきね、内の人が薬屋へ行ったら、店の者が新聞を見て談《はな》してたのを聞いて来たんでさ。私共でも少しばかし預けてあるもんだから、内の人も心配して出懸けたんだが……到底《とて》ももう駄目かしら。」

「一体どこです、所は？」

「何々町といって、ここから二十里もあるんだもの。」

それから、女房は私を捉《つかま》えて愚痴半分に色々と談した。夫婦も以前は相応な百姓であったが、今から八、九年前出水《でみず》があって、家も田畑《でんち》も悉皆《すっかり》流されてしまった。それからこっち二人は旅から旅へと細い商いをして廻って、少しずつ残した金を銀行へ預けているのだが、それが或る高に積ると、故郷へ帰って田地を買って、また元の百姓になる意《つも》りだとの事。

「八年も九年も懸って、それで漸と始めの見込みの半分しかまだ残らないんだもの。それが今度のような事で、銀行が潰れた日にゃ浮む瀬はありゃしない。今までだっていい加減に飽き飽きしたもの、この上また何年も何年も、こんな――食いたい物も食わないで辛抱するようじゃ、私ゃ本当に命が縮まる。何もね、そんなにまで辛抱して、百姓にならなきゃならない訳もないじゃないかねえ。」と女房は沁々《しみじみ》訴《こぼ》した。

私は気毒《きのどく》で慰めようもなかった。

その夜万年屋のいないのを、同宿の者が訝《いぶ》かって女房に聞いたが、ただ些っと田舎へとのみで、委《くわ》しい事は言わなかった。しかし、愛相の好かった女房が悉皆《すっかり》沈み込んでしまって、陸《ろく》に口も利かないのを、人々は亭主がいなくなって寂しいからだろうと譁《からか》った。銭占屋も譁う。私も女房が可哀そうであったから、銭占屋だけにその訳を談して聞かせると、

「そうか、そいつあ知らなかった。万年屋め、薄い頭が仍《なお》禿げたろう、ははは。」と大笑いをして、「その口ぶりじゃ、嘆の方はもう辛抱して還《もど》る気はねえんだね。そのはずさ、七、八年も世間師をしていちゃ、旅人根性は生涯抜けやしねえ、今更到底《とて》も土百姓に返られるものか。」と言った。

五

女房の話では、万年屋は永くも五日ぐらいの予定で行ったのだそうだが、それが六日経っても七日経っても帰って来ない。その中に亭主が遺《お》いて行った銭もなくなり懸ける

し、女房は弱り切っていた。同宿の者も笑止がって、手紙でも出したらと勧めたが、郷里といっても定まった家があるのではなし、どこにいるのかそれすら分らぬのだ。階下《した》でも有繋《さすが》に二晩や三晩の屋根代ぐらいは猶予《ゆうよ》もするが、食う物は三度三度自分で買わねばならぬ。商売物の万年筆でも拵《こし》らえて、一人で売りに出たらと勧める者もあったが、その万年筆がやっぱり一人では出来ぬのだそうだ。外の事は見よう見真似で行くが、肝心の管を巻くのと、栓に針線《はりがね》を植えるのとが大事の呼吸物で、亭主の熟練でなくては駄目だとの事。

昼皆の出払った後で、同じ二階に女房と顔を合せているのは、銭占屋と私とだけだ。人の女房だからといって、まさか食わずにいるのを見捨てて置く訳にも行かず、銭占屋は私と一緒に自分の食う物を分けてやっていた。

同宿の者が夜銭占屋の帰って来るのを待設けて、例の勝負を勧める事があっても、銭占屋は今までのように二つ返事で応じないようになった。時には手を出すことがあっても、途中で考えて直き歇《や》めてしまう。

「何だな、吝臭《けちくせ》え。途中で舎《よ》すようなら始めっから出ねえがいい。お前この節は厭《いや》に緊《しま》り家《や》になったな。」と貶《けな》されると、

「そんな訳じゃねえが、悉皆《すっかり》払《はた》いてしまっちゃ明日困るからな。」と銭占屋は腹巻を挙《さす》り挙り引込む。

「へ、人の嬶《かかあ》を張ったり樗蒲《ちょぼ》一《いち》(18)張ったり、そうは張り切れねえやな。」

「何だと?」

「なあに、お前は深切《しんせつ》者だって事よ。」

こんな事が折節《おりふし》あった。同宿の者は銭占屋と万年屋の女房との間を疑い出したのだ。尤《もっと》も、女房の為向《しむ》けも疑えば疑われる。食わしてもらうその礼心でもあろうが、銭占屋の事というと忠々《まめまめ》しく気を付けて、下帯の洗濯から布団の上げ下ろしまで世話をしてやる。そうして同宿の者のいない時なぞ、私の目にも可怪《おか》しく思われるほど狎々《なれなれ》しい。男の方にはそんな気もなかろうが、女はたしかに持懸けているのだと私も思った。

或晩銭占屋は雨に降られて帰って来た。すると、女房は急いで立って行って、

「濡《ぬ》れて大変だったろうねえ。お待ちよ、内の人の着更《きがえ》があるから、あれと着更えるといい、今出して上げるから。」

「えん!」と誰やら寐床《ねどこ》の中で咳払いをした。

「嫐《ふざ》けてやがらあ。」とまた一人が罵《ののし》った。

銭占屋は気色《けしき》を変えて、

「お上さん、お前の深切ぶりはもう舎《よ》してくんな。俺あ痛くもねえ腹探られて、気色《きしょく》が悪くてならねえ。」

「でも、色々お世話になるから、私ゃ礼心の意《つも》りだもの。」

「それにゃ及ばねえって事さ。あっちへ行っててくんねえ。」

きっぱり言われて、女房は悄《しょ》げ切って自分の寐床へ引込んだ。誰やらクックツ笑っていた。

銭占屋は濡着物を脱いで釘に引掛けて、私と並んで隣へ寐た。どこかの隅でボソボソ二人の噂をしている声がする。銭占屋は独り舌打しては、いつまでも寐返りばかりしていたが、

「ええ糞！　忌々《いまいま》しいから――よし！」と言うと、ムックリ起きた。そうして大きな声で、

「おい、皆目が覚めてるなら聞いて下《く》んな。俺あ痛くねえ腹探ぐられてるのも忌々しい、こうなりゃ糞暴《くそやけ》だ、皆の思う通りになって見せるから、印に一杯買おうよ。今夜の塩梅《あんばい》じゃどうせ明日は降りだ、夜が明けたら皆で飲んでくんな、いいか。」

「いいともいいとも、早くそう分って出りゃ文句はねえんだ。」

「明日はそれじゃ、祝って飲むか。」

「俺あ飲むより肖《あや》かりてえ。」

「何でもいい、飲めりゃあ結構よ。」

口々に好《すき》な事を言囃《いいはや》した。


翌日はビショビショ秋雨の降る肌寒い日であった。薄暗い二階は畳でも壁でも湿《じ》と湿《じ》として、その気味の悪さはない。町を鯷売り(19)《ひしこう》が呼んで通った。毎《いつ》もこんな日には、外稼ぎの連中は為事《しごと》にも出られず、三度の飯を二度にして、転々《ごろごろ》襤褸《ぼろ》布団に裹《くるま》りながら冴えない顔をしているのだが、今日ばかりはそうでない。朝起懸けから、飲めるぜとばかりで、酒を買いに行く者、肴《さかな》を拵《こしら》える者、その中には万年屋の女房も交って、人一倍燥《はしゃ》いでいる。元方(20)《もとかた》の銭占屋は気のない顔をして、皆のする様を見ていた。

一同は階下の例の大飾台《おおちゃぶだい》を取囲んで、十時頃から飲み始めた。そうして夕方灯《ともし》の点く頃まで飲み続けた。私は一人二階に残って、襤褸布団に裹りながら階下の騒ぎを聞いていた。面白そうに唄ったり囃したりしている中はよかったが、尾《しまい》には取組合いの喧嘩《けんか》を始めた。上さんが金切声を搾《しぼ》って制する。私は銭占屋が対手《あいて》でないかと案じて、階子《はしご》の上り口から密《そっ》と覗《のぞ》いて見たが、その時にはもう銭占屋はその中にいなかった。女房の姿も見えなかった。

喧嘩も済んで、酔漢《よいどれ》どもが漸《やっ》と二階へ引揚げたのは夜の八時頃、いずれも泥のようになって直《す》ぐ寐た。銭占屋と女房とは、それから二時間ばかりも経って帰って来たらしかったが、その時には私も夢現《ゆめうつつ》で能くは覚えなかった。

六

ところが、その翌々日の暮方万年屋はブラリと帰って来た。私は階下で遅れて夕飯を食べていたが、万年屋はいかにも疲れ切った様子で、ドッカリ上り框《かまち》に腰を下ろすと、もう草鞋を解く勢《せい》もない。

「お上さん、今帰りました。」と息を切らせて、「済まねえが、嚊に降りて来いって呼んでお下んなさい。」

丁度為事から帰って来た同宿の連中、夕飯を食っている者や、足を洗ってこれから食おうとする者や、四、五人その周辺《まわり》に居合せたが、皆黙って和《に》や和《に》や笑っている。

「お前さん、馬鹿に手間を取ったじゃないか。四、五日というのが、もうこれ、十日にもなるんだもの。」と上さんが言う。

「どうもね、それが……取んでもねえ目に遭《あ》っちまったもんだからね、つい日間取ってしまって……」とグッタリ首を垂れる。

私はその萎《しお》れ切った様子を見て、的《てっき》り銀行の方が駄目なのだと察した。

「そんな事はまあどうでも……それよりか万年屋さん、お前さんはもう家《うち》で泊らない方がいいよ。悪るい事は言わないから、向うの三州屋へでもお行《い》でな。」と附かぬ事を上さんに言われて、万年屋は訝しそうに顔を挙げた。

「なぜね、私《わし》をもう泊めねえのかね。」

「そんな訳じゃないけれど……でも――ねえお前さんたち。」と上さんは周囲《まわり》の者に言う。

「そうよ、その方がお前《めえ》のためだ。」と誰やら言った。

こんな風で、上さんがいつまでも煮切らぬ事を言っているのを、万年屋は一図《いちず》に泊めたくないのだと取ってしまった。で、有繫《さすが》に怫《むっ》として、それなら泊めてもらわなくもいい、自分の留守中、嬶が寐たり食ったりした勘定の不足を奇麗に済して、これから直ぐ退払《ひきはら》うと言った。

「別にそんな、お前さんから勘定なんか貰うのはありゃしない……からまたある道理もないやね。家は木賃だもの、誰の上さんだろうが何だろうが、一晩だって不足を黙って措《お》きゃしないから。」

「おい、阿母《おっかあ》。いつまでそんな廻り冗《くど》い事を言ってるんだ、聞いてても小憒《こじ》れってえ。」と傍から一人が引取って、「万年屋さん、お前がそんな心配しねえでも、上さんの勘定はその日その日に丁《ちゃん》と済んでるんだとよ。」

「女に喰い逸《は》ぐりはねえやな。お前が留守になりゃ、今度はもっと若い野郎が、上さんの食うから寐るまで一切世話するてえんだから、お前も安心して引取んねえ。」とまた一人が冷《ひや》かす。

万年屋の顔色は変わった。ガタガタ体が顫《ふる》える。何か言おうとするが口も利かれぬらしい。

所へ、生憎《あいにく》なもので、どこへか遊びに行っていた万年屋の女房と銭占屋とが、二人とも赤い顔をしながら好い機嫌で帰って来た。点灯頃《ひともしころ》の家の中は薄暗い、何の気付かずに土間へ入って、バッタリ万年屋と顔を合わせた女房は、ハッとして逃げようとする。と、行成《いきなり》亭主はその後髪を攫《つか》んだ。女は悲鳴を揚げる。

「なにしやがるんだ！」銭占屋が横合から無手《むんず》と万年屋の利腕《ききうで》を抑えた。

「儞《うぬ》、儞だな！」

「俺ならどうした。女だって活物《いきもの》だ、なぜその日に困らねえようにして置いてやらねえ。食わせりゃこっちが飼主よ、指でも指《さ》しやがると承知しねえぞ！」

「そうだそうだ、そんな分らねえ奴あ擲《なぐ》っちまえ！」と傍から嗾《け》し懸ける。

二階にいた連中も皆降りて来た。多勢が寄って聚《たか》って、無理に女の髻《たぶさ》(21)を放させたが、それに逆《さから》ったというので、とうとう万年屋を袋叩きにしてしまった。そうして誰だか二階にあった万年屋の荷物を運んで来て、それと一緒に表へ突出した。

「本当に物の分らねえ鈍痴漢《とんちき》じゃねえか。己《うぬ》の気の利かねえ事あ考えねえで、女を怨むッて法があるものか。」というのが一致した衆評であった。

私は始終を見ていて異様に感じた。

七

女房を奪われながらも、万年屋は目と鼻の間の三州屋に宿を取っている。翌日からもう商売に出るのを見懸けた者がある。山本屋の前を通る時には、怨《うらめ》しそうに二階を見挙げて行くそうだ。私は見慣れた千草《ちぐさ》の風呂敷包を背負《しょ》って、前には女房が背負う事に決っていた白金巾《しろかなきん》の包を片手に提げて、髪毛の薄い素頭《すあたま》を秋の夕日に照されながら、独り町から帰って来る姿を哀れと見た。で、女房は有繋《さすが》に怖がって外へもなるべく出ないようにしている。銭占屋は気貧《きまず》い顔をして、妙に考込んでいた。

それから、二、三日経って或朝、銭占屋は飯を食懸けた半ばに偶《ふ》と思い付いたように、希《めずら》しく朝酒を飲んで、二階へ帰えるとまた布団を冠《かむ》って寝てしまった。女房は銭占屋の使で町まで駿河半紙を買いに行ったし、私も話対手《はなしあいて》はなし、といってする事もないから、浜へでも行って見ようと思った。すると、私のその気勢《けはい》に、今まで凝《じっ》と睡ったように身《み》動《じろ》きもしなかった銭占屋が、

「君、どっかへ出るかね。」と頭を挙げて聞いた。見ると、何んだか泣いてでもいたように、目の縁《ふち》が赤くなっている。酒も醒めたと見えて、青い顔をしている。

「なに、出なくってもいいんです。」

「じゃ、まあ談《はな》していてお下《く》んな。何だか心寂しくっていけねえ。」と毎《いっ》もにもない事を言う。

「どうかしたんですか。」と私も怪しむと、

「なあにね、色々《いろん》な事を考え込んでしまって、変な気持になったのさ。」

と苦笑いをして、

「君は幾歳《いくつ》だったっけね。」

「十九です。」

「じゃ来年は二十《はたち》だ。私《わっし》なんかその頃はもう旅から旅を渡り歩いていた。君はそれで、家《うち》も双親《ふたおや》も国にはあるんだっけね。じゃ、早く国へお帰んなせえ。こんな所にいつまで転々《ごろごろ》していたってしようがねえ、旅用だけの事は何とか工面して上げるから。」

余り出抜《だしぬ》けで、私はその意を図りかねていた。

「私もね、これでも十二、三の頃までは双親ともにいたもんだが、今は双親は愚か、家も生れ故郷も何にもねえ、本《ほん》の独法師《ひとりぼっち》だ、考えて見りゃ寂しい訳なんさね。家といったってどうせ荒家《ぼろうち》で、二間かそこいらの薄暗い中に、お父《やじ》もお母《ふくろ》も小穢《こぎたね》え恰好して燻《くすぶ》ってたに違ねえんだが……でも秋から先、丁度今頃のような夜の永い晩だ、焼栗でも剝《む》きながら、罪のねえ笑話をして夜を深《ふ》かしたものだっけ、ね。あの頃の事を考えて見ると、何だかこう、仄《ぼん》やり前《さき》の世の事でも考えるようで、儚《はかね》えような、変ちきれんな心持にな

りやがってね――意気地あねえ。」と寂しげに笑った。

銭占屋はそのまま目を閉じて、凝と枕に突伏《つっぷ》した。木賃宿の昼は静かで、階下《した》では上さんの声もしない。

「ああ浪の音か。」と暫《しばら》くしてから顔を挙げた。「俺《おら》あまた風の音かと思った。これから何だね、ゴーッて足まで掠《さら》ってきそうな奴が吹くんだね。すると直《じ》きまた、白いのがチラチラ降るようになるんだ。旅を渡る者にゃ雪は一番御難だ。ねえ君、こうして私のように、旅から旅と果しなしに流れ渡ってて、これでどこまで行着きゃ落着くんだろう。何とやらして空飛ぶ鳥は、どこのいずこで果てるやらって唄があるが、全く私らの身の上さね。こうやってトドの究《つま》りは、どこかの果の土になるんだ。そりゃまあいいが、旅で死んだ日にゃ犬猫も同じで、死骸も分らなけりゃ骨も残らねえ――残して措いてもしようがねえからね。すると、まるで私というものは影も形もなしに、この永え間の娑婆からずッと消えたようになくなっちまう訳だ、そう思うと厭だね、些《ち》と飽気《あっけ》なさ過ぎる……いや、飽気ねえよりか第一心細えよ。」

「じゃ、旅を歇《や》めて、家を持ったらいいでしょう。家を持っちゃ自然と子や孫も出来るし、いつまでも君というものは――死んだ後までも残るじゃないですか。」

銭占屋も今はもう独身でない、女房めいた者も出来た、随《したが》って家庭が欲しくなったのだろうと思って、私はそう言ってやった。すると、重々しく首を掉《ふ》って、

「君にゃこの心持が分らねえんだ。」と腹立しそうに言ったが、その弁《ことば》も私には分らなかった。

八

その翌朝、同宿の者が皆出払うのを待って、銭占屋は私に向って、

「ねえ君、妙な縁でこうして君と心安くしたが、私《わし》ぁ今日向地《むこうじ》へ(22)渡ろうと思うからね、これでいよいよお別れだ。お互いに命がありゃまた会わねえとも限らねえから、君もまあ達者でいておお下んなせえ、ついちゃここに持合せが一両と少しばかしある、その中五十銭だけ君に上げるから……」と言いながら、腹巻を探った。

私は余りに不意なので肝《きも》を潰した。

「本当ですか。」

「本当とも、実はね、こんな所にこんなに永く逗留する意《つも》りじゃなかったんだが、君とも心安くなるし、ついこんなに永逗留をしてしまった訳さ、それでね、君に旅用だけ

でも遺してって上げようと思ったんだが、広くもねえ町を、余りいつまでも荒したもんだから、人がもう寄らなくなって、昨夜《ゆうべ》なんか思った半分も商売がなかったんだ。そんな訳だからね、この五十銭で二、三日の所を君がここで辛抱してりゃ、私《わっし》が向地から旅用の足しぐらいは間違なく送って上げらあ、ね。その意りで、私がいなくなったって直ぐ余所《よそ》へ行かねえで、――いいかね。」

外《ほか》の者の辞《ことば》なら知らず、私は決してこの男の言う事を疑わなかった。で、礼も述べたし、波残《なごり》も惜しみたし、色々言いたい事もあったが、傍にいた万年屋の女房がそうはさせて置かなかった。

「本当かね、お前さん、余り出抜けで、私ゃ担《かつ》がれるような気がするよ。じゃ、本当に立つとすると、今日何時だね。」

「これから直ぐだ。」と銭占屋は渋い顔をして、

「さ、お前にも五十銭遺《お》いてくよ。もっと実は遺りてえんだが、今言う通り商売がねえんだから、これで勘弁してくんな。」

私も傍で聞いていて譃《からか》うのだと思った。女房も始めは笑談《じょうだん》にしていたが、銭占屋はどこまでも本気であった。

「お前さん、それじゃ私を一時の慰物《なぐさみもの》にしといて、棄てるんだね。」と女房は終《つい》に泣声を立てて詰寄せた。

「慰物にしたんかしねえんか、そんな事あ考えても見ねえから自分でも分らねえ、どうともお前の方で好きなように取りねえ、昨日は昨日、今日は今日よ。お前が何と言った所で、俺てえものがここに根を据えていられるもんでもねえし、思立ったんだから、今日は何でも海を越さねえじゃならねえ。」

「私ゃどこまでも附いて行く。」

「笑談言っちゃいけねえ。俺あ旅から旅と果なしに渡り歩く体だ、お前なんかに貪《まつ》わられて耐《たま》るものか。いいじゃねえか、お前も女と生れた仕合せにゃ、誰でもまた食わしてくれらあ。それも気がなきゃ、元の万年屋が所へ還《けえ》るのさ。」

「馬鹿におしでない！　今更どの面《つら》下げて亭主の所へ行かれるかよ。」

「まあそう言わねえでさ。俺あ何もお前と夫婦約束をした訳でもねえし、ただ何だ、お前は食わせる人がいねえで困ってるし、俺は独者だし、の、それだけの事で、外にゃ綾も何にもありゃしねえんだから、お前も旅の者らしく洒脱《さっぱり》して下んねえな。俺あどこまでも好《すき》自由な独者で渡りてえんだから、それを抗《こだ》わる事だけは、どうか勘弁してくんねえ、お願いだ。お前にしてからが、俺のような一生世間師で果てようてえ者に緊附《くっつ》いてくより、元の亭主の――ああいう辛抱人へ還った方が末始終《すえしじゅう》のためだぜ。お前さえ還る気になりゃ、あの人ぁいつ何時でも引取ってくれらあ、それだけは俺が受合う。悪い事は言わねえから、そうしねえ、よ。」

「知らない！　こんな恥しい目に遭って、私ゃ人にも顔向け出来ない、死んでやる！」

と言って、女房は泣伏してしまった。

＊　＊　＊　＊　＊

私は銭占屋を送って、町の入江の船着場まで行った。そこから向地通いの小蒸汽(23)に乗るのだ。戦々《そよそよ》と西風の吹く日で、ここからは海は見えぬが、外は少しは浪があろうと待合せの乗客が話していた。空は所々曇って、日がパッと照るかと思うと急にまた影《かげ》る。水際には昼でも淡く水蒸気が見えるが、その癖向河岸の屋根でも壁でも濃く暸《はっき》りと目に映る。どうしてももう秋も末だ、冬空に近い。私は袷の襟を堅く合せた。

「ねえ君、二、三日待ちなせえよ。きっと送るから。」と船に乗り移る間際にも、銭占屋はその事を誓った。

汽船は出た。甲板に立った銭占屋の姿が段々遠ざかって行くのを見送りながら、私は今朝その話の中に引いた唄の文句を思出して、

「どこのいずこで果てるやら——全くだ、空飛ぶ鳥だ！」とそう思った。

が、その小蒸汽の影も見えなくなって、河岸縁に一人取残された自分の頼りない姿に気が付くと、私は急に何とも言えぬ寂しい哀愁を覚えた。そうして沁々《しみじみ》故郷が恋しかった。

＊　＊　＊　＊　＊

万年屋の女房は悉皆《すっかり》悄《しょ》げ返っていたが、銭占屋に貰った五十銭が尽きると、間もなく三州屋にいるその亭主の所へ転げ込んだ。で、元の鞘《さや》に収った万年屋夫婦は、白と千草の風呂敷包を二人で脊負《しょいわ》分けてどこへか行ってしまった。

銭占屋は二、三日と私に約束して行ったが、遅れて七日めに、向地から渡って来た蝙蝠傘《こうもりがさ》の張替屋に托して二円送ってくれた。向地は思いの外の不景気な所から、銭占屋は今十五里も先きの何やら町へ行っていて、そこから托《さ》されて来たとの事であった。

私は翌日故郷へ向けて出立した。

一夜

島崎藤村

一八七二年(明治五)―一九四三年(昭和一八)。本名は春樹。旧木曽路街道馬籠《まごめ》宿(現在は岐阜県)の本陣・問屋・庄屋を兼ねる旧家に生まれる。明治学院卒。キリスト教の影響を受けて文学に志し、一八九三年(明治二六)北村透谷らと「文学界」創刊に参加。詩人として出発し、『若菜集』以下の詩集は近代の抒情詩集のみずみずしい発露となった。その後、自然と人生に対する観察を深め、日露戦争後の一九〇六年(明治三九)に『破戒』を刊行、続く「春」「家」などの自伝的な作品で、田山花袋とともに日本の自然主義文学の方向を決定した。さらに、姪との過失を大胆に告白した「新生」などを経て、一九二九年(昭和四)から大作「夜明け前」を発表、人と時代を凝視する近代文学屈指の雄渾な歴史小説となった。

「一夜」は一九〇九年(明治四二)一月の「中央公論」に発表。作中の三吉叔父が藤村にあたり、この名は自伝的な長篇「家」に引き継がれる。夜明け近くに雨戸をあける末尾の場面は、「家」末尾で正太の死に直面した三吉が雨戸をあける暗い夜に接続し、藤村文学の「夜明け前」の主題を響かせる。底本には『藤村全集』3(筑摩書房、一九六七年)を用いた。

会社員正太の家《うち》では、主人も、細君も、母親も出ていない。ただ老婆《ばあさん》一人茫然《ぼんやり》と留守をしている。そこへ三吉叔父が石段を上って、格子戸を開けて入って来た。この三吉はちょっと町を一廻りして来るにも敷島(1)の三、四本は燻《ふか》すという煙草好《ずき》な男である。

「お仙さんはまだ帰りませんか。」

こう叔父は老婆に尋ねながら下座敷を眺め廻したが、姪のお仙が帰らないばかりでなく、壁に寄せて座蒲団《ざぶとん》の上に寝かして置いたわが児《こ》の姿も見えなかった。

「坊主は?」

「坊ちゃまですか。めんめを御覚しでしたもんですから、御隠居様がおんぶなさいまして、表の方へ見にいらッしゃいました。」

夏の夜のことで、河の方から来る涼しい空気が座敷の内《なか》へ通《かよ》っている。叔父は水浅黄《みずあさぎ》色《いろ》のカアテンの懸った玻璃《ガラス》障子(2)の処へ行った。そこから石段の下を通る人や、町家の灯や、水に近い夜の空などを眺めて、その夕方のことを思って見た。子供は姉が買って置いたという犬の玩具《おもちゃ》にも飽きて、むずがるので、甥の細君とお仙とが町を見せに連れて行った後、二階の縁に近く煙草盆《たばこぼん》を持出して、そこで姉弟《きょうだい》が互いに話を始めようとすると、急に甥が階下《した》から上って来た。「母親《おっか》さん、お仙さんがいなくなったそうです。」と甥は坐《すわ》りもせずに言った。その時の甥の声、洋灯《ランプ》の光に映った顔……やがてそれから一時間ばかり経つ。

急に叔父が老婆の方へ引返した。

「もう一度、私は行って見て来ます。」

老婆は考深《かんがえぶか》く、「御嬢様も、もうそれでも、御帰りになりそうなものですね。」

「どこですか、そのお仙さんの見えなくなったという処は。」

「なんでも奥様が御一緒に買物を遊ばしまして――ホラ電車通りに小間物を売る家が御座いましょう――あすこなんで御座いますよ。奥様は御嬢様が御側にいらッしゃることとばかり思召《おぼしめ》して、坊ちゃまに何か御見せ申していらしったそうですが、ちょっと振向いて御覧なさいましたら、最早《もう》御嬢様は御見えにならなかったそうです。ええ、それはもうホンのちょっとの間に……」

この老婆の言葉で、小間物屋の店頭《みせさき》ということを確かめて、早く行って見つけて来よう、こう思いながら三吉は出て行った。

二度目に三吉が町を一廻りして来て、電車通りの向側にも、手前にも、暗い横町にも、どこにも姪の姿を見なかった時は、何となく不安を増して来た。柳並木の蔭には腰掛を置いて涼んでいる人もあったが、誰もそんな娘を見かけないと言った。叔父はしばらく路地の角に立って姪を待受けていた。いつまで経っても見えそうもない。一旦《いったん》甥の家へ引返すことにして、例の石段の下までやって来ると正太の母親は玻璃障子のところに立っている。

「姉さん、お仙さんは――」と叔父は往来から声を掛けた。

「まだ帰らない。」と母親は娘の身の上を案じ顔に答えた。

その時まで三吉はのんきに構えて、どうせこれは帰って来るものだ位に巻煙草を燻《ふか》していたが、あまりにお仙の帰りが遅いので、漸《ようや》く本気になった。そして、あの無邪気と言っても無邪気な、二十二までも人形のように育てられて、殆《ほと》んど何らの抵抗力もない、可憐《かれん》な娘が大都会の真中で、しかも夜、方角も解らずに彷徨《さまよ》っていることを感じた。その年齢《とし》になるまで、母親は一日たりとも娘の保護を怠らなかったのである。

「三吉。」と母親は叔父を家の内へ入れてから言った。「お前は今夜こっちで泊ってくれるだろうね。」

「ええとにかく行って坊主を置いて来ます――それから復《ま》たやって来ましょう。」

「ああそうしておくれ。弱い子供だから、母親《かあ》さんが心配するといけない。ワンワンも持たせてやりたいが、いいわ、私がまた訪ねる時にお土産《みや》に持って行く。」

こういう話の後、三吉は眠そうな児を姉の手から抱取った。

「坊ちゃまのお下駄はいかがいたしましょう。」と老婆《ばあさん》は言葉を添えた。

「下駄は置いて行くサ。」と姉が言う。

「ナニ構いませんから、新聞に包んで、私の懐中《ふところ》へ捩込《ねじこ》んで下さい。」

こう弟は答えて、子供を肩につかまらせながら出た。子供は眠気に頭を垂れて、左右の手もだらりと下げていた。「まあ御可愛そうに、おねむでいらッしゃる。」と老婆が言った。三吉は口に巻煙草を咬《くわ》えることを忘れなかった。

やがて叔父が自分の家へ子供を運んで、復た電車で引返して来た頃は、半鐘《はんしょう》が烈《はげ》しく鳴り響いていた。電車の窓から見ると、火はちょうど甥が住む町の方角に当る。近づけば近づくほど、正太の家あたりが今まさに焼けているかのように見える。お仙がいなくなったというさえあるに、おまけに、火事とは。三吉はもう仰天してしまった。電車から降りて早速駈付《かけつ》けて見ると、路地、往来は人で埋《うず》まっている。

火事は正太の家から半町《はんちょう》ほどしか離れていなかった。

「これはまあ何という事だ。」

という母親の言葉を聞捨てて叔父は二階へ駈上った。続いて母親も上って来た。雨戸を開けて見ると燃え上る河岸《かし》の土蔵の火は姉弟の眼に凄《すさま》じく映った。尤《もっと》も心配したほどではなく、どうやら一軒で済むらしい。見ているうちにすこし下火になる。

「もう大丈夫。」

と正太も階下《した》から上って来て、言った。暫時《しばし》の間、三人は無言のまま、一緒に火を眺めて立っていた。

三人が階下へ下りて、お仙の身の上を案じた頃は、まだ往来は混雑していた。石段を上って来て、火事見舞を言いに寄るものもあった。正太は心の震動《ふるえ》を制《おさ》えかねるという風で、三吉の顔を眺めて、

「叔父さん済みませんが、下谷の警察まで行って下さいませんか。」

「さあ、そうしましょうかね。」と叔父も首を傾《かし》げた。

「浅草の警察へは今届けて来ました。」

「お仙も、」と母親は引取って、「ああいう神様か仏様のようなやつだから、存外無事で出て来るかも知れないよ。」

「お仙さんは、ここの番地を覚えていますまいね。」と叔父が聞いて見る。

「どうも覚えていまいて。」と母親は嘆息して言った。

「なかなか車に乗るという智慧《ちえ》は出そうもない――おまけに、一文も持っていない。」と正太も附添《つけた》した。

叔父は思い付いたように老婆《ばあさん》の方を見て、「老婆《おばあ》さん、貴方はあの路地のところへ行って、角に番をしていて下さい。じゃあ、私は下谷まで行って来ますからね。」

こんな風に手はずを定《き》めて、三吉は電車のなくならない中《うち》にと、下谷の警察を指して急いで行った。

往来の人通りも次第にすくなくなる頃、叔父は電車で帰って来たが、もう何となく四辺《あたり》がシーンとしていた。暗い路地の角まで行くと、そこに老婆が見張をしている。正太の細君も悄然《しょんぼり》立っている。

「まだ帰りませんか。」と三吉は二人に近づいて言った。

「叔父さん、どうしたらよう御座んしょうね。」

こう細君は愁《うれ》わしげに答えた。その時浅草の警察へも見せたと言って、お仙が着ている浴衣と同じ布を出して、細君はそれを叔父に見せた。三吉は手に取って見た。

「まあ家へ行って相談しようじゃありませんか。」

こういう三吉の後に随《つ》いて、二人の女は黙って歩いて行った。

正太の家には、お仙を除くの外《ほか》、捜しに出たものが皆な一緒になった。こうして集って見ると、あの娘のいなくなったという感じが一層深い。三吉は巻煙草が尽きたので、老婆に使《つかい》を頼んで、敷島を二つほど注文したが、最早《もう》どこの煙草屋も戸を閉めてしまった。老婆は空しく帰って来た。

「何時でしょう。」と三吉が言出した。

「十一時過ぎました。」

と正太は懐中時計を出して見て答えた。

彼は呻吟《しんぎん》するように部屋の内を歩いた。やがて玻璃障子の閉めてあるところへ行って、暗い空を窺《うかが》いながら立っていた。

夜は更《ふ》けて来た。正太は皆なのいる方へ引返して、今更《いまさら》のように考え込んだ。時々彼は精悍《せいかん》な可恐《おそろ》しげな眼付をしながら、最愛の妻の顔を睨《にら》みつけた。

「あぶないあぶないと平素《ふだん》から思っていたが、これほどとは思わなかった。」正太はこんな風に妹のことを言って見た。

「一体、私が子供なぞを連れてやって来たのが悪かった。」と叔父が言った。

母親は引取って、「そんなことを言えば私がお仙を連れて出て来たのが悪いようなものだ。いや、誰が悪いんでもない。みんなあの娘が持って生れて来たんです。どんなことがあろうとも、私はもう絶念《あきら》めていますよ。それよりは働けるものがよく働いて、夫婦して立派なものになってくれるのが、何よりですよ。」

「私はね。」と正太は叔父の方を見て、「事業《しごと》となるとどんなにでも働けますが――まあ使えば使うだけ、ますます頭脳《あたま》が冴えて来る方ですが、こういう人情のことには実際閉口だ。」

「正太もまたこんなことに凹《へこ》んでしまうようなことじゃいけない。」と母親は健気にもわが児を励ますように言う。

「ナニこれしきのことにヘコんでたまるもんですか。私の頭脳の中には今会社の運命がある――おまけに明日は三十日《みそか》(3)という難関を控えている。」

こう言って正太は鋭い眼付をした。

「さアさ。」と母親は浴衣の襟《えり》を掻合《かきあわ》せながら、家中を見廻して、「出来たことは仕方がありません。とにかく一時頃まで皆なに休んでもらって、三吉と正太には気の毒だが、それからもう一度捜しに行ってもらいましょう。三吉すこし寝たがいい。老婆《ばあや》もそこで横におなりや――それにかぎる。」

寝ろと言われても寝られる訳のものではなかった。そういう母親が、第一眠らなかった。すこし横になって見た人も、いつの間にか起きて、皆なの談話《はなし》に加わった。十二時頃、一同は夜食した。

柱時計が一時を打つ頃から、三吉、正太の二人は更に仕度をして出掛けることになった。

「叔父さん風邪を引くといけませんよ――シャツでも上げましょう。」と言って、正太は細君の方を見て、

「股引《ももひき》も出して上げな。」

「じゃあ、拝借するとしよう。」と叔父が言った。

「叔父さんは煙草がないんでしたね。こんなんでも持っていらッしゃいませんか。」

と言って細君は女持の煙草入を貸してくれた。叔父はそれを袂《たもと》に入れて股引に尻端折《しりばしょり》、

正太もきりりとした服装《なり》をして、夏帽子を冠《かぶ》って出掛けた。

「正さん、君はこの裏通を捜してくれ給え。僕は電車通を捜しますから。そして、雷《かみなり》門《もん》(4)の前あたりで二人落合うことにしましょう。」

こう叔父は発議した。

「ええ、ではそういうことにしましょう。」と正太も同意して、「雷門の交番の前あたりで——どっちか先に行ったものがあの辺で待つことに。」

この約束で二人は別れた。

雷門へは叔父の方が先に着いた。最早《もう》往来の人も絶えて、さすがの東京も全く眠った。やがて公園(5)の暗黒な光景が二人の眼前に展《ひら》けた。観音堂(6)の周囲は言うに及ばず、そこここの樹蔭、軒下には一夜を震え明すような無宿者の群がうじゃうじゃ集って、放肆《ほしいまま》に手足を投出していた。これが夏の夜でなかったら、互いに、抱合って、僅《わず》かに身体を温《ぬく》めようとするものもあるだろう、こう正太は薄気味の悪い人たちの前を通りながら言った。驚くべきことには、ここへ来て睡眠《ねむり》を貪《むさぼ》っている老婦《としより》もあった。こうして二人は公園の内を探って歩いて、最後に活動写真(7)の絵看板の下に立ったが、どこにもお仙の姿を見なかった。

「公園にもいない。」

とうとう正太は絶念《あきら》めたように言出した。

拠《よんどころ》なく二人は交番へ行って、巡査にお仙のことを委《くわ》しく話して、年齢《とし》は二十二になるが十八、九にしか見えないということまで言い置いて、それから復《ま》たもう一度広小路(8)の通りへ出た。

柳並木の下には、蹲踞《しゃが》んで一服やるに好さそうな処があった。二人はガッカリしながら煙草入を取出した。

「河の方を探る必要はあるまいか。」と叔父が言った。

「さ、私もそれを思うんですが――」と正太も沈んで、「しかし……そのような容子《ようす》はすこしも見えませんでしたもの。」

暫時《しばらく》、二人は無言のまま、ポカリポカリと煙草を燻《ふか》していた。

「今頃、横町なぞに迷っているようなこともあるまいナア。」

「ええ、ええ、自然と暗い方から明るい大通りへ出て来ましょうからね。」

この正太の説明に叔父は感心したという風で、夏帽子を冠り直して起上《たちあが》った。

「正さん、ではこういうことにしましょう。君はこの通りを上野の方へ行って見てくれたまえ。僕はもう一度浅草橋(9)の方を捜します。ここで吾儕《われわれ》は別れましょう。」

と言われて、正太も叔父の前に立った。二人は惨《さん》とした感に打たれて、互いに帽子を脱いで左右へ別れた。

「こりゃあ、ウカウカしちゃあいられない。」

別れる時、二人はこう思った。

叔父が広小路前の道路を浅草橋の方へ辿《たど》って、交番の前に足を留めたのは間もなくであった。意外にも、叔父はその交番の巡査から、お仙が警察の手に救われたことを聞いた。多分細君が迎えに行って、最早《もう》今頃は帰宅しているだろう、と聞いた時は地を踏んで喜んだ。

「なるほど――ああそうですか。フン。」

叔父は狂人《きちがい》じみた声を出して、何遍も同じことを繰返してその巡査に礼を述べた。

「早く正さんにも知らせたいなあ。」

こう思いやりながら、甥の家を指して飛ぶように急いで行った。

「姉さん、お仙さんが帰って来たそうですね――よかった、よかった。」

先《ま》ず叔父はそれを庭で言って、それから皆のいるところへ上った。もしお仙が子供なら堅く抱〆《だきしめ》て自分の喜悦《よろこび》を表したい、と叔父は思う位であった。

「お仙、叔父さんに御礼を言わないか。」

と母親に言われて、お仙はすこし顔を紅めながら手を突いた。この無邪気な娘には、どう思うことを言い表していいか、解らなかったのである。

「叔父さん、もうすこしで危ないところ。」と細君は妹の後にいて言った。「なんでも悪い者に附かれたらしいんですが、好い塩梅《あんばい》に刑事に見つかったんだそうです。そして今まで警察の方に留めて置かれたんですッて。」

こんな話をしているところへ、正太もある交番で聞いたと言って、妹の無事を喜びながら入って来た。「随分心配をさせられたぜ。もうもうどんなことがあっても、独りでなんぞ屋外《そと》へ出されない。」

正太はホッと溜息を吐《つ》いた。「お仙がもし帰らなかったら、それこそ家のやつを擲殺《はりころ》してくれようかと思った。」

昂奮のあまり、正太は、我を忘れてこんな激語を吐く。細君はまた細君で涙を拭いて、

「ええ、そこどこじゃない。お仙さんが帰らなければ、私はもう死ぬつもりでしたよ。」

これほど兄夫婦を心配させた出来事も、実際、お仙は傍《はた》で思うようには考えなかった。その無邪気さは一層彼女《かれ》を可憐にして見せる。

一同はお仙を取囲《とりま》いて、いろいろなことを尋ねて見た。お仙は混雑した記憶を辿るという風で、手を振ったり身体を動《ゆす》ったりして、

「なんでも、その男の人が私の処を聞きましたから、私は知らん顔をしていた。しまいには、あんまり煩《うるさ》いから長岡[10]だってそう言ってやりました。」

「長岡はよかった。」と叔父が笑う。

「先方《さき》の人も変に思ったでしょうねえ。」と細君は妹の顔を眺めて、「お仙さんは自分じゃそれほど可畏《こわ》いとも思っていなかったようですね。」

「知らないから。」と正太も微笑《ほほえ》みながら言った。

お仙はきれぎれに思出すという顔付で、「ハンケチの包を取られては大変だと思いましたから――あの中には姉さんに買って戴いた白粉《おしろい》も入ってますから――私はこうしッかりと持ってましたよ。男の人がそれを袂へ入れろ入れろと言うものですから、私は入れました。そうすると、この袂を捕《つかま》えて、どうしても放さないじゃありませんか。」

「アア白粉を取られるとばかり思ったナ。」

こう正太が言った。

「ええ。」とお仙は思出したように微笑を浮べて、「それから方々暗い処を歩いて、しまいに木のある、明るい処へ出ました。草臥《くたび》れたろうから休めッて、男の人が言いましたから、私も腰を掛けて休みました。」

「へえ、腰掛がありましたか。して見るとやはり公園の内《なか》へ入ったんだ。」と叔父は言って見た。

お仙は言葉を続けて、「煙草を服《の》まないかッて、その人がくれましたが、私は一服し か貰《もら》って服まなかった。夫婦になれなんて言いました――えええそんな馬鹿なことを。」

「しかし、刑事巡査が丁度通り合せて宜《よ》う御座んしたよ。」と細君は警察で聞いて来たことを言出した。「もしそうでなかったら、どんな目に逢ったかも知れません。」

お仙は兄や、姉や、叔父などの話し合う言葉に耳を傾けて、時々解ったと思うことがあるたびに、無邪気に笑い転げた。その年齢《とし》になるまで彼女《かれ》は男というものをも知らずにいる。暗黒な人生に対しても彼女の心には少女らしい恐怖しかない。この可憐な娘は自分を陥没《おとしい》れようとするケダモノをすら疑わなかった。

「よかった、よかった。皆な二階へ行って休むことにしましょう。正太も明日事業《しごと》のある人だから、すこし休むがいい——さアさ、皆な行って寝ましょう。」

こう母親が先に立って言った。

「皆様の御床はもう延べて御座いますよ。」と老婆《ばあさん》も言葉を添えた。

やがて一同は二階へ上って寝る仕度をした。三吉は甥の側ですこし横になれと勧められたが、どうしても寝られなかった。彼は一旦入った臥床《ふしど》から復た這出《はいだ》して、蚊帳《かや》の外で煙草を燻し始めた。お仙も眠れないと見えて起きて来た。細君も起きて来た。三人は二階の縁のところへ煙草盆を持出した。しまいには、母親も我慢が仕切れなくなったと見えて、白い寝衣《ねまき》のまま蚊帳の内から出て来た。

「正さんはよく寝ましたね。」と叔父は蚊帳を覗いて見る。

「これ、そうッとして置くがいい。明日は大分多忙《いそが》しい人だそうだから——」と母親は声を低くして言った。

その時、細君は起《た》って行って、水に近い雨戸を開けかけた。

「叔父さん、一枚開けましょう。もう夜が明けるかも知れません。」

深川の唄

永井荷風

一八七九年(明治一二)―一九五九年(昭和三四)。本名は壮吉。断腸亭主人などとも号した。東京生まれ。東京高等商業学校付属外国語学校(現、東京外国語大学)清語科中退。広津柳浪の門下となって習作を書き、またゾラに傾倒して「地獄の花」などを発表。一九〇三年(明治三六)から米欧に遊学して一九〇八年(明治四一)に帰国、この間の収穫は『あめりか物語』『ふらんす物語』(発禁)にまとめられ、近代日本の皮相で雑駁な近代化への絶望と批判から、次第に江戸趣味に傾いた。その後、慶応義塾大学文学科教授となり「三田文学」を創刊。昭和期に入ると、「つゆのあとさき」「ひかげの花」を経て、私娼街玉の井の女との交渉を描いた風俗小説「濹東綺譚」で高い評価を得た。長期間の日記『断腸亭日乗』でも知られる。

「深川の唄」は一九〇九年(明治四二)二月の「趣味」に発表。原稿では表題が「築地両国」から「深川の唄」に訂正されている。築地両国行の電車に乗った語り手の目に、乗り降りする乗客のさまざまな姿態と外の風景がパノラマのように展開し、隅田川を越えた別世界の夕日が郷愁をかきたてる。底本には『荷風全集』6(岩波書店、一九九二年)を用いた。

一

四《よ》ツ谷《や》見《み》付《つけ》から築地両国《つきじりょうごく》行の電車(1)に乗った。別にどこへ行くという当《あて》もない。船でも車でも、動いているものに乗って、身体《からだ》を揺《ゆす》られるのが、自分には一種の快感を起させるからで。これは紐育《ニューヨーク》の高架鉄道、巴里《パリ》の乗合馬車の屋根裏、セーヌの河蒸汽《かわじょうき》なぞで、いつとはなく妙な習慣になってしまったのだ。

いい天気である。あたたかい。風も吹かない。もう十二月の二十日《はつか》過ぎなので、電車の馳《は》せ行く麹町《こうじまち》の大通りには、松竹の縄飾《しめかざ》り、鬼灯提灯《ほおずきちょうちん》(2)、引幕、高張《たかはり》(3)、幟《のぼり》の色のさまざまが、汚れた瓦《かわら》屋根と、新築した家の生々《なまなま》しい木の板とに対照して、少しの調和もない混乱をば、猶更無惨《なおさらむざん》に、三時過ぎの日光《ひかげ》が斜めに眩《まぶ》しく照している。調子の合わない広告の楽隊が、かなたこなたで物騒《ものさわ》がしく囃《はや》し立てている。人通りは随分烈《はげ》しい。

けれども案外に、電車の中はすいていて、黄《きいろ》い制服をつけた大尉らしい軍人が一人、片隅に小さくなって兵卒が二人、折革包《おりかばん》を膝にした請負師《うけおいし》風の男が一人、掛取りらしい商人《あきんど》が三人、女学生が二人、山の手の、他分四ツ谷のらしい婆芸者《ばばアげいしゃ》が一人乗っているばかりであった。日の光が斜めに窓からさし込むので、それを真面《まとも》に受けた大尉の横顔には、削《そ》らない無性髯《ぶしょうひげ》が一本一本針のように光る。女学生のでこでこした庇髪《ひさしがみ》(4)が赤ちゃけて、油についた塵《ごみ》が、二目《ふため》と見られぬほどきたならしい。一同黙って、唇を半開きにしたまま遣《や》り場のない目で互《たがい》に顔を見合わしている。伏目《ふしめ》になって、いろいろの下駄や靴の並んだ人々の足元を見ているものもある。何万円とかの福引の広告も、もう一向に人の視線を引かぬらしい。婆芸者が土色した薄《うすッ》ぺらな唇を揉《ね》じ曲げて、チューッチューッと音高く虫歯を吸う。請負師が大呎《おおあくび》の後で、ウーイと一ツ噯《おくび》をする。車掌が身体を折れるほどに反《そら》して、時々はずれる後《うしろ》の綱をば引き直している。

麴町の三丁目で、ぶら提灯と大きな白木綿《しろもめん》の風呂敷包《ふろしきづつみ》を持ち、ねんねこで赤子を負《おぶ》った四十ばかりの醜い女房と、ベースボールの道具を携えた少年が二人乗った。夢中で昨日済んだ学期試験の成績を話し出す。突然、けたたましく泣き出す赤児の声で、婆芸者の歯を吸う響《ひびき》はもう聞えなくなった。乗客は皆《みん》な泣く子の顔を見ている。女房はねんねこ半纏《ばんてん》の紐をといて赤児を抱き下《おろ》し、渋紙《しぶかみ》のような肌をば平気で、襟垢《えりあか》だらけの襟を割って、乳房を含ませる。赤子が漸《や》っとの事泣きやんだかと思うと、車掌が、「半蔵門、半蔵門でございます。九段、市ケ谷、本郷、神田、小石川方面のお方はお乗換え——あなた、小石川はお乗換ですよ。お早く願います。」

注意されて女房は、真黒な乳房をぶらぶら、片手に赤児、片手に提灯と風呂敷包みを抱え込み、周章《あわ》てふためいて降り掛ける。その入口からは、待っていた乗客が、案外にすいている車と見て、猶更に先《さ》きを争い、出ようとする女房を押しかえして、われがちに座を占める。赤児がヒーヒー喚《わめ》き立てる。おしめが滑《すべ》り落ちる。乗客が構わずにそれをば踏み付けて行こうとするので、此度《こんど》は女房が死物狂いに叫び出した。口癖になった車掌は黄い声で、

「お忘れものの御座いませんように。」と注意したが、見るから汚いおしめの有様《ありさま》。といって黙っては打捨てられず、詮方《せんかた》なしに「おあぶのう御座いますから、御ゆるり願います。」

漸《よう》くにして、チーンと引く鈴の音。

「動きます。」

車掌の声に、電車ががたりと動くや否や、席を取りそこねて立っていた半白《はんぱく》(5)の婆《ばばア》に、その娘らしい十八、九の、銀杏返《いちょうがえ》(6)し前垂掛《まえだれが》けの女が、二人一度に揃って、倒れかかるの

を、危《あやう》くも引革《ひきがわ》に取りすがった。同時に、

「あいたッ。」と足を踏まれた半纏股引《ももひき》の職人が叫ぶ。

「まア、どうぞ御免なすって……。」

女は顔を真赤《まっか》にして腰をかがめて、会釈《えしゃく》しようとすると、電車の動揺でまたよろける。

「ああ、こわい。」

「おかけなさい。姉さん。」

薄髯の二重廻《にじゅうまわ》し(7)が、殊勝《しゅしょう》らしく席を譲った。

「どうもありがとう……。」

しかし腰をかけたのは母らしい半白の婆であった。若い女は引革を握締《にぎりし》める真白な腕先の、どうかしたら脇の下まで見え透《す》きそうなのを、頻《しき》りと気にして、銘仙《めいせん》の広い袖口を絶えず片手で押えている。車は坂道をば静かに心地よく馳せ下りて行く。突然、足を踏まれた先刻《さっき》の職人が鼾声《いびき》をかき出す。誰れかが報知新聞(8)の雑報を音読し初めた。

三宅坂《みやけざか》の停留場は何の混雑もなく過ぎて、車は瘤《こぶ》だらけに枯れた柳の並木の下をば、土手に添うて走る。往来の右側、いつでも夏らしい老樹の繁りの下に、三、四台の荷車が休んでいる。二頭立《だて》の箱馬車が電車を追抜けて行った。左側は車の窓から濠《ほり》(9)の景色が絵のように見える。石垣と松の繁りを頂いた高い土手の、出たり這入《はい》ったりして、やがて静かな水を限る曲線の延長が、照りつける日の光で、驚くばかり鮮《あざや》かに引立って見える。青く濁った水の面《おもて》には、両岸の土手の草から、柳の細い枝は一条《ひとすじ》残らず、高い空の浮雲までが、鏡のようにはっきりと映っている。それをば、土手に群《むらが》る水鳥が、幾羽となく飛入って、羽ばたきの水沫《しぶき》に動かし砕く。岸に添うて電車がまがった。濠の水は一層広く、一層平《たいら》かに、一層静かに望まれて、その端《はず》れに立っている桜田門(10)の真白な壁が、夕方前のやや、濁った日の光に薄く色づいたまま、いずれが実在の物とも見分けられぬほど鮮かに水の面に映っている。間もなく日比谷の公園外《そと》を通る。電車は広い大通りを越して向側のやや狭い横道に止まるのを待ちきれず二、三人の男が飛び下りる。

「止りましてからお降り下さい。」車掌のいうより先に一人が、早くも転んでしまった。無論大した怪我《けが》ではないと合点《がてん》して、車掌は見向きもせず、曲り角の大役難《だいやくなん》、後の綱のはずれかかるのを一生懸命に引直す。車は八重《やえ》に重《かさな》る線路の上をガタガタと行悩んで、定めの停留場に着くと、そこに待っている一群の乗客。中には大きな荷物を脊負《せお》った商人も二、三人交っていた。

例の上り降りの混雑。車掌は声を黄くして、

「どうぞ前の方へ願います。あなた、恐入《おそれい》りますが、もう少々、も一つ先きの引革に願います。込み合いますから御懐中《ごかいちゅう》ものを御用心。動きます。ただ今お乗り換えの方は切符を拝見致します。次は数寄屋橋《すきやばし》。お乗換の方は御座いませんか。」

「ありますよ。ちょいと、乗りかえ。本所《ほんじょ》は乗り換えじゃないんですか。」髪を切り下げにした隠居風の老婆が逸早《いちはや》く叫んだ。

けれども車掌は片隅から一人一人に、切符を切て行忙《ゆく》しさ。「往復で御座いますか。十銭銀貨で一銭のお釣で御座います。お乗換は御座いませんか。」

「乗換ですよ。ちょいと。」と本所行の老婆は、首でも縊《し》められるように、もう金切声になっている。

「おい。回数券だ、三十回……。」

鳥打帽《とりうちぼう》(11)に東桟《とうざん》(12)の尻はしょり、下には長い毛糸の靴足袋《くつたび》に編上げ靴を穿《は》いた、自転車屋の手代《てだい》とでもいいそうな男が、一円紙幣《さつ》二枚を車掌に渡した。車掌は受取ったなり向うを見て、狼狽《あわ》てて出て行き数寄屋橋へ停車の先触れをする。尾張町《おわりちょう》へ来るまでも、回数券を持って来ぬので、今度は老婆の代りに心配しだしたのは、この手代で。しかしさすがに声はかけず、鋭い眼付で瞬《また》き一ツせず、車掌の姿を注意していた。車の硝子《ガラス》窓から、印度《インド》や南清《なんしん》の殖民地で見るような質粗《しっそ》な実利的な西洋館が、街の両側に続いて見える。車の音が俄《にわ》かに激しい。調子の合わない楽隊が再び聞える。乃《すなわ》ち、銀座の大通を横切るので、直様《すぐさま》向う側の尾張町を発車する時には、三人連《づれ》の草鞋《わらじ》ばき菅笠《すげがさ》の田舎《いなか》ものまで交って、また一層の大混雑《おおこんざつ》、後の降り口の方には乗客が息もつけないほどに押合っている。

「込み合いますから、どうぞお二側《ふたかわ》に願います。」

上から下った引革をば一ツ残らず、いろいろの手が引張っている。指環《ゆびわ》の輝くやさしい白い手の隣りには、馬蹄《ひづめ》のような厚い母指《おやゆび》の爪が聳《そび》えている。垢だらけの綿ネルシャツの袖口は、金ボタンのカフスと相接《あいせっ》した。乗換切符の要求、田舎ものの狼狽《ろうばい》、車の中は頭痛のするほど騒《さわが》しい人声《ひとごえ》の中に、さすがは下町の優しい女の話声も交るようになった。

築地の河岸《かし》へ止った時、混雑にまぎれて、乗り逃げしかけたものがあるというので、車掌が向うの露地口《ろじぐち》まで、中折帽《なかおれぼう》に提革包《さげかばん》の男を追っかけて行った。後からつづいて停車した電車の車掌までが、加勢に出かけて、往来際《ぎわ》には直様物見高い見物人が寄り集《あつま》った。

車の中では、席を去って出口まで見に行くものもある。「けちけちするない――早く出さねえか——正直に銭《ぜに》を払ってる此輩《こちとら》アいい迷惑だ。」と叫ぶものもある。

不時の停車を幸いに、後《おく》れ走《ば》せにかけつけた二、三人が、あわてて乗込んだ。その最後の一人は、一時に車中の目を引いたほどの美人で、赤いてがら(13)をかけた年は二十二、三の丸髷《まるまげ》(14)である。オリブ色のあずまコート(15)の袂《たもと》のふりから美しく重ねた二枚小袖の紅裏《もみうら》を見せ、片手に進物《しんもつ》の菓子折でもあるらしい友禅更紗《ゆうぜんざらさ》の風呂敷包みをもち、出口に近い引革へつかまると、その下の腰掛から、

「あら、よし子さんじゃいらッしゃいませんか。」と同じ年頃の、同じ風俗《みなり》の同じ丸髷が声をかけた。

「あら、まア……。」立っている丸髷は、いかにもこの奇遇に驚いたらしく言葉をきる。

「五年ぶり……もっとになるかも知れませんわね。よし子さん。」

「ほんとねえ……あの、藤村さんとこであった校友会、あの時お目にかかったきりでしたね。」

電車がやっと進行をつづけだした。

「よし子さん。おかけ遊ばせよ。かかりますよ。」と下なる丸髷は、かなりに窮屈らしく詰まっている腰掛を、グッと左の方へ押しつめた。

押詰められて、じじむさい襟巻した金貸らしい爺《おやじ》は、不平らしく横目に睨《にら》みかえしたが、真白な女の襟元に、文句はいえず、押し敷かれた古臭い二重廻しの羽を、だいじそうに引取りながら、順送りに席をいざった。赤いてがらは腰をかけ、両袖と風呂敷包を膝の上にのせて、

「校友会はどうしちまったんでしょう。この頃はさっぱり会費も取りに来ないんですよ。」

「藤村さんも、おいそがしいんですよ、きっと。何しろ、あれだけのお店ですからね。」

「お宅では皆さまおかわりもありませんか。」

「は、ありがとう。」

「どちらまで行《い》らッしゃいますの。私《わたくし》はもう、すぐそこで下りますの。」

「新富町《しんとみちょう》ですか。わたくしはね……。」

いいかけた処へ、車掌が順送りに賃銭を取りに来た。赤いてがらの細君は、吾妻《あずま》コートの懐中《ふところ》から、塩瀬《しおせ》(16)の小《ちい》さい紙入《かみいれ》を出して、あざやかな発音で静かに、

「のりかえ、ふかがわ。」

「茅場町《かやばちょう》でおのりかえ。」と車掌が地方訛《いなかなま》りで蛇足《だそく》を加えた。

真直《まっすぐ》な往来の両側には、意気な格子戸、板塀つづき、磨《すり》がらすの軒灯《けんとう》、霜よけした松の枝越し、二階の欄干《てすり》には黄八丈《きはちじょう》(17)に染め手拭《てぬぐい》の浴衣《ゆかた》をかさねたどてらの干してあるのが目につく。行書で太く書いた「鳥」「蒲焼《かばやき》」なぞの行灯《あんどう》があちらこちらに見える。忽《たちま》ち左右がぱッと明《あか》るく開けて、電車は一条の橋へと登りかけた。

左の方に、同じような木造りの橋が浮いている。見下《みお》ろすと、それから続いて石垣の直線は規則正しい角度に曲って、池かと思うほど静止した堀割《ほりわり》の水は、河岸通に立つ格子戸つくりの二階屋から、向うに見える黒板塀の、古風な忍返《しのびがえ》し(18)の影までをはっきり映している。丁度汐時《ちょうどしおどき》であろう、泊っている荷舟の苫屋根《とま》が、往来よりも高く持上って、物を煮《に》る青い烟《けむり》が、その蔭から、風のない空中へ真直に立昇っている。手拭の向鉢巻《むこうはちまき》、鯉《こい》口半纏《ぐちばんてん》(19)の女房が、舷《ふなばた》から子供のおかわ(20)を洗っている。橋の向う角には、「かしぶね」とした真白な新しい行灯が見え、葭簀《よしず》を片寄せた障子戸の店先、石垣の下には、舟板を一枚残らず奇麗《きれい》に組み並べた釣舟が、四、五艘《そう》浮いている。人通りは殆《ほとん》どない。もう四時過ぎたかも知れない。傾いた日輪《にちりん》をば眩しくもなく、正面《まとも》に見る事が出来る。黄味《きいろみ》の強い赤い夕陽の光が、見渡す人家、堀割、石垣、凡《すべ》ての物の側面を照して、その角度を鋭く鮮明にはしていたが、しかし、日本の空気の是非《ぜひ》なさは、すこしの遠近を区別すべき濃淡もなく、一望さながら、平《ひらた》い旧式の芝居の書割《かきわり》としか思われぬ。それが今、自分の眼にはかえって一層適切に、黙阿弥《もくあみ》(21)、小団次《こだんじ》(22)、菊五郎《きくごろう》(23)の舞台をば、残りなく思い返させる。あの貸舟、格子戸づくり、忍返し……

折しも海鼠壁《なまこかべ》の芝居小屋(24)を過ぎる。しかるに車掌が何事ぞ、

「スントミ町。」と発音した。

丸髷の一人は席を立って、「それじゃ、御免ください。どうぞお宅へもよろしく。」

「チッと、おひまの時にいらしッて下さい。さよなら。」

電車は桜橋を渡った。堀割は以前のよりもずッと広く、荷舟の往来《ゆきき》も忙しく見えたが、往来は建て込んだ小家と小売店《こうりみせ》の松かざりに、築地の通りよりも狭く貧しげに見え、人が何という事もなく入り乱れて、ぞろぞろ歩いている。坂本公園前に停車すると、それなりいかほど待っていても更に出発する様子はない。後にも先にも電車が止っている。運転手も、車掌も、いつの間にやらどこへか行ってしまった。

「また喰《くら》ったんだ。停電にちげえねえ。」

糸織の羽織に雪駄《せった》ばきの商人が、臘虎《らっこ》(25)の襟巻した赤ら顔の、連れなる爺《じじい》を顧みた。萌《もえ》

黄《ぎ》の小包を首にかけた小僧が逸早く飛出して、

「やア、電車の行列だ。先の見えねえほど続いてらア。」と叫ぶ。

車掌が革包《かばん》を小脇に押えながら、帽子を阿弥陀《あみだ》(26)に汗をふきふき馳《か》け戻って来て、

「お気の毒様ですがお乗りかえの方はお降りを願います。」

声を聞くと共に乗客の大半は一度に席を立った。その中には、唇を尖《とが》らして、「どうしたてんだ。よっぽどひまが掛るのか。」

「相済みません、この通りで御座います。茅場町までつづいておりますから……」

菓子折らしい風呂敷包を携えたかの丸髷の美人が、車を下りた最後の乗客であった。

二

自分は前にもいったよう、どこへも行く当てはない。大勢が下車するその場の騒ぎに引入れられて、何心《なにごころ》もなく席を立ったのであるが、すると、車掌は自分が要求もせぬのに深川行(27)の乗換切符を渡してくれた。

片側の人家で日陰になった往来に、海老《えび》色の漆《うるし》で塗った電車が二、三町も長く続いている。茅場町の通りから、斜めにさし込んで来る日光《ひかげ》で、向う角に高く低く不揃《ふぞろい》に立っ

ている幾棟《いくむね》の西洋造りが、いかにも貧相に、厚みも重みもないように見えた。屋根と窓ばかりで何一ツ彫刻の装飾をも施さぬ結果であろう。往来の上に縦横の網目を張っている電線が、いうばかりなく不快に、透明な冬の空の眺望を妨げている。昨日あたり、山から切出して来たといわぬばかりの生々しい丸太の電柱が、どうかすると向うの見えぬほど、遠慮会釈もなく突立《つった》っている。その上に意匠の技術を無視した色のわるいペンキ塗の広告が、ペタペタ貼ってある。竹の葉の汚らしく枯れた松飾りの間からは、家の軒《のき》ごとに各自勝手の幟《のぼり》や旗が出してあるのが、いずれも紫とか赤とかいう極めて単純な色ばかりを選んでいる。

自分は憤然として昔の深川を思返した。幸い乗換の切符は手の中にある。自分は浅間《あさま》しいこの都会の中心から、一飛びに深川へ行こう――深川へ逃げて行こうという、押えられぬ慾望《よくぼう》に迫《せ》められた。

数年前《ぜん》まで、自分が日本を去るまで、水の深川は久しい間、あらゆる自分の趣味、恍《こう》惚《こつ》、悲しみ、悦《よろこ》びの感激を満足させてくれた処であった。電車はまだなかったとはいえ、既にその頃から、市街の美観は散々に破壊されていた東京中で、河を渡って行くかの場末の一劃《いっかく》ばかりは、到る処の、淋《さび》しい悲しい裏町の眺望《ながめ》の中に、衰残《すいざん》と零落《れいらく》の、いい尽し得ぬ純粋、一致、調和の美が味《あじわ》われた。

その頃、繁華な市中から、この土地へ通って来るには、電車の便はなし、人力車は高いばかりか、何年間とも知れず、永代橋《えいたいばし》(28)の橋普請《はしぶしん》で、近所の往来は竹矢来《たけやらい》(29)で狭《せば》められ、石や小砂利《こざり》で歩けぬほどに荒らされていた処から、誰れも彼れも、人は皆、汐留《しおどめ》から出て築地の堀割を通って来る小さな石油の蒸汽船、もしくは、南八丁堀の河岸縁《かしふち》に、「出ますよ出ますよ」と呼びながら一向出発せずに豆腐屋のような鈴ばかり鳴し立てている櫓舟《ろぶね》に乗り、石川島を向うに望んで越前堀《えちぜんぼり》に添い、やがて、引汐上汐《ひきしおあげしお》の波にゆられながら、印度洋でも横断するように、やっとの事で、永代橋の河下《かわしも》を横ぎり、越中島《えっちゅうじま》から蛤町《はまぐりちょう》の堀割に這入るのである。不動様のお三日《さんにち》(30)という昼過ぎなぞ参詣帰りの人々が、「つくばね」や、繭玉《まゆだま》や、成田山の提灯《ちょうちん》や、藁細工《わらざいく》の住吉踊《すみよしおどり》の人形なぞ、さまざまな玩具《おもちゃ》を携えてその中には根下《ねさが》り(31)の銀杏返しや、印半纏の頭《かしら》なども交っていて、幾艘の小舟は櫓の音を揃え、碇泊《ていはく》した荷舟の間をば声を掛け合い、静な潮《うしお》に従って流れて行く。水にうつる人々の衣服や玩具や提灯の色、それをば諸車止《しょくるまどめ》と高札《こうさつ》打ったる朽ちた木の橋から、欄干《らんかん》に凭《もた》れて眺める心地の、いかに美しかったであろう。

夏中洲崎《すざき》の遊廓(32)に、灯籠《とうろう》の催しのあった時分、夜おそく舟で通った景色をも、自分は一生忘れまい。苫《とま》のかげから漏《も》れる鈍い灯《あかり》が、酒に酔って喧嘩《けんか》している裸体《はだか》の船頭を照す。川添いの小家の裏窓から、いやらしい姿をした女が、文身《ほりもの》した裸体の男と酒を呑《の》んでいるのが見える。松の木が水の上に枝を延した庭構え、忍返しをつけた水門を控えて、灯影《ほかげ》しずかな料理屋の二階から、芸者の歌う唄が聞える。月が出る。倉庫の屋根のかげになって、片側は真暗な河岸ふちを新内《しんない》(33)の鼻歌を歌いながら行く人がある。水の光で明く見える板橋の上を提灯つけた車が通る。それらの景色をばいい知れず美しく、悲しく感じて、満腔《まんこう》の詩情を托《たく》したその頃の自分は、若いものであった、煩悶《はんもん》を知らなかった。江戸趣味の恍惚のみに満足して、心は実に平和であった。硯友社《けんゆうしゃ》(34)の芸術を立派なもの、新しいものだと思っていた。近松や西鶴が残した文章で、いかなる感情の激動をもいい尽し得るものと安心していた。音波《おんぱ》の動揺、色彩の濃淡、空気の軽重、そんな事は少しも自分の神経を刺戟《しげき》しなかった。そんな事は芸術の境域に入るべきものとは少しも予想しなかった。日本は永久自分の住む処、日本語は永久自分の感情を自由にいい現してくれるものだと疑わなかった。

自分は今、髯《ひげ》をはやし、洋服を着ている。電気鉄道に乗って、鉄で出来た永代橋を渡るのだ。時代の激変をどうして感ぜずにいられよう。

夕陽は荷舟や檣《ほばしら》の輻輳《ふくそう》している越前堀からずっと遠くの方をば、眩《まぶ》しく烟《けむり》のように曇らしている。影のように黒く立つ石川島の前側に、いつも幾艘となく碇泊している帆前《ほまえ》船《せん》の横腹は、赤々と日の光に色取られた。橋の下から湧《わ》き昇る石炭の煙が、時々は先の見えぬほど、橋の上に立ち迷う。これだけは以前に変らぬ眺めであったが、自分の眼《まなこ》は忽ち、佃島《つくだじま》の彼方《かなた》から深川へとかけられた一条の、長い橋の姿(35)に驚かされた。堤の上の小さい松の並木、橋の上の人影までが、はっきり絵のように見える。自分は永代橋の向う岸で電車を下りた。その頃は殆ど門並《かどな》みに知っている深川の大通り、角の蛤屋《はまぐりや》には意気な女房がいた、名物の煎餅屋《せんべいや》の娘はどうしたかしら。一時《いちじ》跡方もなく消失せてしまった二十歳《はたち》時分の記憶を呼び返そうと、自分はきょろきょろしながら歩く。

無論それらしい娘も女房も、自分は見当てようはずはない。しかし深川の大通りは相変らず、日あたりが悪く、妙にこの土地ばかり薄寒いような気がして、市中は風もなかったのに、ここでは松かざりの竹の葉が、ざわざわいって動いている。よく見覚えのある深川座(36)の幟が、たった一本淋し気に、昔の通り、横町の曲角《まがりかど》に立っていたので、自分は道路の新しく取広げられたのをも、殆んど気付かず、心は全く十年前のなつかしい昔に立返る事が出来た。

つい名を忘れてしまった。思い出せない——一条の板橋を渡ると、やがて左へ曲る横町に幟の如く釣《つる》した幾筋の手拭が見える。紺と黒と柿色の配合が、全体に色のない場末の町とて殊更《ことさら》強く人目を引く。自分は深川に名高い不動の社《やしろ》であると、直様《すぐさま》思返してその方へ曲った。

細い溝にかかった石橋を前にして、「内陣《ないじん》、新吉原講《しんよしわらこう》(37)」と金字で書いた鉄門をはいると、真直な敷石道の左右に並ぶ休茶屋《やすみぢゃや》の、暖簾《のれん》と奉納の手拭が目覚めるばかり連続《つなが》って、その奥深く石段を上った小高い処に、本殿の屋根が夕日を受けながら黒く聳《そび》えている。参詣の人が二人三人と絶えず上り降りする石段の下には易者の机や、つくばね売りの露店が二、三軒出ていた。そのそばに、子守や子供や、人が大勢たかっているので、何かと近《ちかづ》いて見ると、坊主頭の老人が木魚《もくぎょ》を叩いて阿呆陀羅経《あほだらきょう》(38)をやっているのであった。阿呆陀羅経のとなりには、塵埃《ほこり》で灰色になった頭髪《かみのけ》をぼうぼう生《はや》した盲目の男が、三味線を抱えて小さく身をかがめながら蹲踞《しゃが》んでいた。阿呆陀羅経を聞き飽きた参詣戻りの人たちが、三人四人立止る砂利の上の足音を聞分けて、盲目の男は懐中《ふところ》に入れた樫《かし》のばちを取り出し、ちょっと調子をしらべる三の糸から直《す》ぐ、チントンシャンと弾《はじ》き出して、短い前奏《まえびき》。低い呂《リョ》の声を咽喉《のど》へと呑み込んで、

あきイ——の夜《よ》——ウ

と長く引張ったところで、つく息と共に汚い白眼をきょろりとさせ、仰向《あおむ》ける顔と共に、首を斜めに振りながら、

夜は——ア

と歌った。声は枯れている。三味線の一の糸には少しのさわりも出ない。けれども、歌出《うたいだ》しの「秋——」という節付けからが、ちゃんと三段に分れていて、声をつづける拍子の間取りが、山の手の芸者などには到底聞く事の出来ぬ、歌沢《うたざわ》(39)の家元そっくりであった。自分はなつかしいばかりでない、非常な尊敬の念を感じて、男の顔をば何んという事もなく、しげしげ眺めた。

さして年老《としと》っているというではない。無論明治になってから生れた人であろう、自分は何の理由もなく、かの男は生れついての盲目ではないような気がした。小学校で地理とか数学とか、事によったら、以前の小学制度で、高等科に英語の初歩位学んだ事がありはしまいか。けれども、江戸伝来の趣味性は、九州の足軽風情《ふぜい》(40)が経営した俗悪蕪雑《ぶざつ》な「明治」と一致する事が出来ず、家産を失うと共に盲目になった。そして、栄華の昔には洒落《しゃれ》半分の理想であった芸に身を助けられる哀れな境遇に堕ちたのであろう。その昔、

芝居茶屋の混雑、お浚《さら》いの座敷の緋毛氈《ひもうせん》、祭礼の万灯花笠《まんどうはながさ》に酔ったその眼は、永久に光を失ったばかりに、浅間しい電車の電線、薄ッぺらな西洋づくりを打仰ぐ不幸を知らない。よしまた、知ったといっても、こういう江戸人は、われら近代の人の如く熱烈な嫌悪憤《ふん》怒《ぬ》を感じまい。我れながら、解されぬ煩悶に苦しむような執着を持っていない。江戸人は早く諦めをつけてしまう。すぐと自分で自分を冷笑する特徴をそなえているから。

高い三の糸が頻りに響く。おとするものは――アと歌って、盲人は首をひょいと前につき出し、顔をしかめて、

鐘――エ、ばアかり――

という一番高い調子をば枯れた自分の咽喉をよく承知して、巧《たくみ》に声をうかして逃げてしまった。

夕日が左手《ゆんで》の梅林から流れて、盲人の横顔を照す。しゃがんだ哀れな影が、いかにも薄く、後の石垣にうつる。石垣を築いた石の一片ごとには、奉納者の名前が赤い字で彫りつけてある。芸者、芸人、鳶者《とびのもの》、芝居の出方《でかた》、ばくち打、皆近世に関係のない名ばかりである。

自分はふと後を振向いた。梅林の奥、公園外(41)の低い人家の屋根、それを越して西の大

空一帯に、濃い紺色の夕雲が、物すごい壁のように棚曳《たなび》いて、沈む夕日は生血《なまち》の滴《したた》る如く、その間に燃えている。真赤な色は驚くほど濃いが、光は弱く鈍り衰えている。自分は突然一種悲壮な感に打たれた。あの夕日の沈むところは、早稲田の森であろうか。本郷の岡であろうか。自分の身は、今いかに遠く、東洋のカルチェーラタン(42)から離れているであろう。盲人は一曲終って、すぐさま、

「更《ふ》けて逢う夜の気苦労は――」

と歌いつづける。

自分はいつまで、いつまでも、暮行くこの深川の夕日を浴び、迷信の霊境、内陣の石垣の下に佇《たたず》んで、ここにこうして、歌沢の端唄《はうた》を聴いていたいと思った。永代橋を渡って帰って行くのが、堪えられぬほど辛く思われた。いっそ、明治が生んだ江戸詩人斎藤緑雨《りょくう》(43)の如く滅びてしまいたいような気がした。

ああしかし、自分は遂《つい》に帰らねばなるまい。それが自分の運命だ。ああ、河を隔て、堀割を越え、坂を上って遠く行く、大久保の森のかげ、自分の書斎の机には、ワグナー(44)の画像の下に、ニイチェ(45)の詩ザラッストラの一巻が開かれたままに自分を待っている

……

村の西郷

中村星湖

一八八四年（明治一七）―一九七四年（昭和四九）。本名は将為《まさため》。山梨県生まれ。早稲田大学英文科卒。一九〇七年（明治四〇）「早稲田文学」の懸賞小説募集に、故郷河口村の小学生時代から、甲府中学の学生時代を描いた「少年行」が当選。同年「早稲田文学」の記者となって島村抱月の薫陶を受け、自然主義文学の作家・批評家として活動した。その小説の特色は、詩趣ゆたかなローカルカラーにあり、郷土文学のすぐれた書き手として知られた。また、モーパッサン「死の如く強し」をはじめとする多くの翻訳もあり、大正後期から昭和期にかけては農民芸術への関心を深めて『農民劇場入門』などを刊行。日本女子高等学院（現、昭和女子大学）教授や、一年間の渡欧などを経て、戦後は郷里に帰って自適の生活に入った。

「村の西郷」は一九〇九年（明治四二）八月の「秀才文壇」に発表。一八七七年（明治一〇）の西南戦争で戦死した西郷隆盛への根強い人気を背景として、西郷を名乗る変わり者の愚かしくもどこか憎めない風貌と人間性を、山国の自然や村の共同体の生活を通して活写する。のち単行本『星湖集』（東雲堂、一九一〇年）に収められ、底本にはこの本を用いた。

「西南戦争」と言えば、その頃は、松の根を焚いて灯火に代えた家の多かった私の村までも、その九州の涯の騒ぎが、洪水のように打寄せて来て「官軍」がどうだの「西郷」がどうだのと言う取沙汰《とりざた》で持切ったものと見える。

大西郷が城山で戦死して、騒ぎは一《ひ》と先《ま》ずおさまったが「西郷は死にはせぬ、死んだと言うのは官軍に油断をさせる策略だ。」とよくある臆測談《あてずいりょう》の、まだ迹《あと》を絶たなかった頃、一人の赭顔《あからがお》の大男が私の村へ入って来て「己《おれ》は西郷隆盛《たかもり》だぞ！」と怒鳴《どな》り歩いた。

（このあたりは私が子供の頃、誰からともなく聞いた話だ。）

「茂右衛門《もえん》さんの総領が、また喰いはぐれて帰って来がしたな。」

「そうだッてね、勘当されてながら、大威張《おおいばり》で家へ転げ込んで「酒を持って来う、酒を……己を誰だと思う、己あ西郷隆盛だぞ」ちゅう悪たれ方だッたそうで御座んすよ、茂右衛門さんもお重《じゅう》さんも人並はずれたお人好しだに、何の因果であんな息子を持ちがしつら？」

近所でのこんな噂の種になった茂右衛門《もえもん》の忰《せがれ》と言うは、本名を源吉と言ったが「己は西郷隆盛だぞ」を到る処で振廻すので、それからは「西郷」、「西郷」と綽名《あだな》に通って、次第に、その本名を呼ぶ者はなくなった。

「西郷どころか赤鬼だ！」と言われるほど、真赤《まっか》なお多福面《たふくづら》で、始終その偉大なる獅子鼻《しっぱな》をヒクヒクさせていた。

まだ「源や」とか「源しゅう、、」とか呼ばれていた或冬《あるふゆ》の晩、村の若い衆《しゅ》に、「お主《ぬし》は酒は好きでも灯油《ともしあぶら》は飲めまいが。一合飲めたら一両、五合飲めたら五両の賭《かけ》をしようじゃないか。」と揶揄《からか》われて、彼は五合の油を飲み乾《ほ》した。そして苦しまぎれに、素裸《すッぱだか》で、降り積んだ雪に腹を当てて臥《ね》たと言う話だ。

それが、私が小学校へ通う頃には、よく村役場へ来ては——役場は学校の側《そば》にあった——村長なぞを対手《あいて》に議論をしているのを見た。

「「西郷」はえらい法律に明るいちゅうぞ、法律じゃあ村長さんも及《かな》わないちゅうぞ。」と私は或友達から聞いた。子供の時分だから法律とは何事か知らなかったが、難かしい学問に相違ないと思ったので、私はそれを母に話した。

すると母は「あれはな、自分が馬鹿だからって親たちが弟に家を譲ったのを口惜《くや》しがってな、道志《どうし》(2)ちゅう村へ行って板《いた》へぎ(3)をしながら勉強しただとサ。」と言って聞かせた。

「西郷」の家は畑一つを隔てて、私の家から直《す》ぐ見える、東南《ひがしみなみ》の、川岸にあった。側を通れば、破れた壁の穴から中が覗《のぞ》けた。雨の時には雨も漏《も》ったであろう、風の時には、――秋の始めに湖水から吹きあてる風は烈《はげ》しかった。私の家にはチャンと柿の繞林《いぐね》(4)があったが、「西郷」の家には風除《かざよ》けと言うほどの木立《こだち》もなかったので――よく「ホーイ、ホーイ！」と家の中から風を追ったものだ。

「ソレ下の家で風を追うぞ。」と言って戸を開けて見ると、竿《さお》の先に結《ゆ》い付けた風切り鎌(5)が、屋根よりも高く立ってはいた。

其家《そこ》には、茂右衛門と言う爺《じい》さんと、その配遇《つれあい》の婆《ばあ》さんと、私の父位の年配《としごろ》の市蔵と言う次男と、その市蔵の妻子とが住んでいた。

青田の畔《あぜ》を、竹竿の先に魚籃《びく》や漁具を懸けて、大きな胴籠《どうらん》を腰にして、湖水へ行ったり来たりする、髷《ちょんまげ》爺さんのヨボヨボ姿は、今も私の目にあるが、その爺さんは或時船から落ちて死んでしまった。若主人の市蔵は、その子の亀太郎が三才《みっつ》位の頃からブラブラ病《やまい》(6)に罹《かか》って、青い顔をばかりしていたが、それもいつか死んで、あとには婆さんと市蔵の妻子だけが残った。

市蔵の妻はお友《とも》と言った。私の村などでよく見る百姓女の型で、体も大きく、膂力《ちから》もあり日に焼けてはいたが、かなりの容色《きりょう》だった。亭主に死なれた頃はまだ四才《よっつ》か五才《いつつ》だった、病身の夫に似て青ぶくれの男の子を脊負《せお》っては、賃仕事をして婆さんを養った。

その頃まで、時々来ては難題を持込んで、やがてどこぞへ行ってしまう「西郷」が、弟が死んだと聞いてまた帰って来た。

「お友さんも可哀そうにな、子供を脊《う》負《ぶ》って四日の間逃げ廻ったちゅうけんど、とうとう昨日、天神沢の山小屋に隠れているのをあの「西郷」に引捉《ひっつか》まって連れて来られたちゅうぞよ。「お友は弁天様より美《え》え女だ、是非《ぜひ》己の女房にしてくれろ、そうしなきゃ手前らをも打殺《ぶっころ》すぞ！」って姉《あねえ》の家《うち》へ行って、拝んだり嚇《おど》したりしたッてサ。」と、母と誰かが話すのを私は聞いた。

それから「西郷」とお友が、よく喧嘩《けんか》をした。ぐでぐでに酔っ払った「西郷」へ馬乗りに乗って、お友が拳固《げんこ》を振廻すのを見に行った事もある。

半年ばかり経って、誰かがこんな事を言った。

「厭《いや》だ厭だッて言いながらも、一緒にいれば仕方がないものと見えて、お友さんは身《み》重《おも》のようで御座んすよ。」

私も最早《もう》十一、二になっていたので、そうした世間話に対して多少の好奇心を持った。気を注《つ》けて見るとなるほど、お友の腹は海豚《ふぐ》のように脹《ふく》れていた。それと同時に、襟首《えりくび》あたりの真黒の垢《あか》が気になってならなかった。「西郷」の子ならば、さぞ汚ない子が生れる事だろうと思った。

いよいよ生れたのを見ると、鼻の恰好《かっこう》は「西郷」そッくりだが、汚なくはなかった。それから一年置き位に、続け様《ざま》に二人も三人も生れた。

「阿爺《おやじ》になったものだから、稼ぎ者になった事を御覧、「西郷」が。」と近所で言われたが、やはり「西郷」の酒はやまなかった。板へぎに行った帰りには、キット酒屋へ寄る、時には山へは行かないで、道具を酒屋の入口へ置いたまま、朝から飲みほうけている事もあった。そんな時には「この馬鹿野郎!」と言う懸け声で、お友が、片肌ぬぎで怒鳴り込んだものだ。

或年、村に赤痢《せきり》が流行《はや》って、役場は消毒なぞで忙しかった。真夏の日のカンカン照り付ける役場の庭で、役場の人たちが石灰《いしばい》へ水を混ぜていた。(7)その真白に沸騰《ふっとう》する様子を私は友達と一緒に見ていると、そこへ山仕度《やまじたく》の「西郷」が赤い顔を出して、

「ふむ、なるほど、この勢《いきおい》じゃ病気の毒も消えるわけだ、ふむ。」と手を組んで感心して言った。

「どうだ、お前《まい》これを一杯やって見んか、腹の虫の退治が出来るぞ。そうしりゃ酒が嫌いになる。」と白服の巡査が「西郷」を見て笑いながら言った。

「えへへへへ」と言って彼は、赤茶けてモジャモジャになった頭髪《かみのけ》を、節くれ立った手で引掻《ひっか》き廻した。

弟の子が学校へ上るようになってから「西郷」は頻《しき》りに学校へ来た。そして山衣《やまぎ》のまで熱心に教室を廻ったり、教師に物を尋ねたりした。

私たちの修身の時間で、何の事であったか、教師が一と通り説き終って「解りましたか。」と力を入れて言うと、「ヒャヒャ」と頓驚声《とんきょうごえ》が縁側から聞えた。振返って見ると「西郷」が感に堪えたという風に障子の間から例の赤髭《あかひげ》の生えた赭顔《あからがお》を突入れているので、皆がドッと笑った。

その時「西郷」は一層真面目《まじめ》な顔をして、

「皆はそんなに笑うものじゃあない、俺《わし》はこの村の「山本源吉」ちゅう者で、少しゃあ物も解っている人間だ。」

こう妙な所で名乗り懸けられて、皆はまた笑った。

これが学校での、彼の始めての幕だと覚えている。或時は、教員室で、

「先生これは二ネ川(8)で好《よ》うがすかい……ふうむ、二子川《ふたこがわ》？ 俺もどうもそうずらと思ったで此間《こないだ》、勝千代(9)にそう教えていると、表《おもて》の勘さんが来て、二ネ川だッてから、勘さんは上のせーとーだ(10)から、その方が丁度《ちょうど》ずらかとも思いがしてね。」とこんな質問をしている事もあった。

「勝千代」と言うは、弟――市蔵の子供の、亀太郎の事だが、いつの間にか、彼がそう呼び変えてしまった。

「なぜそんな名にしたね？」と訊く者があると「我家《おらん》の亀はどうも体が弱くて困ったから、信玄公の少《ちいさ》い時の名を俺が付け変えてやっただ。そうしると、どうだね、あんなに丈夫になった。」と、例の鼻をヒクヒクさせながら答えたものだ。彼は我子《わがこ》と甥の隔てをせずに、子供には目がなかった。

また或時、彼は襤褸《ぼろ》の山衣のままで学校の二階へ上って来て、教師に向って謹《つつし》んで一《いっ》揖《しゅう》し、それから腕を組んで壁際《かべぎわ》に佇《たたず》んだ。教師は顔馴染《かおなじみ》なので別に咎《とが》めもせずに、ずン

ずン講義を続けた。

私たちは「ソレ「西郷」が来た！」、「「ヒャヒャ」が来た！」と言って、隣の友達の背中を突ついたり、袖を引き合ったりして、クスクスと笑った。「西郷」は首を傾げて熱心に講義を聞いていたが、針のような赤髭が少し光って、水鼻《みずば》汁《な》がポタリと落ちた。

「いま教えた中に「塗炭《とたん》の苦《くるし》み」と言う言葉がある、私はそれに別段説明を加えて置かなかったが、解る者は手！」という教師の言葉に、コソコソし合っていた生徒は、吃驚《びっくり》したように首を上げた。が誰も手を挙げる者はなかった。

そこで教師は席末《せきまつ》の方から次第に訊き質《ただ》して見た。五、六人、起《た》って、黙ってお辞儀をして、そして坐《すわ》った。

「皆さん勉強が足らんでいけない！　それ位の事が解らなくちゃ……」と彼は叱るように言った。

「それじゃ叔父《おっ》ちゃん言って御覧な。」と誰かが言うと、彼はスンと一つ鼻汁を吸い込んで「それ位の事が解らなくちゃいけない！」と同じ言《こと》を繰返して首を掉《ふ》った。

「東《ひがし》、お前は？」と教師に名指された少年は「西郷」がよく行く酒屋の次男で、静かに起ち上ると、慧《さか》しい眼光《めつき》で、淀《よど》みなく問題の意味を説明した。

「宜《よろ》しい！」と言う教師の言葉と「ヒャヒャ」と言う「西郷」の声が一緒になって教室に響いた。と思うと「西郷」はズカズカと東の席へ歩み寄って「えらい！　お前《まい》さんのお爺《とっ》つぁんには生きて御座る時、俺も少し法律を教わったものだが、その息子だけに、えらい！　さすがはえらい！」と感極まった風で、忙しく襤褸山衣の懐《ふところ》中から棒切のような物を取出した。それは二《ふ》た串の白柿《ころがき》(11)であった。

「これは褒美《ほうび》だ。」と彼は白柿を東の机へ置いて引き退《さ》がった。教師は当惑したらしい顔付であったが、でも「これは有難う。」と生徒に代って礼を言った。

或時は「お前方は行儀が悪くていかん。己が一つ演説をして聞かせる。」と言って、彼は運動場などで生徒を呼び集めて何か高声で喋《しゃべ》る。ヒャヒャと囃《はや》せば、訳のわからぬ言を、いつまででも喋っていた。

私の故郷は山国なので、冬春は雪が繁《しげ》かった。たしか、来年の春は町の中学へ行くのだと楽しんでいた時だから、私の十四の冬だったろう。用水の小川へ雪が押出して来て、その雪が堰《せき》になったため、溢《あふ》れた川水が方々の庭先へ落ちたり、床下へ流れ込んだりした。雪はいやが上に降りしきった。川添《かわぞい》の家からは人々が飛び出して降り積み流れ積む雪を掻き流し掻き流ししたが、流し切れなくて、土手を崩してわざと空地へ水を落すのもあった。

私の許《ところ》でも、父と私が一緒になって、前の畑へ川水を切り落した。それでやや安心して、家中が炉側《ろばた》へ寄って、夕飯の蜀黍《もろこし》団子のうだるのを待っていた。障子の破れから戸外《そと》を見ると、最早《もう》薄暗くなって、チラチラと降る雪だけが白く見えた。

そこへ、表の障子がガラリと開いて、妙な物が入って来た。と思ったのは下の家の「西郷」だッた。被《かぶ》って来た襤褸の雪を払って土間に立ったまま「お旦那さん今晩は。」とお辞儀をした。

丁度ゆで上った団子を一つ頬張りながら父は「はいッ」と無造作《むぞうさ》に答えた。

褞袍《ねんねこ》(12)の襟を正しながら上へ登って「西郷」は木尻《きじり》(13)へかしこまった。

「サアサアそこは汚れてる、まッと火近《ひぢか》へお寄りなすって」と鍋を引上げながら言う母に向って「御新造《ごしんぞ》さん今晩は」と彼はまた叮嚀《ていねい》にお辞儀をし、それから私の方を見て「若旦那さん今晩は」とお辞儀をした。そして暫《しばら》く黙っていた。

「下家《した》で何か用かね？」と平時《いつも》は穏《おだや》かな父が少し声を荒くした。

「ええ外《ほか》じゃあ御座んせんが、」と父を見た彼の眼も穏かでなかった。「上家《うえ》であんなに畑へ切り込んだもんで俺共《わしども》の家へドンドン水が押込む……あれでは困りがす。」

「困るッたッて上から押せ押せに来て下が開かなきゃ仕方がないじゃないか。なぜお前の許でも出て川を流さない。下が塞《ふさ》がってりゃ畑へ切り込むよりやり道はない。」と父は没義道《もぎどう》(14)に言い放った。

「それじゃあ、上家では俺らが家を水浸しにしても構わないちゅうわけかね。」と我と我が膝を鷲掴《わしづか》みにしながら「西郷」がその赭顔《あからがお》を振り上げた時は私は恐ろしかった。

「解らない奴だな、お前《まい》の許で川の雪を流しさえすりゃ事はないわけじゃないか。」

「土手を切るなら切るッて一応断ってくれても宜《え》えはずだ。」と言う時は彼はすッかり膝を崩した。

「暇《ひま》ッ暮しを言うな！」

「暇ッ暮したあ何だ？」

「自分の持畑《もちはた》の土手を崩すに他人に断る必要があるか。」と青白い父の顔は険しくなった。

「マアそんな大きな声をしなくッても解る話じゃないかね。馬方船頭(15)じゃあるまいし。」と言う母の言葉に、父は突然《だしぬけ》に笑い出して、(大人《おと》なしい人だが、ひょっとすると

他《ひと》を馬鹿にしたような笑い方をする癖があった）

「源さんお前、団子でも喰って帰らっしゃい。」と軽く言って退《の》けた。

皿へ団子を載せ、砂糖を添えて母が出して遣るまで、彼は鼻先を折られた気味で、何かブリブリ言っていたが、湯気の立つ団子を見ると、口端《くちはた》をモグモグさせた。しかし、つい手は出さなかった。

「御免なすッて」と戸口を開けて、お友が首を入れて「アレアレわしらんじゃ上の家へ来ていがしたね。」と子供を手脊負《てうぶ》いにしたまま内《なか》へ入った。

「子供が、「阿爺《おとっ》つぁんがどこかで大《でか》い声をしているようだ」ちゅうからもしかと思って来て見たら……お前さん、上の家へ何を言いに来ただい？　サアお帰り！　恥知らず！」

お友が来たと見て取ると「西郷」はあわてて露出《むきだ》しの膝小僧を隠して、坐り直した。

「ナニ、お前が心配する事じゃあない。」

「心配する事じゃあないじゃない！　サッサとお帰りッてば……何を言ったか知りがしないけんどマア上家で悪く思わないでおくんなすッてよ。この土性《どしょう》なしの酔っぱらいが、仕方のない爺《じじい》で困りがす。」とお友は頻りに言い訳をした。

やがて「西郷」は「お旦那さん、つい酔った紛《まぎ》れに高声をして申し訳が御座んせん。」と父に幾つも頭を下げて、大人しく、嬶《かかあ》の尻に跟《つ》いて出て行った。

「あのお友さんが見えると様子の変った事はどうずら！」と母は女だけにそう言う所に眼が届いていて、あとで可笑《おか》しがった。

「何で酔ってるものか、白《しら》ばっくれやがッて！」と父は独りで怒っていた。

「あんな者の対手《あいて》になるッて事があるもんじゃない。」と母は睨《にら》むように父を見た。

「対手になるつもりあないけれど、あの位に言って置かないと、訳も解らない癖にのさ張るからよ。今年の春のお祭にもあの野郎だわ、若い衆を煽動《おだ》てて「旧暦の祭を新《しん》でしるちゅう事あない、村会議員を擲《なぐ》り殺せ」なんて吐《こ》いたのは。」と父が言った。

その頃「西郷」は五十位だった。

その後、私は旅へ出た。たまたま夏休などで村へ帰って、近所だから彼に逢うこともあったが、以前と変りなしに板へぎと百姓を仕事にして、酔っては女房にどやされているると言う事だった。

感心な事には四、五人ある子供を後から後からと学校へ送って、二番目の子（即ち彼の長男)が尋常科を卒業する時には、私の四番目の弟《おとと》と同級だったが、私の弟は二番で、彼の子が首席だったそうだ。

「あんなおんぼ、、、襤褸《ぼろ》の「西郷」の子に負けたか、馬鹿！　死んじまえ！」と負け嫌いの母が私の弟を叱ったと聞いて、私は大変面白く感じた。

私の記憶では、その「西郷」の子は、鼻の恰好だけは拙《まず》かったが、色の青白い、大人《おとな》しやかな子だった。

雪の日　近松秋江《しゅうこう》

一八七六年(明治九)―一九四四年(昭和一九)。本名は徳田浩司。初期には徳田秋江とも号した。岡山県生まれ。東京専門学校(現、早稲田大学)英文科卒。卒業後、母校の出版部や「読売新聞」などで働くが長続きせず、一九〇三年(明治三六)に大貫ますと結婚。その結婚生活が破綻して失踪した妻への愛執を纏綿《てんめん》と綴った一九一〇年(明治四三)の「別れたる妻に送る手紙」が出世作となり、続篇の「疑惑」では別れた妻と相手の男との足跡を執念深く追跡し、懊悩嫉妬にかられる愚かしい姿を描いて、情痴小説の極北をなした。その後、「舞鶴心中」などの情話ものや、京都の遊女との情事を描いた愛欲小説「黒髪」などを経て、結婚と長女の誕生を機に新しい作風を模索したが、晩年は失明の悲運にみまわれた。

「雪の日」は、一九一〇年(明治四三)三月の「趣味」に発表された。大貫ますへの愛執を描いた「別れた妻もの」の最初の作品として位置づけられ、妻と先夫との仲を嫉妬し、根掘り葉掘りと問いたださずにはいられない男の性情が、夫婦差し向かいの奇妙な幸福感とない交ぜになって描かれる。底本には『近松秋江全集』1(八木書店、一九九二年)を用いた。

あまり暖《あたたか》いので、翌日《あす》は雨か。と思って寝たが、朝になって見ると、珍らしくも一面の銀世界である。鵞鳥《がちょう》の羽毛《はね》を千切って落すかと思うようなのが、静かに音をも立てず落ちている。

私はこういう日には心がいつになく落着く。そうして勤めのない者も仕合《しあわ》せだなと思うことがある。私たちは、門を閉めて、今日は打寛《うちくつろ》いで、置炬燵《おきごたつ》に差向《さしむか》った。そうしてこういう話をした。

「お前は何かね。私とこうして一所《いっしょ》になる前に、本当に自分の方から思っていたというような男があったかね。」

「ええそれはないことはありませんでした。本当に私が、お嫁に行《ゆ》くんなら、あんな人の処に行きたいと思ったのが一人ありました。それが厭《よ》く小説なんかに言ってある初恋というんでしょう。それは一人ありましたよ。あったと言ってどうもしやしない。それこそただ腹の中で思っていただけですが、あんな罪もなく思ってたようなことは、あれっきりありませんねえ。丁度《ちょうど》、あの、それ一葉女史の書いた「十三夜」(1)という小説の中に、お関という女が、録之助という、車夫《くるまや》になっている、幼馴染《おさななじ》みの煙草《たばこ》屋の息子と出会《でくわ》す処があるでしょう。些《ちっ》とあれ見たようなものです。」

「私の家《うち》、その時分はまだ米屋をしていた頃です。ですから最早《もう》十年にもなります。するとか問屋から二十《はたち》ばかりの手代が三日置きくらいに廻って来るんです。それがいかにもシャンとした、普通《あたりまえ》な口数しか聞かない。温順《おとな》しい男で、私は、「ああ嫁に行くならこういう人の処に行って、一所に稼ぎたい」と思って、――その時分は、米屋の娘だからやっぱし米屋か酒屋かへ嫁に行くものと、ただ普通のことしか思っていなかったのです。何でもあの時分が大事なんですねえ。

そりゃ縁不縁ということもあり、運不運ということもありますが、やっぱしそれ相応な処へ、好い加減な時分に、サッサッと嫁《かたづ》いてしまわねば飛んだことになってしまう。どうしたって、私とあなたとは相応な縁じゃないんですものねえ。――そうして私、その手代が三日置きに廻って来るのを待っているような気がしましたよ。すると、米撞《こめつ》きの男なんかが、もう私の心持を知っていて、その男が来ると、姉さん来ましたよ。と言って戯弄《からか》うんです。戯弄われてもこっちは何だか嬉しいような気がしました。」

「フウ。それからどうなった？」

「別にどうもなりゃしません。ただそれだけのことで、――そうしている内に、兄《あに》さんにあの嫁が来て、それから私は自家《うち》を飛出すようになったのが失敗《しくじり》の初《はじま》りになったんです。それから先《せん》の連合《つれあい》に嫁づいて散々苦労もするし、そりゃ面白いことも最初《はじめ》の内はありましたさ。けれど罪もなく、どうしようなんという、そんな端《はした》ない考えもなく、「あんな人が好《い》い」と本当に、私が思ったのは、その時ばかりです。先の連合に嫁いたのだって、傍《はた》の者や、向がヤイヤイ言って来るし、そこへ以《も》って来て、自分は、もう、あんな女房《にょうぼ》を取ると直《す》ぐ女房に巻《まか》れて、妹を袖にするような、あんな兄の世話には一生ならぬ。自分は自分で早く身を固めようと思っていた矢先だったから、それほどに言うものならと、ついあんな処へ嫁くようになったんです。けれどもその時は、何もこちらから思ったんじゃない。私の思ったのはその手代きりです。――どうしましたか、私も自家を飛出してから妙な方に外《そ》れてしまったから、ただそれだけのことです。」

「フウ。………そうだろう。お前には、そんなだらしのないこともなかったろう。他人《ひと》の腹の中は割って見なければ何とも言えないというけれど、――そりゃそうだろう。お前が真個《ほんと》に男の肌を知っているのは、私とその先の亭主だけだろう。こうして長くいれば大抵察しられるものだよ。………私には男だけに大分《だいぶ》あるよ。」

「ああ、そうそうそれからこんなことがまだありました。」

女は、段々往昔《むかし》の追憶が起って来るというように、自分の心の底に想い沈んでいるというようであったが、自分の話に興を感ずると言ったようにこう言った。

「私は別に縹緻《きりょう》と言っては、そりゃ好くないけれど、十七、八から二十頃までは、皮膚《きめ》の細かい、――お湯などに行って鏡の処に行って、自分でもどうしてこう色が白いだろうと。鏡に向いて自分でも嬉しいようで、ツッと振返ってお湯に来ている人を見廻すと皆《み》な自分より色は黒い。そう思うと、――若い女という者はお可笑《かし》なものですねえ――そう思うと自惚《うぬぼ》れるんです。その時分は、私はそりゃお洒落《しゃれ》でしたから。――皆な屢《よ》く雪ちゃんくらいお洒落はないと言い言いしたくらいです。

するど、――あれはいつでしたか、何でもお母《つか》さんと私と二人で、神楽坂の傍《そば》の軽子坂の処に隠居していた時分です。

あれは丁度私が二十歳《はたち》の時分でした。春の宵の口に、私独《ひと》りでお湯から帰って来ると、街の角の処で、どこの男か、若い男が突立っている。こちらは誰れか知らないのに、先《さき》は私の名を知ってて、「お雪さんお雪さん」と言って呼び留める。私はギョッとしたが、こんな時生中《なまなか》逃げたり、走ったりするのは好くないと思ったから、静《じ》っと立ち止って、「何か御用ですか。」ッて落着いてそう言った。落着いているようでも、こちらはもう一生懸命で、足がブルブルして、動悸《どうき》がして、何を言ったか、自分の声が分らない。……そりゃ私幼い時分から、些《ちょい》としたことにも吃驚《びっくり》する性質《たち》でしたから。………一遍十六、七の時分に、お勝手をしていたら、内庭《にわ》の米俵の蔭に、大きな蛙《ひきがえる》がいるのを知らずに踏み蹴って、私、その時くらい吃驚したことはなかった。「キヤアッ」と言って飛び上って、胸がドキドキしていつまでもやまない。私あんまり吃驚りさせられて、悔しかったから、いじいじして、大きな火箸《ひばし》を以て行って、遠くの方から、火箸の尖《さき》で打《ぶ》って遣った。散々ぱら打ったら漸《よう》やくの事で俵の奥の方に、ノソノソ逃げて入った。そうすると、夜になって、あんなに非道《ひど》く蛙を打った。怨んで出やしないだろうか、火箸で焼傷《やけど》をして困っていやしないだろうか。枕の所に、あの何とも言えない色をした蛙《かえる》が来ているようで、私、蒲団《ふとん》を頭からすっぽり被《かぶ》って明朝《あす》は早く起きて、米撞きの男を頼んで、積み俵を取り除けてもらって見よう。そうしようと思って、一晩寝られなかったことがありました。」

私は「ウムウム」と言って聞きながら、十年も経ってから、十六、七の時分に蛙を火箸で打ったことを、能《よ》く覚えていて、その時神経を悩ました記憶をなお今日まで覚えていたり、それよりも蛙を踏み蹴ったくらいをさも大事《おおごと》のように思ったり、それを火箸で打ったのを夜中《よじゅう》苦に病んだりする性情を静と黙《じっ》って解釈しながら、気楽な落着いた淡い興味を感じて、そんな女の性質が気に入った。そうして、

「それからその男の話はどうした！」と前の話の続きを促した。

「別にどうと言うことはない。それだけの話ですが、「何か御用ですか」と言うと、男の方でも何だか極《きま》りの悪そうに、先方《さき》だって声が顫《ふる》えていました。

「あなたは私を知らないでしょうけれど、私は能くあなたを知っています。どうぞ私の言うことを聞いてくれないでしょうか。」って言うんです。私は「そうですか、どういう御用か知りませんが、御用があるなら、私にはお母さんがあるから、お母さんにそう言って下さい」って、そう言って遣ったんです。そうすると、男は何とも言い得ませんでした。

けれども私はどうなるかと思って恐かった。そうしている処へ丁度都合よく道を通る者が来合わしたから、私はそれから逸散《いっさん》に駆けて戻りました。」

「フウ。そんなことがあったのか。」

私は、こう簡単に言った。

私が女と一所になったのは言うまでもなく普通《ひととおり》の手続きでこうなったのではない。妙な仲から今のようになったのである。女はその時最早《もう》散々苦労を仕抜いて所帯崩し(2)であった。私とこうなったについても、それから一所になってからも、四年越の今日になるまでには、一口にも二口にも言うことの出来ない――つまり主として私の性格、境遇から由来した種々雑多な悲しい思い、味気ない思いもした。固《もと》より嬉しい思いもした。また不思議な嫉妬《しっと》もした。それがためには私は身体《からだ》が痩せるまでに悲《かなし》み悶《もだ》えた。しかしながらそれが、どういうことであったか。ここではそれを言うまい。――或《あるい》は一生言わない方が好いかも知れぬ。いや、言うべきことでないかも知れぬ。断じて断じて言うべきことでない。何となれば自己の私生涯を衆人環視の前に暴露して、それで飯を食うということが、どうして堪えられよう!

私は、まだこの口を糊《のり》するがために貴重なる自己を売り物にせねばならぬまでに浅間《あさま》しくなり果てたとは、自分でも信じられない。

この創痍《そうい》多き胸は、それを想うてだに堪えられない。この焼け爛《ただ》れた感情は、微《かす》かに指先を触れただけでも飛び上るように痛ましい。

で、私は前言ったように、ただ「フン。そんなことがあったのか。」と言った。

こう言って、私は、その自分の言葉をふと想って見た。私は、女が、淡い、無邪気な恋をしたこともあったかと思ったが、私は、それを嫉《ねた》ましいとは想えなかった。私は、女と一所になってから、今では何でもない、先《せん》の夫との仲を、ひどく嫉んだ。現在不義せられているものの如く嫉んだ。私はそれがために嫉妬の焰《ほのお》に全身を燃した。それがために絶えず喧嘩《けんか》をした。そうして喧嘩をしながらも熱く愛していた。愛しながら喧嘩をした。喧嘩と熱愛と互に相表裏して長くつづいた、その時分、女は屡《よ》くこういうことを言った。「あなたくらいお可笑《かし》な人はない。自分で「出戻りだって構わない。」と言って一所になっていながら、一所になれば、出戻りは厭《いや》だというんですもの、これが仲に立つ人でもあって一所になったのならば、話の持って行き場もあるが、二人で勝手に一所になっていて、あなたにそんなことを言われて、私は――立つ瀬がない。」

私は、この道理に無理はないと思った。そう思ったけれども、一所になる前には邪魔にならなかった先の夫の幻影《まぼろし》が、今は盛《さかん》に私をして嫉妬の焰に悶えしめたのであった。

「フム。そんなことがあったか。」

と言う私の言葉は、どうしても最早、大した感興から発せられたものとは思えなかった。そうして私は女に向ってこう言った。

「おい、お前とは屢《よ》く喧嘩をしたり、嫉妬《やきもち》を焼いたりしたもんだなあ。あれっきり段々あんなことはなくなったねえ。」

「ええあの頃は、あなたが、先《せん》の連合《つれあい》と私との事についてよく種々《いろん》なことをほじって聞いた。前《ぜん》のことを、気味悪がり気味悪がり聞いた。」

「ウム。いろんなことを執固《しつこ》く聞いては、それを焼き焼きしたねえ。それでもあの年三月家《うち》を持って、半歳ばかりそうであったが、秋になって、蒲生さんの借家《うち》に行った時分からやんだねえ。」

「ええ、あの時分は、貴下《あなた》が最早《もう》、どうせ私とは分れるものと思って、前のことなんぞはどうでも好いと諦らめてしまったから。」

「だって、またこうして一所になっているじゃないか。」

「…………」女は、不思議のように、またこの先《さ》きどうなるのであろう？　と思っているもののように暫時《しばらく》黙っていた。

するとそんなことは考えていたくないというように、

「私、あの時分のように、もう一遍あなたの泣くのが見たい。」

「俺がよく泣いたねえ。一度お前を横抱きにして、お前の顔の上にハラハラ涙を落して泣いたことがあったねえ。」

「ええ」

こう言って、二人は、いくらかその時分のことの追憶の興に促されたように、凝《じっ》と互に顔を見合わした。

「俺は最早あんなに泣けないよ。」

「そうですとも。もう私をどうでも好いと思っているから。」

「そうじゃない。最早、何もそんなに、強いて泣く必要がなくなったからじゃないか。」

と、言ったが、私は、女の言う通り、果して女に対して熱愛が薄くなったがために、二人のこれから先きの運命について泣けそうになくなったのか、それとも歳月《としつき》を経ている間に知らず識《し》らず二人の仲がもうどうしても離すことの出来ない、例えばランプとか飯茶碗とか言ったような日常必須の所帯道具のように馴れっこになってしまったのかも知れぬ。私はそれがいずれとも分らなかった。

「お前、先《せん》の人と別れた時には泣いたと言ったねえ。」

「ええ、そりゃ泣きましたさ。」

「私ともし分れたって、泣いてはくれまい。」

「そりゃそうですとも、貴下と私とは、もしそんなことがあれば、あなたが私を棄てるんだもの。………私はもう大した慾《よく》はありません。一生どうかこうかその日に困らぬようになりさえすれば好い。貴下も本当に、早くも少し気楽にならなけりゃいけません。仕事を精出してして下さいよ。」

「まあ、そんなことは、今言わなくたっていい。………先の別れる時に泣いた。………お前一旦戻ってからも、後《のち》になって、お前が患《わず》らっているのを聞いたとかして、見舞に来て今までの通りになってくれって向うでまたそう言って頼んだんだろう。」私はこれまでにもう何度も聞き古したことを聞いた。

「ええ、そう言って、たって頼みましたけれど、私どうしても聞かなかった。そりゃあなたと違って深切《しんせつ》にゃあった。畢竟《ひっきょう》深切に引かれて辛抱したようなものの、最初嫁《はじめかたづ》いて行き早々「ああこれは好くない処へ来た」と自分で思ったくらいだから、何と言ったって、もう帰りゃしません。」

「私も、最早いつかのように、お前の先の連合のことを、私とお前とがするように、

「ああもしたろう。こうもしたろう」と思い沈んで嫉《や》くようなことはしない。………けれどもお前だって少しは思い出すこともあるだろう。」

「不断は、そりゃ忘れていますさ。けれどどんな話をすると、思い出さないことはないけれど、七年にも八年にもなることだから忘れてしまった。もうそんなおさらい話は廃《よ》しましょう。」

「まああ好いじゃないか、して聞かしてくれ。………たまには、それでも会って見たいという好奇心は起らないものかねえ？」

女は黙って静《じっ》と考えていたが、少し感興を生じたような顔をして、

「ああ、そうそう一度こういうことがありました。あれは何でも貴下が、函根《はこね》に行っていた時分か、それとも国に行っていらしった時分か、確か去年の春だったろうと思う。私、買い物にX町《まち》の通りに行って、姉と一所に歩いてたんです。そうして呉服屋であったか、八百屋であったかの店前《みせさき》に、街の方を背《うしろ》にして立っていると、傍《そば》に立っていた姉が、「あれあれ」って不意に私の横腹の処を強く突くから、私、何かと思って、「えッ何ッ」って背後《うしろ》を向くと、姉が「そっちじゃない。あっちあっちって」まだ一間か一間半ばかしも行っていない方を頤《あご》で指し「間抜けだねえ、お前、あれが分らないか」と言う

んです。それが先《せん》の連合《つれあい》なの。――ですから姉が初め私の横腹を突いた時分に、丁度背後の処を通っていたくらいでしょう。それでもまだ先方《さき》の横顔だけは見えました。――それが自分の兄《あに》さんの嫁と二人連れなの。――私より兄さんの嫁は遅く来て、私が戻って来る時分には、以前は商買人であったとか言って、病身でひどく窶《やつ》れていたが、顔立ちは好い女だったから病気も直ったと見えて、私の知っている時分より若くなって奇麗《きれい》になっているの。お召(3)か、なんかの好い着物を着て、私の連合の方はやっぱし結城(4)かなんか渋いものを着ていました。そうして二人連れ立って行くんでしょう。――牛込の奥に菩提寺があるんですから、きっとお寺詣りにでも行ったんでしょうが、変なものですねえ。そうして二人並んで歩いて行くのを見ると、最早《もう》縁もゆかりもないんだが、ああして二人で一所に歩いたりなんかするようではどうかなっているのじゃないかと思われて、それが何だか腹が立つような、こう憎いような気がしましたよ。

分れて戻る時だって、「私は、牛込には先祖の寺があるから、時々寺詣りには行く。その他どこで出会わぬとも言わぬ。会ったら悪い顔をしないで、普通に挨拶くらいは互にしよう。けれどお前が此度《こんど》持つ夫と一所であったら、会っても、その人に気の毒だから見ても見ぬ振りをしておろう。私の方でもし此度いつか持つ家内と一所であっても、そのつもりでいてくれ」と言っていたんでしょう。それが、ああして兄さんの神さんと一所に私の直ぐ傍を通りながら黙って行くなんてことがあるものか。人を三年も四年も苦労をさして置きながら……と思って、姉に、どうだった？　私を見たようであったか？　と聞くと、

姉は「ああ知っていたようであったよ。二人でお前の方を見い見い何か密々《ひそひそ》話しながら行ったから」と言うし、私は悔しくって悔しくって凝乎《じっ》と向の方に行くのをいつまでも見送っていると、よっぽど行ってから二人で私の方を振返って見ていました。

私は、それから気分が変になって、直ぐ近処の姉の家に寄って――、姉が餅菓子か何か買って行って茶を入れたりなどしたけれど――私は、茶も菓子も欲しくない。少し心持が悪いからと言うと、姉もそれと察して、「じゃ少し横になって休んだら好いだろう」と言って、枕を出したりなどしてくれました。」

「フム。それからどうした？」私も何だか古い焼け疵《きず》を触られるような心持がして、少し呼吸《いき》が詰るようになった。

「ナニそれからどうということはない。少し休んでいると、段々落着いて来たから、「も少し休んで行ったら好いだろう。」と姉が言うのを、ナニもう好いよ。と言って自家《うち》

に戻って来たけれど、私、その日一日貴下は留守だし、お母さんに、私、今日少し心持が悪いから寝るよ。と言って寝ました。……私、この事は、決して貴下には言うまいと思っていたけれど、まあこう言う種々《いろん》な話が出たから言うんです、それは変な何とも言えない気分になりましたよ。」

女はこう言って、罪深いような、私に済まないというような顔をして、私の顔を見た。私も、それを聞いていくらか身体が固く縛られたような感じがして来た。そうして

「何日《いっ》の事だえ？　それは」と聞いてもつまらないことを聞き直した。

「ですからさ、去年ですよ。——去年の春ですよ。——それからこれはその後でしたが、貴下が国から帰って来てから一度姉の処に行くと、姉の処の新さんが、「どうです、お雪さん。村田さんが此度《こんど》国に帰って、お雪さんの話しでも定《き》めて来たのですか。」って聞いたから、「否《いえ》、そんな話は少しもなかったようでした、」って言うと、新さんの事だから、「村田という人は、恐しい薄情な人だ。あんな薄情な人はない。私は、またお雪さんと一所になって、始めて国に行ったんだからそんな話でもあったかと思っていた。どうですお雪さん、寧《いっ》そまた初めの人の処に戻ってはどうです。あの人の方が村田さんよりもいくら深切だったか知れやしない。」って、新さんも、姉から、先達《せんだ》って、その

先の連合が通った時の私の様子を、後で聞いていたもんだから、………それに引き更《か》えてあなたがいつまでも、他人《ひと》の娘を蛇の生殺しのようにしているという腹で、ついそう言って見たんでしょう。新さんだって本当にそんなことが出来るものじゃないと知っていますが。」

私は、女が情には脆《もろ》いが、堅い確乎《しっかり》した気質だということを信じている。そうしてこう言って見た。

「姦通なんて出来るものかね?」

「そうそう、それから一遍こういうことがありました。先《せん》の時分に、もうどうしても花髀《はな》(5)の道楽がやまないから、いよいよ出て戻ろうかどうしようかと散々思いあぐんで、頭髪《かみ》も何も脱けてしまって、私は自家《うち》で、肩で呼吸をしている。それでも五日も十日も自家へ寄り付かない。それを知っているある男があって、私が一人で裁縫《しごと》をしている処へ入って来て、

「私は、前から貴女のことは思っている。どうしてお宅ではあんなにいつまでも道楽がやまないんでしょう。貴女がお気の毒だ」というようなことを言って甘《うま》く持ち掛けて来るから、

「私には、いくら道楽をしても何をしても、亭主があるのですから、たってそうおっ仰《しゃ》れば、宿にも話しましょう。」と、そう言ってやったら、その男は、それっきり顔を見せませんでしたよ。」

私は、女のいわゆる、気味を悪がり気味を悪がりほじって聞いては、嫉いていた時分に、聞き洩《も》らしたことや、また自分と一所になってからの女の心持の——その一部分をこうして聞いた。けれども私は最早《もう》以前のように胸のわくわくすることはなかった。それはどういう理由《わけ》であろう？　愛が薄くなったのであろうか。それともまた愛のためにそんなやくざな思いがいつしか二人の仲に融《と》けて流れてしまったのであろうか？　分らない。

戸外の雪は、まだハタハタと静かに降って、積っていた。

「やあ、大分種々な話を聞いたね。」

と言って、一つの大きな欠伸《あくび》をした。そうして

「今日は一つ鰻《うなぎ》でも食おうか。」

「ええ食べましょう。」

「じゃ私がそう言って来るよ。」と、私は出て行った。

剃刀《かみそり》

志賀直哉

一八八三年(明治一六)—一九七一年(昭和四六)。宮城県生まれ。学習院を経て東京帝大に進んだが中退。在学中に武者小路実篤・木下利玄らと回覧雑誌をつくり、一九一〇年(明治四三)同人雑誌「白樺」を創刊、簡潔な文体で神経の張りつめた短篇小説に特色を発揮した。父親との確執から一九一二年(大正元)に家を出て、広島県の尾道に仮寓し、その後も、大森山王、松江、京都、赤城山、我孫子などに移り住んだ。この間、山手線にはねられた後養生の体験を描いた「城の崎にて」や、父親との和解にいたる経緯と喜びを描いた「和解」など、すぐれた私小説を発表。一九二一年(大正一〇)から長い年月をかけて完成した「暗夜行路」は、暗い宿命を負った主人公の彷徨を描いて、近代文学を代表する作品となった。

「剃刀」は一九一〇年(明治四三)六月の「白樺」に発表された。研ぎ澄まされた緊張感に満ちた作品で、残された草稿には「人間の行為」「殺人」などの題名もつけられ、またのちの「創作余談」では「床屋で誰もが感ずるだろう強迫観念から作り上げたものだ」とある。

底本には『志賀直哉全集』1(岩波書店、一九九八年)を用いた。

麻布《あざぶ》六本木《ろっぽんぎ》(1)の辰床《たつどこ》の芳三郎《よしさぶろう》は風邪のため珍しく床《とこ》へ就《つ》いた。それが丁度《ちょうど》秋季皇霊祭(2)の前にかかっていたから兵隊の仕事に忙《せわ》しい盛りだった。彼は寝ながら一ト月前に追い出した源公《げんこう》と治太公《じたこう》がいたらと考えた。

芳三郎はその以前、年こそ一つ二つ上だったが、源公や治太公と共にここの小僧であったのを、前の主《あるじ》がその剃刀の腕前に惚《ほ》れ込んで一人娘に配し、自分は直《す》ぐ隠居して店を引き渡したのである。

内々《ないない》娘に気のあった源公は間もなく暇を取ったが、気のいい治太公は今までの「芳さん」を「親方」と呼び改めて前通りよく働いていた。隠居した親父《おやじ》はそれから半年ほどして、母親はまた半年ほどして死んでしまった。

剃刀を使う事にかけては芳三郎は実に名人だった。しかも、癇《かん》の強い男で、撫《な》でて見て少しでもざらつけば毛を一本一本押し出すようにして剃《そ》らねば気が済まなかった。それで膚《はだ》を荒らすような事は決してない。客は芳三郎にあたってもらうと一日延びが、ちがうといった。そして彼は十年間、間違いにも客の顔に傷をつけた事がないというのを自慢にしていた。

出て行った源公はその後二年ばかりしてぶらりと還《かえ》って来た。芳三郎は以前朋輩だった好誼《よしみ》からも詫《わび》をいっている源公をまた使わないわけに行かなかった。しかし源公はその二年間にかなり悪くなっていた。仕事はとかく怠ける。そして治太公を誘い出して、霞町《かすみちょう》あたり(3)の兵隊相手の怪《あや》し気《げ》な女に狂い廻る。しまいには人のいい治太公を唆《そその》かして店の金まで掠《かす》めさすような事をした。芳三郎は治太公を可哀想に思ってたびたび意見もして見た。しかし店の金を持ち出すようになっては、どうする事も出来なかった。で、彼は一ト月ほど前、遂《つい》に二人を追い出してしまったのである。

今いるのは兼次郎《かねじろう》という二十歳《はたち》になる至って気力のない青白い顔の男と、錦公《きんこう》という十二、三の、これはまた頭が後前《うしろまえ》にヤ、ケに長い子供とである。祭日前の稼ぎ時にこの二人ではさっぱり埒《らち》があかぬ。彼は熱で苦しい身を横《よこた》えながら床の中で一人苛々《いらいら》していた。

昼に近づくにつれて客がた、て込んで来た。けたたましい硝子戸《ガラスど》の開《あ》け閉《た》てや、錦公の引きずる歯のゆるんだ足駄《あしだ》の乾いたような響《ひびき》が鋭くなった神経にはピリピリ触る。

また硝子戸が開いた。

「竜土《りゅうど》(4)の山田ですが、旦那様が明日の晩から御旅行を遊ばすんですから、夕方までにこれを砥《と》いで置いて下さい。私が取りに来ます」女の声だ。

「今日はちっとたて込んでいるんですが、明日の朝のうちじゃいけませんか?」と兼次郎の声がする。

女はちょっと渋った様子だったが、

「じゃあ間違いなくね」こういって硝子戸を閉めたが、また直ぐ開けて、

「御面倒でも親方に御願いしますよ」という声がした。

「あの、親方は……」兼次郎がいう。それを遮《さえぎ》って、

「兼、やるぜ!」と芳三郎は寝床から怒鳴《どな》った。鋭かったが嗄《しゃが》れていた。それには答えず、

「よろしゅう御座います」と兼次郎のいうのが聞える。女は硝子戸を閉めて去った様子だ。

「畜生」と芳三郎は小声に独言《ひとりごと》して夜着裏の紺で青く薄よごれた腕を出して、暫《しばら》く凝《じ》っと見詰めていた。しかし熱に疲れたからだは据えられた置物のように重かった。彼はうっとりした眼で天井のすすけた犬張子《いぬはりこ》を眺めていた。犬張子に蝿が沢山《たくさん》とまっていた。

彼は聞くともなく店の話に耳を傾けた。兵隊が二、三人、近所の小料理屋の品評から軍隊の飯のいかに不味《まず》いかなどを話し合って、しかしこう涼しくなると、それもいくらかは食べられて来たなどといっているのが聞える。こんな話を聞いている内に、いくらかいい気分になって来た。暫くして彼は大儀そうに寝返りをした。

三畳の向うの勝手口から射し込む白っぽい曇った夕方の光の中に女房のお梅が赤ん坊を半纏《はんてん》おんぶにして夕餉《ゆうげ》の支度をしている。彼は軽くなった気分を味《あじわ》いながらそれを見ていた。

「今の内やって置こう」彼はこう思って重いからだで蒲団《ふとん》の上へ起き直ったが、眩暈《めまい》がして暫くは枕の上へ突伏《つっぷ》していた。

「はばかり？」と優しくいって、お梅は濡手《ぬれて》をだらりと前へ下げたまま入って来た。芳三郎は否《いや》といったつもりだったが、声がまるで響かなかった。

お梅が夜着をはいだり、枕元の痰吐《たんはき》や薬壜《くすりびん》を片寄せたりするので、芳三郎はまた、「そうじゃない」といった。が、声がかすれてお梅には聞きとれなかった。折角《せっかく》直りかけた気分がまた苛々して来た。

「後《うしろ》から抱いてあげようか」お梅はいたわるようにして背後《うしろ》に廻った。

「皮砥《かわと》(5)と山田さんからの剃刀を持って来な」芳三郎はぶつけるようにいい放った。お梅はちょっと黙っていたが、

「お前さん砥げるの？」

「いいから持って来な」

「……起きてるならかいまき(6)でも掛けていなくっちゃ仕様《しよう》がないねえ」

「いいから持って来いというものを早く持って来ねえか」割に低い声ではいってるが、癇でピリピリしている。お梅は知らん顔をして、かいまきを出し、床の上に胡坐《あぐら》をかいているのに後から羽織ってやった。芳三郎は片手を担ぐようにしてかいまきの襟《えり》を摑《つか》むとぐいと剝《は》いでしまった。

お梅は黙って半間《げん》の障子を開けると土間へ下りて皮砥と剃刀を取って来た。そして皮砥をかける所がなかったので枕元の柱に折釘《おれくぎ》をうってやった。

芳三郎はふだんでさえ気分の悪い時は旨《うま》く砥げないといっているのに、熱で手が震えていたから、どうしても思うように砥げなかった。その苛々している様子を見兼ねて、お梅は、

「兼さんにさせればいいのに」と何遍も勧めて見たが、返事もしない。けれども遂に

我慢が出来なくなった。十五分ほどして気も根《こん》も尽きはてたという様子で再び床へ横わると、直ぐうとうととして、いつか眠《ねい》入ってしまった。

剃刀は火とぼし頃、使の帰途《かえり》寄って見たという山田の女中が持って往《い》った。

お梅は粥《かゆ》を煮て置いた。それの冷えぬ内に食べさせたいと思ったが疲れ切って眠っているものを起してまた不機嫌にするのもと考え、控えていた。八時頃になった。余り遅れると薬までが順遅れになるからと無理にゆり起した。芳三郎もそれほど不機嫌でなく起き直って食事をした。そうして横になると直ぐまた眠入ってしまった。

十時少し前、芳三郎は薬でまたおこされた。今は何を考えるともなくウトウトとしている。熱気《ねつけ》を持った鼻息が眼の下まで被《かぶ》っている夜着の襟に当って気持悪く顔にかかる。店の方も静まりかえっている。彼は力のない眼差《まなざ》しであたりを見廻した。柱には真黒《まっくろ》な皮砥が静かに下《さが》っている。薄暗いランプの光はイヤに赤黄色く濁って、部屋の隅で赤児《あかご》に添乳《そえぢ》をしているお梅の背中を照していた。彼は部屋中が熱で苦しんでいるように感じた。

「親方――親方――」土間からの上り口で錦公のオズオズした声がする。

「ええ」芳三郎は夜着の襟に口を埋《うず》めたまま答えた。その籠《こも》ったような嗄声《しゃがれごえ》が聞えぬ

かして、

「親方――」とまたいった。

「何だよ」今度ははっきりと鋭かった。

「山田さんから剃刀がまた来ました」

「別のかい？」

「先刻《さっき》ンです。直ぐ使って見たが、余《あん》まり切れないが、明日の昼までいいから親方が一度使って見て寄越して下さいって」

「お使いがいなさるのかい？」

「先刻です」

「どう」と芳三郎は夜着の上に手を延ばして、錦公が四這《よつんば》いになって出す剃刀をケイスのまま受け取った。

「熱で手が震えるんだから、いっそ霞町の良川《よしかわ》さんに頼む方がよかないの？」

こういってお梅ははだかった胸を合せながら起きて来た。芳三郎は黙って手を延ばしてランプの芯を上げ、ケイスから抜き出して刃を打ちかえし打ちかえし見た。お梅は枕元に坐《すわ》って、そっと芳三郎の額に手を当てて見た。芳三郎は五月蠅《うるさ》そうに空いた手でそれを払い退《の》けた。

「錦公！」

「エイ」直ぐ夜着の裾《すそ》の所で返事をした。

「砥石をここへ持って来い」

「エイ」

砥石の支度が出来た所で、芳三郎は起き上って、片膝立てて砥ぎ始めた。十時がゆるく鳴る。

お梅は何を云ってもどうせ無駄と思ったから静かに坐って見ていた。

暫く砥石で砥いだ後、今度は皮砥へかけた。室内のよどんだ空気がそのキュンキュンいう音で幾らか動き出したような気がした。芳三郎は震える手を堪《こら》え、調子をつけて砥いでいるが、どうしても気持よく行かぬ。その内先刻お梅の仮に打った折釘が不意に抜けた。皮砥が飛んでクルクルと剃刀に巻きついた。

「あぶない！」と叫んでお梅は恐る恐る芳三郎の顔を見た。芳三郎の眉がぴりりと震えた。

芳三郎は皮砥をほぐしてそこへ投げ出すと、剃刀を持って立ち上り、寝衣《ねまき》一つで土間へ行こうとした。

「お前さんそりゃいけない、いけない……」

お梅は泣声を出して止めたが、諾《き》かない。芳三郎は黙って土間へ下りてしまった。お梅もついて下りた。

客は一人もなかった。錦公が一人ボンヤリ鏡の前の椅子に腰かけていた。

「兼さんは?」とお梅が訊いた。

「時子を張りに行きました」錦公は真面目《まじめ》な顔をしてこう答えた。

「まあそんな事をいって出て行ったの?」とお梅は笑い出した。しかし芳三郎は依然嶮《けわ》しい顔をしている。

時子というのはここから五、六軒先の軍隊用品雑貨という看板を出した家の妙な女である。女学生上りだとかいう。その店には始終、兵隊か書生か近所の若者かが一人や二人腰掛けていない事はない。

「もうお店を仕舞《しま》うんだからお帰りって」とお梅は錦公に命じた。

「まだ早いよ」芳三郎は無意味に反対した。お梅は黙ってしまった。

芳三郎は砥ぎ始めた。坐っていた時からはよほど工合《ぐあい》がいい。

お梅は綿入《わたい》れの半纏を取って来て、子供でもだますようにいって、漸《ようや》く手を通させ、やっと安心したというように上《あが》り框《がまち》に腰をかけて、一生懸命に砥いでいる芳三郎の顔を見ていた。錦公は窓の傍《わき》の客の腰掛で膝を抱くようにして毛もない脛《すね》を剃り上げたり剃り下したりしていた。

この時景気よく硝子戸を開けてせいの低い二十二、三の若者が入って来た。新しい二《ふ》子《たこ》(7)の袷《あわせ》に三尺(8)を前で結び、前鼻緒《まえばなお》のヤケにつまった駒下駄(9)を突掛けている。

「ザットでよござんすが、一つ大急ぎであたっておくんなさい」こういいながらいきなり鏡の前に立つと下唇《したくちびる》を噛《か》んで頤《あご》を突出し、揃えた指先で頻《しき》りにその辺を撫でた。若者はイキがった口のききようだが調子は田舎者《いなかもの》であった。節《ふし》くれ立った指や、黒い凸凹《でこぼこ》の多い顔から、昼は荒い労働についている者だという事が知られた。

「兼さんに早く」とお梅は眼も一緒に働かして命じた。

「おいらがやるよ」

「お前さんは今日は手が震えるから……」

「やるよ」と芳三郎は鋭くさえぎった。

「どうかしてるよ」とお梅は小声でいった。

「どうせ、あたるだけなら毛にもならないからそのままでおしなさい」お梅は半纏を脱がしたくなかった。

「仕事着だ！」

妙な顔をして二人を見較べていた若者は、

「親方、病気ですか」といって小さい凹《くぼ》んだ眼を媚《こ》びるようにショボショボさした。

「ええ、少し風邪をひいちゃって……」

「悪い風邪が流行《はや》るっていいますから、用心しないといけませんぜ」

「ありがとう」芳三郎は口だけの礼をいった。

芳三郎が白い布《きれ》を首へ掛けた時、若者はまた「ザットでいいんですよ」といった。そして「少し急ぎますからネ」と附け加えて薄笑いをした。芳三郎は黙って腕の腹で、今砥いだ刃《は》を和《やわら》げていた。

「十時半と、十一時半には行けるな」またこんな事をいう。何とかいってもらいたい。

芳三郎には、男か女か分らないような声を出している小女郎屋のきたない女が直ぐ眼に浮んだ。で、この下司張《げすば》った小男がこれからそこへ行くのだと思うと、胸のむかつくようなシーンが後から後から彼の衰弱した頭に浮んで来る。彼は冷め切った湯でシャボンをつけ、やけにゴシゴシ頤から頬のあたりを擦《こす》った。その間も若者は鏡にちらちらする自分の顔を見ようとする。芳三郎は思い切った毒舌でもあびせかけてやりたかった。

芳三郎は剃刀をもう一度キュンキュンやって先《ま》ず咽《のど》から剃り始めたが、どうも思うように切れぬ。手も震える。それに寝ていてはそれほどでもなかったが、起きてこう俯向《うつむ》くと直ぐ水洟《みずっぱな》が垂れて来る。時々剃る手を止めて拭《ふ》くけれども直ぐまた鼻の先がムズムズして来ては滴《したた》りそうに溜《たま》る。

奥で赤児の啼《な》く声がしたので、お梅は入って行った。

切れない剃刀で剃られながらも若者は平気な顔をしている。痛くも痒《かゆ》くもないという風である。その無神経さが芳三郎にはむやみと癪《しゃく》に触った。使いつけの切れる剃刀がないではなかったが彼はそれと更《か》えようとはしなかった。どうせ何でもかまうものかという気である。それでも彼は不知《いつか》また叮嚀《ていねい》になった。少しでもざらつけば、どうしてもそこにこだわらずにはいられない。こだわればこだわるほど癇癪《かんしゃく》が起って来る。からだも段々疲れて来た。気も疲れて来た。熱も大分出て来たようである。

最初何《なん》のかの話しかけた若者は芳三郎の不機嫌に恐れて黙ってしまった。そして額を剃る時分には昼の烈《はげ》しい労働から来る疲労でうつらうつら仕始めた。錦公も窓に倚《よ》って居眠っている。奥も赤児をだます声がやんで、ひっそりとなった。夜は内も外も全く静まり返った。剃刀の音だけが聞える。

苛々して怒りたかった気分は泣きたいような気分に変って今は身も気も全く疲れて来た。眼の中は熱で溶けそうにうるんでいる。

咽から頬、頤、額などを剃った後、咽の柔かい部分がどうしてもうまく行かぬ。こだわり尽した彼はその部分を皮ごと削《そ》ぎ取りたいような気がした。肌理《きめ》の荒い一つ一つの毛穴に油が溜っているような顔を見ていると彼は真《し》ンからそんな気がしたのである。若者はいつか眠入ってしまった。がくりと後へ首をもたせてたわいもなく口を開けている。不揃いな、よごれた歯が見える。

疲れ切った芳三郎は居ても起《た》ってもいられなかった。総《すべ》ての関節に毒でも注《さ》されたような心持がしている。何もかも投げ出してそのままそこへ転げたいような気分になった。もうよそう！　こう彼は何遍思ったか知れない。しかし惰性的に依然こだわっていた。

……刃がチョッとひっかかる。若者の咽がピクッと動いた。彼は頭の先から足の爪先まで何か早いものに通り抜けられたように感じた。で、その早いものは彼から総ての倦《けん》怠《たい》と疲労とを取って行ってしまった。

傷は五厘《りん》ほどもない。彼はただそれを見詰めて立った。薄く削がれた跡は最初乳白色をしていたが、ジッと淡い紅《くれない》がにじむと、見る見る血が盛り上って来た。彼は見詰めていた。血が黒ずんで球形《きゅうけい》に盛り上って来た。それが頂点に達した時に球《たま》は崩れてスイと一ト筋に流れた。この時彼には一種の荒々しい感情が起った。

かつて客の顔を傷つけた事のなかった芳三郎には、この感情が非常な強さで迫って来た。呼吸は段々忙《せわ》しくなる。彼の全身全心は全く傷に吸い込まれたように見えた。今はどうにもそれに打ち克《か》つ事が出来なくなった。……彼は剃刀を逆手《さかて》に持ちかえるといきなりぐいと咽をやった。刃がすっかり隠れるほどに。若者は身悶《みもだ》えも仕なかった。

ちょっと間《あいだ》を置いて血が迸《ほとば》しる。若者の顔は見る見る土色に変った。

芳三郎は殆《ほと》んど失神して倒れるように傍《かたわら》の椅子に腰を落した。総ての緊張は一時に緩み、同時に極度の疲労が還って来た。眼をねむってぐったりとしている彼は死人のように見えた。夜も死人のように静まりかえった。総ての運動は停止した。総ての物は深い眠りに陥った。ただ独《ひと》り鏡だけが三方から冷やかにこの光景を眺めていた。

薔薇《ばら》と巫女《みこ》

小川未明

一八八二年（明治一五）―一九六一年（昭和三六）。本名は健作。新潟県生まれ。早稲田大学英文科卒。在学中から小説を書きはじめ、師の坪内逍遥の序文を得た一九〇七年（明治四〇）の第一短篇集『愁人』に続いて、『緑髪』『惑星』などを刊行。刹那の印象を感覚的に描く短篇小説に精彩を放ち、当時の新浪漫主義・印象主義的な風潮に呼応する新進作家として注目を集めた。大正期に入ると社会主義・人道主義への関心を深めるとともに、一九一八年（大正七）の「赤い鳥」創刊を契機として、「赤い蠟燭《ろうそく》と人魚」「月夜と眼鏡」などの童話に力を注ぎ、大正末年には小説を放棄して童話作家として専心することを宣言。戦後は児童文学者協会会長などをつとめて、民主的な童話運動の育成に尽くした。

「薔薇と巫女」は一九一一年（明治四四）三月の「早稲田文学」に発表され、短篇集『物言はぬ顔』（春陽堂、一九一二年）に収録された。その序文に「この禍の暗い森の中にも、空想の美しき灯火を点したい」とあるように、神経を病んだ青年のあやしい夢と体験を鮮烈な美感で描いた作品。底本には『小川未明小説全集』1（講談社、一九七九年）を用いた。

一

家の前に柿の木があって、光沢《つや》のない白い花が咲いた。裏に一本の柘榴《ざくろ》の木があって、不安な紅《あか》い花を点《とも》した。その頃から母が病気であった。

村には熱病で頭髪《かみのけ》の脱けた女の人が歩いている。僧侶の黒い衣を被《き》たような沈鬱《ちんうつ》な木立がある。墓石を造っている石屋があれば、今年八十歳の高齢だからというので、他に頼まれて盲目縞の財布を朝から晩まで縫っている頭巾《ずきん》を被った老婆が住んでいる。

彼は、多少学問をしたので迷信などに取り付かれなかった。腐れた古沼には頭も尾もない黒い虫が化殖《ふよけ》るように迷信の苔《こけ》がこの村の木々に蒸しても、年の若い彼は頓着《とんじゃく》しなかった。

しかるに或夜《あるよ》、夢を見て今までになかった重い暗愁《あんしゅう》を感じて不快な気持から眼醒《めざ》めた。

かつて来たことのない沙地《すなち》の原へ出た。朧《おぼ》ろに月は空に霞《かす》んでうねうねとした丘が幾つも幾つもある。

全く道に迷うたのである。月の光りに地平線を望むと、行手に雲が滞《とどこお》っていて動かなかった。なおも歩いて行った。月の光りは一様に灰色な沙原の上を照らしていて、凹凸《でこぼこ》さえ分らない。幾たびか踏み損ねて窪地に転げた。けれど勇気を出して起きては歩いて行った。ただ行く手には、同じいような形の円《まる》い沙の丘が連っていた。足許を見るとそこ、ここに一個ずつ夢のように色の褪《さ》めた花が咲いている。白でもない。青でもない。薄黄色な倦《う》み疲れた感を催させるような花であった。その黄色な花の咲いている草の葉は沙地に裏を着けていた。葉の色さえ鮮《あざや》かでない。

単に葉は漠然として薄墨色に見えた。その花は、何の花であるか名を知らないが、海の辺《ほとり》に咲いている花の種類であると思った。

この沙原の先は海ではあるまいか。

暫《しば》らく、道の上に立って、遠くに響く波音を聞き取ろうとした……何の音も聞えて来ない。人も来なければ、犬の啼声《なきごえ》もしないのである。

けれど彼は、足に委《まか》せて行ける処まで行こうと思った。いつしか細い道は、どこにか消えて、自分は道のない沙原を歩いている。

二

ふと、彼は、この時清水の湧《わ》き出る音を聞き付けた。この沙原に清水のあることが解った。水の音はどちらからともなく聞えて来る。耳を左に傾ければ左の方に当って聞えた。その方へと歩んで見ると、水の音は、どうやら右の方に当って聞える。地底から湧き出て、沙を吹き上げる泡立つ音は、さながら手に取るように聞えて来る。その時右の方に歩みを変えた。すると水の音は、後方になって、次第に遠ざかるようにも思われた。彼はただこの泉を見出しさえすれば、また自分の行くべき道がそこから見出されると考えたのである。必ずこの泉の辺りに来た人は自分が始《はじめ》てな訳ではない。既に幾人もこの泉を汲んだであろう。それらの人々の踏んで来、踏んで去った足跡は、自然、微《かす》かな道となって、この仄《ほの》白い月の下に認めることが出来るだろう。

この時、月は雲に掩《おお》われた。一面に沙原は薄暗くなった。しかして月を隠した雲の色は、黒と黄色に色彩《いろど》られて、黒い鳥の翼の下に月が隠れたように見えた。

身に悪痛《いた》みを感ずるような寒気が沙原に降る。怖れと愕《おどろ》きにいずれの方角を撰《えら》ぶという余裕がなかった。彼は闇の中に幾たびか躓《つまず》いた。そのたびに柔かな沙地に跪《ひざまず》いた。最後に、急な崖から転倒した。刹那《せつな》に冷汗《せ》が脊に流れた。自分では深い、深い谷に落ち行くような気がしたが、不思議に怪我《けが》もせずに沙の中に倒れた。

彼は、倒れたまま空を仰ぐと、月は、黒雲を出て以前と同じように沙原を照らしている。そこも同じく沙地であったが、丘が見えない。平《たいら》な沙地が、地平線の遠くにまで接している。南の方と思われた。雲の裾《すそ》が明るく断《き》れて、上は濃い墨を流したように厚みのある黒い線を引いている。

さながら、その地平線に咲き出た花のように、一輪の花が眼の前に頭を擡《もた》げている。

彼は、十歩余りで、その花に近づくことが出来た。それは病めるようなこの朧ろ月の下に咲いた黄色な薔薇の花であった。

この時、水を探《たず》ねたように香を嗅《か》ごうと焦った。そして花に鼻を触れて見たけれど、花には何の香というものもない。

誰か造り花をこの沙原に来て挿《さ》したのではあるまいか。

急に、南の風が吹いて来た。明るく一直線に雲断れのした空は物凄《ものすご》かった。南の風は、人間もしくは、これに類した死ぬべき運命を持った生物の、吐く息のように生温かであった。急に頭が重くなって眼が暈《まわ》るように感じた時、眼前に咲いた黄色な薔薇の花は、歯の抜けるように音なく花弁が朽ちて落ちた。

三

この夢の与えた印象を忘れることが出来ない。

何となれば、母は間もなく死んだ。

彼は、この時から「前兆」ということを考えた。今まで迷信と思っていた世の中の不思議な話が事実あり得べきことのようにも思われる。そして終《つい》には霊魂の不滅というようなことも信ぜぬ訳には行かなくなった。彼は寺の傍を通る時は、きっと何か考えて歩いた。夜、独り戸外に出る時は、きっと或る一種の不安に心が曇るのを覚えた。そして眠る時も、枕を東にするか西にするかと惑《まど》うようになった。

そして、人に遇《あ》うたびに不思議な怖しい話を知らないかと聞いて迫った。人がそのような怪談をする時には、きっと彼の顔は青ざめて、窓の外に誰か自分を待っているように体をもじもじさせながら怪しく眼が輝くのが常であった。

彼の友達は、彼を神経病だと言い始めた。

或年の夏もやがて過ぎんとする時、この青葉に繋った村へ一人の若い巫女が入って来た。自《みず》からはその女を見なかったが人々の噂によれば、眼が黒く大きくて、頭髪《かみのけ》が鳶色《とびいろ》に縮れていて頬が紅《あか》かったという。けれどこの村の人でその巫女を見た者は真に僅《わず》かばかりに過ぎなかった。

子供らが桑圃《くわばたけ》の中で、入日を見ながら遊んでいると黒い人影が、真紅《まっか》に色づいた彼方《かなた》の細道を歩いて来た。それがこの巫女であった。巫女は子供らに向って隣村へ出る道を聞いたそうだ。

ちょうどこの時、村の或る一軒の家で、娘が大病に罹《かか》っていた。命がとても助らないと知って親類の人々がこの家に集っていた。一室の裡《うち》は簷《のき》に垂れかかった青葉の蔭で薄暗かった。何となくしんめりとして水を打ったようであった。病める娘は、痩せ衰えて、床の中から顔を出していた。もはや、眼を見開いて、人々の顔を探ねるほどの気力もなかった。既に意識は遠くなって、霊魂はこの現実の世界から、かの夢の世界へ歩いていた。

人々は、心配そうな顔付をして互に黙って独《ひと》りこの世を離れて行く、娘の臨終の有様を見守るばかりであった。

巫女は、脊に小さな箱を負って村を通った。娘の叔母がこれを見付けて家に連《つれ》て来た。その時は、もはや娘は眼を閉じて最後の脈が打ち収めた時であった。一室の裡には、母親が泣き、妹が泣き、親類の人々も泣いて、娘の枕許には香が焚《た》かれて、香りが冷《ひやや》かな夕暮方の空気に染み渡って、青い蠟燭《ろうそく》の焰《ほのお》が風もないのに揺れるように思われた。

窓からは、木々の青々とした梢《こずえ》を透《すか》して夕焼の色が橙色《オレンジ》に褪めかかっている。

巫女は、死んだ娘を呼び戻すと言った。そして枕許に坐《すわ》って呪文《じゅもん》を唱えた。人の魂《たまし》いまでも引付けるような巫女の顔は、物凄くなって、見ている人々は顔を反《そむ》けたという。刹那、地震が地球を襲って家を揺《ゆす》った。人々は驚きの瞳《め》を見張ると死んだ娘は、深い溜《ため》息《いき》を吐《つ》き返した。そして閉じた眼を大きく見開いて、床の上に起き直って昵《じっ》と母親の顔を見て物を言おうとした。母親は、喜んで娘に抱き付いた。そして、

「オオ、息を返してくれたか。助《たすか》ったか。」といって、余りの嬉しさに娘の顔を見てしみじみと泣いた。

涙は、娘の痩せた頰の上に落ちた。眼を見開いて、母親の顔をさも懐しげに眺めてい

た娘は、再び静かに眼を閉じてしまった。もはや、口を耳許に当て娘の名を呼んだけれど何の応《こた》えもなかった。

四

人々は、巫女の魔術に驚かされた。中には娘の死んでからの行先を聞いたものがある。巫女は死んでからは、どの人も平等に同じい幸福を受けるものだ。そしてその幸福の国は、どの人も経験するのであるから知ろうと思う必要がないということを告げたのである。

この娘の母は、奇蹟を行う巫女はこの世界に稀《まれ》に現われて来る魔神の使であるといった。そして、人間の身の上に関することでこの女に聞いて分らないものはない。もし疑う人があるならここから五十里ばかりある南方のXの町へ行って巫女に遇って聞いて見れ、巫女は過去、未来、現在のことを言い当てると言った。巫女はそのXの町に住んでいる……。

彼は、やはり娘の母親に遇ってこの話を聞かされた。そればかりでないXの町へ行って見れと勧められたのであった。

彼はX町へ旅立しようか、どうしようと惑っていた。人間が死んでしまってから、果して国というような名のつくものがあるだろうか。霊魂はどういうように生活するものだろうか。死んだ母と、見た凶夢とに関係があっただろうか……などといろいろ目に見えない心の疑問があった。

彼は、遂《つい》にXの町へ旅立することに決心した。燕《つばめ》が南の国に帰りかけた頃、彼もまた南の方を指して旅をつづけていた。

よほど旅した後であった。道を行く人にXの町を聞いた。或者は、まだ遠いと言った。或者はかつて聞いたことのない町だといった。彼は、或る町で老婆にXの町を聞いた。その老婆は彼を家に泊めてくれた。その夜、老婆はXの町について教えてくれた。

ここからまだ三十里南にある町だ。そして若い巫女のことも話したのである。その町に昔からの豪家があった。その家に一人の娘がある。生れた時から蛇や、鳥の啼声を聞き分け、よく人の生死を判じたのである。家の周囲は繁った深林であって、青い鳥や、赤い鳥が常に枝から枝へと飛び渡っていた。娘は、また生れつき蛙《かえる》を食べたり、蛇を食うことが好きであった。家の人は、この娘が普通の人間でないのを怖れて、世間にこのことを秘《かく》そうとした。そして外に出して、勝手に生きた蛇や、蛙を食うのを止めようと思った。けれど娘は人の目を盗んで外の林や森の中に入って、鳥に物を言ったり、蛇を見て笑ったり、蛙を掌《てのひら》の上に載せて面白がったり、さながら狂人のような真似《まね》をしたのである。

その家では、世間の人が娘の噂を立てるのを怖れた。またこの家にはよほどいろいろの秘密が隠されているものと見えて、他人の家に入ることを怖れた。

それで一人の老翁《ろうおう》を日夜、家の門に立たせて護《まも》らせている。この老翁は利巧《りこう》な老人であった。智識にかけてはこの町の人の誰れよりも優って困難な問いを考え、また複雑な謎を解した。老人は長い月日の間にいろいろの経験をしたのである。だから忍耐強くて、物の悟りが速かった。

老翁は、一日昵《じっ》として門を護っていたのである。しかし体の衰えは争われなかった。門に立っていて折々居眠りをすることもあった。けれど決して鼠一疋《ねずみいっぴき》といえどもそこを通ったものは覚らずにはいない。それほど、彼の霊魂は聡《さと》くあった。老人自身でもよくいうのに、肉体が衰えれば精神はそれだけ敏くなるものだと。……そして老人は常に手に太い棒を持っていた。けれどそれは何の役にも立つものでない。何となれば若かった昔は強力《ごうりき》で容易にその棒を振り廻わすことが出来たけれど、今は、それを振り廻すだけの力がないのである。ただ、その棒を持って立っているのが老人にとって漸《ようや》くの力といってもよかったのである。

彼は、老婆からこの話を聞いているうちに、幼い時分に聞いた昔の物語りを思い出した。その不思議な寓意の物語りの筋が、ちょうどこのようなものであった。勿論《もちろん》筋の大体は違っているようだけれど、やはりこのような老人が出て来るように覚えている。こう思って、彼は、老婆を眺めた。灯火の光りが当って老婆の白い頭髪《かみのけ》は銀のように輝いている。老婆は、下を向いて眼を細く閉《つぶ》って、なおも語りつづけている。

しかるに或日のこと、この豪家の娘は門を逃げ出した。その夜は非常な嵐が吹いて、雨が降りしきった。家の周囲に繁っている林の木は悉《ことごと》く呻《うめ》いた。雨は草木の葉を洗って、風は小枝を揉《も》んで荒々しく揺《ゆす》った。暗い夜の天地は、さながら雨と風と草木との戦場のように思われた。

森の梢に棲《すみか》を造っている小鳥は、夢を驚かされて、雌鳥《めんどり》は雛鳥《ひなどり》を慰《いた》わって巣の上にしがみ付いた。雄鳥は、慌《あわただ》しく巣の周囲を飛び廻って叫び立てた。これら幾百の小鳥は、森と林の中に飛び廻り、雨と嵐を突き破って行衛《ゆくえ》もなく駆け騒いでいる。この時、娘は雨戸を繰って身を縮めて庭の闇の中に飛び下りた。
「鳥よ、もっと喧《やか》ましく啼き立てておくれ。妾《わたし》の足音が聞えぬように。鳥よ、鳥よ、けれどあんまり啼き立てて家《うち》の人の眼を醒《さま》してくれては厭《いや》だよ。」
と言った。そしてその姿は、どこにか消え失せてしまった。

その夜に限ってこの利巧な老人は、決して油断したのでない。また安心して居眠りしたのでもない。彼は常の如く落付いて門を見張っていた。しかしなぜ娘の足音を聞き付けなかったろうか。必ず聞き付けたに相違ない。けれどこの足音を犬の足音と間違えたのかも知れなかった。また立騒ぐ小鳥の翼の音と間違えたのかも知れなかった。気まぐれに森を離れて飛び来った小鳥が門の前を過ぎたのかとも思ったのであろう……。

その娘は、なんでも諸国を巫女になって歩いているといい、また、家に連れ帰されて座敷牢の中に入れられてあるともいう。いずれにせよXの町のこの豪家には、必ず老人の番人がいるに相違ない。そして誰が訪ねて行くとも決してその大きな青い門から中へ入れない。いかなる強情な人でも、この老人の智識あることに怖れて、その命令に背《そむ》いて入るものがないということだ……。

と、或る老婆は語って聞かせたのであった。

五

彼は、秋の末に南方のXの町に着いたのである。

白壁造の家は夢のように流れの淵に並んでいた。水は崖の下に咽《むせ》んでいた。水色の夜の空は、白い建物の間から露《あらわ》れ出て、星は穿《うが》たれた河原の小石のように散っている。瓦や亜鉛《トタン》の家根の上を月の光りが白く照した。

彼は、この白い静かな町の中をあてなく歩く小犬のように、白い乾いた往来の上に、みすぼらしい影を落してさ迷った。そして巫女の家を見舞おうと思った。

或日、遂にその旧家を見出すことが出来た。町からほど隔《へだ》った小高かな処にある。彼は、月の冴えた晩にその家の門に辿《たど》り着いた。

もはや、話に聞いたかの利巧な老人は死んでしまったという。幾年前に死んでしまったのか分らない。何《な》んでも或日、老人は門の扉に倚《よ》りかかって、横木に手をかけたまま、堅く死固《しにかたま》っていたということだ。今は、誰も門を護る人がないと見える。半ば朽ちた大きな灰色の門は左右に明け放されたまま、空《むな》しく青い月の光りを通していた。奥深く繁った木立は、今や葉が落ち尽している。黒く悪魔のように立っているのは常磐木《ときわぎ》の森であった。

最初Xの町の人に聞くと、「幽霊家敷」を問うのだと言った。その時、彼は心のうちで年若い巫女のことをいうのであろうと思った。何となれば巫女は、奇蹟を行って人を驚かしたからだ。彼はそのような女を見たいと思った。そしてそのような女に愛されたいと思った。この好奇心は、彼を臆せずに秘密の門の中に導いた。ただ巫女の黒い大きな瞳で昵《じっ》と見詰められたい。魔女の手に抱かれて、その鳶色の縮れた長い頭髪《かみのけ》の下に顔を埋めたい。そして紅い頰と熱い唇に触れて見たいと胸の血潮が躍《おど》った。

彼は、百人の普通の人に愛せられなくても、異常な力を持った悪魔に可愛がられたならば、もはや、自身はこの世において孤独な人でない。

微かな細い道は、奥の方へ縷々《るる》としてつづいている。いつこの道を人が歩いたか、よほど久しい前から、足跡が絶えたと見える。草が生えて、全く道を消そうとしていた。

独りとぼとぼと月の光りを頼りに覚束《おぼつか》なげな道を辿った。天地は寂然《ひっそり》として、草木も息を潜《ひそ》めている。ただ青い輝く月光が雨のように降って来るのを眺めた。月光はすべての森や林を神秘の色に染めている。彼は遂に道の消えた処まで歩いて来た。そこには大きな礎石があった。古い大きな建物のあった跡であった。常磐木の森の暗い影に隠れて古い沼がある。半分姿を現わした沼の面が、月光に照らされて鱗《うろこ》のように怪しく底光りを放っていた。

小鳥も啼かなければ、風の吹く音もしなかった。全く昔の建物は跡形もなく亡びている。旧家の人々はどこにいるか？　座敷牢に入れて人目に触れさせるのを恥じたという、凄い美しい不思議な娘は、姿をどこに隠しているか。声を上げて呼んでも木精《こだま》より、何の答えもなかった。

小鳥の巣の下に立って物を言ったり、蛙を掌に載せて笑ったりした娘の姿は、この寂然とした広い家敷の中には見えなかったのである。

彼は、礎石の上に腰をかけてコオロギの啼声を聞いていた。そして荒れ果てた昔の秘密の園を眺めた。

冬が近づいたと見えて月の光りが白くなった。

六

彼は再び故郷へ帰って来た。黒い陰気な森は処々に立っている。彼は黙って家の中に坐っていた。たまたま、墓石の右手に見える道の上で、病気で死んだ娘の母親に出遇った時、巫女を見て来たかと問われた。けれど彼は、巫女が死んでしまったとは答えられなかった。相手の母親は、

「いえ、また夏になったら、この村へ入って来るような気がする……。」

と、いって左右に分れた。

友は、黙っている彼を訪れていろいろと話しかけた。

「まだ、いつか見た夢を思っているかえ。」

その友の筋肉の弛《ゆる》んだように開いた口の穴が、刹那に彼に謎のように考えられた。彼の頭はぐらぐらとして理窟《りくつ》ではない、ただ夢知らせというようなものを信じない訳にもゆかない気がした。

同時に、人々の、形のない美しい話も、故意にうそをいっているとは思われなかった。

それから彼は、黒い木立や、墓石や、石屋や、婆さんの家の周囲を考えながらぶらぶ

らと歩いて毎日、黙って日を暮らした。

その内に、白い雪が降って来た。

山の手の子

水上滝太郎

一八八七年(明治二〇)―一九四〇年(昭和一五)。本名は阿部章蔵。東京生まれ。慶応義塾大学理財科卒。在学中の一九一〇年(明治四三)に永井荷風主宰の「三田文学」が創刊されたことに刺激を受けて、同誌に「山の手の子」を発表、その情緒性が認められて文壇に登場した。大学卒業後、アメリカに留学してハーバード大学に学び、この間も「三田文学」「スバル」などに作品を発表。一九一六年(大正五)に帰国して父が創立した明治生命保険相互会社に入社、以後会社員・実業家としての生活を全うするとともに、文学活動に励んだ。大正期以降は、「大阪」「大阪の宿」などの大阪ものや、「貝殻追放」の題で文明批評的な多くの評論・随筆を残し、「三田文学」の編集委員としても尽力して多くの後進を育成した。

「山の手の子」は一九一一年(明治四四)七月の「三田文学」に発表。小説の第一作で、創作集『処女作』(籾山書店、一九一二年)では「処女作」と改題。やがて芸者に売られてゆく年上の娘への思慕を中心に、お屋敷の子として生まれた少年の日の悲哀と追憶が、詩情豊かに浮かび上がる。底本には『水上滝太郎全集』1(岩波書店、一九八三年)を用いた。

お屋敷の子と生れた悲哀《かなしみ》を、沁《し》み沁《じ》みと知り初《そ》めたのはいつからであったろう。一日《ひとひ》一日と限りなき喜悦《よろこび》に満ちた世界に近付いて行くのだと、未来を待った少年の若々しい心も、時の進行《すすみ》に連れていつかしら、何気なく過ぎて来た帰らぬ昨日に、身も魂も投出して追憶の甘き愁《うれい》に耽《ふけ》りたいという果敢《はか》ない慰藉《なぐさめ》を弄《もてあそ》ぶようになってから、私は私にいつもこう尋ねるのであった。

　山の手の高台もやがて尽きようというだらだら坂を丁度《ちょうど》登り切った角屋敷の黒門[1]の中に生れた私は、幼《いとけな》き日の自分をその黒門と切離して想起《おもいおこ》すことは出来ない。私の家を終りとして丘の上は屋敷門の薄暗い底には何物か潜んでいるように、牢獄《ひとや》のような大きな構造《かまえ》の家が厳《いか》めしい塀を連ねて、どこの家でも広く取囲んだ庭には鬱蒼《うっそう》と茂った樹木の間に春は梅、桜、桃、李《すもも》が咲揃って、風の吹く日にはどこの家の梢《こずえ》から散るのか見も知らぬ種々《いろいろ》の花が庭に散り敷いた。そればかりではない、もう二十年も前にその丘を去った私の幼い心にも深く沁み込んで忘れられないのは、寂然《ひっそり》した屋敷屋敷から、花の頃月の宵などには中合せたように単調な懶《ものう》い、古びた琴の音が洩《も》れ聞えて淋《さび》しい涙を誘うのであった。私はこうした丘の上に生れた。静寂《しずか》な重苦しい陰鬱《いんうつ》なこの丘の端《はず》れから狭いだらだら坂を下ると、ガラリと四囲《あたり》の空気は変ってせせこましい、軒の低い家ばかりの場末の町が帯のように繁華な下町の真中へと続いていた。

今も静《しずか》に眼を閉《とじ》て昔を描けば、坂の両側の小さな、つつましやかな商家がとびとびながらも瞭然《はっきり》と浮んで来る。赤々と禿《はげ》た、肥った翁《おやじ》が丸い鉄火鉢を膝子《ひざっこ》のように抱いて、睡《ねむ》たそうに店番をしていた唐物屋(2)は、長崎屋といった。その頃の人々にはまだ見馴れなかった西洋の帽子や、肩掛や、リボンや、種々の派手な色彩を掛連ねた店は子供の眼にはむしろ不可思議に映った。その店で私は、動物、植物或《あるい》はまた滑稽《おどけ》人形の絵を切って湯に浮かせ、つぶつぶと紙面に汗をかくのを待って白紙《しらかみ》に押付けると、その獣《けもの》や花や人の絵が奇麗《きれい》に映る西洋押絵というものを買いに行った。

「坊ちゃん。今度はメリケン(3)から上等舶来の押絵が参りましたよ。」

と禿頭は玻璃棚《ガラスだな》からクルクルと巻いたのを出しては店先に拡げた。子供には想像も付かない遠い遠いメリケンから海を渡って来た奇妙な慰藉品《なぐさめ》を私はどんなに憧憬《あこがれ》を以《もっ》て見たろう。油絵で見るような天使が大きな白鳥と遊んでいるありとあらゆる美しい花鳥《はなとり》を集めた異国を想像してどんなに懐かしみ焦《こが》れたろう。実際在来《ありきたり》の独楽《こま》、凧《たこ》、太鼓、そんな物に飽《あき》た御屋敷の子は珍物好《めずらしものずき》の心から烈《はげ》しい異国趣味に陥って何でも上等舶来といわれなければ喜ばなかった。長崎屋の筋向《すじむこう》の玩具屋《おもちゃや》の、私はいい花客《おとくい》だった。洋刀《サアベル》、喇叭《ラッパ》、鉄砲を肩に、腰にした坊ちゃんの勇しい姿を坂下の子らはどんなに羨《うらやま》しく妬《ねたま》しく見送ったろう。いつだったか父母《ちちはは》が旅中御祖母様《おばあ》と御留守居の御褒美に西洋木馬を買って頂いたのもその家であった。白斑《ぶち》の大きな木馬の鞍《くら》の上に小さい主人が、両足を踏張《ふんば》って跨《また》がると、白い房々《ふさふさ》した鬣《たてがみ》を動かして馬は前後に揺れるのだった。

「マア、玩具にまで何両という品が出来るのですかねえ、今時の子供は幸福《しあわせ》ですねえ。」

と御祖母様はニコ、ニコ、ニコして見ていらっしゃった。玩具屋の側《がわ》を次第に下って行くと坂の下には絵双紙屋があった。この店には千代紙を買いに行く、私の姉のお河童《かっぱ》さんの姿もしばしば見えた。芳年《よしとし》(4)の三十六怪選の勇《いさま》しくも物恐ろしい妖怪変化《へんげ》の絵や、三枚続(5)の武者絵に、乳母や女中に手を曳《ひ》かれた坊ちゃんの足は幾度もその前で動かなくなった。なかにも忘れられないのは古い錦絵で、誰の筆か滝夜《たきや》叉姫《しゃひめ》(6)の一枚絵。私が誕生日の祝物に何が欲《ほし》いと聞かれて、あれと答えたので散歩がてらに父に連れられて行った時「これは売物では御座いません」とむずかしい顔の亭主がいってから亭主を憎いと思うよりも一層姫の美しい姿絵が懐しくなった。その他そこらには呉服屋、陶器屋《せとものや》、葉茶屋、なぞがあったようだが私はそれらに付《つい》て懐しい何の思い出もない。坂下もまた絵双紙屋の側の熊野神社、それと向合《むかいあ》った柳の木に軒灯《けんとう》の隠れた小さな煙草屋《たばこや》の外《ほか》はやはり記憶から消えてしまったけれどもその小さな煙草屋の玻璃棚が並べられて、僅《わずか》に板敷を残した店先に、私の幼《いとけな》かった姿が瞭然《はっきり》と佇《たたず》むのである。

私の生れた黒門の内は、家も庭もじめじめと暗かった。さる旗本の古屋敷で、往来から見ても塀の上に蒼黒《あおぐろ》い樹木の茂りが家を隠していた。かなり広い庭も、大木が造る影に全体苔蒸《すっかりこけむ》して日中も夜のようだった。それでもさすがに春は植込の花の木が思いがけない庭の隅々にも咲いたけれど、やがて五月雨《さみだれ》の頃にでもなろうものなら絶間もなく降る雨はしとしとと苔に沁みて一日や二日からりと晴《はれ》ても乾く事ではなく、だだっ広い家の踏めばぶよぶよと海のように思われる室々《へやへや》の畳の上に蛞蝓《なめくじ》の落《おち》て匍《は》うようなことも多かった。物心つく頃から私はこの陰気な家を嫌った。そして時たま乳母の背に負われて黒門を出る機会《おり》があると坂下のカラカラに乾き切った往来で、独楽廻しやメンコをする町

の子を見て、自分も乳母の手を離れて、あんなに多勢《おおぜい》の友達と一緒に遊びたいと思う心を強くするのみであった。乳母は、

「町っ子とお遊びになってはいけません。」

と痩せた蒼白い顔を殊更真面目《ことさらまじめ》にして誡《いまし》めた。なぜという事はなしに私は町っ子と遊んでは不可《いけ》ないものだと思っているほど幼なかった。その頃私は毎晩母の懐《ふところ》に抱《いだ》かれて、竹取の翁《おきな》が見付《みつけ》た小さいお姫様や、継母《ままはは》にいじめられる可哀そうな落窪《おちくぼ》(7)のお話を他人事《ひとごと》とは思わずに身にしみて、時には涙を溢《こぼ》して聞きながらいつかしら寝入るのであったが或《ある》晩から私は乳母に添寝されるようになった。

「もう直《じ》き赤さんがお生れになると、新《しん》様はお兄いさんにおなりになるのですから、お母様に甘ったれていらっしゃってはいけません。」

といい聞かされて、私は小さい赤坊《あかんぼ》の兄になるのを嬉しくは思ったが母の懐に別れなければならない事の悲《かな》しさに涙ぐまれて冷い乳母の胸に顔を押当てた。

間もなく母は寝所《しんじょ》を出ない身となった。家内の者は何かしら気忙《きぜわ》しそうに、物言いも声を潜めるようになり相手をしてくれる事もなくなった。私の乳母さえも年役《としやく》(8)に、若い女のともすれば騒ぎたがるのを叱りながらそわそわ立働いていて私をば顧る事が少なく

なった。出産の準備《したく》に混乱した家の中で私は孤独《ひとり》をつくづく淋しいと思った。お祖母様のお気に入で夜も廊下続きの隠居所に寝る姉も、その頃習い初めた琴を弾く事さえ止められて、一人で人形を抱えては、遊び相手を欲がって常は疳癪《かんしゃく》を恐れて避けている弟をもお祖母様の傍《そば》に呼んで飯事《ままごと》の旦那様にするのであったが、それも直きと私の方で飽《あき》が来てふとしたことから腕白《いたずら》が出ては姉を泣かすのでお祖母様や乳母に叱られる種となった。腕白盛の坊ちゃんは「静にしていらっしゃい」といわれて人気の少ない、室《へや》の片隅に手遊品《てあそび》を並べても少時《しばらく》経つと厭《いや》になって忙しい人々に相手を求めるので「ちっとお庭にでも出てお遊びなさい」と家の内から追い立てられる。

黒土の上に透間《すきま》もない苔は木立の間に形ばかり付いていた小道をも埋めて踏めばじとじとと音もなく水の湧出《わきで》る小暗《おぐら》い庭は、話に聞いた種々《いろいろ》の恐ろしい物の住家のように思われ、自由に遊び廻る気にはなれないので縁近い処で満《つま》らなくすくんでいた。けれども次第に馴れて来るとまだ見ぬ庭の木立の奥が何となく心を引くので、恐々《こわごわ》ながらも幾年か箒目《ほうきめ》も入らずに朽敗《きゅうはい》した落葉を踏んでは、未知の国土を探究する冒険家のように、不安と好奇心で日に日に少しずつ繁った枝を潜り潜り奥深く進入《すすみい》るようになった。手入をしない古庭は植物の朽《くち》た匂いが充《みち》ていた。数知れぬ羽虫は到る所に影のように飛《とん》でいた。

森閑《しんかん》として木下闇《このしたやみ》に枯葉を踏む自分の足音が幾度か耳を脅《おびやか》した。蜘蛛《くも》の巣に顔を包まれては土蜘蛛(9)の精を思い出して逃げかえった。しかしこうして踏馴《ふみなれ》た道を知らず知らずに造って私は遂《つい》に我家の庭の奥底を究めたのであった。暗緑のしめっぽい木立を抜けるとカラリと晴た日を充分《いっぱい》に受けて、そこはまばらに結った竹垣もいつか倒れてはいたが垣の外は打立てたような崖で、眼の下には坂下の町の屋根が遠くまで昼の光の中に連っている。その果てに品川の海が真蒼《まっさお》に輝いていた。今まで思いもかけなかった眼新しい、広い景色を自分一人の力で見出した嬉しさに私は雨さえ降らなければ毎日一度は必ず崖の上に小さい姿を現わすようになった。そして馴るに従って日一日と何かしら珍しい物を発見した。熊野神社の大鳥居も見えた。三吉座《みよしざ》という小芝居の白壁に幾筋かの贔負《ひいき》幟《のぼり》が風に吹かれているのを、一様に黒い屋根の間に見出した時は殊《こと》に嬉しかった。芝居《しばい》好《ずき》の車夫の藤次郎《とうじろう》が父の役所の休日《やすみ》には私の守をしながら、

「乳母《ばあや》には秘密《ないしょ》ですぜ。」

といっては肩車に乗せてその三吉座の立見に連れて行く。父母と共に行く歌舞伎座や新富座《しんとみざ》(10)の緋毛氈《ひもうせん》の美しい桟敷《さじき》とは打って変って薄暗い鉄格子の中から人の頭を越して覗《のぞ》いたケレン(11)沢山の小芝居の舞台は子供の目にはかえって不思議に面白かった。殊に大向

うといわず土間も桟敷も一斉に贔負贔負の名を呼び立《たて》て、もしか敵役《かたきやく》でも出ようものなら熱誠を籠《こ》めた怒罵《どば》の声が場内に充満《いっぱい》になる不秩序な賑《にぎ》やかさが心も躍《おど》るように思わせたのに違いない。私は藤次郎のいうままに乳母には隠れてたびたび連れて行ってもらったものだった。静寂な木立を後《うしろ》にして崖の上に立っていると芝居の内部の鳴物の音《ね》が瞭然《はっきり》と耳に響くように思われてあの坂下の賑わいの中に飛で行きたいほど一人ぼっちの自分がうら淋しく思われた。

それは確《たし》かに早春の事であった。日ごとに一人で訪ずれる崖には一夜の中に著しく延びて緑を増す雑草の中に見る限りいたいた(12)草の花が咲いていた。その草の中にスクスクと抜出た虎杖《すかんぽ》(13)を取るために崖下に打続く裏長屋の子供らが、嶮《けわ》しい崖の草の中をがさがさあさっていた。小汚ない服装《みなり》をした鼻垂《はなたら》しではあったが犬のように軽快な身のこなしで、群を作って放肆《ほしいまま》に遊び廻っているのが遊相手のない私にはどんなに懐しくも羨しく思われたろう。足の下を覗くように崖端《がけはた》へ出て、自分が一人ぼっちで立っている事を子供らてもらいたいと思ったがこちらから声を掛けるほどの勇気もなかった。全く違っ見るように一挙一動の掛放《かけはな》れた彼らと、自分も同じように振舞いたいと思って手の届く所に生えている虎杖を力充分《いっぱい》に抜いて、子供たちのするように青い柔《やわらか》い茎《くき》を噛《か》んでも見た。しくしくと冷《つ》めたい酸《すっぱ》い草の汁が虫歯の虚孔《うろ》に沁み入った。

こうした果敢《はか》ない子供心の遣瀬《やるせ》なさを感じながら日ごと同じ場所に立つ御屋敷の子の白いエプロンを掛けた小さい姿を、やがて長屋の子らが崖下から認めたまでには、どうにかして、自分の存在を彼らに知せようとする瓦《かわら》を積んでは崩すような取り止めもない謀略《はかりごと》が幼い胸中に幾度か徒事《あだ》に廻《めぐ》らされたのであったが遂々《とうとう》何の手段《てだて》をも自分からする事なく或日崖下の子の一人が私を見付てくれたが偶然上を見た子が意外な場所に佇む私を見るとさも吃驚《びっくり》したような顔をして仲間の者にひそひそと私語《ささや》く気配だった。かさかさ草の中を潜っていた子供の顔は人馴ぬ獣のように疑深い眼付で一様に私を仰ぎ見た。

その翌日。もう長屋の子と友達になったような気がして、いつもよりも勇んで私は崖に立って待っていた。やがてがやがや列を作ってやって来た子供たちも私の姿を見て怪しまなかった。

「坊ちゃん、お遊びな。」

と軽く節を付けて昨日私を見付けた子が馴々しく呼んだ。私は何と答えていいのか解らなかった。「町っ子と遊んではいけません」といった乳母の言葉を想起《おもいおこ》して何か大き

な悪い事をしてしまったように心を痛めた。それでも、

「坊ちゃんお出でよ。」

と気軽に呼ぶ子供に誘われて、つい、一言二言《ひとことふたこと》は口返えしをするようになったが悪戯子《いたずらっこ》も、さすがに高い崖を攀登《よじのぼ》って来る事は出来ないので大きな声で呼び交すより詮方《しかた》がなかった。

こんな日が続いた或日、崖上の私を初めて発見した魚屋の金ちゃんは表門から町へ出て来いという智恵を私に与えた。暫時《しばらく》は不安心に思い迷ったが遊びたい一心から産婆や看護婦にまじって乳母も女中たちも産所に足を運んでいる最中を私の小さな姿は黒門を忍び出たのである。かつて一度も人手を離れて家の外を歩いた事のなかった私は、烈しい車馬の往来が危っかしくて、折角《せっかく》出た門の柱に噛《かじ》り付いて不可思議な世間の活動を臆病な眼で見ているのであった。

麗《うらら》かな春の昼は、勢よく坂を馳下《かけくだ》って行く俥《くるま》の輪があげる軽塵《けいじん》にも知られた。目まぐるしい坂下の町を暫《しばらく》眺めていると天から地から満ち溢《あふ》れた日光の中を影法師のような一隊が横町から現われて坂を上って来た。

「坊ちゃんお遊びな。」

と遠くから声を揃えて迎いに来た町っ子を近々と見た時私は思わず門内に馳込んでしまった。汚ならしい着物の、埃《ほこり》まみれの顔の、眼ばかり光る鼻垂しは手々《てんで》に棒切《ぼうきれ》を持っていた。

「坊ちゃん、お出《い》でな皆《みんな》で遊ぶからよ。」

中では一番年増《としかさ》の金ちゃんは尻切草履《しりきれぞうり》を引ずって門柱《もんばしら》に手を掛けながら扉の陰にかくれて恐々《こわごわ》覗いている私を誘った。坊ちゃんの小さい姿は町っ子の群に取巻かれて坂を下った。

間もなく私は兄になった。その当座の混雑は、私をして自由に町っ子となる機会を与えた。或は邪魔者のいない方がかかる折には結句いいと思って家の者は知っても黙っていたのかも知れない。

比較的に気の弱いお屋敷の子は荒々しい町っ子に混って負《ひけ》を取らないで遊ぶ事は出来なかったが彼らは物珍しがって私をばちやほやする。私はまた何をしても敵《かな》いそうもない喧嘩早《けんかっぱや》い子供たちを恐いとは思いつつも窮屈《きゅうくつ》な陰気な家にいるよりも誰に咎《とが》められる事もなく気ままに土の上を馳廻るのが面白くて、遊びに疲れた別れ際に「明日もきっと、お出で」といわれるままに日ごとにその群に加った。

私たちの遊び場となったのは熊野神社の境内と柳屋という烟草屋《たばこや》の店先とであった。柳屋の店にはいつでも若い娘が坐《すわ》っていた。何という名だったか忘れてしまったけれども色白の肥った優しい女だった。私は柳屋の娘というと黄縞に黒襟《くろえり》で赤い帯を年が年中していたように印象されている。弟の清《せい》ちゃんは私が一番の仲よしで町ッ子の群の中では小ざっぱりした服装《なり》をしていた。そして私と清ちゃんが年も脊丈《せたけ》も誰よりも小さかった。柳屋の姉弟《きょうだい》にはお母《つか》さんがなく病身のお父《とっ》さんが、いつでも奥で咳をしていた。店先には夏と限らずに縁台が出してあったもので、私たちばかりか近所の店の息子や小僧が面白ずくの烟草をふかしながら騒いでいた。

「あいつらは清ちゃんの姉さんを張りに来てやがるんだよ。」

という金ちゃんの言葉の意味は解らぬながらも私は娘のために心を配《わずら》わした。けれども果敢ない私の思い出の中心となるのはこの柳屋の娘ではなかった。

都もやがて高台の花は風もないのに散尽す頃であった。或日私はいつもの通り黒門を出て坂を小走りに馳下った。その日に限って私より先には誰も出て来ていないので、私は暫く待つつもりで柳屋の縁台に腰かけた。店番の人も見えなかったがほどなく清ちゃんが奥から馳出して来る。続いて清ちゃんの姉さんも出て来て、

「オヤ、坊ちゃん一人ッきり。」

といいながら私の傍《そば》に坐った。派手な着物を着て桜の花簪《はなかんざし》をさしていた。私の頬にすれすれの顔には白粉《おしろい》が濃かった。

「今日は皆遊びに来ないのかい。」

「エエ、町内の御花見で皆で向島《むこうじま》に行くの。だから坊ちゃんはまた明日遊びにお出で。」

娘は諭《さと》すように私の顔を覗き込んだ。

間もなく「今日《こんち》は」と仇《あだ》っぽい声を先にして横町から町内の人たちだろう、若衆《わかいしゅ》や娘がまじって金ちゃんも鉄公も千吉も今日は泥の付かない着物を着て出て来た。三味線を担いだ男もいた。

「アラ、今丁度出掛けようと思っていた処《とこ》なの。どうもわざわざ誘って頂いて済みません。」

清ちゃんの姉さんはいそいそと立上った。私は人々に顔を見られるのが気まりが悪く

てもじもじしていた。

「どうも扮装《おつくり》に手間がとれまして困ります。サア出掛けようじゃあがあせんか。」と赤い手拭《てぬぐい》を四角に畳んで禿頭に載せたじじいが剽軽《ひょうきん》な声を出したので皆一度に吹出した。

「厭な小父《おじ》さんねえ。」

と柳屋の娘は袂《たもと》を振上《ふりあげ》てちょっと睨《にら》んだ。

どやどやと歩き出す人々にまじった娘は「明日お出で」といって私を振向いた。

「坊ちゃんは行かないのかい、一緒にお出でよ。」

と金ちゃんが叫んだけれども誰も何ともいってくれる人はなかった。私は埃を上げてさんざめかして行く後姿を淋しく見送っていると、人々の一番後《うしろ》に残って、柳屋の娘と何か私語《ささや》き合っていた、先刻《さっき》「今日は」と真先《まっさき》に立って来た娘がしげしげと私を振かえって見ていたが小戻《こもど》りして不意に私を抱き上げて何もいわないで頬ずりした。驚いて見上る私を蓮葉《はすっぱ》(14)に眼で笑ってそのまま清ちゃんの姉さんと手を引合って人々の後を追って行った。それが金ちゃんの姉のお鶴だという事は後で知ったが紫と白の派手な手綱染《たづなぞめ》(15)の着物の裾《すそ》を端折《はしょ》ッて紅《くれない》の長襦袢《ながじゅばん》がすらりとした長い脛《はぎ》に絡《から》んでいた。銀杏返《いちょうがえし》(16)に大きな桜の花簪は清ちゃんの姉さんとお揃いで襟には色染の桜の手拭を結んでいた姿は深く眼に残った。私は一人悄然と町内のお花見の連中が春の町を練《ねっ》て行く後姿が、町角に消えるまで立尽したがそれも見えなくなると俄《にわか》に取残された悲しさに胸が迫って来て思わず涙が浮んで来た。

多数者の中で人々と共に喜び共に狂う事も出来ない淋しい孤独の生活を送る私の一生は御屋敷の子と生れた事実から切離す事の出来ない運命であったのだ。小さな坊ちゃんの姿は一人花見連とは反対に坂を登って、やがて恨めしい黒門の中に吸われた。

珍しい玩具《おもちゃ》も五日十日とたつ中には投出されたまま顧られなくなるように、最初の中こそ「坊ちゃん坊ちゃん」と囃《はや》し立てた子供も、やがて烟草屋の店先の柳の葉も延び切った頃には全く私に飽《あき》てしまって坊ちゃんは最早大将としての尊敬は失われて金ちゃんの手下の一人に過ぎなかった。

「何《な》んでえ弱虫。」

こういって肱《ひじ》を張って突かかって来る鼻垂しに逆らうだけの力も味方もなかった。けれどもやはり毎日のように遊び仲間を求めて町へ出たのは小さい妹のために家中《うち》の愛を奪われ、乳母をさえも奪われたがために家を嫌ったよりもお鶴といった魚屋の娘に逢いたいためであった。

子供の眼には自分より年上の人、殊に女の年齢《とし》は全く測る事が出来ない。お鶴も柳屋の娘も私にはただ娘であったとばかりでその年頃を明確《はっきり》という事は思いも及ばない事に属している。お鶴は烟草屋の柳の陰の縁台の女主人公であった。色の蒼白い脊丈の割合に顔の小さい女で私は今、そのすらりとした後姿を見せて蓮葉に日和下駄《ひよりげた》(17)を鳴らして行くお鶴と、物をいわない時でも底深く漂う水のような涼しい眼を持ったお鶴とを殊更瞭然《はっきり》と想い出す事が出来る。

きらきらと暑い初夏の日がだら、だら、だら坂の上から真直《まっすぐ》に流れた往来は下駄の歯がよく冴えて響く。日に幾度となく撒水車《みずまきぐるま》が町角から現われては、商家の軒下までも濡《ぬら》して行くが、見る間にまた乾き切って白埃《しらほこり》になってしまう。酒屋の軒には燕《つばめ》の子が嘴《くちばし》を揃えて巣に啼《な》いた。氷屋が砂漠の緑地のように僅に涼しく眺められる。一日一日と道行く人の着物が白くなって行くと柳屋の縁台はいよいよ賑やかになった。派手な浴衣《ゆかた》のお鶴も、街《ちまた》に影の落る頃きっと横町から姿を見せるのであった。「今日《こんち》は」と遠くから声を掛けて若衆の中でも構わずに割込んで腰を下した。

「坊ちゃん。ここにいらっしゃい。」

とお鶴はいつも私をその膝に抱いて後から頬ずりしながら話の中心になっていた。私はもう汗みずくになって熊野神社の鳥居を廻って鬼ごっこをする金ちゃんに従って行こうとはしないで、よくは解らぬながらも縁台の話を聞いていた。勿論《もちろん》話は近所の噂で符《ふ》徴《ちょう》まじりのものだった。「お安くないね」「御馳走《ごちそう》さま」というような言葉を小耳に挟んで帰って、乳母に叱られた事もあった。若い娘の軽い口から三吉座の評判もしばしば出た。お鶴は口癖のように、

「死んだと思ったお富たあ……お釈迦様でも気がつくめえ。(18)」

とちょっと済ましてやる声色《こわいろ》は「ヨウヨウ梅ちゃんそっくり」という若者たちの囃す中で聞かされて私も時たま人のいない庭の中などでは小声ながらも同じ文句を繰返した。尾上梅之助という若い役者が三吉座を覗く場末の町の娘子《むすめっこ》をしてどんなにか胸を躍らせたものであったろう。藤次郎の背に乗った私は、「色男」「女殺し」という若者のわめきにまじる「いいわねえ」「奇麗ねえ」と、感激に息も出来ない娘たちの吐息のような私語《ささやき》を聞き洩《もら》さなかった。私もいつも奇麗な男になる梅之助が好きだったけれど余りにお鶴がほめる時は微《かす》かに反感を懐いた。

「平生着馴《ふだん》た振袖から、髷《まげ》も島田に由井ヶ浜、女に化けて美人局《つつもたせ》(19)……。ねえ坊ちゃん。梅之助が一番でしょう。」

といってお鶴は例のように頬を付ける。私は人前の気恥かしさに、

「梅之助なんか厭だい。」

というのだった。実際連中は、お鶴がいつも私を抱いているので面白ずくによく戯弄《からか》った。

「お鶴さんは坊ちゃんに惚《ほ》れてるよ。」

私は何かしら真赤になってお鶴の膝を抜出ようとするとお鶴は故意《わざ》と力を入れて抱締める。

「そうですねえ。私の旦那様だもの。皆焼いてるんだよ。」

「嘘だい嘘だい。」

足をばたばたやりながら擦付《すりつ》ける頬を打とうとする、その手を取ってお鶴はチュッと音をさせて唇に吸う。

「アアア、私は坊ちゃんに嫌われてしまった。」

さも落胆《がっかり》したようにいうのであった。

やがて今日も坂上にのみ残って薄明《うすらあかり》も坂下から次第に暮初《くれそ》めると誰からともなく口々に、

「夕焼小焼、明日天気になあれ。」

と子供らは歌いながらあっちこっちの横町や露路《ろじ》に遊び疲れた足を物の匂いの漂う家路へと夕餉《ゆうげ》のために散って行く。

「お土産《みやげ》三つで気が済んだ。」

と背中をどやして逃出す素早い奴を追掛けてお鶴も「明日またお出で」といって、別れ際に今日の終りの頬擦をして横町へ曲って行く。

私はいつも父母の前にキチンと坐って、食膳に着くのにさえ掟のある、堅苦しい家に帰るのが何だか心細く、遠ざかり行く子供の声を果敢《はか》ない別れのように聞きながら一人で坂を上って黒門を這入《はい》った。夕暮は遠い空の雲にさえ取止《とりとめ》もない想《おもい》を走《はしら》せてしっとりと心もうちしめり訳もなく涙ぐまれる悲しい癖を幼い時から私は持っていた。

玄関を這入ると古びた家の匂いがプンと鼻を衝《つ》く。駄々広《だだっぴろ》い家の真中に掛かる灯火の光の薄らぐ隅々には壁虫が死絶えるような低い声で啼く。家内《やうち》を歩く足音が水底《みなそこ》のように冷めたく心の中へも響いて聞える。世間では最も楽しい時と聞く晩餐時さえ厳《いか》めしい父に習って行儀よく笑声を聞くこともなく終了《おしまい》になってしまう音楽のない家の侘《わび》しさはまた私の心であった。お祖母様や乳母や誰彼に聞かされたお化《ばけ》の話は総《すべ》て我家にあった出来事ではないかと夜はいつでも微かな物音にさえ愕《おび》えやすかった。自然と私は朝を待った。町っ子の気ままな生活を羨んだ。

カラリ、、、と晴れた青空の下に物皆《ものみな》が動いている町へ出ると蘇生《よみがえ》ったように胸が躍って全身の血が勢よく廻る。早くも街には夏が漲《みなぎ》って白く輝く夏帽子が坂の上、下へと汗を拭き拭き消えて行く。殊更暑い日中を択《えら》んで菅笠《すげがさ》を被った金魚屋が「目高《めだか》、金魚」と焼付くような人の耳に、涼しい水音を偲《しの》ばせる売声を競う後からだらり、、、と白く乾いた舌を垂して犬がさも肉体を持余したようについて行く。夏が来た来た。その夏の熊野神社の祭礼も忘れられない思い出の一頁を占めねばならぬ。

町内の表通りの家の軒にはどこも揃いの提灯《ちょうちん》を出したが屋根と屋根との打続く坂下は奇麗に花々しく見えるのに、塀と塀とは続いても隣の家の物音さえ聞えない坂上は大きな屋敷門に提灯の配合《うつり》が悪く、かえって墓場のように淋しかった。そればかりか私の家なぞは祭といっても別段何をするのでもないのに引替《ひきかえ》て商家では稼業を休んでまでも店先に金屏風《きんびょうぶ》を立廻し、緋毛氈を敷き、曲りくねった遠州流[20]の生花を飾って客を待つ。娘たちも平生《ふだん》とは見違えるように奇麗に着飾って何かにつけてはれがましく仰山《ぎょうさん》な声を上げる。若衆《わかいしゅ》子供はそれぞれ揃《そろい》の浴衣で威勢よく馳廻る。ワッショウワッショウワッショウと神輿《みこし》を担ぐ声はたださえ汗ばんだ町中の大路小路に暑苦しく聞える。こういう時に日頃町内から憎まれていたり、祝儀《しゅうぎ》の心附《こころづけ》が少なかったりした家は思わぬ返報《しかえし》をされるものだった。坂上の屋敷へも鉄棒でガチャンガチャンと地面を打って脅《おびやか》す奴を真先にいずれも酒気を吐いてワッショイワッショイと神輿を担ぎ込む。それをば、もう来る頃と待ていて若干《いくらか》祝儀を出すとまたワッショウワッショウと温和《おとなし》く引上て行くがいつの祭の時だったかお隣の大竹さんでは心付が少ないというので神輿の先棒で板塀を滅茶滅茶に衝破《つきやぶ》られた事があったのを、我家も同じ目に逢わされはしないかと限りなき恐怖を以て私は玄関の障子を細目にあけながら乳母の袖の下に隠れて恐々《こわごわ》神輿が黒門の外の明るい町へと引上て行くのを覗いたものだった。子供連も手々《てんで》に樽《たる》神輿を担ぎ廻って喧嘩の花を咲かせる。揃の浴衣に黄色く染めた麻糸に鈴を付けた襷《たすき》をして、真新しい手拭を向う鉢巻にし、白足袋《しろたび》の足にまでも汗を流してヤッチョウヤッチョウと馳出すと背中の鈴がチャラチャラ鳴った。女中に手を曳《ひか》れて人込《ひとごみ》におどおどしながら町の片端を平生の服装《みなり》で賑わいを見物するお屋敷の子は、金ちゃんや清ちゃんの汗みずくになって飛廻る姿をどんなに羨しくも悲しくも見送ったろう。

やがて祭が終っても柳屋の店先はお祭の話ばかりだった。向う横町の樽神輿と衝突した子供たちの功名談を妬《ねたま》しいほど勇ましいと思った。若衆の間に評判される踊屋台にお鶴が出たという事は限りなく美しいものに憧るる私の心を喜ばせたと共に自分がそれを見なかった口惜《くちお》しさもいかばかり深いものであったろう。けれども私は直《す》ぐさま我が羨望の的だった絵双紙屋の店先の滝夜叉姫の一枚絵をお鶴と結び付てしまった。お鶴の膝に抱れながら私は聞いた。

「お鶴さんは踊屋台に出て何をしたの。」

「何だったろう。当《あ》て御覧。」

「滝夜叉かい。」

「エエなぜ。」

「だって滝夜叉が一番いいんだもの。」

お鶴は嬉しそうに笑ってまた頬擦をするのだった。真実《ほんと》にお鶴が滝夜叉姫になったのかどうか。私のいうままに、良《い》い加減にそうだと答えたものなのか私は知らないが、古い錦絵の滝夜叉姫と踊屋台に立ったお鶴とは全く同一《おんなじ》だったように思われて、踊屋台を見なかったにもかかわらず二十年後の今もなお私はまざまざと美しい絵にしてそれを幻に見る事が出来る。

土用(21)の中は海近い南の浜辺で暮した。一時《いっとき》として静まらぬ海の不思議が既に子供心を奪ってしまったので私は物欲《ものほし》い心持を知らずに過ぎた。けれども海岸の防風林にも無情《つれな》い風が日に日に吹きつのり別荘町も淋しくなる八月の末には都へ帰らなければならなかった。帰った当座は住馴た我家も何だか物珍しく思われたが夏の緑に常よりも一層暗くなった室の中に大人のようにぐ、、、ったりと昼寝する辛棒《しんぼう》も出来ないので私はまた久しぶりで町をおとずれた。木蔭の少ない町中は瓦屋根にキラキラと残暑が光って亀裂の出来た往来は通魔《とおりま》のした後のように時々一人として行人の影を止めないで森閑としてしまう。柳屋の店先に立った私を迎えたのは、店棚の陰に白い団扇《うちわ》を手にして坐っていた清ちゃんの姉さん一人だった。

「マア暫《しばらく》ぶりねえ。どこへ行っていらしったの。そんなに日に焼けて。」

娘はニコニコして私を店に腰掛けさせ団扇で搧《あお》ぎながら話掛けた。

「誰もいないのかい。清ちゃんも。」

「エエ。今しがた皆で蟬《せみ》を取るって崖へ行ったようですよ。」

「誰も来ないのかなあ。」

満《つま》らなそうに私は繰返していった。

「誰もって誰さ。アア解った。坊ちゃんの仲よしのお鶴さんでしょう。坊ちゃんはお鶴さんでなくっちゃいけないんだねえ。私ともちっと仲よしにおなりな。」

娘は面白そうに笑った。

夕食の後、家内の者は団扇を手に縁端《えんばな》で涼んでいる中、こっそりと私はまだ明《あか》い町へ抜出した。早くも灯火のついた柳屋の店先にはもう二、三人若者が集っていた。子供たちは私を珍しがって種々《いろいろ》と海辺の話を聞きたがったがそれにも飽ると餓鬼大将《がきだいしょう》の金ちゃんを真先に清ちゃんまでも口を揃えて、

「お尻の用心御用心。」

とお互同志で着物の裾を捲《まく》り合ってキャッキャッと悪戯《わるふざけ》を始めたがしまいには止め度がなくなってお使にやられる通りすがりの見も知らぬ子のお尻を捲ってピチャピチャと平手で叩いて泣かせる、若者は面白ずくに嗾《け》しかける。私は店先に腰かけて黙って見て

いたが小さな女の子までも同じ憂目に逢ってワアッと泣いて行くのを可哀そうに思った。間もなく町は灯《ひ》になって見る間にあわただしく日が沈めばどこからともなく暮初《くれそめ》て坂の上のほんのり片明りした空に星がチロリチロリと現われて烟草屋の柳に涼しい風の渡る夏の夜となる。

「お尻の用心御用心。」

と調子付いた子供の声は益々《ますます》高くなってゆく。

「オイオイあすこへ来たのはお鶴ちゃんだろう。」

こういった若者の一人は清ちゃんの姉さんが止めるのも聞かずに、面白がる仲間にやれやれといわれて子供たちに命令《いいつ》けた。

「誰でもいいからお鶴ちゃんの着物を捲ったら氷水をおごるぜ。」

さすがに金ちゃんは姉の事とて承知しなかったが車屋の鉄公はゲラゲラ笑いながら電信柱の後に隠れる。私は息を殺してお鶴のために胸を波打たせた。夜目に際立って白い浴衣のすらりとした姿をチラチラと店灯《みせあかり》に浮上らせてお鶴はいつもの通り蓮葉《はすっぱ》に日和下駄をカラコロと鳴してやって来る。やり過して地びたを這って後へ廻った鉄公の手がお鶴の裾にかかったかと思うと紅が翻《ひるがえ》って高く捲れた着物から真白な脛《はぎ》が見えた。同時に振返ったお鶴は鉄公の頭をピシャピシャと平手でひっぱたいてクルリと踵《きびす》をかえすと元来た方へカラコロとやがて横町の闇に消えてしまった。気を呑《の》まれた若者は白けた顔を見合せておかしくもなく笑った。私は強い味方を持てる気強さと滝夜叉のように凄《すご》いほど美しい我がお鶴を堪《たま》らなく嬉しく懐しく思ったのであったが待設けた人に逢われぬ本意《ほい》なさにまだ崩れない集りを抜けて帰った。

暗闇の多い坂上の屋敷町は、私をして若い女や子供が一人で夜歩きするとどこからか出て来て生血《いきち》を吸うという野衾《のぶすま》(22)の話を想起《おもいおこ》させた。その話をして聞かせた乳母の里でも村一番の美しい娘が人に逢いたいとて闇夜に家を抜出して鎮守の森で待っている内に野衾に血を吸われて冷めたくなっていたそうだ。氷を踏むような自分の足音が冷え初《そ》めた夜の町に冴え渡るのを心細く聞くにつけ野衾が今にも出やしないかとビクビクしながら、一人で夜歩きをした事をつくづく悔いたのであった。覆いかかった葉柳に蒼澄んだ瓦斯《ガス》灯がうすぼんやりと照している我家の黒門は、固くしまって扉に打った鉄鋲《てつびょう》が魔物のように睨んでいた。私は重い潜戸《くぐりど》をどうして這入る事が出来たのだったろう。明い玄関の格子戸から家の内へ馳込むと中の間から飛んで出て来た乳母は緊《しっか》りと私を抱き締めた。

「新様貴方はマアどこに今頃まで遊んでいらっしゃったのです。」

あれほどいって置くのになぜ町へ出るのかと幾度か繰返していい聞かせた後、

「もう二度と町っ子なんかとお遊びになるんじゃありません乳母《ばあや》がお母様に叱られます。」

と私の涙を誘うように掻口説《かきくど》くので、いつも私がいう事をきかないと「もう乳母は里へ帰ってしまいます」というのが真実《ほんと》になりはしないかと思われて知らず知らずホロリとして来たが、

「新次や新次や。」

と奥で呼んでいらっしゃるお母様のお声の方に私は馳出して行った。

御屋敷の子と生れた悲哀《かなしさ》は沁々《しみじみ》と刻まれた。

「卑しい町の子と遊ぶと、いつの間にか自分も卑しい者になってしまってお父様のような偉い人にはなれません。これからはお母様のいう事を聞いてお家でお遊びなさい。それでも町の子と遊びたいなら、町の子にしてしまいます。」

という母の誡《いましめ》を厳《おごそ》かに聞かされてから私はまた掟の中に囚《とら》われていなければならなかった。暫《しばらく》は宅中《うちじゅう》に玩具箱をひっくり返して、数を尽して並べても「真田三代記」(23)や「甲

越軍談(24)の絵本を幼い手ぶりで彩っても、陰鬱な家の空気は遊びたい盛りの坊ちゃんを長く捕えてはいられない。私はまた雑草をわけ木立の中を犬のように潜って崖端へ出て見はるかす町々の賑《にぎわ》いに果敢《はか》なく憧憬《あこが》れる子となった。

「なぜ御屋敷の坊ちゃんは町っ子と遊んではいけないのだろう。」

こう自分に尋ねて見たがどうしても解らなかった。後年、この時分の、解きがたい謎を抱いて青空を流れる雲の行衛《ゆくえ》を見守った遣瀬《やるせ》ない心持が、水のように湧き出して私は物の哀れを知初《しりそ》めるという少年の頃に手飼の金糸雀《カナリヤ》の籠の戸をあけておりからの秋の底までも藍を湛《たた》えた青空に二羽の小鳥を放してやった事がある。

崖に射す日光は日に日に弱って油を焦《こが》すようだった蟬の音も次第に消えて行くと夏もやがて暮初めて草土手を吹く風はいとど堪えがたく悲哀《かなしみ》を誘う。烈しかっただけに逝《ゆ》く夏は肉体の疲れからもかえって身に沁みて惜まれる。木の葉も凋落《ちょうらく》する寂寥《せきりょう》の秋が迫るに連れて癒《いや》しがたき傷手に冷え冷えと風の沁むように何とも解らないながらも、幼心に行きて帰らぬもののうら悲しさを私は沁々と知ったように思われる。こうして秋を迎えた私は果敢なくお鶴と別れなければならなかった。

或日私は崖下の子供たちの声に誘われて母の誡を破って柳屋の店先の縁台に母よりも懐しかったお鶴の膝に抱かれた。

「なぜこの頃はちっとも来なかったの。私が嫌になったんだよ憎らしいねえ。」

と柔かい頬を寄せ、

「私もう坊ちゃんに嫌われて満《つま》らないから芸者の子になってしまうんだ。」

といったお鶴の言葉はどんなに私を驚かしたろう。遠い下町の、華やかな淫らな街に売られて行くのを出世のように思って面白そうに嬉しそうにお鶴の話すのを私はどんなに悲しく聞いたろう。しかしそれも今は忘れようとしても忘れる事の出来ない懐しい思い出となってしまった。

お鶴は既に、明日にも、買われて行くべき家に連れて行かれる身であった。そこは鉄道馬車に乗って三時間もかかって行く隅田川の辺《ほと》りで一町内全体《すっかり》芸者屋で、芸者の子になると美味物《おいしいもの》が食べられて、奇麗な着物は着たいほうだい、踊を踊ったり、三味線を弾いたりして毎日賑やかに遊んでいられるのだとお鶴はいった。

「私もいい芸者になるから坊ちゃんも早く偉い人になって遊びに来ておくれ。」

お鶴は明日の日の幸福を確く信じて疑わない顔をしていった。平生《ふだん》よりも一層はしゃいで苦のない声でよく笑った。

「今度遊びに行っていいかい。」

と私がいったのを、

「子供の癖に芸者が買えるかい。」

と囃《はや》し立てた子供連にまじってお鶴のはれた声も笑った。そしていつもよりも早く帰えるといい出して別れ際に、

「私を忘れちゃ厭だよ、きっと偉い人になって遊びに来ておくれ。」

と幾度か頬擦をした結局《あげく》に野衾《のぶすま》のように私の頰を強く強く吸った。「あばよ」といって、蓮葉にカラコロと歩いて行く姿が瞭然《はっきり》と私に残った。

悄然と黒門の内に帰った私は二度とお鶴に逢う時がなかった。忘れる事の出来ないお鶴について私の追想は余りにしばしば繰返えされたので、もう幼かった当時の私の心持をそのままに記す事は出来ないであろう。私は長じた後の日に彩った記憶だと知りながら、お鶴に別れた夕暮の私を懐しいものとして忘れない。

「お鶴は行ってしまうのだ。」

と思うと眼が霞んで何《なんに》も見えなくなって、今までにお鶴が私語《ささや》いた断々《きれぎれ》の言葉や、ま

だ残っている頰擦や接吻《くちづけ》の温《あたたか》さ柔かさも総て涙の中に溶けて行って私に残るものは悲哀《かなしみ》ばかりかと思われる。堪えようとしても浮ぶ涙を紛らすために庭へ出て崖端に立った。「お鶴の家はどこだろう」傾く日ざしが僅に残る、一様に黒い長屋造りの場末の町とてどうしてそれが見分けられよう。悲哀に満ちた胸を抱いて放肆《ほしいまま》に町へも出られない掟と誡めとに縛られる御屋敷の子は明日にもお鶴が売られて行く遠い下町に限りも知らず憧がれた。「子供には買えないという芸者になるお鶴と一日も早く大人になって遊びたい。」

見る見る落日の薄明《うすらあかり》も名残なく消えて行けば、

「蛙が鳴いたから帰えろ帰えろ。」

と子供の声も黄昏《たそが》れて水底のように初秋の夕霧が流れ渡る町々にチラチラと灯がともるとどこかで三味線の音が微かに聞え出した。ポツンポツンと絶え絶えに崖の上までも通う音色を私はどうしてもお鶴が弾くのだと思わないではいられなかった。そして何だかその絃《いと》に身も魂も誘われて行くようにいとせめて遣瀬ない思いが小さな胸に充分《いっぱい》になった。「お鶴は行ってしまうのだ」「一人ぼっちになってしまうのだ」とうら悲しさに迫り来る夜の闇の中に泣濡《なきぬ》れて立っていた。

ふと私は木立を越した家の方で「新様新様」と呼ぶ女中の声に気が付くと始めて闇に取巻かれうなだれて佇む自分を見出して夜の恐怖に襲われた。息も出来ないで夢中に木立を抜けた私は縁側から座敷へ馳上《かけあが》ると突然《いきなり》端近に坐っていた母の懐にひしと縋《すが》って声も惜しまずに泣いた。涙が尽きるまで泣いた。

ああ思い出の懐かしさよ。大人になって、偉い人になって、遊びに行くと誓った私は御屋敷の子の悲哀を抱いて掟《おきて》られ縛められ僅《いまし》に過し日を顧みて慰むのみである。お鶴はどこにいるのか知らないが過し日の果敢なき美しき追想に私はお鶴に別れた夕暮、母の懐に縋って涙を流した心持をば、悲しくも懐かしくも嬉しき思い出として二十歳《はたち》の今日も沁み沁みと味うことが出来るのである。

秘密

谷崎潤一郎

一八八六年(明治一九)―一九六五年(昭和四〇)。東京生まれ。東京帝大国文科中退。在学中の一九一〇年(明治四三)、小山内薫らと第二次「新思潮」を創刊、「刺青」「麒麟《きりん》」などの耽美的で強烈な色彩の作品を続々と発表し、永井荷風の推奨を得て華々しく出発した。一九二三年(大正一二)の関東大震災を契機に関西に移住し、震災後の新風俗を描いた「痴人の愛」や、関西の文学風土に同化した「蓼《たで》喰ふ虫」「春琴抄」などの名作が生まれた。この背景には、後に夫人となった根津松子との出会いがあり、その四人姉妹をモデルとして一九四三年(昭和一八)から書かれた「細雪《ささめゆき》」は、崩壊してゆく旧家の人間模様を華麗な風俗絵巻として描き、戦争中の中断をはさんで戦後に完結。その後も旺盛な創作活動を続けた。

「秘密」は一九一一年(明治四四)一一月の「中央公論」に発表。「肉体的恐怖から生ずる神秘幽玄」「全く都会的たる事」「文章の完全なる事」と永井荷風が指摘する谷崎の特長そのままに、強烈な刺戟を求めて女装し、また目隠しで市中を引き回される「私」の幻惑の体験を余すところなく描く。底本には『谷崎潤一郎全集』1(中央公論社、一九八一年)を用いた。

その頃私は或《あ》る気紛《きまぐ》れな考《かんがえ》から、今まで自分の身のまわりを裹《つつ》んでいた賑《にぎ》やかな雰囲気を遠ざかって、いろいろの関係で交際を続けていた男や女の圏内から、ひそかに逃れ出ようと思い、方々と適当な隠れ家を捜し求めた揚句、浅草の松葉町(1)辺に真言宗《しんごんしゅう》(2)の寺のあるのを見附けて、ようようそこの庫裡《くり》(3)の一と間を借り受けることになった。

新堀の溝へついて、菊屋橋から門跡《もんぜき》(4)の裏手を真《ま》っ直《す》ぐに行ったところ、十二階(5)の下の方の、うるさく入り組んだObscure(6)な町の中にその寺はあった。ごみ溜《た》めの箱を覆《くつがえ》した如く、あの辺一帯にひろがっている貧民窟の片側に、黄橙色《だいだいいろ》の土塀の壁が長く続いて、いかにも落ち着いた、重々しい寂しい感じを与える構えであった。

私は最初から、渋谷だの大久保だのという郊外へ隠遁《いんとん》するよりも、かえって市内のどこかに人の心附かない、不思議なさびれた所があるであろうと思っていた。丁度《ちょうど》瀬の早い渓川《たにがわ》のところどころに、澱《よど》んだ淵が出来るように、下町の雑沓《ざっとう》する巷と巷の間《あわい》に挟まりながら、極めて特殊の場合か、特殊の人でもなければめったに通行しないような閑静な一郭《いっかく》が、なければなるまいと思っていた。

同時にまたこんな事も考えて見た。――

己《おれ》は随分旅行好きで、京都、仙台、北海道から九州までも歩いて来た。けれどもいまだこの東京の町の中に、人形町(7)で生れて二十年来永住している東京の町の中に、一度も足を踏《ふ》み入れた事のないという通りが、きっとあるに違いない。いや、思ったより沢山《たくさん》あるに違いない。

そうして大都会の下町に、蜂の巣の如く交錯している大小無数の街路のうち、私が通った事のある所と、ない所では、孰方《どっち》が多いかちょいと判らなくなって来た。

何でも十一、二歳の頃であったろう。父と一緒に深川の八幡様(8)へ行った時、

「これから渡しを渡って、冬木《ふゆぎ》(9)の米市《こめいち》で名代のそばを御馳走《ごちそう》してやるかな。」

こういって、父は私を境内の社殿の後《うしろ》の方へ連れて行った事がある。そこには小網町や小舟町辺の堀割と全く趣の違った、幅の狭い、岸の低い、水の一杯にふくれ上っている川が、細かく建て込んでいる両岸の家々の、軒と軒とを押し分けるように、どんよりと物憂く流れていた。小さな渡し船は、川幅よりも長そうな荷足りや伝馬《てんま》(10)が、幾艘《いくそう》も縦に列《なら》んでいる間を縫いながら、二《ふ》た竿《さお》三竿ばかりちょろちょろと水底《みなそこ》を衝《つ》いて往復して

いた。

私はその時まで、たびたび八幡様へお参りをしたが、いまだかつて境内の裏手がどんなになっているか考えて見たことはなかった。いつも正面の鳥居の方から社殿を拝むだけで、恐らくパノラマ(11)の絵のように、表ばかりで裏のない、行き止まりの景色のように自然と考えていたのであろう。現在眼の前にこんな川や渡し場が見えて、その先に広い地面が果てしもなく続いている謎のような光景を見ると、何となく京都や大阪よりももっと東京をかけ離れた、夢の中でしばしば出逢うことのある世界の如く思われた。

それから私は、浅草の観音堂(12)の真うしろにはどんな町があったか想像して見たが、仲店の通りから宏大な朱塗りのお堂の甍《いらか》を望んだ時の有様ばかりが明瞭に描かれ、その外の点はとんと頭に浮かばなかった。だんだん大人になって、世間が広くなるに随い、知人の家を訪ねたり、花見遊山《ゆさん》に出かけたり、東京市中は隈なく歩いたようであるが、いまだに子供の時分経験したような不思議な別世界へ、ハタリと行き逢うことがたびたびあった。

そういう別世界こそ、身を匿《かく》すには究竟《くっきょう》であろうと思って、ここかしこといろいろに捜し求めて見れば見るほど、今まで通った事のない区域が到る処に発見された。浅草橋と和泉橋は幾度も渡って置きながら、その間にある左衛門橋を渡ったことがない。二長町の市村座(13)へ行くのには、いつも電車通りからそばやの角を右へ曲ったが、あの芝居の前を真っ直ぐに柳盛座《りゅうせいざ》(14)の方へ出る二、三町ばかりの地面は、一度も踏んだ覚えはなかった。昔の永代橋《えいたいばし》(15)の右岸の袂《たもと》から、左の方の河岸《かし》はどんな工合になっていたか、どうも好《よ》く判らなかった。その外《ほか》八丁堀、越前堀、三味線堀、山谷堀《さんやぼり》の界隈には、まだまだ知らない所が沢山あるらしかった。

松葉町のお寺の近傍は、そのうちでも一番奇妙な町であった。六区(16)と吉原(17)を鼻先に控えてちょいと横丁を一つ曲った所に、淋《さび》しい、廃《すた》れたような区域を作っているのが非常に私の気に入ってしまった。今まで自分の無二の親友であった「派手な贅沢《ぜいたく》なそうして平凡な東京」という奴を置いてき堀(18)にして、静かにその騒擾《そうじょう》を傍観しながら、こっそり身を隠していられるのが、愉快でならなかった。

隠遁をした目的は、別段勉強をするためではない。その頃私の神経は、刃の擦《す》り切れたやすりのように、鋭敏な角々がすっかり鈍って、よほど色彩の濃い、あくどい物に出逢わなければ、何の感興も湧《わ》かなかった。微細な感受性の働きを要求する一流の芸術だとか、一流の料理だとかを翫味《がんみ》するのが、不可能になっていた。下町の粋といわれる茶屋の板前に感心して見たり、仁左衛門《にざえもん》(19)や鴈治郎《がんじろう》(20)の技巧を賞美したり、すべて在《あ》り来たりの都会の歓楽を受け入れるには、あまり心が荒《すさ》んでいた。惰力のために面白くもない懶惰《らんだ》な生活を、毎日毎日繰り返しているのが、堪えられなくなって、全然旧套を擺脱《はいだつ》した、物好きな、アーティフィシャル(21)な、Mode of life(22)を見出して見たかったのである。

普通の刺戟《しげき》に馴《な》れてしまった神経を顫《ふる》い戦《おのの》かすような、何か不思議な、奇怪な事はないであろうか。現実をかけ離れた野蛮な荒唐な夢幻的な空気の中に、棲息《せいそく》することは出来ないであろうか。こう思って私の魂は遠くバビロンやアッシリヤの古代の伝説の世界にさ迷ったり、コナンドイル(23)や涙香《るいこう》(24)の探偵小説を想像したり、光線の熾烈《しれつ》な熱帯地方の焦土と緑野を恋い慕ったり、腕白《わんぱく》な少年時代のエクセントリックな悪戯《あくぎ》に憧れたりした。

賑かな世間から不意に韜晦《とうかい》して、行動をただ徒《いたず》らに秘密にして見るだけでも、すでに一種のミステリアスな、ロマンチックな色彩を自分の生活に賦与《ふよ》することが出来ると思った。私は秘密という物の面白さを、子供の時分からしみじみと味わっていた。かくれんぼ、宝さがし、お茶坊主のような遊戯――殊《こと》に、それが闇の晩、うす暗い物置小屋や、観音開き(25)の前などで行われる時の面白味は、主としてその間に「秘密」という不思議な気分が潜んでいるせいであったに違いない。

私はもう一度幼年時代の隠れん坊のような気持を経験して見たさに、わざと人の気の附かない下町の曖昧《あいまい》なところに身を隠したのであった。そのお寺の宗旨が「秘密」とか、「禁厭《まじない》」とか、「呪咀《じゅそ》」とかいうものに縁の深い真言宗であることも、私の好奇心を誘うて、妄想を育《はぐく》ませるには恰好《かっこう》であった。部屋は新らしく建て増した庫裡の一部で、南を向いた八畳敷きの、日に焼けて少し茶色がかっている畳が、かえって見た眼には安らかな暖かい感じを与えた。昼過ぎになると和《なご》やかな秋の日が、幻灯の如くあかあかと縁側の障子に燃えて、室内は大きな雪洞《ぼんぼり》のように明るかった。

それから私は、今まで親しんでいた哲学や芸術に関する書類を一切戸棚へ片附けてしまって、魔術だの、催眠術だの、探偵小説だの、化学だの、解剖学だのの奇怪な説話と挿絵に富んでいる書物を、さながら土用干《どようぼし》(26)の如く部屋中へ置き散らして、寝ころびながら、手あたり次第に繰りひろげては耽読《たんどく》した。その中には、コナンドイルの The Sign of Four(27)や、ドキンシイの Murder, Considered as one of the fine arts(28)や、アラビアンナイトのようなお伽噺《とぎばなし》から、仏蘭西《フランス》の不思議な Sexuology(29)の本なども交っていた。

ここの住職が秘していた地獄極楽の図を始め、須弥山《しゅみせん》図だの涅槃像《ねはんぞう》だの、いろいろの、古い仏画を強いて懇望《こんもう》して、丁度学校の教員室に掛っている地図のように、所嫌わず部屋の四壁へぶら下げて見た。床《とこ》の間の香炉からは、始終紫色の香の煙が真っ直ぐに静かに立ち昇って、明るい暖かい室内を焚《た》きしめていた。私は時々菊屋橋際の舗《みせ》へ行って白檀《びゃくだん》や沈香《じんこう》を買って来てはそれを燻《く》べた。

天気の好い日、きらきらとした真昼の光線が一杯に障子へあたる時の室内は、眼の醒めるような壮観を呈した。絢爛《けんらん》な色彩の古画の諸仏、羅漢《らかん》、比丘《びく》、比丘尼《びくに》、優婆塞《うばそく》、優婆夷《ばい》、象、獅子《しし》、麒麟《きりん》などが四壁の紙幅の内から、ゆたかな光の中に泳ぎ出す。畳の上に投げ出された無数の書物からは、惨殺、麻酔、魔薬、妖女、宗教――種々雑多の傀儡《かいらい》が、香の煙に溶け込んで、朦朧《もうろう》と立ち罩《こ》める中に、二畳ばかりの緋毛氈《ひもうせん》を敷き、どんよりとした蛮人のような瞳を据えて、寝ころんだまま、私は毎日毎日幻覚を胸に描いた。

夜の九時頃、寺の者が大概寝静まってしまうとウイスキーの角壜を呷《あお》って酔いを買った後、勝手に縁側の雨戸を引き外し、墓地の生け垣を乗り越えて散歩に出かけた。なるべく人目にかからぬように毎晩服装を取り換えて公園の雑沓の中を潜って歩いたり、古道具屋や古本屋の店先を漁《あさ》り廻ったりした。頰冠《ほおかむ》りに唐桟《とうざん》(30)の半纏《はんてん》を引っ掛け、綺麗《きれい》に研《みが》いた素足へ爪紅《つまべに》をさして雪駄《せった》を穿《は》くこともあった。金縁の色眼鏡《いろめがね》に二重廻し(31)の襟《えり》を立てて出ることもあった。着《つ》け髭《ひげ》、ほくろ、痣《あざ》と、いろいろに面体《めんてい》を換えるのを面白がったが、或る晩、三味線堀の古着屋で、藍地に大小あられの小紋を散らした女物の袷《あわせ》が眼に附いてから、急にそれが着て見たくてたまらなくなった。

一体私は衣服反物に対して、単に色合いが好いとか柄が粋《いき》だとかいう以外に、もっと深く鋭い愛着心を持っていた。女物に限らず、すべて美しい絹物を見たり、触れたりする時は、何となく顫い附きたくなって、丁度恋人の肌の色を眺めるような快感の高潮に達することがしばしばであった。殊に私の大好きなお召や縮緬《ちりめん》(32)を、世間憚《はばか》らず、恣《ほしいまま》に着飾ることの出来る女の境遇を、嫉《ねた》ましく思うことさえあった。

あの古着屋の店にだらりと生々しく下っている小紋縮緬の袷――あのしっとりした、重い冷たい布《きれ》が粘つくように肉体を包む時の心好さを思うと、私は思わず戦慄《せんりつ》した。あの着物を着て、女の姿で往来を歩いて見たい。………こう思って、私は一も二もなくそれを買う気になり、ついでに友禅の長襦袢《ながじゅばん》や、黒縮緬の羽織までも取りそろえた。

大柄の女が着たものと見えて、小男の私には寸法も打ってつけであった。夜が更《ふ》けてがらんとした寺中がひっそりした時分、私はひそかに鏡台に向って化粧を始めた。黄色い生地《きじ》の鼻柱へ先ずベットリと練りお白粉《しろい》をなすり着けた瞬間《ま》の容貌は、少しグロテスクに見えたが、濃い白い粘液を平手で顔中へ万遍なく押し拡げると、思ったよりものりが好く、甘い匂いのひやひやとした露が、毛孔へ沁《し》み入る皮膚のよろこびは、格別であった。紅やとのこ(33)を塗るに随って、石膏の如くただ徒らに真っ白であった私の顔が、潑《はつ》剌《らつ》とした生色ある女の相に変って行く面白さ。文士や画家の芸術よりも、俳優や芸者や一般の女が、日常自分の体の肉を材料として試みている化粧の技巧の方が、遥《はる》かに興味の多いことを知った。

長襦袢、半襟、腰巻、それからチュッチュッと鳴る紅絹裏《もみうら》の袂、——私の肉体は、すべて普通の女の皮膚が味わうと同等の触感を与えられ、襟足から手頸《てくび》まで白く塗って、銀杏返《いちょうがえ》しの鬘《かつら》の上にお高祖頭巾《こそずきん》(34)を冠り、思い切って往来の夜道へ紛れ込んで見た。

雨曇りのしたうす暗い晩であった。千束町、清住町、竜泉寺町——あの辺一帯の溝の多い、淋しい街を暫《しばら》くさまよって見たが、交番の巡査も、通行人も、一向気が附かないようであった。甘皮《あまかわ》を一枚張ったようにぱさぱさ乾いている顔の上を、夜風が冷やかに撫でて行く。口辺を蔽《おお》うている頭巾の布《きれ》が、息のために熱く湿《うるお》って、歩くたびに長い縮緬の腰巻の裾《すそ》は、じゃれるように脚へ纏《もつ》れる。みぞおちから肋骨《あばら》の辺を堅く緊《し》め附けている丸帯と、骨盤の上を括《くく》っている扱帯《しごき》の加減で、私の体の血管には、自然と女のような血が流れ始め、男らしい気分や姿勢はだんだんとなくなって行くようであった。

友禅の袖の蔭から、お白粉を塗った手をつき出して見ると、強い頑丈な線が闇の中に消えて、白くふっくらと柔かに浮き出ている。私は自分で自分の手の美しさに惚れ惚れとした。このような美しい手を、実際に持っている女という者が、羨《うらや》ましく感じられた。芝居の弁天小僧(35)のように、こういう姿をして、さまざまの罪を犯したならば、どんなに面白いであろう。……探偵小説や、犯罪小説の読者を始終喜ばせる「秘密」「疑惑」の気分に髣髴《ほうふつ》とした心持で、私は次第に人通りの多い、公園の六区の方へ歩みを運んだ。そうして、殺人とか、強盗とか、何か非常な残忍な悪事を働いた人間のように、自分を思い込むことが出来た。

十二階の前から、池の汀《みぎわ》について、オペラ館の四つ角へ出ると、イルミネーションとアーク灯(36)の光が厚化粧をした私の顔にきらきらと照って、着物の色合いや縞目がはッきりと読める。常盤座《ときわざ》(37)の前へ来た時、突き当りの写真屋の玄関の大鏡へ、ぞろぞろ雑沓する群集の中に交って、立派に女と化け終《おお》せた私の姿が映っていた。

コッてり塗り附けたお白粉の下に、「男」という秘密が悉《ことごと》く隠されて、眼つきも口つきも女のように動き、女のように笑おうとする。甘いへんのう(38)の匂いと、囁《ささや》くような衣《きぬ》摺《ず》れの音を立てて、私の前後を擦れ違う幾人の女の群も、皆私を同類と認めて訝《あや》しまない。そうしてその女たちの中には、私の優雅な顔の作りと、古風な衣裳の好みとを、羨ましそうに見ている者もある。

いつも見馴れている公園の夜の騒擾も、「秘密」を持っている私の眼には、すべてが新しかった。どこへ行っても、何を見ても、始めて接する物のように、珍しく奇妙であった。人間の瞳を欺き、電灯の光を欺いて、濃艶《のうえん》な脂粉とちりめんの衣裳の下に自分を潜ませながら、「秘密」の帷《とばり》を一枚隔てて眺めるために、恐らく平凡な現実が、夢のような不思議な色彩を施されるのであろう。

それから私は毎晩のようにこの仮装をつづけて、時とすると、宮戸座(39)の立ち見や活動写真の見物の間へ、平気で割って入るようになった。寺へ帰るのは十二時近くであったが、座敷に上ると早速空気ランプ(40)をつけて、疲れた体の衣裳も解かず、毛氈の上へぐったり嫌らしく寝崩れたまま、残り惜しそうに絢爛な着物の色を眺めたり、袖口をちゃらちゃらと振って見たりした。剝《は》げかかったお白粉が肌理《きめ》の粗いたるんだ頰の皮へ滲《し》み着いているのを、鏡に映して凝視《ぎょうし》していると、廃頽《はいたい》した快感が古い葡萄酒《ぶどうしゅ》の酔いのように魂をそそった。地獄極楽の図を背景にして、けばけばしい長襦袢のまま、遊女の如くなよなよと蒲団《ふとん》の上へ腹這《はらば》って、例の奇怪な書物のページを夜更くるまで翻《ひるがえ》すこともあった。次第に扮装も巧《うま》くなり、大胆にもなって、物好きな聯想《れんそう》を醸《かも》させるために、匕首《あいくち》だの麻酔薬だのを、帯の間へ挿《はさ》んでは外出した。犯罪を行わずに、犯罪に附随している美しいロマンチックの匂いだけを、十分に嗅《か》いで見たかったのである。

そうして、一週間ばかり過ぎた或る晩の事、私は図《はか》らずも不思議な因縁から、もッと奇怪なもッと物好きな、そうしてもッと神秘な事件の端緒に出会した。

その晩私は、いつもよりも多量にウイスキーを呷って、三友館《さんゆうかん》(41)の二階の貴賓席に上り込んでいた。何でももう十時近くであったろう、恐ろしく混んでいる場内は、霧のような濁った空気に充たされて、黒く、もくもくとかたまって蠢動《しゅんどう》している群衆の生温かい人いきれが、顔のお白粉を腐らせるように漂っていた。暗中にシャキシャキ軋《きし》みながら目まぐるしく展開して行く映画の光線の、グリグリと瞳を刺すたびごとに、私の酔った頭は破れるように痛んだ。時々映画が消えてぱッと電灯がつくと、渓底《たにそこ》から沸き上る雲のように、階下の群衆の頭の上を浮動している煙草《たばこ》の烟《けむり》の間を透かして、私は真深《まぶか》いお高祖頭巾の蔭から、場内に溢《あふ》れている人々の顔を見廻した。そうして私の旧式な頭巾の姿を珍しそうに窺《うかが》っている男や、粋な着附けの色合いを物欲しそうに盗み視ている女の多いのを、心ひそかに得意としていた。見物の女のうちで、いでたちの異様な点から、様子の婀娜《あだ》っぽい点から、乃至《ないし》器量の点からも、私ほど人の眼に着いた者はないらしかった。

始めは誰もいなかったはずの貴賓席の私の側の椅子が、いつの間に塞がったのか能《よ》くは知らないが、二、三度目に再び電灯がともされた時、私の左隣りに二人の男女が腰をかけているのに気が附いた。

女は二十二、三と見えるが、その実六、七にもなるであろう。髪を三つ輪(42)に結って、総身をお召の空色のマントに包み、くッきりと水のしたたるような鮮やかな美貌ばかりを、これ見よがしに露《あら》わにしている。芸者とも令嬢とも判断のつき兼ねる所はあるが、連れの紳士の態度から推して、堅儀《かたぎ》の細君ではないらしい。

「………Arrested at last.(43)………」

と、女は小声で、フィルムの上に現れた説明書を読み上げて、土耳古《トルコ》巻のM.C.C.(44)の薫りの高い烟を私の顔に吹き付けながら、指に篏《は》めている宝石よりも鋭く輝く大きい瞳を、闇の中できらりと私の方へ注いだ。

あでやかな姿に似合わぬ太棹《ふとざお》(45)の師匠のような皺嗄《しわが》れた声、——その声は紛れもない、私が二、三年前に上海《シャンハイ》へ旅行する航海の途中、ふとした事から汽船の中で暫く関係を結んでいたT女であった。

女はその頃から、商売人とも素人とも区別のつかない素振りや服装を持っていたように覚えている。船中に同伴していた男と、今夜の男とはまるで風采《ふうさい》も容貌も変っているが、多分はこの二人の男の間を連結する無数の男が女の過去の生涯を鎖のように貫いているのであろう。ともかくその婦人が、始終一人の男から他の男へと、胡蝶《こちょう》のように飛んで歩く種類の女であることは確かであった。二年前に船で馴染みになった時、二人はいろいろの事情から本当の氏名も名乗り合わず、境遇も住所も知らせずにいるうちに上海へ着いた。そうして私は自分に恋い憧れている女を好い加減に欺き、こッそり跡をくらましてしまった。以来太平洋上の夢の中なる女とばかり思っていたその人の姿を、こんな処で見ようとは全く意外である。あの時分やや小太りに肥えていた女は、神々《こうごう》しいまでに痩せて、すッきりとして、睫毛《まつげ》の長い潤味《うるみ》を持った円《まる》い眼《まなこ》が、拭《ぬぐ》うが如くに冴え返り、男を男とも思わぬような凜々《りり》しい権威さえ具《そな》えている。触るるものに紅《くれない》の血が滲《に》染《じ》むかと疑われた生々しい唇と、耳朶《みみたぶ》の隠れそうな長い生え際ばかりは昔に変らないが、鼻は以前よりも少し嶮《けわ》しい位に高く見えた。

女は果して私に気が附いているのであろうか。どうも判然と確かめることが出来なかった。明りがつくと連れの男にひそひそ戯れている様子は、傍にいる私を普通の女と蔑《さげす》んで、別段心にかけていないようでもあった。実際その女の隣りにいると、私は今まで得意であった自分の扮装を卑しまない訳には行かなかった。表情の自由な、いかにも生き生きとした妖女の魅力に気圧《けお》されて、技巧を尽した化粧も着附けも、醜く浅ましい化物のような気がした。女らしいという点からも、美しい器量からも、私は到底《とうてい》彼女の競争者ではなく、月の前の星のように果敢《はか》なく萎《しお》れてしまうのであった。

朦々《もうもう》と立ち罩《こ》めた場内の汚れた空気の中に、曇りのない鮮明な輪郭をくッきりと浮かばせて、マントの蔭からしなやかな手をちらちらと、魚のように泳がせているあでやかさ。男と対談する間にも時々夢のような瞳を上げて、天井を仰いだり、眉根を寄せて群衆を見下ろしたり、真っ白な歯並みを見せて微笑《ほほえ》んだり、そのたびごとに全く別趣の表情が、溢れんばかりに湛《たた》えられる。いかなる意味をも鮮かに表わし得る黒い大きい瞳は、場内の二つの宝石のように、遠い階下の隅からも認められる。顔面のすべての道具が単に物を見たり、嗅いだり、聞いたり、語ったりする機関としては、あまりに余情に富み過ぎて、人間の顔というよりも、男の心を誘惑する甘味ある餌食《えじき》であった。

もう場内の視線は、一つも私の方に注がれていなかった。愚かにも、私は自分の人気を奪い去ったその女の美貌に対して、嫉妬《しっと》と憤怒《ふんぬ》を感じ始めた。かつては自分が弄《もてあそ》んで恣《ほしいまま》に棄ててしまった女の容貌の魅力に、忽《たちま》ち光を消されて蹈み附けられて行く口惜しさ。事に依ると女は私を認めていながら、わざと皮肉な復讐をしているのではないであろうか。

私は美貌を羨む嫉妬の情が、胸の中で次第次第に恋慕の情に変って行くのを覚えた。女としての競争に敗れた私は、今一度男として彼女を征服して勝ち誇ってやりたい。こう思うと、抑え難い欲望に駆られてしなやかな女の体を、いきなりむずと鷲摑《わしづか》みにして、揺《ゆ》す振《ぶ》って見たくもなった。

君は予の誰なるかを知り給うや。今夜久しぶりに君を見て、予は再び君を恋し始めたり。今一度、予と握手し給うお心はなきか。明晩もこの席に来て、予を待ち給うお心はなきか。予は予の住所を何人にも告げ知らす事を好まねば、ただ願わくは明日の今頃、この席に来て予を待ち給え。

闇に紛れて私は帯の間から半紙と鉛筆を取出し、こんな走り書きをしたものをひそかに女の袂へ投げ込んだ、そうして、またじッと先方の様子を窺っていた。

十一時頃、活動写真の終るまでは女は静かに見物していた。観客が総立ちになってど

やどやと場外へ崩れ出す混雑の際、女はもう一度、私の耳元で、

「……… Arrested at last. ………」

と囁きながら、前よりも自信のある大胆な凝視を、私の顔に暫く注いで、やがて男と一緒に人ごみの中へ隠れてしまった。

「……… Arrested at last. ………」

女はいつの間にか自分を見附け出していたのだ。こう思って私は竦然《しょうぜん》とした。それにしても明日の晩、素直に来てくれるであろうか。大分昔よりは年功を経ているらしい相手の力量を測らずに、あのような真似《まね》をして、かえって弱点を握られはしまいか。いろいろの不安と疑惧《ぎぐ》に挟《さしはさ》まれながら私は寺へ帰った。

いつものように上着を脱いで、長襦袢一枚になろうとする時、ぱらりと頭巾の裏から四角にたたんだ小さい洋紙の切れが落ちた。

「Mr. S. K.」

と書き続けたインキの痕《あと》をすかして見ると、玉甲斐絹《たまかいき》(46)のように光っている。正しく彼女の手であった。見物中、一、二度小用に立ったようであったが、早くもその間に、返事をしたためて、人知れず私の襟元へさし込んだものと見える。

思いがけなき所にて思いがけなき君の姿を見申候。たとい装いを変え給うとも、三年このかた夢寐《むび》にも忘れぬ御面影を、いかで見逃し候べき。妾《わらわ》は始めより頭巾の女の君なる事を承知仕候《つかまつりそろ》。それにつけても相変らず物好きなる君にておわせしことの可笑《おか》しさよ。妾に会わんと仰せらるるも多分はこの物好きのおん興じにやと心《こころ》許《もと》なく存じ候えども、あまりの嬉しさにとかくの分別も出でず、ただ仰せに従い明夜は必ず御待ち申すべく候。ただし、妾に少々都合もあり、考えもこれあり候えば、九時より九時半までの間に雷門(47)までお出で下されまじくや。そこにて当方より差し向けたるお迎いの車夫が、必ず君を見つけ出して拙宅へ御案内致すべく候。君の御住所を秘し給うと同様に、妾も今の在り家を御知らせ致さぬ所存にて、車上の君に眼隠しをしてお連れ申すよう取りはからわせ候間、右御許し下されたく、もしこの一事を御承引下され候わずば、妾は永遠に君を見ることかなわず、これに過ぎたる悲しみはこれなく候。

私はこの手紙を読んで行くうちに、自分がいつの間にか探偵小説中の人物となり終せているのを感じた。不思議な好奇心と恐怖とが、頭の中で渦を巻いた。女が自分の性癖を呑《の》み込んでいて、わざとこんな真似をするのかとも思われた。

明くる日の晩は素晴らしい大雨であった。私はすっかり服装を改めて、対《つい》の大島(48)の上にゴム引(49)きの外套を纏《まと》い、ざぶん、ざぶんと、甲斐絹張りの洋傘に、滝の如くたたきつける雨の中を戸外《おもて》へ出た。新堀の溝が往来一円に溢れているので、私は足袋を懐《ふところ》へ入れたが、びしょびしょに濡れた素足が家並みのランプに照らされて、ぴかぴか光っていた。夥《おびただ》しい雨量が、天からざあざあと直瀉《ちょくしゃ》する喧囂《けんごう》の中に、何もかも打ち消されて、ふだん賑やかな広小路の通りも大概雨戸を締め切り、二、三人の臀端折《しりはしょ》りの男が、敗走した兵士のように駈《か》け出して行く。電車が時々レールの上に溜まった水をほとばしらせて通る外は、ところどころの電柱や広告のあかりが、朦朧たる雨の空中をぼんやり照らしているばかりであった。

外套から、手首から、肘《ひじ》の辺まで水だらけになって、漸《ようや》く雷門へ来た私は、雨中にしよんぼり立ち止りながらアーク灯の光を透かして、四辺《あたり》を見廻したが、一つも人影は見えない。どこかの暗い隅に隠れて、何物かが私の様子を窺っているのかも知れない。こう思って暫く佇《たたず》んでいると、やがて吾妻橋《あずまばし》(50)の方の暗闇から、赤い提灯《ちょうちん》の火が一つ動き出して、がらがらと街鉄《がいてつ》(51)の鋪き石の上を駛走《しそう》して来た旧式な相乗りの俥《くるま》がぴたりと私の前で止まった。

「旦那、お乗んなすって下さい。」

深い饅頭笠《まんじゅうがさ》に雨合羽《あまがっぱ》を着た車夫の声が、車軸《しゃじく》を流す雨の響きの中に消えたかと思うと、男はいきなり私の後へ廻って、羽二重の布《きれ》を素早く私の両眼の上へ二た廻りほど巻きつけて、蟀谷《こめかみ》の皮がよじれるほど強く緊め上げた。

「さあ、お召しなさい。」

こういって男のざらざらした手が、私を摑んで、惶《あわただ》しく俥の上へ乗せた。

しめっぽい匂いのする幌《ほろ》の上へ、ぱらぱらと雨の注ぐ音がする。疑いもなく私の隣りには女が一人乗っている。お白粉の薫りと暖かい体温が、幌の中へ蒸すように罩《こも》っていた。

轅《かじ》を上げた俥は、方向を晦《くら》ますために一つ所をくるくると二、三度廻って走り出したが、右へ曲り、左へ折れ、どうかするとLabyrinth(52)の中をうろついているようであった。時々電車通りへ出たり、小さな橋を渡ったりした。

長い間、そうして俥に揺られていた。隣りに並んでいる女は勿論《もちろん》T女であろうが、黙って身じろぎもせずに腰かけている。多分私の眼隠しが厳格に守られるか否かを監督するために同乗しているものらしい。しかし、私は他人の監督がなくても、決してこの眼かくしを取り外す気はなかった。海の上で知り合いになった夢のような女、大雨の晩の幌の中、夜の都会の秘密、盲目、沈黙——すべての物が一つになって、渾然《こんぜん》たるミステリーの靄《もや》の裡《うち》に私を投げ込んでしまっている。

やがて女は固く結んだ私の唇を分けて、口の中へ巻煙草を挿し込んだ。そうしてマッチを擦って火をつけてくれた。

一時間ほど経って、漸く俥は停った。再びざらざらした男の手が私を導きながら狭そうな路次《ろじ》を二、三間行くと、裏木戸のようなものをギーと開けて家の中へ連れて行った。眼を塞がれながら一人座敷に取り残されて、暫く坐《すわ》っていると、間もなく襖《ふすま》の開く音がした。女は無言のまま、人魚のように体《たい》を崩して擦り寄りつつ、私の膝の上へ仰向きに上半身を靠《もた》せかけて、そうして両腕を私の項《うなじ》に廻して羽二重の結び目をはらりと解いた。

部屋は八畳位もあろう。普請《ふしん》といい、装飾といい、なかなか立派で、木柄《きがら》なども選んではあるが、丁度この女の身分が分らぬと同様に、待合とも、妾宅とも、上流の堅気な住まいとも見極めがつかない。一方の縁側の外にはこんもりとした植え込みがあって、その向うは板塀に囲われている。ただこれだけの眼界では、この家が東京のどの辺にあたるのか、おおよその見当すら判らなかった。

「よく来て下さいましたね。」

こういいながら、女は座敷の中央の四角な紫檀《したん》の机へ身を靠せかけて、白い両腕を二匹の生き物のように、だらりと卓上に匍《は》わせた。襟のかかった渋い縞お召に腹合わせ帯(53)をしめて、銀杏返しに結っている風情《ふぜい》の、昨夜と恐ろしく趣が変っているのに、私は先ず驚かされた。

「あなたは、今夜あたしがこんな風をしているのは可笑《おか》しいと思っていらッしゃるんでしょう。それでも人に身分を知らせないようにするには、こうやって毎日身なりを換えるより外に仕方がありませんからね。」

卓上に伏せてある洋盃《コップ》を起して、葡萄酒を注《つ》ぎながら、こんな事をいう女の素振《そぶ》りは、思ったよりもしとやかに打ち萎《しお》れていた。

「でも好く覚えていて下さいましたね。上海でお別れしてから、いろいろの男と苦労もして見ましたが、妙にあなたの事を忘れることが出来ませんでした。もう今度こそは私を棄てないで下さいまし。身分も境遇も判らない、夢のような女だと思って、いつまでもお附き合いなすって下さい。」

女の語る一言一句が、遠い国の歌のしらべのように、哀韻《あいいん》を含んで私の胸に響いた。昨夜のような派手な勝気な悧発《りはつ》な女が、どうしてこういう憂鬱《ゆううつ》な、殊勝《しゅしょう》な姿を見せることが出来るのであろう。さながら万事を打ち捨てて、私の前に魂を投げ出しているようであった。

「夢の中の女」「秘密の女」朦朧とした、現実とも幻覚とも区別の附かないLove adventure(54)の面白さに、私はそれから毎晩のように女の許《もと》に通い、夜半《よなか》の二時頃まで遊んでは、また眼かくしをして、雷門まで送り返された。一と月も二た月も、お互に所を知らず、名を知らずに会見していた。女の境遇や住宅を捜り出そうという気は少しもなかったが、だんだん時日が立つに従い、私は妙な好奇心から、自分を乗せた俥が果して東京のどっちの方面に二人を運んで行くのか、自分の今眼を塞がれて通っている処は、浅草からどの辺に方《あた》っているのか、ただそれだけをぜひとも知って見たくなった。三十分も一時間も、時とすると一時間半もがらがらと市街を走ってから、轅を下ろす女の家は、案外雷門の近くにあるのかも知れない。私は毎夜俥に揺す振られながら、ここかしこかと心の中に臆測を廻《めぐ》らす事を禁じ得なかった。

或る晩、私はとうとうたまらなくなって、

「ちょっとでも好いから、この眼かくしを取ってくれ。」

と俥の上で女にせがんだ。

「いけません、いけません。」

と、女は慌《あわ》てて、私の両手をシッかり抑えて、その上へ顔を押しあてた。

「何卒《どうぞ》そんな我《わ》が儘《まま》をいわないで下さい。ここの往来はあたしの秘密です。この秘密を知られればあたしはあなたに捨てられるかも知れません。」

「どうして私に捨てられるのだ。」

「そうなれば、あたしはもう「夢の中の女」ではありません。あなたは私を恋しているよりも、夢の中の女を恋しているのですもの。」

いろいろに言葉を尽して頼んだが、私は何といっても聴き入れなかった。

「仕方がない、そんなら見せて上げましょう。……その代りちょっとですよ。」

女は嘆息するようにいって、力なく眼かくしの布を取りながら、

「ここがどこだか判りますか。」

と、心許ない顔つきをした。

美しく晴れ渡った空の地色は、妙に黒ずんで星が一面にきらきらと輝き、白い霞のよ

うな天の川が果てから果てへ流れている。狭い道路の両側には商店が軒を並べて、灯火の光が賑やかに町を照らしていた。

不思議な事には、かなり繁華な通りであるらしいのに、私はそれがどこの街であるか、さっぱり見当が附かなかった。俥はどんどんその通りを走って、やがて一、二町先の突き当りの正面に、精美堂と大きく書いた印形屋《いんぎょうや》の看板が見え出した。

私が看板の横に書いてある細い文字の町名番地を、俥の上で遠くから覗《のぞ》き込むようにすると、女は忽ち気が附いたか、

「あれッ」

といって、再び私の眼を塞いでしまった。

賑やかな商店の多い小路で突きあたりに印形屋の看板の見える街、――どう考えて見ても、私は今まで通ったことのない往来の一つに違いないと思った。子供時代に経験したような謎の世界の感じに、再び私は誘《いざな》われた。

「あなた、あの看板の字が読めましたか。」

「いや読めなかった。一体ここはどこなのだか私にはまるで判らない。私はお前の生活については三年前の太平洋の波の上の事ばかりしか知らないのだ。私はお前に誘惑さ

れて、何だか遠い海の向うの、幻の国へ伴《つ》れて来られたように思われる。」

私がこう答えると、女はしみじみとした悲しい声で、こんな事をいった。

「後生だからいつまでもそういう気持でいて下さい。幻の国に住む、夢の中の女だと思っていて下さい。もう二度と再び、今夜のような我が儘をいわないで下さい。」

女の眼からは、涙が流れているらしかった。

その後暫く、私は、あの晩女に見せられた不思議な街の光景を忘れることが出来なかった。灯火のかんかんともっている賑やかな狭い小路の突き当りに見えた印形屋の看板が、頭にはッきりと印象されていた。何とかして、あの町のありかを捜し出そうと苦心した揚句、私は漸く一策を案じ出した。

長い月日の間、毎夜のように相乗りをして引き擦り廻されているうちに、雷門で俥がくるくると一つ所を廻る度数や、右に折れ左に曲る回数まで、一定して来て、私はいつともなくその塩梅《あんばい》を覚え込んでしまった。或る朝、私は雷門の角へ立って眼をつぶりながら二、三度ぐるぐると体を廻した後、この位だと思う時分に、俥と同じ位の速度で一方へ駈け出して見た。ただ好い加減に時間を見はからってあっちこっちの横町を折れ曲るより外の方法はなかったが、丁度この辺と思う所に、予想の如く、橋もあれば、電車通りもあって、確かにこの道に相違ないと思われた。

道は最初雷門から公園の外郭を廻って千束町に出て、竜泉寺町の細い通りを上野の方へ進んで行ったが、車坂下で更に左へ折れ、お徒町《かちまち》の往来を七、八町も行くとやがてまた左へ曲り始める。私はそこでハタとこの間の小路にぶつかった。

なるほど正面に印形屋の看板が見える。

それを望みながら、秘密の潜んでいる巌窟の奥を究めでもするように、つかつかと進んで行ったが、つきあたりの通りへ出ると、思いがけなくも、そこは毎晩夜店の出る下谷竹町の往来の続きであった。いつぞや小紋の縮緬を買った古着屋の店もつい一、三間先に見えている。不思議な小路は、三味線堀と仲お徒町の通りを横に繋いでいる街路であったが、どうも私は今までそこを通った覚えがなかった。散々私を悩ました精美堂の看板の前に立って、私は暫く彳《たたず》んでいた。燦爛《さんらん》とした星の空を戴いて夢のような神秘な空気に蔽《おお》われながら、赤い灯火を湛えている夜の趣とは全く異り、秋の日にかんかん照り附けられて乾涸《ひから》びている貧相な家並を見ると、何だか一時にがっかりして興が覚めてしまった。

抑えがたい好奇心に駆られ、犬が路上の匂いを嗅ぎつつ自分の棲み家へ帰るように、私はまたそこから見当をつけて走り出した。

道は再び浅草区へ這入《はい》って、小島町から右へ右へと進み、菅橋《すがばし》の近所で電車通りを越え、代地河岸を柳橋の方へ曲って、遂《つい》に両国の広小路へ出た。女がいかに方角を悟らせまいとして、大迂廻《うかい》をやっていたかが察せられる。薬研堀《やげんぼり》、久松町、浜町と来て蠣浜橋《かきはまばし》を渡った処で、急にその先が判らなくなった。

何《な》んでも女の家《うち》は、この辺の路次にあるらしかった。一時間ばかりかかって、私はその近所の狭い横町を出つ入りつした。

丁度道了権現《どうりょうごんげん》(55)の向い側の、ぎっしり並んだ家と家との庇間《ひあわい》を分けて、殆《ほとん》ど眼につかないような、細い、ささやかな小路のあるのを見つけ出した時、私は直覚的に女の家がその奥に潜んでいることを知った。中へ這入って行くと右側の二、三軒目の、見事な洗い出しの板塀に囲まれた二階の欄干《らんかん》から、松の葉越しに女は死人のような顔をして、じっとこっちを見おろしていた。

思わず嘲《あざ》けるような瞳を挙げて、二階を仰ぎ視ると、むしろ空惚《そらとぼ》けて別人を装うものの如く、女はにこりともせずに私の姿を眺めていたが、別人を装うても訝《あや》しまれぬくらい、その容貌は夜の感じと異っていた。たッた一度、男の乞いを許して、眼かくしの布を弛《ゆる》めたばかりに、秘密を発《あば》かれた悔恨、失意の情が見る見る色に表われて、やがて静かに障子の蔭へ隠れてしまった。

女は芳野というその界隈での物持の後家であった。あの印形屋の看板と同じように、すべての謎は解かれてしまった。私はそれきりその女を捨てた。

二、三日過ぎてから、急に私は寺を引き払って田端の方へ移転した。私の心はだんだん「秘密」などという手ぬるい淡い快感に満足しなくなって、もッと色彩の濃い、血だらけな歓楽を求めるように傾いて行った。

澪《みお》　長田《ながた》幹彦

一八八七年（明治二〇）―一九六四年（昭和三九）。東京生まれ。早稲田大学英文科卒。兄は劇作家の長田秀雄。兄の影響で文学に志し、雑誌「スバル」などに詩文を投稿。一九〇九年（明治四二）学業を放擲《ほうてき》して北海道に渡り、鉄道工夫や旅役者の群れに加わって道内各地を放浪、その体験に取材した「澪」「零落」によって文壇に認められた。大正期に入って旺盛な活動を展開し、谷崎潤一郎とともに流寓した京阪での耽溺生活を題材とした作品を『祇園夜話』にまとめ、情話文学として世にもてはやされた。しかし、一九一六年（大正五）の赤木桁《こう》平《へい》「遊蕩文学の撲滅」などの批判で打撃を受け、以後文壇の第一線からは退いて、通俗小説を量産するに至った。「祇園小唄」「島の娘」など歌謡の作詞者としても知られる。

「澪」は一九一一年（明治四四）一一月から翌年三月まで「スバル」に連載。北海道放浪体験に基づいた作品で、北国の寒々しい自然を背景として、旅役者の暗くはかない流浪の生活を哀感をこめて描く。『長田幹彦全集』2（非凡閣、一九三六年）収録にあたって、「零落」「澪」「扇昇の話」三篇が「旅役者」としてまとめられた。底本にはこの全集を用いた。

一

羊蹄《ようてい》、樽前《たるまえ》(1)の山脈を越えて凄《すさま》じい北風がもう間もなく雪を運んで来ようとする頃であった。黄褐色に彩どられた荒涼とした胆振《いぶり》(2)の原野の彼方此方《かなたこなた》に散在している新開の村落を流れ歩いていた中村一座は兼ねて古馴染《ふるなじみ》の巡業地の一つになっていた室蘭《むろらん》へ乗り込んで、久々で芝居小屋らしい表がかりのある末広座の蓋《ふた》をあけた。夏場から引続いての不入りでひどく悩まされた揚句、一座の屋台骨になっていた鶴蔵は網走《あばしり》へ興行にゆく途中、上常呂《かみところ》の寂しい谿間《たにあい》の駅逓《えきてい》で病死してしまうし、旭川ではまた立女形《たておやま》の梅吉に逃げられてしまったので、今度の室蘭の興行も苦い経験を嘗《な》めつくした座頭《ざがしら》の眼にはもう初日から大方底が見えすいていたのである。

その晩は丁度《ちょうど》三の替わりの出しもの(3)として『忠臣蔵』と『矢口渡《やぐちのわたし》』(4)の頓兵衛《とんべえ》内《うち》の場を演じた。旅芸人の拙《つたな》い演技とはいいながらこの二つはいつ出しても相応に入りのある狂言だったが、生憎《あいにく》宵の口から降り出した雨に抑えられて八時過ぎになっても一向に客足がつかず、ただツケ(5)を打つ音ばかりが小屋の外まで勢いよく響いていた。

茶屋場のだれた一幕がすむと、お軽(6)に扮した美しい田之助は平右衛門(7)が置き忘れていった手拭《てぬぐい》が足もとに落ち散っているのを見付けて、そっとそれを拾いあげながら誰《た》れよりも遅れて舞台をひいた。道具と道具の間の狭い通路を襠褊《しかけ》(8)の裾《すそ》を気にしながら張りものの裏へ入ると、そこは穴蔵のような暗がりで、揚屋の道具をこわす鉄槌《かなづち》の音が妙に冷たくひびきわたっていた。

「おい、田之さん。ちょいと待ちねえ。」と、張りものの陰からいきなりしゃ嗄《が》れた声が彼を呼びとめた。その呼びかたがあまり唐突《だしぬけ》だったので彼は吃驚《びっくり》して思わずそこへたちどまりながらじっと眼をすえて暗闇の中をみつめた。呼びとめたのは九太夫《くだゆう》(9)に扮した扇昇《せんしょう》という年老《としと》った朋輩だった。

「おい、田之さん。お前もいい腕になったなあ。」といいながら扇昇は田之助のそばへ歩み寄って、「今夜はもう安宅《あたか》(10)の関じゃあ通されねえ。さあ目をつぶって二分《にぶ》出しな。」

「何をいってるのさ。何がいい腕だい。」

「おい、おい。いい加減にシラをきるもんだぜ。情人《いろ》が出来るとどいつもこいつもみんな図々しくなりやがるなあ。桟敷《さじき》の四つ目は一体どうおさまりをつけるんだい。」

「桟敷の四つ目？　それがどうしたの？」

「それ見やがれ、ぎっくりだろう。」

「また一件かい。あれを今更《いまさら》種にするなあ野暮《やぼ》じゃないか。」

「笑談《じょうだん》いっちゃいけねえ、俺《おいら》のいうなあイ印(11)のことじゃねえぜ。……それじゃお前まだ知らねえんだな。驚いた奴がいるぜ。じゃ俺が教えてやるからちょいと来な。一目みて吃驚《びっくり》するなよ。」と、扇昇は一人で合点しながら田之助の長い袂《たもと》をつかんで張りものの裏を鳴物の溜《たまり》の方へ引張って行った。下手の道具はもうあらかたこわされて薄明るい舞台の光が大部屋の梯子段《はしごだん》のあたりまで斜に流れこんでいた。

囃《はや》しのところには鳴物を受持っている雇い婆さんがたった一人で三味線を抱えたまま薄暗い中で頻《しき》りに居眠りをしていた。扇昇はそのそばから体を横にのして桟窓《さんまど》になった小さな口をあけながら観客席《けんぶつせき》の方を覗《のぞ》いていたが、やがてそれへ田之助の重い鬘《かつら》をおしつけるようにして、

「さあ、文句をいわずに桟敷の四つ目を見な。代《だい》は見てのお戻りだ。」

田之助はそこからそっと観客席をみた。薄明るい電灯の光に照らし出された穢《きたな》い小屋

の一部が、濁った水の底へでも沈んでいるようにぼんやり霞んでみえた。やっと百五十ばかりの入りなので土間も桟敷も歯がぬけたように穴があいて、舞台からみた時よりもなお一層がらんとしてもの寂しく思われた。彼は桟敷の一から順にみていった。そして四つ目に来たときはっと胸を衝《つ》かれて思わず頭を後へひいた。――丁度三つ目を占めている三人連れの男客の陰に銀杏返《いちょうがえし》に結《い》った蒼白《あおじろ》い女の顔がみえた。しかもそれは彼の記憶にまだ生々しい痕跡《あと》を残している女の顔だった。

「どうして来たんだろう。」と、彼は自分の心に問いかけるように呟《つぶや》いた。八月の末に小樽《おたる》で別れたはずの女が汽車で小一日もかかるこの室蘭へどうしてやって来たのだろう、女の身分と位置とをよく知っている彼にはそれが殆《ほと》んどあり得べからざることのように思えたので、疑いは思いもかけぬ激しい心の擾乱《じょうらん》を喚《よ》びおこした。

「どうだい、見えたかい。確かに小樽のレコ(12)だろう。」と、扇昇はぼんやりしている彼の肩をたたきながら訊いた。

「ああ、だけどどうしてこんな処へやって来やがったんだろう。」

「それを俺が知ったことかい。はるばるああして尋ねて来たからにゃどうせ悪いことはねえやな。なんでもいいから二分出しな。この年寄に一杯まかなって罪亡ぼしをして置かねえと跡で祟《たた》るぜ。」と、扇昇は人のよさそうな声をだして笑った。

「ちょいとお待ちよ。次第によっちゃ二分位出すけど……」田之助は鬘を傾《かし》げてもう一度穴から桟敷をみた。眉の濃いところといい、鼻のたかいところといい、その女はたしかに小樽の女だった。お勝さんだった。

屋根裏のような楽屋へ帰って来て、下廻りたちと一緒に衣裳の始末をしたり、顔を洗ったりする間も田之助は桟敷の女のことばかり思いつづけていた。幾度か挨拶にいこうと思い惑ってとうとういき得なかった。何かが彼の心を重く抑えつけているようで、そう安々と女に逢ってはならないという声がどこからともなく聞えて来るような気がした。

やがて次の幕があいた。冴えかえった拍子木の音がやんでしまうと楽屋は急に静かになった。彼は窓際の鏡台の前へ坐《すわ》って次の幕の力弥《りきや》(13)の顔をつくりながら今度は落ちついて女のことを考えはじめた。しかし幾度考えなおしても彼女が室蘭へやって来た理由はまるで雲をつかむようであてさえつかなかった。恋しい自分の跡を慕って逢いに来たものとしては、過ぐる日小樽での別れが余りにあっさりしすぎていたように思えた。そしてしまいには何かしら重大な事件が眼のまえに迫って来ているような淡い恐れさえ覚えて、胸は擽《くすぐ》られるように軽く躍《おど》ってきた。

顔をつくってしまうと、彼はつと立ちあがって、いつでもするように後の壁にかけてある古びた姿見の前へ立った。横あいから射して来る電灯の光は白粉《おしろい》と砥《と》の粉《こ》(14)とで巧みに彩どった彼の顔を似顔絵のように美しく鏡の面《おもて》へ浮きださせた。それをみると彼は何ともいいようのない満足と誇りとを感じて、艶《あで》やかに微笑《ほほえ》んだり、口を斜にひきゆがめたりいろいろに表情をかえながらうっとりと見惚《みと》れた。この美しさに迷わない女がどこにあろう、四十里五十里の路は遠くてもこんな美しい男のために旅をするのなら、それがかえって女の身にとってはうれしい種になるのかも知れないと思うと、今まで心の底に蟠《わだかま》っていた小樽の女のことが訳もなくかたづいてしまったようで急に明るい心に帰った。そして彼が今までに経験した情事のなかで最も華やかな色彩をもっている彼女との間の関係をこだわりのない気持で再び心に思い起すことが出来た。

……女は小樽でも二流と下らない角正《かどしょう》という有福な運送店の総領娘であった。名はお勝さんといって、年はもう二十歳《はたち》を越えているらしかった。初めて彼と関係の出来たのは丁度去年の冬の事で、一座が小樽の花園座でしきりにかぶっている(15)最中であった。或《ある》晩《ばん》佐川という名で楽屋へ纏頭《はな》(16)が通ったが、その金高が並はずれて多かったので、田之助は座頭に連れられて桟敷にいる客のところへ挨拶に行った。客というのは二人連れの女だった。一人は土地で名高い湖月という料理店の女将《おかみ》で、もう一人はそのお勝さんだった。そしてその翌晩、芝居がはねるとすぐ田之助は湖月へよばれていったが、まだ子供《こども》気《ぎ》の失せなかった彼は訳もなく恐ろしくて、座敷の敷居を跨《また》ぐときぶるぶる戦《ふる》えた。浮いた稼業はしていても、旅から旅を渡り歩いている憐《あわ》れな芸人にはこうした晴れがましい座敷へ出ることが既に意外な出来事だったのである。その時座敷にはお勝さんの外《ほか》に女将もいた。そして何もかも呑《の》み込んでいるような落ちついた顔つきをして頻りに二人の間をとりなしていたが、時分を見計らって巧みに座をはずしてしまった。

「もっとこっちへお寄りな」と、初めてお勝さんに声をかけられたとき彼はまたぶるぶる肩をふるわした。そして両方の頰が焼けるようになったのを今でもはっきり覚えているが、我儘《わがまま》な気のきつそうなお勝さんの眼つきはその時からもう田之助の心をすっかり征服してしまった。その眸《ひとみ》の下にいる間は身動きをすることも出来ないのだというような意識が不思議な位彼の心の底深く喰い込んだ。彼としては奴隷のように身を卑《ひく》くして女のいう通りになっているより外はなかった。

二度目に逢ったのは恐ろしい吹雪の晩であった。楽屋口からすぐ橇《そり》に乗せられてお勝さんと一緒にまた湖月へ行った。その時幌《ほろ》の隙間から見たそとの景色はどんなに物凄《ものすご》かったろう、街灯の暗い光に照された街には降りしきる雪が煙のように渦巻いて、人の往《ゆ》来《き》は全く途絶えていた。橇がとある坂路へかかった時、死んだような雪の夜の沈黙を破ってどこからともなく凄い犬の遠吠《とおぼえ》が聞えて来た。彼は恐ろしさにぞっとして思わず女の膝へ手を措《お》いた。すると女は何と思ったかいきなり彼の肩へ腕をまわしてじいっと抱きしめながら冷たい頬をすりよせた。板片《いたぎれ》のように固く凍った綾織りのコートの袖が痛いほど強く彼の首筋を抑えた。——その晩彼はとうとう物置きのような寂しい楽屋の二階へ帰ることを許されなかった。そしてその翌朝今までに握ったこともないほど沢山《たくさん》な金を貰《もら》ってやっと執拗《しつよう》な女の手から解放された。

三週間の日《ひ》数《かず》をうってしまうと一座はそこからすぐ旭川へ移って、暫《しば》らくの間おもにその附近の町々を興行して歩いていたので、二人は自然と逢瀬《おうせ》を断たれてしまった。今年に入ってから三月と八月に一座はまた小樽の土を踏むことが出来た。その都度《つど》面白おかしい追憶《おもいで》の数々が薫りのたかい酒のようになって彼の心に残った。

しかし田之助も今では女の心持がすっかり呑みこめて来た。それと同時に処女《きむすめ》でいながら茶屋遊びでも何《な》んでもやってのける気性の激しい、妙にひねくれた性質を少しずつ持て余すようにもなった。殊《こと》に発作のようなはげしい愛撫を受けるとき、彼は幾度か顔をそむけて苦笑《にがわらい》したが、恋の上でさえ対等の位置にたつことの出来ない彼の身としてはあくまでも自分を抑えて専心女の気に入るように振舞うより外はなかった。

「成駒屋(17)さん。ちょいと楽屋口まで。」と、聞きなれた声がいきなり彼を呼んだ。果しなくのびてゆく思い出の糸がふつりと切れて彼は急に我に返った。彼はどぎまぎしながら後を向いて、

「何か用かい？」

「え、是非お眼にかかりたいってえ人が来ていますぜ。」と道具方の爺さんは梯子段のところから首を出して、額の禿《はげ》あがった長い顔に思惑《おもわく》ありげな笑いを浮かべながらいった。

彼の胸はまた激しく躍りだした。あの女だと思うとなんだか三方塞《ふさ》がりのところへ追いこまれたような気がして、どうしても落着いていられなかった。急いで衣紋《えもん》をつくろって、先《ま》ず第一に何といって挨拶をしようなどと考えながら、道具方の後から恐る恐る楽屋口へ出てみた。そして土間から顔をだしてのぞくと、開戸の陰に一人の褄《つま》をとった(18)女が立っていた。電灯の光はそこまで届かないので誰だかまるで分らなかった。

「誰方《どなた》です？」彼は強《しい》て気を張りながら声をかけてみた。するとその女はいきなり彼の側へつかつかと歩み寄って、「私《あたし》よ。」と、小声でいい放ってクスクス笑いだした。それは近頃彼がひいきになっている小糸という芸者だった。腰がよく据わらないところをみると、だいぶ酔っているらしく強い酒の匂いが彼女のまわりに濃く漂っていた。

「おや小糸姐《ねえ》さんですか。私はまた誰方かと思った。さあお入んなさい。そこじゃ雨がかかります。」と、彼はやっと安心の吐息をつきながら、いつものように愛想よく女を迎えた。

「いいえ、そうしちゃいられないの、今開春楼のお座敷で阿弥陀《あみだ》(19)をやってね、私が八百屋のくじをひいちゃったもんだから行きがけの駄賃にちょっと寄ったの。」小糸は肩を揉《も》みながら浮々した調子でいったが、急に彼の耳のそばへ口を寄せて囁《ささや》くように、

「今夜都合はどう？」

「え、有難う。別段差支はないんですけれど……。」

「厭《いや》に浮かないのねえ、体でも悪くって？」

「いいえ、そんな訳じゃないんですけど……。」と、田之助は口の中で呟いた。そこへ先刻《さっき》の扇昇が楽屋着の半纏《はんてん》をひっかけてぬっと出て来た。彼は不思議そうに田之助の後

姿をみていたが、やがてにやりと笑って、

「おい、田之さん、ちったあ人前《ひとめえ》もあるぜ。」

「あら、扇昇さん、今晩は。」と、小糸はついと半身明るみのなかへのり出して艶《あで》やかに笑いながら、「あんたも年《とし》甲《が》斐《い》がないのねえ。」

「ほ、姐さんでしたか。こいつあ大笑いだ。私《わっし》はまた余《あん》り容子《ようす》がいいからどこかの方かと思いましたよ。」扇昇はてっきり小樽の女だとふんでいたのがはずれたので少しテレながら「そこは端近だ。まあこっちへお入んなせえ。立話しも余りおつじゃありませんぜ。」

「有難う。少しばかり恥かしゅう御座んすから……。」と、いって小糸はまた面白そうに笑った。そして懐《ふところ》から紙入れを出して、そのなかから小さく折った紙幣《さつ》をとりだし、ぼんやりしている田之助の手へそっと握らせながら、扇昇には聞えないほどの声で、

「これで何か通して(20)下さいな。」と、いった。

「どうも毎度恐れ入ります。こんなことしなくってもよう御座んすのに。」

「だけど私気がすまないから。そして今夜何時頃来られて?」

「大切り(21)へは出ませんから十時過ぎには伺えましょう。」

「そう。じゃあすこへね、きっとよ。」と、小糸は薄暗《うすやみ》のなかから名残り惜しそうに田之助の眼のところをじっとみていたが、

「じゃ、きっとよ。後ほど。」と、小声でいって渋蛇《しぶじゃ》の目《め》(22)の傘を伊達《だて》にさしかけながら楽屋から裏木戸へ通う狭い露路を帰って行った。田之助は涙ぐんだような力のない眼眸《めつき》をしてその跡をいつまでも見送っていた。

「田之さん。何んだってそんなとこで見得をきっているんだな。見っともねえじゃねえか。」扇昇は小道具の側《わき》の土間へ下りてかんかん熾《おこ》っている炉の上へ股火をしながら彼の方を見かえった。皺《しわ》だらけな小さな顔には事を好むような意地の悪い笑いが漂よっていた。田之助はそれをきくとふと我に帰って扇昇と顔をみあわせたままクスクス意味もなく笑った。そして彼の側《そば》へ歩み寄って丁度小糸がさっきしたように貰った紙幣を黙って扇昇の手へ渡した。

「何んだい、こりゃあ……。」

「先刻《さっき》のお約束さ。小糸さんから楽屋へお通しですと。」といい放って田之助は女のように美しく笑いながらじっと扇昇を見下ろした。

「へえ、旨《うま》くやってやがるな。」彼の顔にはこの若い朋輩に対して禍《か》心《しん》のない敵意を示

す表情が動いた。そして何か辛辣《しんらつ》な冷評《ひやかし》でも加えようとするらしかったが、その言葉は不知不識《しらずしらず》の間に溶けて、彼の口元へ意味のない笑いを刻んだ。

「成駒屋さん、そろそろ出幕ですぜ。」張物の陰からのそりと出て来た鳴物の八公は後からこう呼びかけた。それを聞くと田之助は周章《あわ》てて部屋へ帰って出幕の用意をした。着附けをしながら耳を澄ますと舞台の方からはもう加古川本蔵[23]の怒罵《どば》する声が高く低く波うって聞えて来た。


チョボの地[24]につれて傷ついた本蔵は苦しげに物語りをはじめた。……その時、田之助ははじめて桟敷の方へ眼を配った。どうしたものかそこにはもう小樽の女の姿はみえなかった。便所へでも立ったのかと思って、幾度となく気をとめてみていたが、女はとうとう最後まで帰って来なかった。

　彼は冷たい舞台の板敷の上へ坐りながらひどく心をいためた。一年という長い年月の間寒いにつけ暑いにつけ数え尽せぬほど世話になっていながら、はるばる訪ねて来てくれたのに挨拶にもいかなかったのを、女は怒って帰ってしまったのではなかろうか。もしそうとすればこれが縁のきれめになって、もう二度とふたたび逢われなくなるのではあるまいか。平生《ふだん》から我《が》の強い女のことだから、一旦《いったん》別れるといいだしたら、理が非でもそれを押しとおさなければ置かないだろうと思うと彼は急に翼を断たれたように心細くなって、一刻も早くあとを追いかけていって詫《わび》をしなければならないような、つきつめた思いが頻りに胸先へこみあげて来た。事実彼は女が恋しいから別れたくないのではなかった。彼の胸には先ずあの女と別れてから後の物質上の損害、殊に金銭上の大きな損害が電《いなずま》のように閃《ひらめ》き過ぎた。今までの経験によると、彼は小樽へ行くたびごとに必ず思いもかけない利益にありつくことが間々あった。興行が当ろうが当るまいがそんなことは全然気にかける必要はなかった。女は金銭上の世話から衣類の世話まで一切引受けてやってくれた。そして別れる時にはきっと二、三箇月の間は少しも不自由をしない位な小遣銭をくれた。そうした打算的な関係が恋しい懐かしいという感情の羈絆《きずな》よりもより強く彼を縛《いまし》めていたのであった。

「……じゃあすこへね。きっとよ。」思い惑った彼の心の底へ突然また小糸の声がよみがえってきた。蜜のような甘い囁きは霊魂《たましい》までも蝕《むし》ばむように深く深く響きわたった。と、彼は俄《にわか》に力を得てこんな浮気稼業をしていればそうそう義理なぞを守っていけるものじゃない。その日その日の岸を求めて流れていけば末はどうかなるにきまっている。

というような投げ遣りな心持になりながら無理な首尾をして小糸と逢曳《あいびき》した幾夜の思い出を丁度盃《さかずき》の数でも重ねていくように貪《むさぼ》りはじめた。そしていつか小糸の美しい横顔を思い浮べて、それと舞台の端に坐った小浪御寮《こなみごりょう》(25)の頤《あご》の長い顔とを幻の中でくらべてみて窃《ひそ》かに今夜の思いがけない逢瀬を楽しんだ。拍子木が入った後までも彼はまだうっとりした眼眸《まなざし》をして眼の前に広がった幕をみつめていた。継ぎはぎのある煤《すす》けたその面《おもて》には夜風が怯《おび》えたような波をうたせながらすうッと匐《は》いかかった。そのなかにさえ彼は小糸の白い頬に漂よう微笑を見附けだしたほど亢奮《こうふん》していた。

楽屋へ帰ってみると扇昇は薄暗い電灯の光のなかで、遊んでいる下廻りを相手にもう酒宴をはじめていた。一座の定紋のついた古葛籠《ふるつづら》が餉台《ちゃぶだい》がわりに彼らの真中へ据えられて、その上には鯡《にしん》の乾物や豆が新聞紙に包んだまま置いてあった。酒の弱い下廻りはもう眼のまわりを真紅にして頻りに鼻唄をうたっていた。

「田之さん、お先へはじめたぜ。」と、扇昇は彼の姿をみるやいなやいった。そして嬉しそうに笑いながら、「お前ももう体があいたんだから早くそのズダ袋をぬいで仲間に入んな。久しぶりで面白く飲もうじゃねえか。酒は白滝をきばっといたから無類飛切りだぜ。」

「まあ、お前さんおやりよ、私ゃこれからちょいと出て来なくっちゃならないから。」田之助はそっちへは見向きもせず、衣裳をぬぐ手ももどかしそうにそわそわしながら答えた。

「畜生、また今夜も旨えくちがあるのか。馬鹿にしねえぜ。」扇昇は盃がわりの茶碗へ手酌でつぎながら、「この酒もお前の情事《いろごと》のカスリかと思うと余りいい気持はしねえなあ。」といって腹の底までみえるような大口をあいて面白そうに笑った。

田之助はそのまま一風呂浴びて小樽の女から去年の冬作ってもらった座敷着に着換えて出支度《でじたく》をした。そして何をするともなく鏡台の前へ坐ってじっと考えていると、ふとまた小樽の女のことが気になり出した。このまま出てしまって、跡へもし使いでも来たらどうしよう、ここまではるばる訪ねて来て逢わずに帰ることがどうしてあの女に出来よう、きっと何か思惑があって早く芝居を出たに違いない。……そのうちに何んだか急に逢ってみたいような思いもしだして気が妙に沈んで来た。彼はどうしていいかまるで決断がつかなくなってしまった。

酒宴《さかもり》は漸次《だんだん》面白そうにはずんで来た。終《しまい》には道具方の爺さんまで座に加わって、各自《めいめい》賽《さい》の目で金高を争いながら十銭二十銭のはした金を集めて、それで酒を買いたして飲みはじめた。扇昇は酔うときっと持ち出す昔話をそろそろ出しかけた。それは彼がまだ旅へ出ない時代の思い出で、もう今は大方世の中から忘れられてしまった江戸の芝居小屋や、または亡き人の数に入った多くの名優の逸話がおもであった。

「丁度俺《おいら》が吾妻座《あずまざ》(26)につとめていた頃だったな……。」と、いうような前置きをして、諄々《じゅんじゅん》と物語りをすすめてゆくとき、彼は不思議な若々しさを帯びて来るのが常であった。熱のこもった眼眸《まなざし》、無数の皺を刻みつけられた口もとには、それと同時に言葉よりもさらに深い或ものが漂って、涙の出るような悲惨な矛盾が自《おの》ずと彼の身辺に湧《わ》きあがって来た。零落《れいらく》はもう禿あがった額から小刻みに慄《ふる》える指の先まですっかり浸みとおっていたのである。

「どうしたい色男、行かねえのかい。」扇昇はふと話の腰をきって問いかけた。田之助は喪心したように押し黙って、鏡の面《おもて》にふるえている自分の映像をじっとみつめていたが、問われた方へはみむきもせずに、

「まだ時間があるから。」と力なげに呟いた。

「早く行ってやんな。余《あん》り待たせるもんじゃねえぜ。」と扇昇は真顔でいって、何と思ったかいきなり田之助の肩へ手をかけ、さびた中音でついぞ出したことのない唄を唄い

はじめた。それは今から二十年も三十年も昔に流行した小唄の一つで、低く沈んでゆく節まわしはまるで声を忍んで歔欷《すすりなき》しているように聞きなされた。ごろごろ寝そべっている下廻りどもは、愚鈍な顔をくずして訳もなくゲラゲラ笑ったが、田之助はついその声の悲しさにひき入れられてうっとり聞き入った。年老《としと》った憐れな朋輩の胸の底を今ひそかに流れてゆく過ぎし日の幻影が、彼の心にそれとなく反映するように思われた。女にする苦労の頼りなさがそれとともにしみじみ思い出されて、なんだかただ一人暗い穴の底へでも落ちてゆくような寂しさが彼の心を掩《おお》った。彼は堪《たま》らなくなって扇昇の茶碗をかりて、苦い酒をたてつづけに呷《あお》った。そして怪訝《けげん》な顔つきをして彼を顧みている扇昇の眼のところをじっとみつめながら寂しく笑った。亜鉛葺《トタンぶき》の屋根に降りそそぐひそやかな雨の音にまぎれて、港を出てゆく汽笛のひびきが遠くきれぎれに聞えてきた。

二

大切の幕があいてから間もない頃だった、平生余り楽屋の方へ出入りしない木戸番が、田之助に宛てた一通の封書を持って入って来た。佐川という女文字の裏書をみると、田之助は急に眼が覚めたような心地になって、酔い痴《し》れた一座のものに気取られないように隅の方の電灯の下へ行って手早く封を切った。

「ゆうべ急に思いたって今やっとこの地へつきました。お前さまのからだがあいたらすぐ来て下さい。ぜひぜひ逢いたいの、あたしは明日のあけがたの汽船で遠方へいくのだから今夜逢えなければもう一生逢えなくなるかもしれない。……」と、薄墨でロオル紙(27)へ走り書きした小樽の女の手紙をみると田之助は先ず激しい驚愕《おどろき》に胸を衝《つ》かれた。心待ちに待っていた或一大事が、思いも懸けぬ姿をして眼の前へ曝露して来たような惑乱を感じながら、事の真相を捕えようとして、幾度となく同じ文面を読み返した。そのうちに、僅《わず》か六行に足りない、短い文言の間から、女の思い尽している逢いたさ、懐かしさだけが自ずと浮きあがって、胸から胸へしみじみと滲《し》み透っていくように思われて来た。

「木戸へ俥《くるま》が待ってますが……。」手持ち無沙汰そうに突立っていた木戸番は、後から待ち兼ねて声をかけた。

それを聞くと田之助は妙に周章《あわ》てながら、

「今すぐ行くよ。」と、小声でいい放って、そのまま手紙を懐中《ふところ》へ捻込《ねじこ》んで、楽屋から舞台裏へ降りる梯子段の方へ行こうとした。

「おい、田之さんどこへ行くんだい？」今まで悲しげな小唄を身も心も溶《とろ》けて行くような果敢《はか》ない調子でうたい続けていた扇昇は、その時、ふと田之助の後姿を見附けて追い縋《すが》るように呼びかけた。そしていつの間にか空《から》になってしまった徳利《とっくり》を倒《さかさ》にして、思い切り悪そうに酒の滴雫《しずく》をきりながら、

「お前が行ってしまちゃあ、俺《おいら》あ寂しくなるじゃねえか。」

「じき帰って来るよ。」と、田之助は暗い梯子段を二、三段降りながら振顧《ふりかえ》りもしずにいった。そして皺だらけな蒼《あお》い顔に寂しい表情を浮べながら、じっと彼の後姿を見送っている憐れな朋輩を後に残してそのまま急いで舞台裏へ降りてしまった。

紅提灯《べにぢょうちん》と絵看板で飾られた木戸口から、迎いの俥に乗って末広座を出ると、暗く更け静まった街路には糠雨《ぬかあめ》が煙のように降り罩《こ》めていた。幌《ほろ》の隙間から時々冷たいその滴雫が酒に熱《ほて》った彼の頬へ颯《さっ》と心地好《よ》く吹きつけた。どこをどう通って、どこへひかれてゆくのか、まるで知らなかった。心の中《うち》はただもう今逢おうとする女のことで一杯になっていた。中にも明日の暁方《あけがた》の汽船で遠方へ旅立ちをするという手紙の文面がまるで黒い毒薬のように彼の心を戦《おのの》かした。そして今女の身の上に、何か大きな変事が降り懸っているということだけは確かに腑《ふ》に落ちたが、それが果して何事であるか、殆んど想像の

緒《いとぐち》を得ることさえ出来なかった。彼は暗闇を手探るような心地でその想像のつかない事実をあれか、これかと頻りに思いつづけた。

夢から夢へ流れてゆくような、取留《とりと》めのない思いは、やがて俥の梶棒《かじぼう》がごとりと地につくと同時にふつりと破れてしまった。彼は躍る胸を抑えながら、徐《しずか》に明るい三和土《たたき》の玄関へ降りた。そこは彼も兼々《かねがね》聞知っていた菊寿亭という室蘭きっての料理店だった。

物音を聞きつけて、帳場の方から白粉をつけた女中がぞろぞろ出て来た。迎いを出す時から噂になっていたものと見えて、中には延び上って田之助の方を見ている女もいた。

「さ、どうぞこちらへ。先ほどからお待兼ねですよ。」と、その中の一人がいって、気恥しそうに眼を逸《そ》らしている彼を、奥まった二階の方へ案内した。薄暗い廊下を歩いて行くとき、彼は一歩《ひとあし》ごとに胸が烈《はげ》しく乱れていくのを覚えたが、やがて女中は突当りの唐紙の前へ立って、

「お連れ様が被来《いらっしゃ》いました。」と、いいながら、そっとそれを開けると、中は電灯の光の眩《まぶ》しい小座敷で、小樽の女がたったひとり、いろいろな皿を並べた膳を前にして、しょんぼり坐っていた。

「どうも遅くなりまして……」

田之助は端近に坐りながら、喉《のど》を押絞《おしし》められるようにやっとこれだけいった。

お勝さんは一度きっと彼の方をみて、また眼を逸らしながら、

「あたし晩の八時の汽車で、ここへ着いたんだよ。吃驚《びっくり》したろう?」と、存外平気な調子でいって、袂から巻煙草《まきたばこ》を出して吸いはじめた。

田之助は女が怒っているのであるまいかと思って、弁解《いいわけ》でもするように、「実は先ほど幕間にちょっと御挨拶に出ましょうと思っていたんですけど……。」

「あら、私がいたのを知ってたの?」と、お勝さんは嬉しそうに笑いながらいって、もう一度田之助の方をじっと見た。そしてわざとらしい仮面を脱いだような、感情の添った語調で、「ほんとの事をいうと、私は芝居でよそながらお前さんに別れをして、そのまま立ってしまおうと思ってたんだよ。」

「どこへ被往《いらっしゃ》るんです?」と、田之助は少し酔っているせいか、胸をそそられるような気持になりながら、訊いた。

「それについて、お前さんにも相談しなけりゃならない事があるんだけど、……まあ、一杯おあがりよ。」といって、お勝さんは冷たい酒をぐっと呷って、滴雫《しずく》もきらずにつと盃を田之助へさした。彼はそれを受けながら、はじめて女の顔を偸《ぬす》みみた。小樽で別

れた頃よりもひどく窶《やつ》れて、蒼ざめた頰には小鼻のあたりから陰鬱な影がさして、妙に険を帯びて見えた。彼は何だか恐ろしいような気がしてなるたけ重大な話題に触れないように、苫小牧《とまこまい》から室蘭への苦しい興行の話などしながら、やたらと盃の数を重ねた。そして飲んではさす盃を女は少しも拒まなかったが酔いは漸次《だんだん》と蒼白いその頰を染めて、濁った眼眸《まなざし》は丁度絶望した人のような、異様な輝きをもって来た。

二人は抗しがたい力に遮《さえぎ》られるように漸次と口数をきかなくなった。終《しまい》にはただ燃えるような眸《ひとみ》を見詰めながら黙って坐っていた。下座敷には土地の大尽客《だいじんきゃく》でも来ているらしく、先刻《さっき》から三挺《ちょう》ばかりの三味線に下方《したかた》(28)まで入って賑《にぎ》やかに唄い興じていたのが、いつの間にか火の消えたように静かになって寂しげな端唄《はうた》の糸の音ばかりが雨滴《あまだれ》の軒を伝う音にまじって、細々と聞えて来た。

「寂しいねえ、お名残に芸者でも招《よ》ぼうか。」と、妙に勢づいてはいったが、その時さすがの気の強いお勝さんの眼にも涙が一杯に溢《あふ》れて来た。彼女は堪らなくなったように、涙声で、

「私は何もかもお前さんに隠して、このまま別れてしまおうと思っていたんだけど、もうとても我慢が出来ないから、いっそ、悉皆《すっかり》話してしまおうねえ。」といって、強て

涙を隠すように声を呑んだ。

お勝さんは家出をして、東京にいる伯母さんの処へ逃げて行く途中だった。父親が樺《から》太《ふと》の漁場で失敗したのが元になって、彼女の家《うち》はこの夏頃から少しずつ折合が悪くなっていたところへ、今度また子供の時分から彼女の敵になっていた継母と結婚の事から端《はし》なくも新しい争いが起って彼女はとうとう家を出奔しなければならないようになった。昨日の朝、いよいよ心を決して家の者どもの起き上らない朝まだきに裏門からこっそり脱け出して、直《す》ぐ小樽から汽車で函館へ行ってしまう心算《つもり》だったが、いよいよ永の別れとなると妙に田之助に未練が残って、昨日一日札幌の宿屋で暮らして、今日とうとう室蘭行の汽車に乗ったのだと、彼女は事細かに物語って聞かせた。

田之助は今までに聞いた事もない不思議な物語を聞かせられるような好奇心をもって、うっとりと聞き入った。芝居でよくやるようなその筋道が殊更《ことさら》に彼の情緒に媚《こ》びた。そして家出をして来たという実在の女を考えるまえに、まず舞台で芝居をしているような気持になりながら、

「それじゃこれが永のお別れになるんですねえ。」と、しみじみいった。

それを聞くとお勝さんはまた眼を湿《うる》ませて、

「私《あたし》、逢うまではその心算でいたんだけど、こうして逢ってみると何だかお前さんを手離すのが厭になっちゃった。」と、いって、じっと田之助の思い入ったような美しい顔を見詰めていたが、やがて狂気のように彼の側へすり寄って、突然《いきなり》膝の上へ身を投げながら、

「ねえ、お前さん、お前さんも私と一緒に東京へ行っておくれな。」

田之助は吃驚《びっくり》して、身をひこうとした。次の瞬間に歔欷《すすりな》いているような女の肩の顫《ふる》えが胸の底に滲《にじ》んでいくと、彼はふとまた反抗することの出来ない権威に圧《お》しつけられたような気がして、ただ寂しく笑いながら、何とも答えることが出来なかった。

女は漸《ようよ》う顔をあげて、譫語《うわごと》のように言葉を続けた。

「お前さんだって、一生こんな旅役者で終る気はなかろうし東京へ出て今のうちに何か手頃な商売でも始めて見たらどうだろうと思うの。それともまたこの商売がいいというんなら、東京にゃ幾らでもいい師匠があるんだから、そんな人の弟子にしてもらって、立派な舞台でみっちり修業したら、私どんなにかいいだろうと思うんだよ……。」

東京！　檜《ひのき》舞台！　こうした華やかな幻影は、遠い北の果ての国々を漂泊している無智な彼らにとって、まるで天国のような美しさを見せる憧憬《しょうけい》なのであった。新開町の貧

しい小屋に寝る夜な夜な、凍えたような豆洋灯《まめランプ》の光をかきたてながら、扇昇が昔噺《むかしばなし》のように物語って聞かせた大江戸の芝居町の賑わいや、一睨《ひとにら》み千両といわれるような名優の姿などが、お勝さんの言葉と一緒に髣髴《ほうふつ》として彼の眼の前に浮び上って来た。ああ行きたい、一生のうちに一度はどうにかしてそういう華やかな境遇に身を置いてみたい。と思えば思うほど、若い彼の心には意地の悪い苦痛の陰影が射して来た。

「ねえ、田之助さん私と一緒に行く気はなくって？」と女は黙って俯向《うつむ》いている田之助の首へ腕をまわして、根柢から彼の心を揺り動かすようにせがんだ。

「有難う御座います。そう願えりゃ結構なんですけど、私もあの座頭《おやかた》には親も及ばないほど世話になっておりますから……。」

「だけど座頭だってお前が一廉《ひとかど》の立派な役者になろうというのを、まさか悪くも思うまいじゃないの。」と、いってまたじっと彼の眼のところを見詰めたが、家を捨て、親を捨てて来た彼女の思い入った眼眸《めつき》は、常より幾層倍も力強く彼の心の底へ食い入って行くように思われた。

彼はもう答える言葉も封ぜられて、ただ冷たい盃の縁を噛《か》みながら、深い思いに沈んだ。十三歳の時拾われて、初めて舞台を踏んでから丁度六年という長い歳月《としつき》の間、一座にどんな激しい出替わりがあっても彼《か》れはあの座頭《ざがしら》の側を離れようとしなかった。座頭も子飼いから育てた憐れな弟子には、人一倍苦労をしただけに、自ずと煩悩《ぼんのう》が懸って、親身の親兄弟も及ばないような世話をしてくれた。譬《たと》え一座が明日の飯に困って、衣裳から小道具のようなものまで、太夫元(29)へ入質《いれじち》して、いよいよちりぢりに解散してしまわなければならないような場合になっても、彼は憐れな弟子だけは捨てなかった。その座頭の大恩を売って、たとえ自分の立身のためとはいいながら、今女と一緒に出奔してしまうという事は到底彼のなし得る処ではなかった。よしまたなし得るにしても、そんな事で今の身の上から救われようとは夢にも信じられなかったのである。下座敷では絃《いと》の音も唄声もふっとやんでしまった。そして更けまさる夜とともに雨の音ばかりが高く低く聞えて遣りばのない悲しみがひょろ長い影のようになって、ふらふらと間内《まうち》を漂っているように思われた。田之助は女を抱いたまま、詮方《せんかた》なしに押黙っていたが、その時、ふと今まで女の勢に気圧《けお》されてすっかり忘れていた小糸との約束を思い出した。十時過ぎには行くといって置いたから今頃はさぞあのくらい灯の下で待ち焦れていることだろうと思うと、彼は急に胸苦しくなって、座にいたたまれないような気持になった。そしてあの可愛い小糸や、懐かしい一座の者たちから自分を引離そうとする恐ろしいお勝さんの姿をみると、涙に滲んだ眼眸《めつき》から、小刻みに顫えている後れ毛《おくげ》までみんな憎らしくなって、身を投げ出しているのを幸いに、打って打ってうちのめして、一刻も早くこの場を逃去ってしまいたいような残酷な気もして来た。

お勝さんは余《あん》り彼が黙っているので、もどかしがりながらとうとう顔を上げて、「どうするの、行ってくれるの？」

「私にゃどうしても座頭《おやかた》に済まないような気がしてなりませんから……」と、彼はきれぎれに答えて、暫らくの間躊躇《ちゅうちょ》していたが、やがて酒の力をかりてきっぱり言葉を続けた。「それに今夜も明日の稽古をして置かなければなりませんので、余り遅くまでお邪魔をしている訳には参りませんから、いずれまた明日でも座頭とよく相談しました上で御返事致しましょう。」

それを聞くと、お勝さんは突如《いきなり》身を起して、

「そんな事をしていりゃ私の方が駄目になってしまわあね。何しろ家《うち》からお金や証券やなんかどっさり持出して来たんだから、私の体にゃいつ追手が懸るか知れやしないんだもの。」と、いいながら、彼女は床の間の上に置いてあった膃肭獣《オットセイ》皮の小さな鞄をあけて、田之助に見せた。中には書類のようなものが一杯入っていた。

彼はそれを見るとまた妙に恐くなって、眼を逸《そら》しながら、

「私の方もまた明日から狂言が替わるもんですから……」と、あくまで彼女から逃げ去る手段を尽そうとしたが、それはもう彼にとって全く無駄な努力だった。

女はそれと見て取ったらしく、忽《たちま》ち顔色を変えながら、彼の顔を穴のあくほど見詰めていたが、やがて唇のあたりを神経的に痙攣《けいれん》させて、――

「お前さんも随分薄情なんだねえ。そんな気ならどうでも勝手にするさ。」と、投げつけるように激しくいい放って、ついと顔を背けてしまった。

その強い一言で、彼はまた気を挫《くじ》かれてしまった。胸の中ではどんなに焦《じ》れても、このうえ反抗することは到底彼には出来なかった。そのまま立つにも立れないような、みじめな顔容《かお》をして心の底では小糸のいとしい幻影《まぼろし》を貪《むさぼ》りながら、彼はまた冷たい盃を唇へ持っていった。

三

夜はもう十二時過ぎて、船着きの町もひっそりと寝静まった頃、酒の酔いに意識を晦《くら》まされた二人は停車場の隣りにある船車連絡の待合室へ来ていた。ぼやけたような力の

ない電灯の光は土間に置並べた三つの大きな卓子《テーブル》を寂しく照らして、隅の方の畳敷きになった処へいぎたなく眠り倒れている二、三人の旅客の鼾声《いびき》が、凍えきった静けさの底を這《は》うように聞えていた。ふたりは山のように炭火を熾《おこ》した大火鉢の傍に座を占めて、互に顔を見合わせながらまるで、夢のような事を思い耽《ふけ》っていた。中にも田之助はいろいろに説伏《ときふ》せられてやっと女と一緒に旅へ出る気になった身でいながら、今は全く東京という華やかな幻影に眩惑《まどわ》されて、もう一座のことも小糸のこともすっかり忘れてしまったような気持になっていた。東京へ出たらああもしようこうもしようというような取留めのない企てが酔った頭の底に数限りなく簇《むらが》り起って、空想はそれからそれへと糸巻をほぐすように際限なく続いた。

「貴方《あなた》がたはどちらへおいでです?」と、突然、眠《ね》むそうな声がどこからか訊いた。女は肩でも突かれたように吃驚《びっくり》して、思わず声のした方を振顧《ふりか》えると、いつの間に出て来たのか料理場の戸口の処へ、洋服の上から褞袍《どてら》のようなアツシ(30)を着込んだ一人のボオイがぼんやり突立ってこっちを見ていた。

「森(31)へ行きたいと思うんだが、船は何時に出るんだい?」と女は体を捻向《ねじむ》けたままいらいらした声で訊きかえした。するとボオイはその鋭い視線を避けるように顔を背けながら、「森行きは午前三時の振洋丸です。」と、他事《よそごと》のように呟いて、さも堪《こら》えきれないという風に眼をしばたたきながら大きな欠伸《あくび》をしたが、やがて「そんならもうじきに艀《はしけ》船が出ますから切符を買ってお乗込みになったらいいでしょう。」と、気のない声で添《つ》け加えた。

女はそれを聞くと直ぐ出札口へ行って、二等の切符を二枚買った。そして係員から船客名簿へ載せる姓名を訊かれた時、つとめて平気を装いながら、小樽区色内町荒井みつ、同じく政次郎と澱《よど》みもなく答えた。彼女は再びもとの席へ帰ると、うっとり思い入っている田之助の耳へ口を寄せて、

「お前さんと私は姉弟《きょうだい》なんだからそのつもりでおいでよ。」と、囁《ささや》いて、苦もなさそうに艶《あで》やかに微笑《ほほえ》んだ。

ほどなく頭からすっぽり外套をかぶった若い船頭が艀船の出ることを知らせに来た。畳の上へ眠り倒れていた他の旅客も同船の人々とみえて欠伸をしながら起き上って寒さにふるえながら身支度《みじたく》をはじめた。ひとわたり小荷物の手配や、艀券の受渡しがすんでしまうと、やがて一同は船頭に導かれて待合室を出た。

雨はいつかしら雪になっていた。音もなく更け静まった小砂利道《こじゃりみち》には、片側だけ薄白

く降り積もって、ところどころの水溜りにこぼれた軒灯《けんとう》の光も凍えたように冷たかった。二人は連れの人たちから少し遅れてひとつの傘の下に身を押し縮めながら歩いた。冷たい女の手は傘の柄を持ち添えた男の手を上からしっかり握りしめていた。

　移民取扱所[32]の角から海岸づたいに波止場へ出ると、頰を劈《つんざ》くような冷たい風が俄《にわか》に横《よこ》様《ざま》に吹きつけて、一団になった人々は歯を喰いしばりながら、思わず軽い呻《うめ》き声を立てた。眼の前に拡がった海は黒耀石のように暗く澱んで、右往左往に入り乱れながら降りしきる雪は吸い込まれるように音もなくその面《おも》に消えた。そして荷揚場の巨大なアーク灯[33]が息つくたびに、陸岸近く繫《もや》った汽船の姿が怪物のような沈黙をまもったまま、影のように浮きあがったり消えたりした。一同《みんな》は吹雪に弄《もてあそ》ばれながら、そのまま波止場の突端から小さな艀船に乗り移って、五町ばかり沖に碇泊《ていはく》している本船へ向った。

　森がよいの振洋丸は、僅か百五十噸《トン》ばかりの小蒸汽船だった。艀船から舷梯《げんてい》へ上《あが》るとき田之助は紅い碇泊灯の光に照らされた薄闇の中で、足許の定まらない女の体を強く抱きしめながらやっと引き上げた。甲板へ上ると、もう雪が布を敷いたように真白に積って、船員の室では五、六人円座《まるざ》になって酒を飲みながら大声で何やら笑い興じていた。二人は微《かすか》な灯の光をたよりに裾にまみれた雪を払い落しながら、穴蔵のような暗い船室へ降りて行った。

二等室には彼らのほかに一人の相客もなかった。豆洋灯《まめランプ》のような暗い光に照らされた人気《ひとけ》のない室の気勢《けはい》は何となく恐ろしげであったが、彼らにとってはそれがかえって自分たちの世間離れた寂しい棲処《すみか》のようで心安かった。

「何日頃《いくにち》東京へ着くんでしょう？」と、田之助はじめじめした畳の上へ腰をおろすとすぐ待ち兼ねたように口をきった。

「さあ、仙台かどこかでほとぼりの冷《さ》めるまで隠れていたいと思うから、あとどうしても一週間位はかかるだろうね。」と答える女の声にはどことなくいきいきとした力が籠《こも》っていた。

「一週間？　そんなに長くかかるんですか？　私また明後日頃《あさって》は着くのかと思っていました。」

「ほほほほほ、そんなに早く東京へ行きたいの？」

「え、出来ることなら早く行って見とう御座います。」と、田之助は憧憬をそのまま口へ出すように答えた。女はそれを聞くと笑いながら、

「お前さんも妙な人だね。つい今しがたまで行くのは厭だってあんなに私を困らした

癖に、もう真底から気が変ったんだねえ。」と、揶揄《からか》うようにいったが、やがて調子をかえて、「そりゃお前さんがその気なら、私の方はどうでも都合するわ。」

「いいえ。なにもそんなに急ぐ訳じゃないんですけど、千両役者のする芝居ってものがどんなものか早く見たいような気がしましてね……」と、いいさして、田之助は処女のような細《ほっそ》りした顔に美しい微笑を浮べた。

それから二人の間には東京へ着いてからあとの種々《いろいろ》の計画が話題に上《のぼ》った。空想はもう厳乎《しか》とした事実のように物語られた。殊に田之助は若々しい歓びに亢奮《こうふん》して、平常《へいぜい》よりも二倍も三倍も口まめに饒舌《しゃべ》った。そのうちに体が温まって来るにつれて、今まで寒気のために勢を奪われていた酒の酔いが、再び彼らの心臓へ帰って来た。ひとしきり燃えるような熱い血があらゆる脈管に漲《みなぎ》りわたると、やがてそのあとから体の節々も蕩《とろ》けてゆくような甘い快感が昏々《うつらうつら》として続いた。彼らはいつの間にか語るべき言葉さえ奪われて、恍惚《うっとり》と顔を見合わせながら幾度か唇を寄せて接吻した。

出帆間際になって一人の旅客が彼らの室へ乗り込んで来た。不恰好な毛皮の外套を猪《い》首《くび》に着て、顎鬚《あごひげ》を長く生やした老紳士だった。ボオイに荷物を運ばせて傲然《ごうぜん》と振舞っている様子を見ると、彼らは俄に何ともいいようのない暗い気持になって、自分たちの幸福を盗むために闖入《ちんにゅう》して来たようなこの新来の客を心底から憎んだ。

孤独の寂しさを訴えるような汽笛が、暗澹《あんたん》たる夜の空へ遠くきれぎれに響きわたった。それと共に異様な静けさに掩《おお》われていた甲板が俄にどよめいて来て、船員の靴音が右往左往に行違った。船橋《ブリッジ》の方では船長の太い叫び声が手にとるように聞えて、鉄鎖の触れる音と脈搏《みゃくはく》のような忙《せわ》しい機関の音とが騒々しく縺《もつ》れあうと、やがて船は小刻みに慄《ふる》えながら徐《しずか》に動きはじめた。

二人は小高い畳敷の処へ座を移して、丸い舷窓《げんそう》から遠く別れゆく室蘭の町を眺めつくした。いつ明けるとも知れない夜の闇を背景に、山の中腹からなだらな傾斜につれて海の方へ拡がっている街々には、瞳のような灯の光が幾列となく縞をなして、青や紅の碇泊灯を点《とも》したまま吹雪の底に眠っている泊り船の群にも、北の国の寂れた港を思わせるような深い悲しみが慄えていた。船が進むに従ってその灯の色も次第次第に薄れて、終《つい》にはとある岬に遮られて全く影を没してしまった。飽かず見送っていた二人の心には、その時ふと聞き馴れた港の哀歌がどこからともなく、いとほのかに響いて来るように思われた。

船は出てゆく、鷗《かもめ》はのおこる、
波は磯うつ、日は暮るる……(34)

暗い海の底で歔欷《すすりなき》しているような哀切な肉声は機関の音に紛れながら縷々《るる》として断続した。どこまで行っても際涯《さいがい》のない別離の怨みがその声とともにかすかに咽《むせ》んでいた。そしてその果敢《はか》ない幻覚は実感よりも遥《はる》かに執拗な力をもって彼らの心の底へ滲んでいった。彼らは知らぬ他国へ旅立する自分たちの運命を思い較べて、胸に烙《や》きつくような悲しさを怺《こら》えながらなおも暗い海と空とを眺めていた。

「あれ、あんな高い処へ灯がついていますよ。何でしょう。」と、田之助はとうとう黙っているのがつらくなって高い空を指さしながら独語《ひとりごと》のように呟いた。と見ると、直ぐ間近な岬の頂に寂しげな灯がたったひとつ点って、靄《もや》のような粉雪にかきくれながら夜の海を守っていた。

女は涙を呑んでいるような微な声で、

「あれは灯台さ。」と、答えてじっとその光を見詰めていたが、暫《しばら》くすると突然田之助の胸を激しく抱きしめて、涙に濡れた氷のような頰をその頰へ押当てた。

船は黒い山蔭を左舷にみて、漸次《だんだん》と沖の方へ進んだ。そして大きな岬の外へ廻ると、急に舷《ふなばた》へ砕ける波の音が凄じくなって、船体は気味の悪いほど上下に動揺しはじめた。寒気はそれと共に針のように鋭くなった。相客の老紳士は手荷物のなかから罎詰《びんづめ》の正宗(35)を取出して頻《しき》りに呷《あお》っていたが、二本目の罎が空になってしまうと、厚い毛布を頭から被って鞄を枕にぐっすり寝込んでしまった。その心地よげな様子をみると、彼らはひどく妬ましくなって、抱き合うように身を寄せて寝てはみたがもう眠るにも眠られなかった。寒気はしんしんと着物を徹《とお》して背なかから水でも浴びせかけられたように骨身に滲《し》みわたった。

田之助は酔いざめの激しい悪感《おかん》にふるえながら、暗い灯影《ほかげ》が船室の壁にゆらぐさまを一心にみまもっていた。正気が少しずつ帰って来るに従って、何ともいいようのない悔恨の念が彼の心に深い陰影を落して来た。大恩のある座頭《ざがしら》に不義理をして、女と一緒に出奔してゆく自分の姿がはっきり映ると、彼はふと思い出すともなく、彼の心に最も鮮かな印銘を残している或出来事を思い起した。……それは彼がまだ子役を勤めている時分の事だった。或年の春、漁場の当りを見込んで、江差《えさし》から岩内《いわない》の附近を巡業して歩いたことがあったが、生憎《あいにく》戦争(36)が始まってから間もない頃だったので、よそで聞いたのとはまるで反対に、どこの漁場もみんなひどくアブれていた。初めは前の年の穴を埋める位の意気込みでいたのが、目算はがらりとはずれて、岩内の町へ乗り込んだ頃にはもう一座は矢だねの尽きた落人《おちうど》で、明日の食物《くいもの》にも差支えるような哀れな体態《ていたらく》だった。座頭はそこでどうにかして一旗揚げるつもりで、手馴れぬ新派ものの戦争劇を出して客足を繋ぐもくろみを立てたが、それも二十日の興行に、中日まで六日も丸札(37)を出すような始末で、とうとう見事に失敗してしまった。

梅之助が出奔したのは一座がその悲境に沈淪して、盛んに飢渇《きかつ》と戦っている最中だった。彼も田之助と同じく子飼い同然に可愛がられた座頭の直参で、その頃にはもう一座になくてはならぬ立物の一人であったが、或日のこと、役割の行違いからいつになく座頭と激しい口論をして、そのままふいと姿を隠してしまった。彼はその時自分の持役の衣裳から手まわりの道具まで一切引纏《ひきまと》めて持逃げした。そして兼々馴染を重ねていた漁師町のゴケ(淫売婦)と一緒に、後志岳《しりべしだけ》の雪路を越えて、歌棄《うたすつ》の方へ行方《ゆくえ》を晦《くら》ましてしまった。

一座は打撃の上に打撃を重ねて、とうとうちりぢりに離散してしまわなければならないような悲運に陥った。衣裳や道具は総《すべ》て太夫元に抑えられてしまったので、座頭は自分の持物から鍋釜の類まで売り飛ばして、それを路銀に残り留まった一座のものを引連れて小樽の方へ落ち延びた。

田之助はその途すがらの凄じい光景を今でもはっきりと記憶しているのである。便船はあってもそれに乗ることは貧しい路銀が許さないので、近海を巡航している荷船が入って来たのを幸いに、それへ頼んでようよう便乗させてもらった。肥料樽や、魚類を積んだ穴蔵のような船艙《せんそう》の隅へ荒菰《あらごも》を敷いて、それへ坐りながら、薄暗いカンテラの光の中で顔を見合わせた時には、艱苦《かんく》に馴れたさすがの扇昇も、鶴蔵も笑談口《じょうだんぐち》ひとつきく事が出来なかった。諦めのいい座頭はぼんやりした顔容《かおつき》をして始終欠伸《あくび》ばかりしていたが、話が梅之助の上に及ぶと、浮世の辛酸を嘗《な》め尽したような蒼白い頬へ俄に血の気を漲らして、口を極めて彼の忘恩を罵《ののし》った。そして最後に、「あんな薄情な野郎はどうせ碌《ろく》な死にようはしやあしねえんだ。」と吐き出すように激しくいい放った。

田之助はそれを聞きながら、梅之助が出奔する前の晩、黒眼鏡をかけた女と楽屋口の暗がりでひそひそ立話をしていた時の光景を思い起して、子供心にも妙な恐怖を感じた。そして舞台でする定九郎《さだくろう》(38)のように知らぬ他国でのたれ死にする梅之助の身の上を思うと、堪らないほど悲しかった。

それから後も一座には幾度となくこれに似た出来事があった。芝鶴《しかく》は小樽の興行の時逃げて人の噂によれば今では夕張《ゆうばり》辺の炭山の坑夫にまで零落しているとか。また近頃では旭川で立女形《たておやま》の梅吉が手品遣いの一座の女芸人と駆落して、今にその行方が杳《よう》として知れなかった。こうした人たちは今いずこの国々を漂泊して、どんな悲しい苦労に身を窶《やつ》していることであろう。逃げる時は大方女と一緒だったが、それも今ではもう別れ別れになって、互に似てもつかぬ運命を辿《たど》っているに違いない。それを思うと田之助はその人たちと同じ運命に陥ってゆく自分の行末が眼の前に、まざまざと浮き上って来るような気がして、思わず深い嘆息をついた。そしていつか一度はこのお勝さんにも捨てられる自分の身の果敢なさを思いかえすと、深い深い夜の闇の底へ音もなくすうっと引き入れられてゆくように頼りなくなって、顔を背けながらはらはらと熱い涙を流した。

何にも知らないお勝さんはいたいたしいその様子を横からじっと見入っていたが、やがて蒼白くなった唇の辺に苦しそうな笑いを浮べながら、また男の肩を強く抱きしめて、冷たい頰をすり寄せた。そしていつまでもいつまでも石のように押黙って、今更その切ない思いを口へ出して掻口説《かきくど》こうとはしなかった。

予定よりも一時間ほど遅れて、朝の九時過ぎに船は漸《ようよ》う森の町の見える処まで辿り着いた。船に弱い田之助は幾度となく嘔吐《もど》して死ぬような苦しみをしたせいか、その頃はもう永病《ながわずら》いをした人のように色蒼ざめて、船室の隅へ打倒れたまま力なげに喘《あえ》いでいた。暁の光が白んでくる頃までは元気よく彼の介抱に心を尽くしていたお勝さんも、いつの間にかとうとう同じ苦しみにうち負かされて、彼の枕元にぐったりと俯伏《つっぷ》していたが、いよいよ上陸地へ近付いて来たのを知ると、俄に気をとり直して、勢いよく起上がった。そして彼の側へにじり寄って、姉のような態度で労《いた》わったり、力をつけたりした。

「そんなに弱くちゃ東京へ出たってとても出世は出来やしないよ。男のお前さんがしっかりしてくれなけりゃ私だって心細いじゃないか。」と、力を籠めていわれた時、田之助は答える言葉もなくただ窶《やつ》れた頰に苦笑を浮べたきりだった。

騒々しい機関の音がやむと、吹雪と怒濤《どとう》の航海に疲れ果てた船は急に船脚を落して、二声三声うめくような汽笛をながながと吹き鳴らした。それと同時に町の桟橋の方から二艘《にそう》の艀船《はしけ》が波浪の間に隠見しながら漕ぎ寄せて来た。二人はそれが着くまでゆるゆると船室へ寝ている心算《つもり》だったが、ボオイにせかれてとうとうふらふらする足元を踏みしめながら甲板へ上った。雪はすっかり降りやんでいた。しかし空はまだ一面の雪雲に閉ざされて、灰緑色に濁った海の上にたち澱んだ濛気《ガス》のために、荒涼たる噴火湾の展望は全く遮られていた。

艀船はやがて本船の舷《ふなべり》へぴたりと着いた。真先《まっさき》の舟には船頭のほかに一人の制服巡査が乗っていた。頭から真黒な外套を被って、舳《へさき》の処へ烏《からす》のような姿をして突立っていたが、繋船の準備がととのうと身軽に本船の舷梯へ乗り移って、佩剣《はいけん》をならしながら大急ぎで甲板へ攀《よ》じ登って来た。そして先を争って下りようとする三十人ばかりの乗客の前へ立塞がって、

「まだ下りちゃいかん。」と声高にいいながら鋭い眼眸《めつき》で四辺《あたり》を見まわした。

船長はその時艫《とも》の方で、水夫らを督《とく》して雪を掻いていたが、その声に驚かされてふと振顧えると、巡査はそれを目早く見付けて、

「船長さん。」と親しげに呼びかけながら、職権をもって船客名簿を求めた。

船長は日に燬《や》け黒んだ逞《たくま》しい面貌《かお》に怪訝《けげん》な表情を浮べながら黙ってこっちを瞻《みま》もっていたが、やがて水夫の一人に何やらいいつけて置いて群集の方へ歩み寄った。

「何事です。」と彼は穏かな声で訊ねた。

「いや、本署の命令で、乗客の中に捜すものがおるんです。」と、巡査は事もなげに答

えて、また四辺の人顔をみまわした。

多くの乗客も意外の出来事に驚かされて、眼を欹《そばだ》てながら漸次《だんだん》と二人の周囲《まわり》に集まって来た。なかには鼠《ねずみ》のような臆病な眼付をして、そっと人込みの中から巡査の顔を偸《ぬす》み視ているような蓬髪《ほうはつ》の男もいた。そこへ一人の船員が黒表紙のついた船客名簿を持って上って来た。巡査はそれを受け取って、小首を傾けながら頁を繰っていたが、やがて一つの名を指さして、

「婦人の乗客はこれ一名ぎりですな。」と、確めるようにいって、煙突の方をきっと見た。船長の眼も乗客の眼も一斉にそっちへ注がれた。丁度その時、お勝さんと田之助は煙突の側《わき》へ積んだロオプの上へ腰をかけて何事かひそひそと囁き合っていた。ふたりとも沖の方を向いていたので、こっちの騒ぎには少しも気が附かないらしかった。

巡査は黙って二人の方へ歩み寄った。そして突然《いきなり》後から、

「お前さんは小樽の佐川かつという人じゃないかな?」と、声をかけた。

お勝さんは不意をくって吃驚《びっくり》しながら後を振顧ったが、その顔はみるみるうちに真蒼《まっさお》になった。そしてぶるぶる慄える唇を強く嚙みしめて暫らくの間は口も利けないようだった。

「船客名簿にはこの通り変名が書いてあるが、隠すとかえってお前さんのためにならんよ。」と、巡査は口では笑いながら、鋭い眼で彼女の顔をじっと見据えた。

彼女はいつの間にか周囲へ寄り集まって来た人々の好奇心と恐怖に充ちた瞳を避けるように俯向《うつむ》いてしまったが、少時《しばらく》すると蒼ざめた顔を狂気のように振り上げて、

「私がたしかにその佐川かつで御座います。」

と、きっぱりいい放った。その声の底には男性のような強い反抗と、ヒステリックな自棄《やけ》とが人を圧するように鋭く響いていた。

巡査はそれを聞くと、また意地の悪そうな笑いを洩《も》らしながら、

「それなら本署の命令じゃから、一応私《わし》と一緒に来てもらわにゃいけん。」と、厳格な官用語の間へ妙な訛《なま》りを響かせながらいったが、今度は船酔いと恐れで度を失っておどおどしている田之助の方を向いて、

「お前も一緒に来るんだぞ。」と、威嚇《いかく》するように厳命した。

二人は黙ってその命令に従うよりほかに道がなかった。警察の手廻しがこうまで行届いていようとは思いもかけなかったので、夢をみているような不思議な気持もしたが、現在かくの如く曝露《ばくろ》してしまった上はもうどうする事も出来なかった。で、巡査を先頭

に一団の人々に取囲まれながらそのまま舷梯を下りて艀船へ乗り移った。

艀船の中では、また総ての眼が一様に彼らの方へ注がれた。なかには笑いながら彼らの身の上をとやかく評し合っているものもいたが、騒々しい波浪の音に掻き消されて、二人の耳へは少しも入らなかった。田之助は打ちのめされたような意気地のない姿をして、舳の処へ俯向きながら坐っていたが、お勝さんの方は少し離れて、胴の間の中仕切りに積み重ねた郵便嚢《ゆうびんぶくろ》の上へ巡査と並んで腰をかけていた。雪のように砕け散る波のしぶきは、妙に緊張した彼女の蒼い頰へ容赦《ようしゃ》もなく降りかかった。彼女はそれを拭《ぬぐ》おうともせず、燃えるような瞳を据えて、今乗り捨てて来た本船の方を一心に凝視していたが、沖はいつしか灰銀色にしぐれて、影の淡くなった本船ではボオイや水夫が幾人《いくたり》となく艫の欄干《らんかん》へ倚《よ》りかかって、何事か語り合いながらこっちを見送っていた。

桟橋へ着くと、彼らはそのまますぐ巡査に導かれて停車場の構内を通り抜けて町の方へ出た。夜ひと夜、波に揺られたので踏みしめて歩く足にも、何となく力がなかった。二人は肩をならべて歩いていながらどうしても言葉をかわす気になれなかった。

今眠りから覚めたような街路では、頭から厚い毛布を被った町の人たちが忙がしそうに雪を掻いていた。遠方から眺めると丸くなって立働いているその姿が灰色に光る雪に照り返されて、まるで土竜《もぐらもち》の群のようにみえた。彼らが側を通り過ぎるごとに、その人たちは仕事の手をやすめて、白い息を吐きながら不思議そうに見送った。とあるアカシヤと山毛欅《ぶな》の生い繁った丘陵を越えると、バラック風の小家の建ち続いた殖民地のような寂しい大通りへ出た。

駐在所はその通りの中ほどの処にあった。先にたった巡査は建附の悪い硝子戸《ガラスど》を開けて、丸木小舎《まるきごや》のようなその建物の中へ入った。二人は裾にはねあがった雪を払い落しながら恐る恐るその後に続いた。

中は十畳ばかりの狭い土間で、真中の処に大きな炉がきってあった。その側にある造りつけの高机の前には今一人の年老《としと》った巡査が外套を着たまま坐って、何か書類のようなものを調べながら頻りに居眠りをしていた。三人が入って来るのをみると彼は薄く眼を瞬《あ》いて、鬚《ひげ》だらけな顔に気の好さそうな微笑《えみ》を浮べながら、

「御苦労だったねえ。」と優しい声で同僚を労《ねぎら》った。

二人を連れて来た巡査は、

「やはり君の睨んだとおり振洋へ乗っとったよ。」と、笑談《じょうだん》のようにいいながら、彼を

室の隅へ連れて行って、何事か小声で耳打ちをしていたが、やがて、

「じゃよろしく頼むよ。」と二人の方へそっと眼配せしながらいい置いて、そのまま戸外《おもて》へ出て行った。そして忙がしそうにもと来た道を丘陵の方へ引返して行った。

跡に残った老巡査は、丸木で造った縁台のようなものを炉傍《ろばた》へ持ち出して来て、それへ二人を腰かけさせた。そしてぷすぷす燻《いぶ》る白樺の小割《こわり》を掻きたてながらいろいろなことを問いかけた。しかしそれも立入った訊問という訳ではなく、ただ何時に室蘭へ着いて、それから先何をしたかというような筋道のあらましを訊いただけであった。そして小樽と函館の警察署から二人の捜索方を依頼して来たことや、小樽新聞の記事で彼女の家出の顚末《てんまつ》を詳しく知った事なぞを問わず語りに話したあとで、

「今本署へ電報で照会しておるから、何とか命令の来るまでここに待っていなさい。」

と親切らしい声でいって、彼はまたもとの机へ帰って、書類の調べを続けた。

人を怯《おび》やかすような異様な沈黙がおのずと三人の上へ掩いかかった。軒先から雪の落ちる寂しい音が折々静けさの底に響いて、炉からたち騰《のぼ》る煙は幻のように息づきながら室の中を彷徨《さまよ》い歩いた。お勝さんはふき切れた腫物《はれもの》にさわられるような惨《いた》ましい顔容《かおつき》をしながらひとり深い思いに沈んでいた。彼女はまだ絶望してはいなかった。ただ余りに

早く行方を見現わされたのが一途《いちず》に口惜《くや》しくて、これから先自分の身がどういう風になりゆくのかと思うと暗い心地にならずにはいられなかった。

そのうちに自分の家出に驚かされて混雑している小樽の家の光景《ありさま》がはっきり心に映って来た。敵意を含んだうちに、どこか当惑したような継母の顔も思い起された。そしてこれらの異常な出来事がみんな自分の手によってなされたことを思うと、彼女は疼《うず》くような不思議な快よさを覚えて、

「誰が何んといったって、家《うち》へなんぞ帰るもんか。」と、心のなかで勝ち誇ったように激しく叫んだ。

その一言で胸が漸次《だんだん》と明るくなってゆくように思えた。で、何かそのうえ力を添えるようなことでも語り合おうと思って田之助の方を振顧えると、その時、彼は窓の桟へ頭を押当てて、魂を抜かれた人のようにだらりと口を開けたままぶるぶる慄えていた。その蒼ざめた顔には彼の心中に漲っているすべての感情がいたいたしいまであらわに露出していた。もう彼の眼の前にはお勝さんもなければ、東京もなかった。ただ真暗な洞穴《ほらあな》がすぐ足下に開いて、次の瞬間には自分の体がその底へすうっと吸い込まれてでもしまいそうな激しい恐怖が彼を真底から威嚇していた。お勝さんはその様子をじっとうち瞻《まも》

っていたが、今まではかえって快かった男の腑甲斐《ふがい》なさがその時急にしみじみ腹立たしくなって歯痒《はが》ゆそうに足摺りをしながら、そのまま開きかけた口を噤《つぐ》んでしまった。

四

函館発の二番列車は雪のために三十分の余も遅延して、漸う《ようよ》十二時少し前に森の孤駅へ到着した。真暗な牢獄の裡《うち》に閉じこめられたようなやりばのない心持ちで、函館警察署からの返電を待ち焦《こが》れていた二人の耳には、その鋭い汽笛の響がさながら自分たちの行詰めた運命を更に恐ろしい破綻《はたん》の方へ追い落す惨酷《ざんこく》な絶叫のように聞きなされた。すぐ真下の海岸を轟々《ごうごう》と凄まじい地響をうたせながら駛《はし》り過ぎて行く列車の行方を追っている間にも、疲れ果てた田之助の心には冷汗の流れ出るような激しい戦慄《せんりつ》が幾度となく襲いかかって来た。「ああ、もう駄目だ！　このまま牢屋へ入れられてしまうんだ！」と思うと、その瞬間にかつて覚えぬ鋭い恐怖がすっと頭の底に閃《ひらめ》き過ぎて、彼は思わず軽く手足を縮めながら遁《に》げだすような身構えをしたが、しかしそれもほんの一時の発作で、意地も、張りもぬけはてた体中の筋肉にはすぐまたもとのような絶望に似た重苦しい倦怠《けんたい》が圧《お》し被《か》ぶさるように立戻って来た。

その時、戸外《そと》の方からさくさくと雪を踏む静かな足音が聞えて、突如《だしぬけ》に入口の硝子戸ががらりと開いた。吃驚《びっくり》して振り仰いだ二人の眼の前には、どこから来たのか一人の異様な風体をした男が突立っていた。鯉口《こいぐち》のような黒の大外套(39)の上から格子縞の毛布《ケット》をはおった五十恰好の脊《せい》の高い男で、眉深《まぶか》にかぶった鳥打帽の下に冷《つめた》く輝いている眼は左の方だけ眇《すがめ》だった。彼は帽子と、毛布だけぬいで小脇に掻抱きながら炉傍へ歩み寄って、重々しい顔容《かおつき》をしながら、

「私は小樽の角正から出ましたもので、このたびは種々《いろいろ》な御面倒を願いまして、まことに何ともお礼の致しようも御座いません。」と、柄には不似合いな卑下した言葉でひと通りの挨拶を述べた。

書類の調べも大方終って渋茶を啜《すす》りながらぼんやり欠《あく》びばかりしていた老巡査は、怪訝な顔をして頻りにその男の風体を眺めていたが、

「一体貴方《あなた》はどこから来なすったんじゃな?」

「ただ今の汽車で函館から参りました。実は昨朝から主人の命令であちらの方へ出向いておりましたので、彼地《あちら》の警察の方々にも一方《ひとかた》ならぬ御迷惑をかけまして、……」

「ははあ、では何んじゃな、こっちからやった電報をみて引取りに来なすったのじゃ

な。」

「はい、左様《さよう》な訳で。」

「そうでしたか。分りました。」と、老巡査はひとりでうなずきながら、「まあ、こっちへ寄ってあたんなさい。」と、自分から縁台の隅へ身を寄せて、席を譲った。

「いや、どうも恐れ入ります。」と、男は遠慮深く腰を屈めながら、そこへ座を占めようともせず、懐中《ふところ》から鼠色の封筒に包んだ一通の書状を取り出して巡査の手へ渡しながら、

「これは彼地の警察からのおことづけで。」といってまた叮嚀《ていねい》に頭をさげた。

巡査はすぐその封を切った。中から赤い罫紙に認めた命令書らしいものが出て来た。彼はそれを見ると安心したように笑いながら、

「ではこの瀬口久蔵というのが貴方じゃな。実はな私の方じゃ余り本署から返電が来んもんじゃから、どう処置していいやら分らんで、大いに困っとった処じゃ。」

「ははあ、左様で。何でもこの雪で電線に故障が出来とるという話で御座いますから、それで延着致しましたんでしょう。私が本署へ伺いました時に署長様から今電報で命令を出して置いたからという仰せが御座いましたから。」

「そうでしたか。それじゃまた大沼あたりで切れたんじゃな。どうも冬になるとこれで困るてなあ。警察の事務なんちゅうものは電報が切れたとなると、まるで捗《はか》がいかんもんじゃから。」と、苦もなさそうに笑ってまた机の上へ倚りかかって、細かい字で何か命令書のなかへ書き入れていたが、やがて「この中には充分説諭を加えた上で引取人へ引渡すようにと書いてあるが、それは貴方の方で適宜にやってもらわにゃならんな。」と、いって腹の中まで見えるような口を開《あ》いて笑った。

「どうも恐れ入ります。いろいろお忙がしいなかに御厄介をかけまして……」と、男は幾度か腰をまげて叮嚀に礼を述べたあとで、また毛布《ケット》を肩へかけながらここを立去る気勢《けはい》をみせた。

お勝さんも田之助も殆んど傀儡《でく》のように立ち上った。そして一言も言葉を交さず、男の後へ続いて入口の敷居を跨いだ。見送りに出て来た巡査は力なげな二人の容子《ようす》をみると、急に年老ったように真顔になって、

「貴方がたもこれから性根《しょうね》を入れかえてな。二度と再び警察の手になんぞ掛らんようにせんけりゃいけんよ。」と、しみじみいい放った。

雪掻きのすんだ街路《まち》には往来の人影も途絶えて、どこまでも建続いた低い家並の陰には何ともいいようのない寂しさが濃く凍りついていた。三人はまるで言葉を封ぜられた人のように押黙って、汚れた地膚《じはだ》のみえる雪のうえをとぼとぼと歩いて行った。家禽《かきん》の群が時々消魂《けたたま》しい啼声《なきごえ》をたてながら物陰から走り出て、餌《え》を啄《ついば》みながら道を遮ったが、誰ひとりそれに眼を落すものさえなかった。

停車場の前まで来かかると、久蔵は急に思いついたように左へ曲って、その建物に附属した旅客待合所へ入った。この寒さに旅をする人もないとみえて、大火鉢の周囲《まわり》に置並べた長椅子には客の坐った気勢もなかった。彼は大声で給仕を呼んで温かい蕎麦《そば》を三人前命じた。そして堅く拱手《うでぐみ》をして暫らくの間じっと考えこんでいたが、やがて光のある右の眼で対向《さしむかい》に坐ったお勝さんの方をきっと見すえながら、はじめて口をきった。

「なぜこんな無分別をなすったんです……」人を圧しつけるような重々しいその声には、犯し難い一種の権威がひそんでいて、それが女の胸にはまるで致命傷のようになって鋭く響きわたった。と、駐在所に抑留されていた三時間の間、絶えず心に描いていた空想も計画も一瞬のまに泡沫《ほうまつ》の如く崩《く》壊《ず》れ去って、身に振りかかって来たすべての束縛から遁《のが》れさる望みが全く空頼《そらだの》みになってしまうと同時に彼女の眼の前には冷たい絶望の影が忽然《こつねん》として浮きあがって来た。事実、荒っぽい埠場《はとば》人足《にんそく》の間に立交って荷積《につみ》の役を取締っているこの閲歴の多い剛直な久蔵の手に抑えられた上は、彼女がどんな激しい反抗を試みたところで、もう身動きすら自由には出来ないのであった。ただもう温和《おとな》しく彼のいうがまま、なすがままに小樽の家へ連れて行かれるよりほかには途がなかった。

久蔵はまた冷やかに語をついで、

「念のために伺っときますが、持ってお出になったものは、そっくりそこにお持ちでしょうな。」

女は黙ってうなずいた。

「ではこちらへお渡しになって頂きましょう。私がお預り致します。」と、いって久蔵はお勝さんの手から膃肭獣《オットセイ》皮の鞄を受取った。そしてその中から証書のようなものを幾束も取出して、一々膝の上で仔細にあらためてみながら、

「貴女《あなた》がこれを持ってお出でなすったために、帳場じゃどれほど迷惑しているかお分りになりますまい。これがもう三日も遅れて出て御覧なさい、それこそ長年角正で売り込んだ店の信用はまるで潰《つぶ》れてしまうんです。それにいくらこんなものを持ってお遁《に》げなすった処で、今の世の中にゃ警察もあれば、電報もあるんですから、とても貴女がた

の御自由になるもんじゃありゃしません。」

別に紛失したものもないのを見届けると、やっと安心したらしく、またもとのように鞄へ収めて、今度は懐中から、小さく折畳んだ新聞を取出して、お勝さんの眼の先へ突きつけながら、

「まあこの新聞を読んで御覧なさい。このなかに書いてあることを御覧なすったら、少しは眼が醒めましょう。十五や十六のお嬢さんじゃあるまいし、莫迦莫迦《ばかばか》しいにもほどがあるじゃございませんか。」と、力強くいい放って、田之助の方をじろりと眺めやったが、彼に対しては一言も口をきこうとしなかった。

お勝さんはその新聞を膝の上へ置いたままじっと石像のように俛首《うなだ》れていた。彼女の頬は鉛のように蒼ざめて、唇のあたりに漂っていた、総てのものに反抗しようとする男のような表情もいつの間にかすっかり消え失せて、神経的にぴりぴり痙攣《けいれん》する眦《まなじり》には涙が零《こぼ》れそうに溢れていた。

そこへさっきの給仕が誂《あつら》えの蕎麦を運んで来た。田舎らしい大きな丼のなかからは匂いの高い湯気がぽっぽっと立騰《たちのぼ》った。

「とにかく大旦那も非常な御心配で被居《いらっしゃ》るんですから、この次の汽車ですぐ小樽の方

へお連れ申しますから、そのおつもりで被居《いらし》って下さい。」と久蔵は人前を憚《はばか》りながら少し調子を和げていったが、それを聞くとお勝さんは何と思ったか突如《いきなり》膝のうえにあった新聞をぴりぴりと引裂いて、

「私ゃ死んでも家へなんぞ帰らない。」と、丁度子供がむずかるように体を揉んで、激しく歔《すす》りあげながら叫んだ。

「莫迦なことを仰有《おっしゃ》るもんじゃありません。何と仰有《おっしゃ》っても私がお連れ申します。警察の力をかりてもお連れ申します。」と、久蔵はその様《さま》を嘲《あざけ》るようにみつめながら眉一つ動かさずにいい放った。そして力《つと》めて平静を装うように我から先に箸《はし》を執《と》りあげて、旨そうに温かい蕎麦を啜《すす》りはじめた。

函館行の上り列車が寒空へ汽笛の音をながながと響かせながら入って来た。慵《もの》うい静けさに掩われていたプラットフォームは俄に活気だって、蒸気の奔出する轟響《どよみ》や、物売りの呼び声や、小砂利の上をせわしげに駆違う足音が渦巻きながら騒然と湧き起った。待合所へも山地の牧夫らしい赤毛布の男が四、五人一塊《ひとかたま》りになってどかどかと駆け込んで来た。

久蔵は空になった丼を卓子《テーブル》の上へ置くと、今度は外套の内嚢《かくし》から煙草入を取り出して

悠々と煙の環《わ》を吹きはじめた。そして何か別な事でも思案しているらしく、ぼんやり玻璃窓《ガラスまど》から戸外の景色を眺めていたが、遠くの方で子供が鈴を振りながら、

「室蘭行の艀船《はしけ》が出まあす。」と、かすかに呼んでいるのを耳に留めると、ふと思いついたように田之助の方を振り顧って、

「お前さんはどうしなさるんだ。お嬢さんはもう私の方のもんだから、お前さんがいつまでそうしていたってどうにもなりゃしねえんだぜ。」

田之助は弾《はじ》かれたように顔を振上げて、おどおどした眼眸《めつき》で久蔵の顔をちらりとみたが、すぐまた椅子の隅の方へ身を縮めてぶるぶる体を慄わせながら返事をすることさえ出来なかった。

「一体今度のことについちゃお前さんにも充分罪があるんだから、場合によっちゃ私の方でも相当の手段を執らなけりゃならねえが……」と、久蔵はその様をじっと見詰めながら威嚇するようにいったが、

「まあしかし、そんな荒立った事はいわねえことにして、丁度都合よくいま船も出るこったから、このまま黙って室蘭の方へ引揚げたらどうだな。その方がお前さんの身のためにもなるぜ。」

「有難う御座います。そう願えれば……」と、田之助は幾度か意気地なく頭をさげて聞きとれないような細い声で頻りに開放を哀願した。限りない恐怖に苛《さいな》まれている彼の耳には、その室蘭という言葉がどんなにうれしく聞きなされたろう。きっと何か酷《ひど》い目に逢わされなければすむまいと思い諦めていたこの場合、思いもかけぬその懐かしい町の名を聞いて、彼は実に百千の救いの手を得たよりもなお一層力強い気にならずにはいられなかったのであった。

「それなら早く支度をして、桟橋へ出ていねえと間に合わねえぜ。」と、久蔵は坐ったまま手でせきたてた。

田之助は気を苛《いら》ってものに憑《つ》かれたような眼眸をしながらうろうろしていたが、やがて挨拶もそこそこにつッと飛び出してしまった。そして後も見かえらずプラットフォームをぬけて桟橋の方へ馳《か》けていったが、線路を横切る時ふと枕木に躓《つまず》いて思わず前のめりにばたりと転んだ。ぐらぐらと眼が眩《くら》んで気が遠くなりそうなのを無意識にとび起きて、また駆け出そうとすると、そこへお勝さんが息を切って追駆けて来た。

「ちょいとお待ちよ。話があるんだから。」と、お勝さんは突如《いきなり》後から田之助の袂を攫《つか》んで、

「お前さんも、私たちと一緒に小樽へおいでよ。私が私がきっと悪いようにゃしないから。」と、激しく喘《あえ》ぎながら、やっといったが、彼女の胸は田之助にも分る位高く波うっていた。

「いいえ、私は帰ります。あの船で帰ります。」と、田之助も調子はずれな声で争うようにいい放って女の手から身を振りはなそうと踠《もが》いた。

「だって、今頃帰ったって何の役にたつもんかね、彼地《あっち》じゃもう遁げたもんだと思って、……」

「いいえ、あの船で帰れば今夜までにゃ座へ着きます。そうして扇昇さんに頼んで座頭《おやかた》へ詫びを入れてもらいます。」

周囲《まわり》にはいつの間にか四、五人の子供が集まって来て、物珍らしそうに二人の容子を眺めていた。お勝さんはそれをみると急に我に返って、恥かしそうに眼を落しながら、

「じゃお前の勝手におし。」と、はげしくいい放って、帯の間から皺だらけになった小さな紙包みを取出し、それを田之助の手へ渡しながら、「じゃこれをやるから、どこへでもお前の好きな処へお帰り。そのかわり私はもう一生お前にゃ逢わないよ。」

田之助はそういう女の顔をちらりと流眄《ながしめ》にみた。雀斑《そばかす》の浮きあがった蒼白い頬は涙に

濡れて、彼の方をきっと見上げた瞳の底には獣のような激しい憤怒が燃えていた。それをみると彼は俄に打ち踣《の》めしてやりたいほど腹立たしくなって、少時《しばらく》の間じっと女の眼のところを睨みかえしていたが、やがて口もきかずそのままついと後を向いて突如《だしぬけ》に桟橋の方へばたばたと駆けだした。そしてわくわくする胸を抑えながら、丁度纜《ともづな》を解こうとしていた艀船の艫《とも》へひらりと飛乗った。

復航の振洋丸は真黒な烟《けむり》を大空へ吹靡《ふきなび》けながら、今朝来た海のうえを再び徐々《しずしず》と室蘭の方へ引かえしてゆく。舷《ふなばた》を撫でる低い曲波《うねり》はこそりとも音をたてず、大洋の面《おもて》にたち澱《よど》んだ限りない静けさは僅かに推進器の回転する噪音《そうおん》によって刻まれてゆくばかりであった。田之助は船客の群から離れてたったひとり甲板の冷たい鉄鎖の上へ倚りかかって、じっと陸の方を眺めやっていたが、もうその時はプラットフォームの上にも、待合所の入口にも、また桟橋のあたりにも自分の行衛《ゆくえ》を見送るお勝さんの姿らしいものを見出すことが出来なかった。彼はやっと安心して、深い、深い嘆息をついた。蛇のように執念深く身に附纏《つきまと》っていた恐ろしい危険から、全く逃れ出たことを確めると、彼は何ともいえぬ歓喜を覚えて、勝ち誇ったように心底からお勝さんの名を呪った。二度とふたたびあの女に出逢うことがなかったら、これから先はどんなに幸福だろうとしみじみ思わない訳にはいかなかった。

船は漸次《だんだん》と速力を早めて、一直線に沖の方へ進んだ。蒼茫《そうぼう》と煙った水平線には雲が白く光って一艘の帆船が同じ航路を東へ駛《はし》ってゆくほかには一物も眼を遮るものがなかった。冷たい海の風が静かな囁きを残してゆくごとに、田之助の心は次第次第に軽くなってゆくのを覚えたが、それとともに堪え難い疲労と空腹とが犇々《ひしひし》と五体に襲いかかって来た。その時彼はふと室蘭にいる一座のことを思い出した。今頃は階下《した》の楽屋へ膳をならべて皆で笑い興じながら昼餐《ひるめし》を食べているころであろう。扇昇がまた茶ばかりがぶがぶ飲みながら調子のいい軽口をいって、皆に腹を抱えさせていることであろう。そう思うと下廻りたちの手で作られる塩のからい味噌汁までが急に懐かしくなって来た。

「ああ、自分のようなものが、どうして東京へなぞ行かれよう。あの一座を離れることの出来ないのは初めから分りきっていたのだ。」

と、今更のように気付くと昨夜からの変化の激しい出来事が愚にもつかぬ悪夢のように思われ、眼をあいていながら誑《たぶ》らかされたのが、この上もなく腹立たしくなって、思わず足摺をしながら眉根を寄せたり歯を喰いしばったりしたが、それと同時に今夜の芝居にも差支える自分の不所業《ふしだら》が犇々と身を責めて、行詰まったような鋭い悔恨の念が再び彼の心を暗くした。

「扇昇さん、全く私が悪かったんだ。どうか座頭《おやかた》へお詫びをしておくんなさい。」

と、彼は胸の底から絞り出すように口のなかで呟いて、両手をしっかり組み合わせたまま途方に暮れたが、その時、懐中へ無雑作に突込んで置いた先刻《さっき》の紙包みを忘れていたのに気がついて、急に救われたような心持になりながら、そっとそれを引出してみた。紙包みを解くと中には薄々予想していたとおり、四つに折った五円紙幣《さつ》が二枚入っていた。それを見ると彼の気は忽《たちま》ちにして変った。彼の眼の前には、何ということなしに、忘れられぬ小糸の姿がすうっと浮きあがって来た。我にもあらず眼を奪われて、そのさだかならぬ幻にじっと見入っていると、熬《い》りつくような恋しさが胸先へ込みあげて来て、静かにしていることも出来ないほど気が勇んで来た。今夜はどんな首尾をしても逢おう、逢ってある限りの言葉を尽して詫をいおう、そして久しぶりに今夜こそこの金であの女をまかなってやらなければならぬと思うと、今まで心の底に蟠《わだかま》っていた暗い悔恨や、恐怖がすべて拭いてとったように消え去って、彼はその二枚の紙幣を強く強く握りしめながら、抑えきれぬ微笑《ほほえみ》を唇のあたりに漂わせた。そして胸の裡で女を喜ばせる計画をめぐらしているうちに、いろいろな感情がむやみに迸発《ほうはつ》して来て、しまいには訳もなく涙さえ滲んで来た。

森の町はもういつしか水平線の下へ低く沈んでしまった。

北西の空には雲切れがしはじめて、その断《き》れめから、荒寥《こうりょう》とした駒ケ岳(40)裾野の大傾斜が少しずつ姿を現わして来た。西へ傾いた薄い日射しがせわしげにその上を匐《は》ってゆくたびに、雪に降りこめられた一面の原野はきらきらと美しく映《て》り輝いて、人住まぬ郷国を思わせるような寂寥が自ずと四辺《あたり》に湧き上って来た。

そして灰緑色に静まりかえった海の面《おもて》には一条の長い長い澪が軟風のために奇怪な象《かたち》に吹き撓《ゆが》められながらうっすりと漂って、真白な海鳥の群がそのうえを啼きつれもせず高く低く飛びちがっていた……。

注

倫敦塔

（1）the Tower of London. イギリス、ロンドンのテムズ川北岸にある中世の城砦。王族などが幽閉されたことで知られる。近代では史跡博物館。

（2）Max Simon Nordau (1849-1923). ハンガリー生まれのドイツの評論家・作家。『退化論』は彼の主著 *Entartung* (1893)。病理学の立場から、現代文明と近代人の頽廃を辛辣に批評した。

（3）ケーブル鉄道。車両に結びつけたケーブルを動力で巻き取って運転する。

（4）禅宗の用語。『大慧普覚禅師書』下に「既に来処を知らず、又去処をも知らず」などとあるのを踏まえるか。

（5）仏教語で、過去の世。前世。

（6）中心点。焦点。

（7）仏像を納める厨子、また、死体を納める箱の中。

（8）染め物用の灰汁をとるための桶。

（9）伝馬船。荷物を運ぶ平底の小舟。

（10）東京麴町区富士見町（現、千代田区九段北）、九段坂上の靖国神社境内にあった、武具や戦利品の陳列館。

(11) 引用されているのは、ダンテ『神曲』の「地獄篇」第三歌第一行から第九行。地獄の入口の門に書かれている銘。

(12) 以下、ロンドン塔の鐘撞きが、求道者のごとくに、傍目をふらず一心に鐘をつき鳴らすことをいう。「無二無三」は、本来、唯一無二の意味で、『法華経』の「方便品」に「十方仏土中にただ一乗の法あり。二無くまた三無し」とある。また「祖来る時は……」は、『臨済録』の「示衆」一〇に、「仏に逢うては仏を殺し、祖に逢うては祖を殺し(中略)始めて解脱を得ん」とあることに基づく。

(13) Thomas Cranmer (1489–1556). イギリスの宗教改革者。国王ヘンリー八世の離婚問題で王に有利な提言をし、認められて一五三三年カンタベリー大主教に任ぜられる。のち、メアリー一世の反宗教改革期に反逆罪で逮捕、ロンドン塔に幽閉され、焚刑に処せられた。

(14) Sir Thomas Wyatt (1521?–54). イギリスの軍人。詩人サー・トマス・ワイアットの息子。ケント州で反乱を起し、ロンドンを占領しようとしたが、失敗して処刑された。

(15) Sir Walter Raleigh (1552?–1618). イギリスの探検家・著述家。エリザベス一世に重んじられてナイトの称号を得たが、新王ジェームズ一世に反逆罪を問われてたびたびロンドン塔に幽閉され、最後は斬殺された。獄中で『万国史』を執筆したことで知られる。

(16) バラ戦争。the Wars of the Roses (1455–85). 中世末期のイギリスでおこった、封建貴族のランカスター家とヨーク家との王位争奪をめぐる内乱。

(17) ものごとを遠回しに言うときに用いる語で、ここでは後出の「情婦」の意味。

（18）tapestry（英）。つづれ織り。色糸で模様や絵を織り出した豪華な織物。壁掛けなどに用いる。
（19）ねずみ色がかった藍色。
（20）エドワード四世（Edward IV, 1442-83）の二人の遺児。兄は幼王エドワード五世（在位一四八三）、弟はヨーク公リチャード。叔父グロスター公リチャードのたくらみによってロンドン塔に幽閉され、暗殺された。
（21）幽閉されている二人の小児の母で、故エドワード四世の妃エリザベス。
（22）カイツブリ科の水鳥。体長約二五センチメートルで、葉状の水かきをもち、巧みに潜水して小魚を捕食する。
（23）ノルマン朝の時代。一〇六六年にノルマンディ公ウィリアム（ウィリアム一世）がイギリスを征服して王朝を開いてから、ヘンリー二世がプランタジネット朝を開く一一五四年までの期間をさす。
（24）敵を射撃するために、防壁などにあけられている穴。
（25）Richard II（1367-1400）．プランタジネット朝最後のイギリス王。その専制的な統治から、一三九九年にランカスター公ヘンリー（後のヘンリー四世）の挙兵にあい、逮捕されて退位。翌年、暗殺されたとも餓死したともいわれる。
（26）ヘンリー四世。Henry IV（1366-1413）．ランカスター朝初代のイングランド王。従兄のリチャード二世から王位を簒奪し、ランカスター朝の基礎を築いた。
（27）ポンティフラクト城（Pontefract Castle）。ヨークシャーにあった城。
（28）セントポール寺院（St. Paul's Cathedral）。ロンドンにある英国教会の主教座聖堂。

(29) シェークスピア『リチャード三世』の作中人物。リチャード三世を殺害した人物とされる。

(30) 注(15)参照。『万国史』(*The History of the World*)は、ジェームズ一世の王子ヘンリーのために執筆したもので、一六一四年に第一巻のみ完成。

(31) Henry VI (1421-71). ランカスター朝第三代のイングランド王。一四五五年、ヨーク公リチャードとの対立からバラ戦争が起こる。リチャードの子エドワード(エドワード四世)に王位を奪われ、一四六五年から七〇年までロンドン塔に幽閉、一度復位したが再び投獄されて、暗殺された。

(32) Beefeater(英)。ロンドン塔の守衛の通称。

(33) 東京美術学校。東京芸術大学の前身で、一八八七年(明治二〇)に創立。二代目校長の岡倉天心は、古代日本人の服装を模した制服を制定した。

(34) 三国志。中国、元末・明初の小説家羅貫中の長篇歴史小説『三国志演義』をさす。魏・呉・蜀の三国時代を雄渾に描き、中国四大奇書の一つといわれる。

(35) チャールズ二世。Charles II (1630-85). イギリス、後期スチュアート朝の国王。

(36) ビーチャム塔(Beauchamp Tower)。一三九七年から九九年まで、ここに幽閉されたウォリック伯トマス・ビーチャムの名に由来する。

(37) Edward III (1312-77). プランタジネット朝イングランドの王。政治の実権を握っていた母后イザベラの寵臣モーティマーを一三三〇年に処刑し、また母后を監禁して統治の実権を獲得した。ただしこのビーチャム塔は、実際には一三世紀後半の建立と考えられている。

(38) ロンドン塔に投獄された者が、幽閉された壁に刻みこんだ九十一種類の銘文。漱石蔵書中のW・

R・ディック『ビーチャム塔素描』(*A Short Sketch of the Beauchamp Tower, Tower of London*)に、この九十一種類の題辞の解説があることが指摘されている。

（39）Walter Paslew. ただし、この題辞を刻んだのは、漱石のいう「坊様」とは別人という。

（40）Dudley Family. ノーサンバランド公ジョン・ダッドレー(1502-53)の一族。ジョン・ダッドレーは、四男ギルフォードをヘンリー七世の曽孫ジェーン・グレーと結婚させ、エドワード六世の死後ジェーンを王位に据えて王家を簒奪しようとしたが、ジェーンは即位九日で廃され、一族は反逆罪で処刑された。

（41）ジョン・ダッドレーの四人の息子たちの意味。後出のAmbrose(三男)、Robert(五男)、Henry(六男)、G(Guildford)(四男)をさす。

（42）どんぐり。

（43）すいかずら。スイカズラ科のつる性常緑木本。山野に自生し、初夏に甘い香りのする白い花を二個ずつつける。

（44）ゼラニウム。フウロソウ科テンジクアオイ属の多年草の総称。園芸植物で、夏に赤・白・桃色などの花を咲かせる。

（45）紋章の絵解きをしている題辞で、『漱石全集』第二巻(一九九四年、岩波書店)の松村昌家「注解」によれば、「この二匹の動物を注意して見れば、それらがここに描き込まれている理由が容易に判断できよう。合わせて縁飾りを見れば、〔そこには〕大地を求めたがっている四人の兄弟の名前が〔見出せる〕」の意味。

(46) Lady Jane Grey(1537–54). ヘンリー七世の曽孫で、ジョン・ダッドレーの四男ギルフォードと結婚したが、夫とともに処刑された。注(40)参照。

(47) プラトン。Platōn(前427–前347). 古代ギリシアの哲学者。

(48) Roger Ascham(1515–68). イギリスの人文学者。ケンブリッジ大学でギリシア語を講じ、エリザベス女王の個人教師をつとめた。著書『教師論』に、このジェーン・グレーの逸話がある。

(49) Guy Fawkes(1570–1606). 一六〇五年、議会爆破とジェームズ一世殺害をねらった、カトリック教徒による火薬陰謀事件の首謀者とされる人物。ロンドン塔に投じられて処刑された。

(50) あぶなっかしく、不安なさま。「剣難」「険難」から転じたともいわれ、「険呑」の漢字は当て字。

(51) 日本でシェークスピアへの敬称。『リチャード三世』はシェークスピア作の史劇で、正式なタイトルは『リチャード三世の悲劇』(*The Tragedy of King Richard the Third*)。エドワード四世の末弟のグロスター公は、王位への野望に燃え、狡猾、残忍な手段でリチャード三世として即位するが、のちのヘンリー七世に倒されて敗死する。

(52) Duke of George Clarence(1449–78). リチャード三世の三歳年上の兄。シェークスピアの『リチャード三世』によれば、兄王エドワード四世の嫌疑をうけてロンドン塔に幽閉されているところを、グロスター公(リチャード三世)の命をうけた刺客によって暗殺される。

(53) 出来事を正面からありのままに描くこと。クラレンス公爵の暗殺の場面は、舞台上で観客が直接目にする。

(54) 出来事を間接的・暗示的に描くこと。王子の絞殺は刺客の独白によって語られる。

（55）William Harrison Ainsworth（1805-82）．イギリスの小説家。『倫敦塔』（*The Tower of London*）は一八四〇年に出版された歴史小説で、ジェーン・グレーの即位から、政争に敗れて処刑されるまでを描く。

（56）Countess of Salisbury（1473-1541）．本名は Margaret Pole。クラレンス公爵の娘で、ヘンリー八世の憎しみを買い、ロンドン塔で処刑された。

（57）この歌の訳を、注（55）のエーンズウォース（エインズワース）作、石田幸太郎訳『倫敦塔』（一九三一年、改造社）によって、以下に掲げる。

「斧は鋭い、鉛のように重い、／首に触れれば、さっと飛ぶ頭！／シュッ！　シュッ！　シュッ！　シュッ！

クイーン・アンは白い喉を台木に置いて／静かに待った。最後の打撃を／斧は落ちた。首は飛んだ／けれども余り早いので、彼女は苦痛を知らなんだ／シュッ！　シュッ！　シュッ！　シュッ！

ソールズベリの伯爵夫人は上品に死なない／身分の高いに似合ぬことだ／俺は斧を振上げて、脳天を打割った／その時の刃こぼれが未だ直らない／シュッ！　シュッ！　シュッ！　シュッ！

クイン・キャサリン・ホワアドは俺に謝礼をくれて――／金の鎖だ楽に死なして呉れと言う。／高価な贈物、無駄ではなかった。／俺が首にふれると、さっと飛んだ。／シュッ！　シュッ！　シュッ！　シュッ！」

（58）ドラローシュ。Paul Delaroche（1797-1856）．フランスの画家。新古典主義的技法で歴史画の主題を描き、好評を博した。二王子の幽閉、およびジェーン・グレーの処刑を描いた作品を残している。

団　栗

（1）東京下谷区上野町（現、台東区上野）の妙宣山徳大寺。武士・力士の守護神とされる摩利支天像を安置する摩利支天堂があり、毎月亥の日に縁日が開かれる。
（2）縁談や奉公の仲介業。口入れ屋。
（3）本郷区森川町（現、文京区本郷）。町内の東南部は、東京大学の正門に面した商店街。
（4）箏曲・地唄の曲名。独り寝の女性の哀愁を歌った曲で、初世湖出市十郎作曲と伝えられる。寺田寅彦の妻夏子は琴を嗜《たしな》んだ。
（5）小石川区白山御殿町（現、文京区白山）にある小石川植物園。徳川幕府の「小石川御薬園」「小石川養生所」が前身で、明治一〇年（一八七七）の東京大学設立と共に附属植物園となり、一般にも公開されてきた。
（6）竹皮草履の裏に牛皮を張りつけたもの。
（7）東南アジアの大スンダ列島の島の一つ。東西交通の要地で、元オランダ領。現在はインドネシア共和国の中心をなす島。
（8）「黄口」「黄吻」に同じ。学生たちの声高でにぎやかな議論をいう。
（9）アリストテレス。Aristotelēs（前384–前322）．古代ギリシアの哲学者。プラトンの弟子で、その探求は論理・自然・社会・芸術のあらゆる方面に及んだ。
（10）海軍の水兵服をまねた、襟の大きい児童用のセーラー服。

上下

（1）夏の極暑の期間。夏至後の第三の庚《かのえ》の日を初伏、第四の庚の日を中伏、立秋後の最初の庚の日を末伏という。
（2）羅宇（ラウ・ラオ）は、キセルの雁首と吸い口とをつなぐ竹の管のことで、そのすげ替えを職業とする行商人。
（3）白鳥徳利の略。白い陶磁器で、首が細く長い一升徳利。
（4）襟や背に屋号・紋所などを染め抜いたはんてん。
（5）網目のように織った布地のシャツ。夏の肌着に用いる。
（6）籠枕のこと。籐《とう》や竹で編んだ枕で、夏の季節に用いる。
（7）袂がなくて全体を筒形に仕立てた袖。筒袖の着物は、子供用や仕事着などに用いる。
（8）ヤシ科の常緑高木。幹は太く直立し、頂上に四方に広がる多数の葉をつける。
（9）女性の髪の結い方の一つ。髪の毛を櫛に巻き付けて丸め、後頭部でとめた簡便なもの。
（10）根元が太く、次第に細くなった丸みのある眉。
（11）ビタミンB_1の欠乏によって、下肢のしびれやむくみが生じる疾患。
（12）練った絹糸で織った、厚いつやのある織物。
（13）目上の人の言葉に逆らって、言い返すこと。口答え。
（14）子供の着物の胴に縫いつけてある紐。

(15) 濃い朱色で、目の細かい薄地の綿布。金巾は、ポルトガル語 canequim による。

塵埃

(1) 山高帽子。男子の礼装用帽子の一種。フェルトでかたく仕立てた、山の円く高い、縁付きの帽子。
(2) 日本人の計画的な南米移住は、明治三二年(一八九九)に、七九〇名がペルーのサトウキビ耕地へ契約雇用農として入植したことから始まる。以後、南米への移住熱が高まりをみせていた時期が、作品の背景にある。
(3) 「驚天動地」に同じ。天地をゆり動かすの意から、世間を非常に驚かせること。
(4) 「腰弁当」の略。日々弁当を携えて出勤する安月給取り。
(5) 胡麻塩頭。黒い髪の毛に白髪のまじった頭。
(6) 真夜中の一二時頃。また、およそ午後一一時から午前一時のあいだの時刻。
(7) 主君から家臣が物を拝領することで、とくに近代では、天皇から下賜のものをさす。ここでは年末のボーナスを、ありがたみをこめていう。
(8) 都々逸。江戸末期から流行した俗曲の一つ。多く、男女間の情を七七七五調にまとめてうたう。
(9) フランス語 bifteck のなまりで、牛肉を焼いた料理。ビーフステーキ。
(10) 前にひさしのついた、平たい帽子。狩猟などに用いたことから、この名がある。
(11) 杜甫の七言古詩「短歌行、王郎司直に贈る」の冒頭の句。杜甫が不遇をかこつ友人王郎の奇才を嘆賞した詩で、「王郎酒酣《たけなわ》にして剣を抜き、地を斫《き》って莫哀《ばくあい》を歌う/我能く爾《なんじ》が抑塞磊落《らいらく》の奇才を抜かん」と続く。

(12) 佐野源左衛門常世。謡曲「鉢の木」に登場する鎌倉武士。北条時頼が諸国行脚の帰途、上野国《こうずけのくに》佐野（現、群馬県高崎市）で宿を借りたとき、落魄していた常世は秘蔵の鉢の木を焚いてもてなし、鎌倉に事あるときは一番に馳せ参ずる覚悟を語り、後日それを実行した。その忠義によって、所領を与えられたという。

(13) 「梅若」「宝生」とも、能楽の家・一派の名。

一兵卒

(1) 中国の東北地方をさしていった旧通称。明治三七年（一九〇四）から翌年にかけての日露戦争の戦場となった。

(2) 「支那」は、江戸中期以降、一般的に使用された中国の呼称。日本の大陸進出の拡大とともに蔑称的性格が強められ、第二次世界大戦後は使用が避けられる。「苦力」は、重労働に従事する中国やインドの下層労働者に対する呼称。英語 coolie または cooly の中国語訳といわれる。

(3) 下士官の略。軍隊の準士官の下、兵の上に位した官。

(4) 藁むしろを二つ折りにした袋。主に穀物・塩・石炭などを入れるのに用いる。

(5) 中国遼寧省の遼陽の南西にある宿駅。以下、金州・得利寺・海城・東煙台・甘泉堡・新台子・蓋平・首山堡などは、遼東半島最南端の旅順から遼陽への経路にあたる地名。

(6) 「上下」の注(11)を参照。日清・日露戦争では、前線将兵の間に大量の患者・死者が出た。

(7) 愛知県南東部の町(現、愛知県豊橋市)。明治一七年(一八八四)に歩兵第十八聯隊が設置された。

(8) 日露戦争中の戦いの一つ。大石橋は、現在の中国遼寧省、遼東半島の付け根にある町。明治三七年(一九〇四)七月二四日、この地に展開中のロシア陸軍シベリア第一軍団・シベリア第四軍団を日本陸軍第二軍が攻撃し、翌日勝利した。

(9) ドイツの実験学者G・ファーレンハイト(中国音訳で「華倫海」)が一七二四年に提案した華氏温度目盛による温度。摂氏温度では三二度あまり。

(10) 「騾車」は騾馬《らば》の引く車、「驢車」は驢馬《ろば》の引く車。

(11) ラバやロバに鞭を打って、叱咤する声。

(12) 注(7)参照。「聯隊」は軍隊の編制単位の一つ。師団または旅団と大隊との中間の規模で、独立して一方面の戦争遂行能力を有する。

(13) 中国東北部、遼寧省中東部の商工業都市。鞍山の北に位置する要地で、付近は日露戦争の激戦地となった。

(14) 戦闘部隊の後方にあって、人員・兵器・食糧などの前送・補給にあたる部隊。

(15) 「師団」は軍隊の編制単位の一つ。連隊あるいは旅団の上に位置して、独立して作戦行動に当たる。第六師団は、九州南部出身の兵隊で編制され、衛戍地を熊本とする師団。また「大尉」は、旧陸軍の将校の階級で、尉官の最上位。少佐の下、中尉の上にあたる。

(16) 脚気に伴う急性の心筋障害。呼吸困難、胸苦しさ、嘔吐などを起こし、多くは苦悶して死に至る。

(17) 旧陸軍の兵の階級の一つ。兵長の下、一等兵の上にあたる。

(18) 「軍」は、明治以後の兵制で、戦時に数個師団をもって構成された軍隊編制の単位。日露戦争の第一軍は、黒木為楨《ためもと》大将を司令官として明治三七年(一九〇四)二月五日に編制され、朝鮮半島に上陸して作戦にあたった。

(19) 戦闘の際、味方の後方を固める部隊。「旅団」は、軍隊の編制の単位の一つで、一般には連隊の上、師団の下の規模。

(20) 旧日本軍の兵営内に設けられた、日用品や飲食物などの売店。

(21) 旧陸軍の懲罰の一つ。営倉(禁錮刑)の重いもので、一日以上三〇日以内の間、水や湯のほかには飯と塩だけを与え、寝具を貸与しないで営倉に入れる。

(22) 悩みや苦しみのために眠れず、幾度も寝返りをうつこと。

(23) 遼陽の会戦は、日露両軍がはじめて総力を結集した戦闘。明治三七年(一九〇四)八月二八日から九月四日まで行われた。双方ともに二万名以上の死傷者を出す激戦で、九月一日に日本軍が首山堡を確保し、ロシア軍は退却した。

二　老　婆

(1) 障子の下半部にあたる腰の部分にガラスをはめてあるもの。

(2) 東京本郷区新花町(現、文京区湯島)。南から北へ、湯島台に上る横見坂(横根坂)の西側一帯にあたる。

(3) 日本髪で、結婚している女の髪の結い方。楕円形の型の芯を入れ、丸く髷を結う。

(4) 木製の火鉢の内側の灰を入れる部分が、ブリキの薄板でできているもの。

(5) 木綿絣織物の一つ。もと琉球で産し、薩摩を経て諸方に販売したが、のち薩摩でも生産するようになった。

(6) 双子織・二子織。綿織物の一種で、縦糸または縦・横糸に二子糸を用いて織った平織物。

(7) 袖なしの羽織。

(8) 江戸中期以降、庶民の間に流行した絵入りの通俗的な読物の総称。

(9) 渋柿から得られる防腐性の液(柿渋)を表面に塗った、赤黒色の丈夫なうちわ。

(10) 鈴は仏具の一つ。小鉢形の金属製で、読経のとき鈴棒で打ち鳴らす。

(11) モクレン科の常緑小高木。全体に香気があり、枝を仏前にそなえ、葉から抹香や線香をつくる。仏前草。

(12) 腰痛や発作性の腹痛など、婦人病の総称。

(13) 明治初期から流行した、女性の西洋風の髪の結い方。

(14) 田舎から出て来たばかりで世なれていないこと。

(15) 正午に鳴る号砲の通称。明治初期から、東京丸の内で空砲を鳴らして正午の時報とした。

(16) 本郷区妻恋町(現、文京区湯島)。湯島の妻恋神社前の妻恋坂の近くに位置する。

(17) 乞食。ものもらい。菰をかぶっていたことからいう。

(18) 「気象」は「気性」に同じ。気立てが強く、怒りっぽいこと。

(19) 冬瓜はウリ科の一年草で、臼形や円筒形の果実が食用とされる。ふらふらして落ち着かないさまをたとえる「瓢簞《ひょうたん》の川流れ」に類した罵り言葉。
(20) 人力車や荷車を置き、車夫をかかえて、客の送迎や荷物の運搬などを業とする家。
(21) 麻などをより合わせてつくった細目の縄。
(22) 看板提灯。屋号、紋所などを記した提灯。

世間師

(1) ここでは、旅から旅に渡り歩く行商人・香具師《やし》・てきやなどの稼業に従事する者をいう。
(2) この小説が、小栗風葉が数え年一九歳の明治二六年(一八九三)に、下関の木賃宿で過ごした経験に基づいていることを踏まえれば、長門の国(現、山口県)の端。また、本州のいちばんはずれ。
(3) 「倫敦塔」の注(9)を参照。
(4) 江戸風の握り鮨ではなく、四角の型の中に酢飯と種を詰め、適当な大きさに切った押し鮨のこと。
(5) 金品を施し与えること。「合力《ごうりき》」とも。
(6) 木賃宿。料金の安い粗末な宿屋。
(7) ランプなどの火をおおうガラス製の筒。
(8) 魚などを天秤棒で担ぎ、売り声を上げながら売り歩く商売。
(9) 猿が上り下りするような簡単な横桟だけの梯子。
(10) おもに晴天の日にはく歯の低い下駄。
(11) 「上下」の注(9)を参照。

(12) 男性や子どものしごき帯。
(13) 馬上提灯。乗馬のとき、腰にさして行く柄の長い丸い提灯。
(14) 薪をたいたあとに残った火。おき火。
(15) 炭火を盛って運ぶ道具。
(16) 堅く縒《よ》った糸で織った、目の細かい薄地の綿布。「上下」の注(15)を参照。
(17) 駿河地方で明治時代まで産した赤褐色の半紙。
(18) さいころを一個使う賭博。また、さいころ賭博の総称。
(19) 「鯷」は「鯷鰯」で、カタクチイワシの別名。「いわしこーいわしこー」と呼びながら売り歩く。
(20) 事業の出資者。また、興行などの主催者。
(21) 髪の毛を頂に集めてたばねた所。もとどり。
(22) 海を渡った対岸の地。作品の舞台が下関であれば、九州の地をさすか。注(2)参照。
(23) 「小蒸気船」の略。港で旅客の送迎や通船などに当たる小型の動力船。

一　夜

(1) 紙巻き煙草の銘柄。煙草が専売となった明治三七年(一九〇四)に、円筒形の吸い口を着けた口付き煙草の高級品として発売された。
(2) 紙を貼る代わりに、板ガラスをはめた障子。
(3) 金銭の支払いをその月の末日にすること。三十日払い。三十日勘定。

（4）東京浅草の金龍山浅草寺の総門の俗称。風神・雷神を安置するところからいうが、実際には慶応元年（一八六五）の火災で焼失し、昭和三五年（一九六〇）五月に復元されるまでは、門の跡周辺の通称となっていた。

（5）浅草公園。浅草寺の境内だった地域で、明治六年（一八七三）二月に公園として七区に分かたれた。

（6）浅草公園第一区（現、台東区浅草）にある金竜山浅草寺。

（7）映画の旧称。浅草公園第六区は興行街で、活動写真館や演芸場などが立ち並んでいた。

（8）雷門の前の大通り（現在の浅草通り）。

（9）現在の東京都中央区と台東区にまたがる、神田川にかかる橋。また、そこから名づけられた台東区内の地名。

（10）現在の新潟県中部、信濃川中流域に位置する市。

深川の唄

（1）東京市内を走る電車は、明治三六年（一九〇三）に東京電車鉄道（電鉄）、および東京市街鉄道（街鉄）が営業を開始。また翌年、東京電気鉄道（外濠線）が営業を開始したが、この三社は明治三九年に合併して、東京鉄道（東鉄）となり、さらに明治四四年に東京市に買収されて東京市電となった。

（2）赤い小さな提灯。

（3）高張り提灯。長い竿につけて高く掲げるようにした提灯。

（4）西洋風の束髪の一種で、庇のように突き出している髪の意。明治後期に女学生の間で流行した。

(5) 白髪まじりの頭髪。

(6) 江戸末期から明治・大正時代にかけて、女性の間で流行した日本髪の一種。髪を頭頂部に束ねた髻《もとどり》の上を二つに分け、左右に曲げて半円形に結んだもの。町娘や内儀の間に用いられた。

(7) 男子の和服用の外套。肩と背を被うケープをつけた、袖のない男子用コートのインバネスを改良したもの。通称「とんび」。

(8) 「郵便報知新聞」の後身として、明治二七年一二月に報知新聞社から創刊された新聞。

(9) ここでは皇居の内濠をさす。

(10) 江戸城の南西に位置する城門。

(11) 「塵埃」の注(10)を参照。

(12) 一般には「唐桟」。綿糸で平織りした細い縦縞の織物。

(13) 手絡。日本髪で、髷の根元にかける飾りの布。

(14) 「二老婆」の注(3)を参照。

(15) 女性の和服用の外套の一種で、明治中期から大正にかけて流行した。東コート。吾妻コート。

(16) 帯などに用いる羽二重の厚地の絹織物。

(17) 黄色の地に、茶、とび色の縞柄のある、八丈島特産の絹織物。

(18) 泥棒よけに、塀の上に先のとがった竹・釘などを取り付けたもの。

(19) 鯉が口を開いたような筒袖に仕立てた布子。女性が水仕事などをする時、上に着る。

(20) 御厠。「おかわや」の略。子供用の便器。おまる。

(21) 河竹黙阿弥(一八一六―九三)。歌舞伎脚本作者。
(22) 五世市川小団次(一八五〇―一九二〇)。実事《じつごと》や舞踊にすぐれた。あるいは、四世市川小団次(一八一二―六六)の養子で、明治の名優とうたわれた市川左団次(一八四二―一九〇四)のことか。
(23) 五世尾上菊五郎(一八四四―一九〇三)。明治時代の代表的な歌舞伎俳優。
(24) 「海鼠壁」は、土蔵などの外壁で、四角な平瓦を並べて打ちつけ、その間を漆喰《しっくい》でかまぼこ形に盛り上げて塗ったもの。この芝居小屋は、京橋区新富町(現、中央区新富)に明治一一年(一八七八)六月に開場した新富座。
(25) 北太平洋に生息するイタチ科の哺乳類。良質の毛皮が珍重され、乱獲で減少した。
(26) 阿弥陀被り。帽子を後ろへずらしてかぶること。
(27) 現在の江東区西部の地名。もと、東京市深川区にあたり、隅田川河口の東岸を占める。江戸初期に貯木場が置かれて、深川木場として発展し、また富岡八幡宮の門前町として栄えた。
(28) 隅田川下流にかかる橋。元禄一一年(一六九八)にはじめて架橋。明治三〇年(一八九七)に鉄橋となり、三七年(一九〇四)には電車の路線も敷設された。
(29) 竹を縦・横に粗く組み合わせて作った囲い。
(30) 深川不動尊。深川区深川公園(現、江東区富岡)の富岡八幡宮境内にあり、本山成田山新勝寺の別院として、厚い信仰を集めた。「お三日」は、毎月一日・一五日・二八日の縁日にあたり、参詣の人出でにぎわう。
(31) 女性の結髪で、日本髪の根をゆるやかに低目にして結うこと。

(32) 「洲崎」は現在の江東区東陽付近の旧称。江戸時代からの埋め立て地で、明治二一年(一八八八)に、根津から移転した遊廓が州崎弁天町に開業した。

(33) 新内節。浄瑠璃節の一派で、泣き語りといわれる哀婉な曲節を特徴とする。

(34) 尾崎紅葉、山田美妙らの新時代の文学青年が、明治一八年(一八八五)に結成した文学結社。機関誌「我楽多文庫」を発行した。

(35) 明治三六年(一九〇三)に、月島と深川との間に開通した相生橋。実際には、川途中にあった中之島を挟んで、「相生大橋」「相生小橋」の二橋からなっていた。

(36) 深川区富岡門前仲町(現、江東区門前仲町)にあった小芝居の劇場。

(37) 「新吉原講」は、成田不動信仰と奉仕に従事する十六講社の一つ。深川不動堂は成田山東京別院で、十六講社の貢献に対し、それぞれの講社に「内陣」の称号を冠して功績を讃えた。

(38) 江戸中期以降、乞食坊主が阿弥陀経をもじった読経まがいの文句や節で唱えた、時事諷刺の滑稽な俗謡。

(39) 歌沢節。端唄に源を発し、江戸末期に起こった三味線小歌曲。

(40) いわゆる明治維新の主体が、薩摩藩や長州藩の下級武士出身の志士たちであったことをいう。

(41) 深川公園。富岡八幡宮境内で、明治六年(一八七三)に公園に指定された。

(42) カルチェ・ラタン。Quartier Latin(仏)。パリ市の中央部、セーヌ川左岸の街区。パリ大学などがある大学街として知られる。

(43) 正直正太夫などの別号がある小説家・評論家(一八六七―一九〇四)。江戸戯作の流れを汲み、辛辣な風刺と諧謔に富んだ作風で知られた。

(44) Wilhelm Richard Wagner (1813-83). ドイツの作曲家。音楽・詩歌・演劇などの総合芸術としての楽劇を創始した。

(45) Friedrich Wilhelm Nietzsche (1844-1900). ドイツの哲学者で、実存哲学の先駆者。「ザラツストラ」は、詩的な文体で権力への意志を遂行する超人の道徳を説いた哲学書『ツァラトゥストラはかく語りき』をさす。

村の西郷

(1) 明治一〇年（一八七七）に起こった、西郷隆盛を中心とする鹿児島県士族の反政府暴動。明治初期の士族反乱の最大で最後のものとなった。

(2) 現在の山梨県南東端、南都留郡の村。

(3) 杉や檜などの材木を薄くはいで板に加工する作業。

(4) 屋敷林。境界や風除けとして屋敷のまわりに植えた木立。

(5) 強風の勢いを弱めるまじないとして、屋根の棟木《むなぎ》や竿の先に縛りつける草刈り鎌。

(6) 江戸時代から、労咳（肺病）や気鬱症など、長びいてはっきりしない病気をいう。

(7) 消石灰（水酸化カルシウム）の水溶液。二酸化炭素を吸収して白濁し、消毒や殺菌に用いる。

(8) 底本では「ニチ川」。「チ」は「ね」の変体仮名の字体。

(9) 武田信玄（一五二一—七三）。戦国時代の武将。幼名を太郎、勝千代といい、元服して晴信と称した。

（10）生徒。上級生の意味。

（11）枯露柿、転柿。干し柿の一つ。皮をむいた渋柿を縄につるして天日で干したのち、むしろの上に転がして乾燥させ、表面に白い粉をふかせたもの。

（12）ねんねこ半纏。子どもを背負うときなどに上から着る綿入れの半纏。

（13）炉に焚く薪の尻を出しておく側。また、炉辺の下座。

（14）情が無く、むごく扱うこと。

（15）成句「馬方船頭御乳《おち》の人」。人の弱みにつけこんで、無理ねだりをするもののたとえ。

雪の日

（1）樋口一葉(一八七二—九六)。小説家・歌人。「十三夜」は、一葉作の短篇小説。明治二八年(一八九五)一二月の「文芸倶楽部」増刊号に発表。不幸な結婚に悩むお関を主人公とする。

（2）一度持った所帯を解消すること。特に女性についていうことが多い。

（3）御召縮緬。縦、横ともに練り糸を用い、表面に皺《しぼ》を織り出した織物。名称は、もと貴人が着用したからという。

（4）結城紬の略。茨城県結城地方の特産で、木藍で染めた細い紬糸で織りあげた、地質堅牢な絹織物。

（5）花札賭博。

剃刀

（1）東京麻布区六本木町（現、港区六本木）。麻布には明治七年（一八七四）以来、旧日本陸軍の第一師団歩兵第三聯隊が設置され、兵隊の数が多かった。

（2）毎年秋分の日に、皇霊殿で歴代の天皇・皇后・皇親の霊を祀る皇室の祭祀。旧制の祭日の一つ。

（3）麻布区霞町（現、港区西麻布）。青山墓地の界隈で、近くに第一師団歩兵第三聯隊の兵営があった。

（4）麻布区竜土町（現、港区六本木）。

（5）刃物を研ぐためにベルト状の皮に研磨剤を塗りこんだもの。

（6）掻巻。綿入れの夜着。

（7）二子（双子）織の略。縦糸または縦・横糸ともに二本よりあわせた糸を使って平織りにした綿織物。

（8）三尺帯の略。職人などが締めた三尺の手ぬぐいや木綿の帯。男物のしごき帯をもいう。

（9）台も歯も一体で、一つの材からくり抜いて仕立てた下駄。

山の手の子

（1）大名屋敷の正門。江戸時代、諸侯が将軍家から奥方を迎えるときに建てられる朱塗りの御守殿門（赤門）に対して呼ばれる。

（2）外国から輸入された雑貨を売買する店。「唐物」は舶来品の総称。

（3）American（英）の転で、アメリカ。アメリカ合衆国、またアメリカ人をもいう。

（4）月岡芳年（一八三九―九二）。江戸幕末・明治前期の浮世絵師。「三十六怪選」は、「三十六歌仙」の趣向にならった妖怪画の連作で、明治二二年（一八八九）から刊行された「新形三十六怪撰」をさす。

(5) 浮世絵版画で、三枚一組になっているもの。三枚絵。
(6) 平将門の娘とされる伝説上の女性。山東京伝作の読本『善知鳥安方忠義伝《うとうやすかたちゅうぎでん》』などの読物や歌舞伎に登場し、父の死後、妖術を使って天下をくつがえそうとする。
(7) 『落窪物語』。作者未詳。平安中期の一〇世紀後半に成立。継母に虐待された落窪の君が、侍女阿漕《あこぎ》の活躍によって左近少将と結ばれて幸福になる。後世の継子いじめの物語に大きな影響を与えた。
(8) 年長者として率先して勤める役目。年寄役。
(9) 能「土蜘蛛」では、葛城山の土蜘蛛の精が登場し、蜘蛛の糸を投げかけて源頼光らを苦しめる。
(10) 「深川の唄」の注(24)を参照。
(11) 外連《けれん》。演劇演出用語で、見た目本位の、俗受けをねらった演出や演技。
(12) 痛痛草。イラクサの別称。
(13) 「いたどり」の異名。タデ科の多年草で各地の山野に自生し、春の若芽は酸味があり食用となる。
(14) 態度や行いが軽はずみで落ち着きのないこと。とくに女性についていう。
(15) 布や糸を種々の色で斜めに幅広に染め分けたもの。
(16) 「深川の唄」の注(6)を参照。
(17) 「世間師」の注(10)を参照。
(18) 歌舞伎「与話情浮名横櫛《よわなさけうきなのよこぐし》」の台詞。木更津の博徒の妾お富と伊豆屋与三郎の情話で、再会したお富を与三郎がゆする四幕目「源氏店《げんじだな》」(通称「玄冶店《げんやだな》」)の場面。
(19) 歌舞伎「青砥稿花紅彩画《あおとぞうしはなのにしきえ》」の台詞。日本駄右衛門を頭とする五盗賊の物語で、通称「白浪五人男」。

その一人で武家娘に変装した弁天小僧が、三幕目「浜松屋の場」で啖呵《たんか》を切る場面。

(20) 生け花の流派の一つ。小堀遠州を祖と称して、春秋軒一葉が宝暦・明和(一七五一—七二)の頃に始め、江戸で盛んに行われた。

(21) 立春・立夏・立秋・立冬の前一八日間。特に、小暑から立秋までの一年中で最も暑い夏の土用をいう。

(22) ムササビの異名。

(23) 安土桃山から徳川時代の武将真田昌幸、真田幸村、真田幸泰(通称大助)の真田家三代の興亡を主題とした物語。講談や読物で流布していた。

(24) 武田信玄と上杉謙信の川中島の戦いを主題とした軍記物語。

秘密

(1) 東京浅草区松葉町(現、台東区松が谷)。横山源之助「浅草の底辺」(『毎日新聞』明治二八年一二月一七日)に、当時の下層地域の一つとして名前があげられている。

(2) 仏教の一宗派。平安初期に入唐した空海が、恵果から密教を受けて帰国し、開宗した。

(3) 寺で、住職や家族などの住む所。

(4) 浅草区松清町(現、台東区西浅草)の浅草本願寺。真宗京都東本願寺の別院で、俗に浅草門跡、東門跡と称された。

(5) 凌雲閣。浅草公園にあった一二階の煉瓦造の建物。明治二三年(一八九〇)の建造で、高さ五二メートル。エレベーターも設置され、「十二階」と通称されて人気を博した。
(6) 不明瞭で、わかりにくい、の意味。
(7) 当時は、日本橋区蠣殻町(現、中央区日本橋蠣殻町)の水天宮前から神田方面に通ずる大通りの俚俗名。もと人形細工を商う店が多かったからという。
(8) 深川の富岡八幡宮。「深川の唄」の注(27)を参照。
(9) 深川区冬木町(現、江東区冬木)。富岡八幡宮近くの町名。
(10) 「倫敦塔」の注(9)を参照。
(11) 曲面状の壁面に遠景を描き、近景には模型などを配置して、観覧者が迫真的な戦争場面や壮大な実景に接しているかのように思わせる見世物。
(12) 「一夜」の注(6)を参照。
(13) 歌舞伎劇場。明治二五年(一八九二)一一月、それまでの浅草から下谷区二長町(現、台東区台東)に新築移転した。
(14) 小芝居の劇場。明治一三年(一八八〇)三月に、浅草区向柳原町(現、台東区浅草橋)に創設された。
(15) 「深川の唄」の注(28)を参照。
(16) 浅草公園第六区。「一夜」の注(5)(7)を参照。
(17) 吉原遊廓。江戸の明暦の大火で全焼した日本橋葺屋町の吉原を、浅草山谷付近(現、台東区浅草北部)に移転。新吉原とも称した。
(18) 置き去りにすること。江戸の本所七不思議の一つ「置いてけ堀」に通じる表現。

（19）一一世片岡仁左衛門（一八五七―一九三四）。歌舞伎役者。明治四〇年（一九〇七）に大阪で一一世を襲名し、東京と大阪をしばしば往来して人気を博した。

（20）初世中村鴈治郎（一八六〇―一九三五）。歌舞伎役者。容貌・風姿にすぐれ、和事の名人として、関西歌舞伎界の中心的存在となった。

（21）artificial（英）。技巧的、人工的な。

（22）生活の様式。

（23）コナン・ドイル。Arthur Conan Doyle (1859–1930). イギリスの小説家。シャーロック・ホームズを主人公とする一連の探偵小説で知られる。

（24）黒岩涙香（一八六二―一九二〇）。小説家・翻訳家・新聞記者。新聞「万朝報《よろずちょうほう》」を主宰し、デュマ作『巌窟王』、ユゴー作『噫《ああ》無情』や、探偵小説の翻訳で人気を博した。

（25）左右の扉を中央で合わせるように作った戸。仏壇、倉、門などに多く用いられる。

（26）夏の土用の頃に、衣類や本を干して虫のつくのを防ぐこと。虫干し。

（27）コナン・ドイル作『四つの署名』（一八九〇年）。シャーロック・ホームズとワトソンが登場する二番目の長篇小説にあたる。

（28）ド・クィンシー。Thomas de Quincey (1785–1859). イギリスの批評家。夢と現実の交錯した世界を描き、代表作に『阿片常用者の告白』がある。本文に掲げられているのは、彼のエッセイ「殺人の芸術的考察」。

（29）sexology（英）。性科学。

(30)「深川の唄」の注(12)を参照。

(31)「深川の唄」の注(7)を参照。

(32)「雪の日」の注(3)を参照。

(33) 砥の粉。砥石を切り出す際に生じた石の粉末。刀剣をみがいたり、塗装下地の原料とするが、また役者などの厚化粧の下塗りとしても用いられた。

(34) 女性用頭巾の一種。顔の前面だけを残して包み、髪形も壊さないので、明治時代に防寒用具として流行した。

(35) 歌舞伎「青砥稿花紅彩画《あおとぞうしはなのにしきえ》」、通称「白浪五人男」の登場人物。「山の手の子」の注(19)を参照。

(36) 炭素の電極二つの間に電圧をかけたとき起こる放電(アーク放電)による光を用いた電灯。はじめ街路灯などに用いられた。

(37) 浅草公園第六区にあった小芝居の劇場。

(38) 片脳油。樟脳油を精留して得られる油。芳香があり、防虫剤や香料の溶剤などに用いられる。

(39) 浅草区千束町(現、台東区浅草)にあった小芝居の劇場。明治二〇年(一八八七)に吾妻座と称して開場し、二九年(一八九六)宮戸座と改称。

(40) 石油ランプの一種。口金の下部に多くの穴をあけて、空気の通りをよくし、燃焼しやすくしたもの。

(41) 浅草公園内にあった活動写真(映画)館。

(42) 三つ輪髷。女性の髪型の一つで、髻《もとどり》の末を三つに分け、左右に輪を作り、他の一つを中央で結ぶ。江戸時代から、女師匠や妾《めかけ》などに好まれた。

(43)「ついに逮捕した」の意。

(44)「M.C.C.」はエジプト製の紙巻煙草の銘柄。オリエント種のタバコの葉を主原料とするトルコ巻で、特有の芳香とマイルドな味を特徴とする。

(45) 義太夫節などに使用する棹の太い三味線。

(46)「甲斐絹」は、近世初期頃に渡来した中国産の絹布で、後に甲斐国(山梨県)郡内地方から産するようになった。染色した練絹糸で緻密に織った平織りの布で、「玉甲斐絹」は、玉繭からとった生糸(玉糸)を用いたものをいう。

(47)「一夜」の注(4)を参照。

(48) 大島紬。奄美大島・鹿児島市から産出する絹の絣織物。ここでは、羽織と着物が対になっていること。

(49) 防水のため、布の表面にゴムを塗ってあること。

(50) 隅田川に架かる橋。安永三年(一七七四)に初めて架けられ、大川橋・新大橋とも呼ばれた。

(51) 東京市街鉄道の略称。「深川の唄」の注(1)を参照。

(52) 迷路。迷宮。

(53) 表と裏とをちがった布地で縫い合せた女帯。昼夜帯。

(54) aventure(仏)に同じ。冒険味をおびた恋愛。恋の火遊び。

(55) 室町時代の曹洞宗の僧で、天狗となって昇天したといわれる道了薩埵《どうりょうさった》を祀る堂。日本橋区蠣殻町(現、中央区日本橋人形町)にあった。

(1) 「羊蹄山」「樽前山」ともに、北海道南西部にそびえる火山。
(2) 北海道の南西部を占める、旧北海道一一か国の一つ。
(3) 芝居興行で、演目の三度目の替わり。
(4) 人形浄瑠璃・歌舞伎「神霊矢口渡」の通称。『太平記』に取材した時代物で、新田義興の弟義岑《よしみね》と渡し守の娘お舟との悲恋を描いた四段目「頓兵衛内の場」が名高い。
(5) 歌舞伎の舞台上手で、役者の動作に合わせて、板(つけ板)を拍子木様の二つの木でたたくこと。また、その拍子。つけびょうし。かげ。
(6) 人形浄瑠璃・歌舞伎「仮名手本忠臣蔵」の登場人物。塩谷《えんや》判官(浅野内匠頭)の腰元で、家臣の早野勘平と恋仲になり、夫婦となって夫のために尽くす。
(7) 「仮名手本忠臣蔵」の登場人物。お軽の兄で、足軽の寺岡平右衛門。
(8) 打ち掛け。帯をしめた上からはおる裾の長い小袖。裲襠。
(9) 斧九太夫。「仮名手本忠臣蔵」の登場人物。塩谷判官の家臣だが、敵方の吉良に内通して大星由良助(大石内蔵助)の動静を探り、殺される。
(10) 石川県小松市安宅にあったという関。この関で、源義経一行が弁慶の苦計によって難をのがれたという伝説は、謡曲「安宅」、歌舞伎「勧進帳」などで有名。
(11) 後出の芸者の小糸をさす。

(12)「これ」を逆にした隠語的表現で、例のもの、の意。とくに情人をさしていう。
(13)大星力弥。「仮名手本忠臣蔵」の登場人物。大星由良助の嫡男。
(14)「秘密」の注(33)を参照。
(15)芸人仲間などの用語で、寄席や舞台が大入り満員になること。
(16)芸人などに与える金品。御祝儀。
(17)本来は、歌舞伎俳優中村歌右衛門・中村鴈治郎およびその一門の屋号。
(18)「褄をとる」は、着物の褄をつまんで持ち上げること。また、芸者になることをいう。
(19)阿弥陀籤《くじ》。各自が引き当てた額の銭を出したり、役割を演じたりして遊ぶ。
(20)お通し。役者たちへの心付け。
(21)舞台や寄席で、その日の最後の出しもの。
(22)中心部と外側に赤茶色の柿渋を塗り、中を白くして蛇の目の形を表した傘。
(23)「仮名手本忠臣蔵」の登場人物。桃井若狭之介の家老。塩谷判官が高師直《こうのもろなお》に刃傷に及んだ時に抱き止めたのを悔み、自ら大星力弥に刺される。
(24)人形浄瑠璃を歌舞伎に移した義太夫狂言で、地の部分を義太夫節で語ること。
(25)「仮名手本忠臣蔵」の登場人物。加古川本蔵の娘で、大星力弥の許嫁。
(26)東京の浅草公園裏にあった小芝居の劇場。「秘密」の注(39)を参照。
(27)片面に光沢がある薄紙。
(28)囃子方。長唄の囃子を演奏する者の称。

(29) 演劇・演芸などの興行責任者。
(30) アイヌ語でニレ科の植物オヒョウのこと。オヒョウの樹皮を繊維にして織りあげたアイヌ民族の衣服。
(31) 北海道南西部、室蘭から内浦湾の対岸にある渡島《おしま》半島東部の町。駒ヶ岳のふもとにあたる。
(32) 北海道の拓殖経営のため、内地からの移民を受け入れる取扱所。
(33) 「秘密」の注(36)を参照。
(34) 端唄・俗曲「なぎさ節」の一節。
(35) 灘の酒の銘。転じて、日本酒の俗称。
(36) 明治三七年(一九〇四)から翌年にかけての日露戦争。
(37) 優待券や割引券を意味する「半札」に対して、客を集めるために配る無料の招待券のこと。
(38) 斧定九郎。「仮名手本忠臣蔵」の登場人物。斧九太夫の倅で、盗賊にまで落ちぶれ、早野勘平に撃たれて死ぬ。注(9)参照。
(39) 「鯉口」については「深川の唄」の注(19)を参照。広い筒袖の外套。
(40) 北海道南西部、渡島半島の東側、内浦湾の南方にそびえる火山。

解説

宗像和重

一九〇一年（明治三四）の正月を病床で迎えた正岡子規は、その枕辺の光景を随筆「墨汁一滴」に次のように記している。

「病める枕辺に巻紙状袋など入れたる箱あり、その上に寒暖計を置けり。その寒暖計に小さき輪飾りをくくりつけたるは、病中いささか新年をことほぐの心ながら、歯朶《しだ》の枝の左右にひろごりたるさまもいとめでたし。その下に橙《だいだい》を置き、橙に並びてそれと同じ大きさほどの地球儀を据ゑたり。この地球儀は二十世紀の年玉なりとて鼠骨《そこつ》の贈りくれたるなり」

病床をかざる簡素きわまりない、しかしどことなく正月めいた気分のただよう景物を、子規は曇りのない目で写生しているが、そのなかに後輩の寒川鼠骨が「二十世紀の年玉」として贈ってくれた、橙ほどの小さな地球儀が置かれている。一九〇一年はいうまでもなく二〇世紀劈頭の年で、一月二・三日付の「報知新聞」に掲載された「二十世紀の予言」と題する未来予想記事は、「十九世紀は既に去り人も世も共に二十世紀の新舞台に現はる〻こと〻なりぬ」という一節からはじまってもいたが、そのグローバルな時間の意識と地球儀という空間の形象は、わずか六尺の病床から一歩も出られなかった晩年の子規に、広い世界の息吹をありありと感じさせたことだろう。おそらく、その地球儀を手のなかでぐるぐると回しながら、親友の夏目漱石が留学生活を送っているイギリスを強く指さしたこともあったに違いない。

その漱石が文部省から英語研究のため満二カ年間の留学を命じられ、イギリスに到着したのは一九〇〇年(明治三三)一〇月二八日のことであった。それから間もなく、ロンドンで一九〇一年の新年を迎えた漱石は、二〇世紀の到来をもっとも強く意識した日本人の一人だったといって過言ではない。しかし、ロンドン到着からわずか四日目に、最初の観光として訪れた漱石の前に、ロンドン塔は「宿世《すくせ》の夢の焼点のよう」な姿をあらわした。幽閉された二王子との面会を拒まれて泣きくずれる母や、夫とともに死を望んで敢然と自らの首を断頭台に投げかける女の姿が生々しく浮かび上がり、「二十世紀の倫敦がわが心の裏《うち》から次第に消え去ると同時に眼前の塔影が幻の如き過去の歴史をわが脳裏に描き出して来る」希有な体験をもたらしたのである。漱石はまた、「過去という怪しき物を蔽《おお》える戸張《とばり》が自《おの》ずと裂けて龕中《がんちゅう》の幽光を二十世紀の上に反射するものは倫敦塔である」とも語っているが、のちに二〇世紀の現代文明のなかで浮沈する人間の、その暗い過去と生の根源までを照らしだそうとする漱石文学の端緒となったのが、この一度限りの鮮烈なロンドン塔体験であったことは疑うことができない。

もとより、漱石がこの体験を「倫敦塔」として形象化するためには、イギリスから帰国後の一九〇五年(明治三八)まで待たなければならなかった。この作品は同年一月の「吾輩は猫である」第一回と同時に、彼の最初の作品として世に出たが、ロンドン塔が封じこめてきた忌まわしい記憶の痕跡の一端に触れて、類まれな作家的想像力が発動した、作家漱石誕生の瞬間の記録にほかならない。時はあたかも前年二月に勃発した日露戦争の最中で、多大な犠牲を出した末に旅順が開城した時期とも重なっていた。そして日本はかろうじて勝利し、九月にポーツマスで講和条約が調印されることになる。漱石自身、「戦後文界の趨勢」(一九〇五年)と題する談話において、「ここに於てか啻《ただ》に力の上の戦争に勝ったというばかりでなく、日本国民の精神上にも大なる影響が生じ得るであろう」と語っているように、日露戦争後の新機運のなかで、文学もまた大きな転換期を迎えることになるだろう。いささか前置きが長くなったが、本巻には、この「倫敦塔」

を起点として、一九一二年(明治四五)にいたる明治後半期の短篇小説一六篇を収録した。日本における二〇世紀初頭の、そして日露戦争の爪痕を深く刻み込んだ、戦後文学としての性格も濃厚な作品群である。

ところで、のちに漱石は「こころ」(一九一四年)の先生をして、「記憶して下さい。私はこんな風《ふう》にして生きて来たのです」と語らせているが、言語表現という行為は、忘却にあらがい、歴史の彼方、記憶の彼方に消えていこうとするものを言葉によって押しとどめようとする、蟷螂《とうろう》の斧にも似た営みではないだろうか。そうだとすれば、漱石がロンドン塔について語った「宿世の夢の焼点」という言葉は、はかない過去の幻影に形を与え、一つの像を結ばせようとする表現行為そのもののすぐれた隠喩であるといわなければならない。少なくとも、若くして亡くなった妻の記憶と、彼女との束の間の生活を描いた寺田寅彦の「団栗」は、そのような「宿世の夢」を団栗という掌上の可憐な果実に焦点化した作品である。

物理学の学生であった寺田寅彦が文章表現に関心を抱いたのは、もちろん、熊本の第五高等学校で英語の教師としての夏目漱石に接したことによる。彼はその縁で正岡子規や高浜虚子の知遇を得、雑誌「ホトトギス」に小品や俳句を寄稿して、「吾輩は猫である」の原稿を朗読したことでも知られている文章研究会「山会」にも出席していた。その彼の「団栗」は、妻夏子との実体験に題材をとったもので、一九〇一年(明治三四)二月三日付の日記にも、「昼より於夏を連れて植物園へ行く。(中略)温室には目なれぬ花卉《き》咲きみだれて麗《うる》はし。池の水氷りたるに石投ぐる者案外に大人なるも可笑《おか》し。団栗数多拾ふて帰る」とある。したがって、一般には妻の思い出を淡々と綴った写生文、ないし随筆として読まれることも多いが、妻の死後二人の遺児貞子は祖父母に育てられて寅彦とは別居し、彼女の回想によれば小石川植物園で団栗を拾ったことはないという。「大きい団栗、ちいちゃい団栗、みいんな利口な団栗ちゃん」と歌いながら無心に団栗を拾い集める可憐なみつ坊の姿は、在りし日の妻の記憶と、ありえたかもしれない妻と娘との至福の時間への渇望が生み出した幻なので、それゆえこの哀切きわまりない作品は、何よりもすぐれた小説たりえているのである。

漱石との関わりという点では、その「思い人」に擬されたこともある大塚楠緒子もまた、強い影響をうけた作家の一人である。彼女は、樋口一葉の後を襲う女性作家の一人として明治二〇年代後半に登場したから、作家としての出発は漱石よりずっと早いが、のちには、夫大塚保治の親友であった漱石の作中の女性像に倣い、現代の驕慢で誇り高い女性を描こうと試みた。そうした女性像は、「上下」において、社交の奢侈《しゃし》を夫からとがめられて反抗する男爵夫人にも反映しているが、この作品ではその豪奢な西洋館の二階で対座する夫婦と、眼下の土手の松蔭に束の間の涼をとる日雇いの若夫婦とが、くっきりと対比されている。上下の空間的構図がそのまま社会的階層の切断をあらわすとともに、幸福という点においてその上下関係はまったく逆転するという作者の意図は明らかである。「空になっている車を軽々と引き出す」二人の姿はさわやかで明るいが、戦費調達のための巨額な外債の累積と、無賠償講和によって経済が沈滞し、恐慌へと引き続く日露戦後の社会において、この二人の明日の生活はきわめて危ういといわなければならない。その晩年、自然主義文学に関心を寄せていく楠緒子が、そうした社会的矛盾や貧困の問題にも視野を広げようとしていたことをうかがわせる作品である。

その自然主義文学が本格的に展開するのも、日露戦争後のことである。田山花袋が後年の回想『東京の三十年』(一九一七年)において、「紅葉が不治の病に罹《かか》ったということは、一方当時の文学書生に悲痛な念を抱かしめると共に、一方新運動の抑塞に対してある自由な感を起さしめた。文壇は暗々裡に推移した」と語ったように、明治の文壇に君臨した硯友社の尾崎紅葉が病没したのは一九〇三年(明治三六)で、これと前後して小杉天外は『はやり唄』(一九〇二年)序文などで、フランスのエミール・ゾラの描法に倣ういわゆるゾライズムを宣言。花袋も「露骨なる描写」(一九〇四年)において、「何事も露骨でなければならん、何事も真相でなければならん、何事も自然でなければならん」という「十九世紀革新以後の泰西の文学」に新たな目を開いていった。医者が患者の病巣にメスを入れるように、遺伝と環境に支配される人間を緻密に観察し、分析しようとするヨーロッパ自然主義文学の移入である。

こうしたなかで、「欧羅巴《ヨーロッパ》に於ける近世自然派の問題的作品に伝わった生命は、此の作に依て始めて我が創作界に対等の発現を得た」(島村抱月)と評されたのは、いうまでもなく島崎藤村『破戒』(一九〇六年)であった。漱石は『破戒』読了後すぐの書簡(森田草平宛)で、「いわゆる大家の文辞のように装飾だくさんでないから愉快だ」と評価していたが、たしかに「どうして、貫一さん、どうしたのよう!」といった口語体の会話と、「貫一は力無げに宮の手を執れり。宮は涙に汚れたる男の顔をいと懇《ねんごろ》に拭ひたり」といった装飾的な文語体の地の文が混在していた紅葉の「金色夜叉」(一八九七―一九〇二年、未完)などに比べると、「蓮華寺では下宿を兼ねた」という書き出し以降、全篇簡潔な口語体で貫かれている『破戒』は、文体の点においても一線を画していた。この点は、「二年の留学中ただ一度倫敦塔《ロンドン》を見物した事がある」とはじまる「倫敦塔」以下、本巻に収録した日露戦後の作品においても同じであり、小説文体の面でも大きな変革期であったことを確認しておきたい。

この『破戒』以後の自然主義の代表作家の作品が本巻にも何篇か収録されているが、作品それ自体のまえに、彼らの共通点に目を向けておくべきだろう。その何人かが、当時自然主義の牙城と称された雑誌「早稲田文学」に関係する東京専門学校(早稲田大学)の出身者である、ということもあるが、それ以上に注目したいのは、彼らがいずれも地方の出身者であり、しかも家督を継ぐ資格を持たない次男以下の立場にあったことである。したがって、故郷によりどころをもたない彼らは、自立するために上京し、みずからの生計を立てなければならなかった。しかし、「少なくとも『金色夜叉』の書かれた明治三十年代においては、「才」さえあれば立身出世は思いのままであるといった初期資本主義的な『学問のすゝめ』の思想は現実的な意味で失効を宣せられていた」(川村湊『異様の領域』)という指摘もあるように、彼らを待ち受けていたのは、金が金を生み、資本が資本を食いつぶす酷薄な競争と格差の社会であり、そこに、大志をいだきながら現実には無為に過ごさざるをえない青年像が登場することになる。

正宗白鳥「塵埃」の「予」も、そうした青年の一人であり、「南米遠征の企て」が破れてから、「こんな下らない仕事を男子が勤めていて溜《たま》るものかと思いながら」、糊口のために意に染まない新聞社の校正係に甘んじている。こうした海外移住への志や、ただ無為に生きているような年輩の同僚小野君の見せる鮨屋での酔態は、『破戒』の瀬川丑松のテキサスへの移住や、丑松に見せる老教師風間敬之進の酔態、さらには『破戒』がその構図を負っているドストエフスキー『罪と罰』におけるラスコーリニコフと酔漢マルメラードフとの場面をも想起させるだろう。もとより、「己れには将来があると、心で慰めながら」校正係を続ける「予」の将来が、腰弁の小野君の姿でないとはいいきれないのである。

この「塵埃」は、白鳥の「読売新聞」勤めから生れた小説だが、田山花袋「一兵卒」もまた、博文館の日露戦争写真班の一員として従軍した体験から生れた小説である。前作の「蒲団《ふとん》」(一九〇七年)において、みずからの心的閲歴を告白的に描いて小説作法に一転機をもたらした彼は、ここでは脚気で入院しながら、軍医の制止を振り切って退院した一兵卒の内面に寄り添う。そして、満州の広野を虫けらのようにさまよいながら、歴史的な遼陽攻撃の直前に力尽きて脚気衝心で死んでゆくまでを、「きわめて自然に、或る意味に於いては、同情なく、構造なく、虚心平気に」(長谷川天渓)描いている。その内面描写は、同年の自伝的な長篇「生」において、「平面描写」を主張することになる花袋の方法的模索の一環としても考察の余地がある。

一方、徳田秋声「二老婆」は、そうした歴史の大状況とは関わりをもたず、都会の底辺を這いずっているような対照的な二人の老婆の、滑稽でもあり悲惨でもある生の形を描き分けている。そこに浮かびあがるのは、「いきものとしての人間を、プラス、マイナスなしに、つき放し、じっと佇立し、見つめに見つめ、言葉を重ねて、淡泊とは違う執拗さによってつくり出された二老婆の姿」(紅野敏郎)であり、読者は、これがすなわち虚飾を剝ぎ取った人生の真実の姿であることを承認せざるをえない。暗く地味ながら、こうしたさまざまな女性像を通して、社会のゆがみやひずみを凝視してきた秋声の作品が、しばしばいぶし銀に譬《たと》えられ、また「生れたる自然派」と称される所以《ゆえん》である。

島崎藤村「一夜」は、浅草界隈で人込みにまぎれて行方不明になった二二歳の娘お仙の身を案じ、捜索に奔走する家族の一夜を描いた作品である。娘のお仙を伴って上京した母親と、お仙の兄で東京で家庭を営んでいる正太夫婦の困惑と憔悴、そして深夜の浅草公園(谷崎潤一郎「秘密」の舞台でもある)で無事に発見された喜びが、母親の弟であり、お仙や正太には叔父にあたる「三吉叔父」の視点から描かれる。この「三吉叔父」が藤村であり、姉や甥らも実在の親族であることはいうまでもない。この設定は、叔父の三吉・甥の正太という名前もそのままに、旧家の頽廃と若い世代の苦闘を描いた藤村の自伝的な長篇「家」(一九一〇—一一年)に引き継がれ、「一夜」のエピソードもほぼそのままの形で、「家」下巻の一部として繰り入れられることになる。

中村星湖「村の西郷」の舞台になっているのは、彼の郷里の山国、山梨県南都留郡河口村界隈である。星湖は、同じ郷里を舞台として、少年期から青年期へと成長していく主人公の姿を豊かな自然と風土のなかに描いた「少年行」(一九〇七年)以来、地方色《ローカル・カラー》にあふれた郷土文学のすぐれた書き手として評価されてきた。この作品も、西郷隆盛を名乗る一人の男の、乱暴者だがどこか小心な、「真赤《まっか》なお多福面《たふくづら》で、始終その偉大なる獅子鼻《しっぱな》をヒクヒクさせていた」愚かしくも愛嬌のある風貌を、「私」の回想を通して浮き彫りにしている。しかし、法律をかじり、学問を尊敬して「私」の通う小学校にもしばしば顔を出す「西郷」は、まぎれもなく近代の価値観を身に帯びた人間なので、奔放な野生児というわけではない。ちなみに、西南戦争後も英雄として伝説化していった西郷隆盛が、名誉回復と贈位によって公的地位を回復するのは一八八九年(明治二二)のことであり、この作品はその当時の出来事として設定されている。

そして近松秋江「雪の日」も「私」を語り手としているが、こちらは作者自身の「私」と直結した、用語としては大正後期に成立する「私小説」の伝統の礎石となる作品の一つである。満六年の間同棲していた大貫ますが家出をし、秋江の前から姿を隠した後に、彼女を題材として最初に書かれた作品で、彼女の男性遍歴を根掘り葉掘り問い詰めずにはいられない「私」の妄執と、雪の日に置炬燵《おきごたつ》で差し向かいの奇妙な幸福感がないまぜになって、夫婦の肉体的な機微がなまなましく描かれる。この作品をプロローグとして、「別れたる妻に送る手紙」「執着」「疑惑」と明治から大正にかけて書きつがれていくのが、いわゆる「別れた妻もの」の連作である。秋江によれば、これらは「自己の愚を、些《いささか》の羞恥の念もなく曝露した」作品群であり、あえてそこまでするのは、「そこには偽らざる人間の真があると思ったから」である。「何事も真相でなければならん」という旗印をかかげた自然主義の行き着いた、極北の姿にほかならない。

ところでやや先走るが、明治天皇の死去によって明治という時代が幕を閉じたのは、一九一二年(明治四五)七月三〇日のことだった。漱石「こころ」(一九一四年)の先生は、その遺書のなかで「明治の精神が天皇に始まって天皇に終ったような気がしました」という感想を洩らすことになるが、その先生をはじめ当時の人々を驚かせたのは、九月一三日の大葬の当日、陸軍の大将であった乃木《のぎ》希典《まれすけ》夫妻がその後を追って殉死した出来事であった。軍医として天皇の葬列に従っていた森鷗外は、乃木とも親しい立場であったが、はじめてその話を伝え聞いたときにはまだ、「余半信半疑す」と日記にしるしている。しかし、それが事実であることを知ると、彼の驚きは感銘にかわり、「興津《おきつ》弥五《やご》右衛門《えもん》の遺書」(一九一二年)をはじめとして、封建時代の窮屈な時代を生きた武士の生と死にもっぱら関心を注ぐことになる。漱石は、直接の感想を記しているわけではないが、後の「こころ」において、「もし自分が殉死するならば、明治の精神に殉死するつもりだ」と、先生に語らせている。

しかしその先生の遺書が、「貴方《あなた》にも私の自殺する訳が明らかに呑み込めないかも知れませんが、もしそうだとすると、それは時勢の推移から来る人間の相違だから仕方がありません」とも記すように、より若い世代の青年たちの受けとめかたは、大きく異なっていた。志賀直哉は、一八八三年(明治一六)生れで、鷗外・漱石よりは二〇歳前後年下の世代だが、大葬の日の日記には「夜お葬式の様子を見にというワケでもなく散歩して銀座まで行って」と記し、天皇の大葬は散歩がてらの「見物」以上の意味をもっていない。そして乃木の殉死についても、「乃木さんが自殺したというのを英子からきいた時、「馬鹿な奴だ」という気が、丁度下女かなにかが無考えに何かした時感ずる心持と同じような感じ方で感じられた」と記している。鷗外・漱石らとは価値観を異にする文学世代の登場である。

一般の文学史では、志賀・武者小路らを向日的・人道的な「白樺」派、荷風・谷崎らを享楽的・悪魔的な唯美派・耽美派などと呼ぶことも多いが、そうした傾向の違いよりも、彼らがいずれも都会育ちの同世代の青年であり、また経済的に比較的恵まれた家の長男であったという共通点のほうが、より重要であるように思われる。彼らと、それ以前の作家たちとの違いを端的に現すのが、志賀直哉・谷崎潤一郎といった名前で、つまりこれらは、明治期の大半の作家が用いていたような雅号ではなく本名である。鷗外や漱石の留学が国家の使命を体したものであったのに対し、荷風や「白樺」派の有島武郎のそれが、私的財産による欧米への遊学であったことが端的に物語るように、国家や公を常に意識し、日常生活からは切り離された特権的で神聖な営みとして雅号を身にまとった明治の作家たちに対して、志賀や谷崎らの世代にとっては、ものを書くことはすでに日常的で私的な領分にほかならない。

このうち志賀直哉「剃刀」には、「腕のいい、神経の強い、辰床の芳三郎が熱のある身体を推して客の顔に剃刀を当てる迄《まで》の径路は極めて自然に書かれている。併《しか》し最後の咽をグイとやる処になって全く力が抜けて描写の方が若者よりは先に死んで了《しま》っている」という阿部次郎の同時代評がある。「『剃刀』と言う作は結末の数行を除けば佳作である」という中村星湖の評もあって、いずれも「血が黒ずんで球形《きゅうけい》に盛り上って来た。それが頂点に達した時に球《たま》は崩れてスイと一ト筋に流れた」というような病的な神経の鋭さをさえ感じさせる描写への評価とともに、末尾の殺人の後の光景に疑問を呈している。この点については志賀も、「「剃刀」の後に」と題する文章で、この作品が以前回覧雑誌に出したものの書き直しであることを述べたうえで、「前には殺すシーンは書かなかったが今度は其《その》シーンを書いてそれで終らせる事にした。然《しか》しどうもハッキリした光景が浮ばない」と記すなど、試行錯誤の様子がうかがえる。これは当時の志賀が、「自分」の感受性の表現にとどまらず、積極的に客観小説を作り上げようと模索していた証左でもある。

また永井荷風「深川の唄」と谷崎潤一郎「秘密」は、ともに東京の都市空間を舞台にした作品である。「四ツ谷見付《よやみつけ》から築地両国《つきじりょうごく》行の電車に乗った」と書き出される「深川の唄」には、東京電車鉄道(電鉄)、東京市街鉄道(街鉄)、東京電気鉄道(外濠線)の市内電車三社が、一九〇六年(明治三九)に合併して東京鉄道(東鉄)となった時期の、電車の路線が縦横に張りめぐらされた東京が描かれている。二部構成の前半の語り手は無人称で(後半は「自分」)、まるでカメラのレンズのような正確さと曇りのなさで、頻繁に乗り降りする雑多な乗客と、車窓にうつる年の瀬の東京のパノラマのような風景の変化を時々刻々と映し出してゆく。そして、隅田川を渡った深川八幡の盲目の三味線弾きの歌沢に、いい知れぬ悲壮の感にうたれて立ちすくむ。原稿では、はじめ「築地両国」とあった題を「深川の唄」と改めており、「夕日が左手《ゆんで》の梅林から流れて、盲人の横顔を照す」その一瞬の輝きが、たとえようもなく哀れで美しい。

その永井荷風の強い推奨で世に出た谷崎潤一郎が、さらに名編集長滝田樗陰《たきたちょいん》に見出されて、はじめて雑誌「中央公論」に発表したのが「秘密」である。後に彼自身、「筆の生活の第一歩を踏み出した記念の作」と述べているが、それはただ原稿料を得て作家生活の目途がついたというにとどまらず、同時代評の一つがいうように、「一篇を仔細に閲《けみ》すると、この作家の芸術的感興の機微の発作をも其間に窺知《きち》することが出来る」からにほかならない。それはすなわち、「「秘密」の帷《とばり》を一枚隔てて眺めるために、恐らく平凡な現実が、夢のような不思議な色彩を施される」という発見であり、「私」はまず「ぞろぞろ雑沓《ざっとう》する群集の中に交って、立派に女と化け終《おお》せ」ることによって、次には「T女」との奇怪な逢瀬によって、迷宮と化した東京の市街の奥深くに取り込まれる。しかし、その「秘密」が暴かれたあとの白々とした現実に耐えきれず、「私」は「もッと色彩の濃い、血だらけな歓楽を求めるように傾いて行」くことになるのである。

一方、小栗風葉「世間師」と長田幹彦「澪」は、日本の南と北との相違、香具師《やし》や行商人と旅役者の違いはあるものの、夢がついえて地方を放浪する人々の物語である。風葉は師の紅葉の使いで滞在した下関の宿で、幹彦は学業を放擲《ほうてき》して放浪した北海道で、いずれも実体験にもとづいて書かれていることでも共通点がある。「世間師」の「港町の木賃宿にはいかがわしい世間師や浮浪人が集まり、社会のどん底の生活が展開されている。この木賃宿の空気には、どこやらゴルキイの『どん底』のにおいがする」（伊狩章）という指摘もあるが、貧困にあえぐ最底辺の生活だけでなく、他人の女房を寝取るというような事件までおきながら、深刻な悲劇に発展しないのは、「そら、駱駝《らくだ》の脊中《せなか》見たいなあの向う、あそこへ行きねえ」といった巧まざるユーモアが全篇を横溢《おういつ》しているからだろう。また「澪」は、行く先々で色と慾から女を弄んだり弄ばれたりする旅役者の生活のはかなさとたよりなさが、北海道の寒々とした風土を背景として哀れ深く描かれ、読者の心にいつまでも消えない航跡のような余韻を残す。この作品は、『長田幹彦全集』第二巻(一九三六年)では、漂泊する「私」が中村一座の女形田之助や老優扇昇らと行動を共にする「零落」や、扇昇の語りでこれまでの芸人生活を振り返る「扇昇の話」とともに、「旅役者」の表題で一括して収録されている。

そして、小川未明「薔薇と巫女」と水上滝太郎「山の手の子」は、純粋にして無垢なるものへの憧れと、その喪失の嘆きをうたいあげた作品である。「薔薇と巫女」は、短篇集『物言はぬ顔』(一九一二年)に収められたが、その序文に「陰気な森や、怖《おそろ》しい疫病や、人の死ぬ前に来る凶兆や、其等《それら》のものをも昵《じっ》と見詰めて、芸術の対象として、この禍の暗い森の中にも、空想の美しき灯火を点《とも》したい」という一節がある。死をはじめとする凶々《まがまが》しいものから目をそらさず、じっと見つめることによって美へと昇華させたいという彼の願望は、神経を病んだ青年のあやしい夢と体験を鮮烈な美感で描いたこの「薔薇と巫女」において、象徴詩のような表現の高みを獲得している。収録作の中でもひときわ異彩を放つ作品で、冒頭の柿の木の「光沢《つや》のない白い花」から、末尾の「白い雪」にいたる白と黒、あるいは赤と黄色の明滅する色彩感覚の鮮やかさにも目を奪われる。「山の手の子」の「坊ちゃん」と呼ばれる語り手が生い育ったお屋敷の黒門の内も、じめじめと暗い、どこか死の臭いがするような陰気な家だった。その「私」が、坂下の町の子供たち、とくに年上のお鶴へ寄せる幼い思慕と別れが、どことなく樋口一葉の「たけくらべ」(一八八五―八六年)を思わせる情景のうちに、また傾倒していた泉鏡花の母恋いの物語をも髣髴《ほうふつ》とさせる繊細な筆致で描かれている。

水上滝太郎が本格的に創作を志したのは、慶応義塾大学で教壇に立った永井荷風の謦咳《けいがい》に接したからで、この「山の手の子」も荷風の主宰する「三田文学」に掲載された初々しいデビュー作である。「三田文学」が創刊されたのは一九一〇年(明治四三)で、同じ年には谷崎潤一郎ら東京帝国大学の文学青年が第二次「新思潮」を創刊し、また志賀直哉や武者小路実篤ら学習院出身の仲間たちも同人雑誌「白樺」を創刊した。その創刊号には、「自分達はここに互の許せる範囲で自分勝手なものを植えたいと思っている」という言葉も見出せるが、ここに自然主義以後の新しい文学世代が一斉に登場し、多様な個性が競い合う大正文学の土壌を形成することになったのである。

〔編集付記〕

一、各作品の底本は解題中に示した。

二、原則として漢字の旧字体は新字体に、仮名づかいは現代仮名づかいに統一し、適宜読み仮名を付した。

三、読みやすさを考慮し、漢字語のうち代名詞・副詞・接続詞など、使用頻度の高いものを一定の基準で平仮名に改めた。平仮名を漢字に変えることは行わなかった。

四、本文中、当時の社会通念に基づく、今日の人権意識に照らして不適切な記述が見られるが、作品の歴史性に鑑み、原文通りとした。

（岩波文庫編集部）

日本近代短篇小説選《にほんきんだいたんぺんしょうせつせん》 明治篇2〔全6冊〕

2013年2月15日 第1刷発行

編 者 紅野敏郎《こうのとしろう》 紅野謙介《こうのけんすけ》 千葉俊二《ちばしゅんじ》
宗像和重《むなかたかずしげ》 山田俊治《やまだしゅんじ》

発行者 山口昭男

発行所 株式会社 岩波書店
〒101-8002 東京都千代田区一ツ橋2-5-5
案内 03-5210-4000 販売部 03-5210-4111
文庫編集部 03-5210-4051
http://www.iwanami.co.jp/

印刷・精興社 製本・牧製本

ISBN 978-4-00-311912-9 Printed in Japan

読書子に寄す

——岩波文庫発刊に際して——

岩波茂雄

真理は万人によって求められることを自ら欲し、芸術は万人によって愛されることを自ら望む。かつては民を愚昧ならしめるために学芸が最も狭き堂宇に閉鎖されたことがあった。今や知識と美とを特権階級の独占より奪い返すことはつねに進取的なる民衆の切実なる要求である。岩波文庫はこの要求に応じそれに励まされて生まれた。それは生命ある不朽の書を少数者の書斎と研究室とより解放して街頭にくまなく立たしめ民衆に伍せしめるであろう。近時大量生産予約出版の流行を見る。その広告宣伝の狂態はしばらくおくも、後代にのこすと誇称する全集がその編集に万全の用意をなしたるか。千古の典籍の翻訳企図に敬虔の態度を欠かざりしか。さらに分売を許さず読者を繋縛して数十冊を強うるがごとき、はたしてその揚言する学芸解放のゆえんなりや。吾人は天下の名士の声に和してこれを推挙するに躊躇するものである。このときにあたって、岩波書店は自己の責務のいよいよ重大なるを思い、従来の方針の徹底を期するため、すでに十数年以前より志して来た計画を慎重審議この際断然実行することにした。吾人は範をかのレクラム文庫にとり、古今東西にわたって文芸・哲学・社会科学・自然科学等種類のいかんを問わず、いやしくも万人の必読すべき真に古典的価値ある書をきわめて簡易なる形式において逐次刊行し、あらゆる人間に須要なる生活向上の資料、生活批判の原理を提供せんと欲する。この文庫は予約出版の方法を排したるがゆえに、読者は自己の欲する時に自己の欲する書物を各個に自由に選択することができる。携帯に便にして価格の低きを最主とするがゆえに、外観を顧みざるも内容に至っては厳選最も力を尽くし、従来の岩波出版物の特色をますます発揮せしめようとする。この計画たるや世間の一時の投機的なるものと異なり、永遠の事業として吾人は微力を傾倒し、あらゆる犠牲を忍んで今後永久に継続発展せしめ、もって文庫の使命を遺憾なく果たさしめることを期する。芸術を愛し知識を求むる士の自ら進んでこの挙に参加し、希望と忠言とを寄せられることは吾人の熱望するところである。その性質上経済的には最も困難多きこの事業にあえて当たらんとする吾人の志を諒として、その達成のため世の読書子とのうるわしき共同を期待する。

昭和二年七月

《現代日本文学》

怪談 牡丹燈籠	三遊亭円朝
真景累ヶ淵	三遊亭円朝
小説神髄	坪内逍遥
当世書生気質	坪内逍遥
桐一葉・沓手鳥孤城落月	坪内逍遥
アンデルセン 即興詩人 全二冊	森鷗外訳
雁	森鷗外
阿部一族 他二篇	森鷗外
山椒大夫・高瀬舟 他四篇	森鷗外
渋江抽斎	森鷗外
舞姫・うたかたの記 他三篇	森鷗外
浮雲	二葉亭四迷 十川信介校注
其面影	二葉亭四迷
野菊の墓 他四篇	伊藤左千夫
吾輩は猫である	夏目漱石
坊っちゃん	夏目漱石

草枕	夏目漱石
虞美人草	夏目漱石
三四郎	夏目漱石
それから	夏目漱石
門	夏目漱石
彼岸過迄	夏目漱石
行人	夏目漱石
こころ	夏目漱石
硝子戸の中	夏目漱石
道草	夏目漱石
明暗	夏目漱石
思い出す事など 他七篇	夏目漱石
文学評論 全二冊	夏目漱石
夢十夜 他二篇	夏目漱石
漱石文明論集	三好行雄編
倫敦塔・幻影の盾 他五篇	夏目漱石
漱石日記	平岡敏夫編

漱石書簡集	三好行雄編
漱石俳句集	坪内稔典編
漱石・子規往復書簡集	和田茂樹編
文学論 全二冊	夏目漱石
五重塔	幸田露伴
努力論	幸田露伴
幻談・観画談 他三篇	幸田露伴
露伴随筆集 全二冊	寺田透編
一国の首都 他一篇	幸田露伴
飯待つ間 —正岡子規随筆選	阿部昭編
子規句集	高浜虚子選
病牀六尺	正岡子規
子規歌集	土屋文明編
墨汁一滴	正岡子規
仰臥漫録	正岡子規
歌よみに与ふる書	正岡子規
俳諧大要	正岡子規

松蘿玉液　正岡子規
金色夜叉 全二冊　尾崎紅葉
自然と人生　徳冨蘆花
みみずのたはこと 全二冊　徳冨健次郎
謀叛論 他六篇・日記　徳冨健次郎 中野好夫編
北村透谷選集　勝本清一郎校訂
武蔵野　国木田独歩
号外・少年の悲哀 他六篇　国木田独歩
愛弟通信　国木田独歩
蒲団・一兵卒　田山花袋
東京の三十年　田山花袋
時は過ぎゆく　田山花袋
温泉めぐり　田山花袋
黴　徳田秋声
新世帯・足袋の底 他二篇　徳田秋声
藤村詩抄　島崎藤村自選
破戒　島崎藤村

千曲川のスケッチ　島崎藤村
夜明け前 全四冊　島崎藤村
藤村文明論集　十川信介編
藤村随筆集　十川信介編
にごりえ・たけくらべ　樋口一葉
大つごもり・十三夜 他五篇　樋口一葉
明治劇談 ランプの下にて　岡本綺堂
岡本綺堂随筆集　千葉俊二編
高野聖・眉かくしの霊　泉鏡花
夜叉ケ池・天守物語　泉鏡花
草迷宮　泉鏡花
春昼・春昼後刻　泉鏡花
鏡花短篇集　川村二郎編
日本橋　泉鏡花
婦系図 全二冊　泉鏡花
鴛鴦帳　泉鏡花
外科室・海城発電 他五篇　泉鏡花

海神別荘 他二篇　泉鏡花
湯島詣 他一篇　泉鏡花
俳句はかく解しかく味う　高浜虚子
俳諧師・続俳諧師　高浜虚子
俳句への道　高浜虚子
虚子五句集 —付 慶弔贈答句抄 全二冊　高浜虚子
回想 子規・漱石　高浜虚子
有明詩抄　蒲原有明
上田敏全訳詩集　山内義雄 矢野峰人編
カインの末裔・クララの出家　有島武郎
小さき者へ・生れ出ずる悩み　有島武郎 三上秀吉 亀井俊介解説
一房の葡萄 他四篇　有島武郎
寺田寅彦随筆集 全五冊　小宮豊隆編
柿の種　寺田寅彦
与謝野晶子歌集　与謝野晶子自選
新編 作家論　正宗白鳥 高橋英夫編
腕くらべ　永井荷風

つゆのあとさき　永井荷風
濹東綺譚　永井荷風
珊瑚集 —仏蘭西近代抒情詩選　永井荷風訳
荷風随筆集 全二冊　野口冨士男編
摘録 断腸亭日乗 全二冊　永井荷風　磯田光一編
すみだ川 新橋夜話 他一篇　永井荷風
雨瀟瀟・雪解 他七篇　永井荷風
地獄の花　永井荷風
あめりか物語　永井荷風
江戸芸術論　永井荷風
ふらんす物語　永井荷風
赤光　斎藤茂吉
斎藤茂吉歌集　山口茂吉　柴生田稔　佐藤佐太郎編
斎藤茂吉歌論集　柴生田稔編
鈴木三重吉童話集　勝尾金弥編
小僧の神様 他十篇　志賀直哉
暗夜行路 全二冊　志賀直哉

高村光太郎詩集　高村光太郎
芸術論集 緑色の太陽　高村光太郎
白秋愛唱歌集　藤田圭雄編
北原白秋詩集 全二冊　安藤元雄編
フレップ・トリップ　北原白秋
野上弥生子随筆集　竹西寛子編
友情　武者小路実篤
銀の匙　中勘助
提婆達多　中勘助
中勘助詩集　谷川俊太郎編
若山牧水歌集　伊藤一彦編
新編 みなかみ紀行　若山牧水　池内紀編
新編 百花譜百選　木下杢太郎画　前川誠郎編
新編 啄木歌集　久保田正文編
ISIKAWA TAKUBOKU ROMAZI NIKKI (啄木・ローマ字日記)　桑原武夫編訳
時代閉塞の現状 食うべき詩 他十篇　石川啄木
吉野葛・蘆刈　谷崎潤一郎

谷崎潤一郎随筆集　篠田一士編
道元禅師の話　里見弴
里見弴随筆集　紅野敏郎編
萩原朔太郎詩集　三好達治選
郷愁の詩人 与謝蕪村　萩原朔太郎
猫町 他十七篇　萩原朔太郎　清岡卓行編
恩讐の彼方に 忠直卿行状記 他八篇　菊池寛
半自叙伝 無名作家の日記 他四篇　菊池寛
或る少女の死まで 他二篇　室生犀星
室生犀星詩集　室生犀星自選
犀星王朝小品集　室生犀星
随筆 女ひと　室生犀星
出家とその弟子　倉田百三
愛と認識との出発　倉田百三
新編 同時代の作家たち　広津和郎　紅野敏郎編
羅生門・鼻・芋粥・偸盗　芥川竜之介
地獄変・邪宗門・好色・藪の中 他七篇　芥川竜之介

河童 他二篇　芥川竜之介
歯車 他二篇　芥川竜之介
蜘蛛の糸・杜子春・トロッコ 他十七篇　芥川竜之介
侏儒の言葉・文芸的な、余りに文芸的な　芥川竜之介
芥川竜之介書簡集　石割透編
芥川竜之介俳句集　加藤郁乎編
春夫詩抄　佐藤春夫
小説永井荷風伝 他三篇　佐藤春夫
淫売婦・移動する村落 他五篇　葉山嘉樹
日輪・春は馬車に乗って 他八篇　横光利一
上海　横光利一
宮沢賢治詩集　谷川徹三編
童話集 風の又三郎 他十八篇　宮沢賢治　谷川徹三編
童話集 銀河鉄道の夜 他十四篇　宮沢賢治　谷川徹三編
山椒魚・遙拝隊長 他七篇　井伏鱒二
川釣り　井伏鱒二
井伏鱒二全詩集　井伏鱒二

伊豆の踊子・温泉宿 他四篇　川端康成
雪国　川端康成
詩を読む人のために　三好達治
藝術に関する走り書的覚え書　中野重治
梨の花　中野重治
新編 思い出す人々　内田魯庵　紅野敏郎編
檸檬《レモン》・冬の日 他九篇　梶井基次郎
蟹工船 一九二八・三・一五　小林多喜二
小林多喜二の手紙　荻野富士夫編
防雪林・不在地主　小林多喜二
独房・党生活者　小林多喜二
風立ちぬ・美しい村　堀辰雄
菜穂子 他五篇　堀辰雄
富嶽百景・走れメロス 他八篇　太宰治
ヴィヨンの妻・桜桃 他八篇　太宰治
人間失格・グッド・バイ 他一篇　太宰治
斜陽 他一篇　太宰治

津軽　太宰治
お伽草紙・新釈諸国噺　太宰治
青年の環 全五冊　野間宏
日本唱歌集　堀内敬三　井上武士編
日本童謡集　与田準一編
森鷗外　石川淳
至福千年　石川淳
近代日本人の発想の諸形式 他四篇　伊藤整
変容　伊藤整
鳴海仙吉　伊藤整
小説の認識　伊藤整
中原中也詩集　大岡昇平編
小熊秀雄詩集　岩田宏編
風浪・蛙昇天 ―木下順二戯曲選Ⅰ―　木下順二
元禄忠臣蔵 全二冊　真山青果
旧聞日本橋　長谷川時雨
みそっかす　幸田文

古句を観る	柴田宵曲
小説集 夏の花	原民喜
いちご姫・蝴蝶 他二篇	山田美妙 十川信介校訂
大阪の宿	水上滝太郎
鱧の皮 他五篇	上司小剣
小出楢重随筆集	芳賀徹編
幕末維新パリ見聞記 —成島柳北「航西日乗」・栗本鋤雲「暁窓追録」	井田進也校注
石橋忍月評論集	石橋忍月
立原道造・堀辰雄翻訳集 —林檎みのる頃・窓	
中谷宇吉郎随筆集	樋口敬二編
雪	中谷宇吉郎
中谷宇吉郎紀行集 アラスカの氷河	渡辺興亜編
古泉千樫歌集	土屋文明 橋本徳寿編
冥途・旅順入城式	内田百閒
東京日記 他六篇	内田百閒
ゼーロン・淡雪 他十一篇	牧野信一
草野心平詩集	入沢康夫編

山岳紀行文集 日本アルプス	小島烏水 近藤信行編
耽溺	岩野泡鳴
新編 山と渓谷	田部重治 近藤信行編
日本児童文学名作集 全二冊	桑原三郎 千葉俊二編
山月記・李陵 他九篇	中島敦
眼中の人	小島政二郎
新選 山のパンセ	串田孫一自選
小川未明童話集	桑原三郎編
新美南吉童話集	千葉俊二編
摘録 劉生日記	岸田劉生 酒井忠康編
量子力学と私	朝永振一郎 江沢洋編
科学者の自由な楽園	朝永振一郎 江沢洋編
書物	森銑三 柴田宵曲
新編 明治人物夜話	森銑三 小出昌洋編
新編 おらんだ正月	森銑三 小出昌洋編
自註鹿鳴集	会津八一
窪田空穂随筆集	大岡信編

屋上登攀者	藤木九三
明治文学回想集 全二冊	十川信介編
踊る地平線 全二冊	谷譲次
新編 学問の曲り角	河野与一 原二郎編
欧米の旅 全三冊	野上弥生子
碧梧桐俳句集	栗田靖編
林芙美子随筆集	武藤康史編
日本近代文学評論選 全二冊	千葉俊二 坪内祐三編
食道楽 全二冊	村井弦斎
酒道楽	村井弦斎
文楽の研究 全二冊	三宅周太郎
五足の靴	五人づれ
尾崎放哉句集	池内紀編
ぷえるとりこ日記	有吉佐和子
日本の島々、昔と今。	有吉佐和子
江戸川乱歩短篇集	千葉俊二編
堕落論・日本文化私観 他二十二篇	坂口安吾

桜の森の満開の下・白痴 他十二篇　坂口安吾
風と光と二十の私と・いずこへ 他十六篇　坂口安吾
大地と星輝く天の子 全二冊　小田　実
久生十蘭短篇選　川崎賢子編
六白金星・可能性の文学 他十一篇　織田作之助
歌の話・歌の円寂する時 他一篇　折口信夫
死者の書・口ぶえ　折口信夫
釈迢空歌集　富岡多恵子編 折口信夫
折口信夫古典詩歌論集　藤井貞和編
汗血千里の駒 ―坂本龍馬君之伝　林原純生校注 坂崎紫瀾
山川登美子歌集　今野寿美編

《別冊》

増補フランス文学案内　鈴木力衛 渡辺一夫
増補ドイツ文学案内　神品芳夫 手塚富雄
ギリシア・ローマ古典文学案内　斎藤忍随 高津春繁
ことばの贈物 ―岩波文庫の名句365　岩波文庫編集部編
ポケットアンソロジー恋愛について　中村真一郎編

読書のすすめ　岩波文庫編集部編
近代日本思想案内　鹿野政直
読書という体験　岩波文庫編集部編
岩波文庫の80年　岩波文庫編集部編
近代日本文学案内　十川信介
ポケットアンソロジー生の深みを覗く　中村邦生編
ポケットアンソロジーこの愛のゆくえ　中村邦生編
読書のとびら　岩波文庫編集部編

《東洋思想》

易経 全二冊 高田真治・後藤基巳訳
論語 金谷治訳注
孟子 全二冊 小林勝人訳注
老子 蜂屋邦夫訳注
荘子 全四冊 金谷治訳注
新訂孫子 金谷治訳注
荀子 全二冊 金谷治訳注
韓非子 全四冊 金谷治訳注
孝経・曾子 武内義雄・坂本良太郎訳註
史記列伝 全五冊 司馬遷 小川環樹・今鷹真・福島吉彦訳
春秋左氏伝 全三冊 小倉芳彦訳
千字文 小川環樹・木田章義注解
大学・中庸 金谷治訳注
孫文革命文集 深町英夫編訳
文芸講話 毛沢東 竹内好訳
ガンディー獄中からの手紙 森本達雄訳

インド思想史 J・ゴンダ 鎧淳訳

《仏教》

ブッダのことば —スッタニパータ— 中村元訳
ブッダの真理のことば・感興のことば 中村元訳
般若心経・金剛般若経 中村元・紀野一義訳註
法華経 全三冊 坂本幸男・岩本裕訳注
浄土三部経 全二冊 中村元・早島鏡正・紀野一義訳註
大乗起信論 宇井伯寿・高崎直道訳注
天台小止観 —坐禅の作法— 関口真大訳註
臨済録 入矢義高訳注
碧巌録 全三冊 入矢義高・溝口雄三・末木文美士・伊藤文生訳注
無門関 西村恵信訳注
法華義疏 全二冊 聖徳太子 花山信勝校訳
往生要集 全二冊 源信 石田瑞麿訳注
教行信証 親鸞 金子大栄校訂
歎異抄 金子大栄校注
親鸞和讃集 名畑應順校注

正法眼蔵 全四冊 道元 水野弥穂子校注
正法眼蔵随聞記 懐奘編 和辻哲郎校訂
夢窓国師夢中問答 佐藤泰舜校訂
南無阿弥陀仏 —付 心偈— 柳宗悦
一遍上人語録 —付 播州法語集— 大橋俊雄校注
一遍聖絵 聖戒編 大橋俊雄校注
蓮如文集 笠原一男校注
日本的霊性 鈴木大拙 篠田英雄校訂
新編東洋的な見方 鈴木大拙 上田閑照編
ブッダ最後の旅 —大パリニッバーナ経— 中村元訳
明恵上人集 久保田淳・山口明穂校注
仏弟子の告白 —テーラガーター— 中村元訳
尼僧の告白 —テーリーガーター— 中村元訳
ブッダ神々との対話 —サンユッタ・ニカーヤI— 中村元訳
ブッダ悪魔との対話 —サンユッタ・ニカーヤII— 中村元訳
選択本願念仏集 法然 大橋俊雄校注
法然上人絵伝 全二冊 大橋俊雄校注

《歴史・地理》

- 新訂 魏志倭人伝・後漢書倭伝・宋書倭国伝・隋書倭国伝 —中国正史日本伝1 　石原道博編訳
- 新訂 旧唐書倭国日本伝・宋史日本伝・元史日本伝 —中国正史日本伝2 　石原道博編訳
- ヘロドトス 歴史 全三冊 　松平千秋訳
- ガリア戦記 　カエサル 近山金次訳
- タキトゥス ゲルマーニア 　泉井久之助訳註
- タキトゥス 年代記 —ティベリウス帝からネロ帝へ 全二冊 　国原吉之助訳
- ギボン自叙伝 —わが生涯と著作との思い出 　村上至孝訳
- 元朝秘史 全二冊 　小澤重男訳
- ランケ 世界史概観 —近世史の諸時代 　鈴木成高・相原信作訳
- 古代への情熱 —シュリーマン自伝 　村田数之亮訳
- 日本幽囚記 全三冊 　ゴロヴニン 井上満訳
- 一外交官の見た明治維新 全二冊 　アーネスト・サトウ 坂田精一訳
- インディアスの破壊についての簡潔な報告 　ラス・カサス 染田秀藤訳
- ラス・カサス インディアス史 全七冊 　長南実訳 石原保徳編
- コロンブス航海誌 　林屋永吉訳
- コロンブス 全航海の報告 　林屋永吉訳

- 偉大なる道 —朱徳の生涯とその時代 全二冊 　アグネス・スメドレー 阿部知二訳
- 大森貝塚 —付 関連史料 　E・S・モース 近藤義郎・佐原真編訳
- ナポレオン言行録 　オクターヴ・オブリ編 大塚幸男訳
- 日本における近代国家の成立 　E・H・ノーマン 大窪愿二訳
- 朝鮮・琉球航海記 —一八一六年アマースト使節団とともに 　ベイジル・ホール 春名徹訳
- インカの反乱 —被征服者の声 　ティトゥ・クシ・ユパンキ述 染田秀藤訳
- 北京年中行事記 　敦崇編 小野勝年訳註
- 紫禁城の黄昏 　R・F・ジョンストン 入江曜子・春名徹訳
- シルクロード 全二冊 　ヘディン 福田宏年訳
- 老松堂日本行録 —朝鮮使節の見た中世日本 　宋希璟 村井章介校注
- 崇高なる者 —十九世紀パリ民衆生活誌 　ドニ・プロ 見富尚人訳
- 海東諸国紀 —朝鮮人の見た中世の日本と琉球 　申叔舟 田中健夫訳注
- ヨーロッパ文化と日本文化 　ルイス・フロイス 岡田章雄訳注
- ギリシア案内記 全二冊 　パウサニアス 馬場恵二訳
- オデュッセウスの世界 　M・I・フィンリー 下田立行訳
- 東京に暮す —一九二八〜一九三六 　キャサリン・サンソム 大久保美春訳
- 増補 幕末百話 　篠田鉱造

- 明治百話 全二冊 　篠田鉱造
- 幕末明治 女百話 全二冊 　篠田鉱造
- 徳川時代の宗教 　R・N・ベラー 池田昭訳
- 革命的群衆 　G・ルフェーヴル 二宮宏之訳
- 西洋事物起原 全四冊 　ヨハン・ベックマン 特許庁内技術史研究会訳
- 日本滞在日記 —一八〇四—一八〇五 　レザーノフ 大島幹雄訳
- 歴史序説 全四冊 　イブン＝ハルドゥーン 森本公誠訳
- アレクサンドロス大王東征記 全二冊 　アッリアノス 大牟田章訳
- クック 太平洋探検 全六冊 　増田義郎訳
- ダンピア 最新世界周航記 全二冊 　平野敬一訳
- 高麗史日本伝 —朝鮮正史日本伝2 全二冊 　武田幸男編訳
- シエサ・デ・レオン インカ帝国地誌 　増田義郎訳
- インカ皇統記 全四冊 　インカ・ガルシラーソ・デ・ラ・ベーガ 牛島信明訳
- ローマ建国史 全三冊 　リーウィウス 鈴木一州訳
- ヒュースケン日本日記 —1855〜61 　青木枝朗訳
- フランス・プロテスタントの反乱 —カミザール戦争の記録 　カヴァリエ 二宮フサ訳
- ニコライの日記 —ロシア人宣教師が生きた明治日本 全三冊 　中村健之介編訳